主 编◎王本朝

副主编◎寇鹏程 张春泉

後學學衡

第七辑

巴蜀书社

目　录

后学衡

· 前辈学人 ·

我的治学经历

□ 熊宪光

顷接本朝院长来电，约我为《后学衡》撰文，谈自己的治学经历。我犹豫片刻后答应考虑考虑。前年《太原学院学报》编辑也曾约我写一篇谈治学经历的文章，当时自以为无甚可谈，乃奉上拙作《漫议治学传统与治学方法》勉强应约（发表于该刊 2020 年第 5 期）。此番闻本朝之嘱，经认真考虑，深感于今行年八十，有必要回顾自己走过的学术历程，其间亲身所历，寸心所知，或得或失，或苦或乐，于己于人，也许不无可观者也。

于是拟撰：一、走上学术之路；二、主要学术据点；三、附录学术简谱。

一、走上学术之路

我生于 1942 年（壬午）秋分日，家住重庆市太平门外长江畔的元通寺街。在重庆太平门小学、25 中（一年后转入 40 中）、凯旋路中学相继完成小学、初中、高中学业，于 1960 年考入四川师范学院（今四川师范大学）中文系，1964 年毕业，分配到重庆江北区寸滩中学任教。彼时的寸滩，还是一个日饮堰塘水、夜照煤油灯的偏僻小乡。但仅仅过了一个月，我便被指派参加"四清"运动，接受"劳动锻炼"，在巴县、綦江、长寿转了一大圈。"运动"结束后，又因为会写"材料"而被留守一月余。直至 1967 年初，"文革"风暴已席卷神州，我才从乡下回到学校。十年动乱中，目睹妖魔横行，斯文扫地，内心惶惑，读书治学岂敢想，浑浑噩噩度春秋！

我早年做过作家梦，中学时便迷恋写作，在报刊上发表过20多篇习作，颇为自负。大学时期，勤奋刻苦，成绩亦优，也曾有奋飞之志。然而现实使我逐渐明白，因为家父曾于中华人民共和国成立初受其任职的商号之命，出差贵州湄潭销盐，在当地遭无妄之灾，被诬陷为"反革命"，蒙冤下狱（1982年平反昭雪），自己早被划为"反革命子女"，已入"另册"，岂可存非分之想！不但昔日的作家梦彻底破灭，更不曾想今后要成为一名学者，埋头于故纸堆钻研学术。

1978年是我人生的转折点。那一年，恢复研究生招生。我在报名期限的最后一天，报考了北京师范大学中文系中国古代文学专业。老实说，我对考取研究生并无信心，只是抱着试一试的心态，希望能够进入复试，有机会上首都北京一游，即属万幸，所以我没有做充分的应考准备。在临考前的一两个月里，白天要上课教学，只能利用晚上时间，把游国恩主编的《中国文学史》、郭沫若主编的《中国史稿》、大学时的讲义《文艺理论》及当时通行的《英语》教材等浏览一过，便匆匆走上考场了。

初试考了《文艺理论》《中国文学史》《政治》《外语》4科，我全靠平时积累应考，答题不甚理想。当时偏居一隅，信息闭塞，我对外界情况一无所知，也不曾想过跟老师或他人取得联系。自己能否上线，心中全然无数。懵懵懂懂中，居然在两月后收到了北京师范大学招生办发来的复试通知，令我喜出望外，心想，报考的初愿实现了。因为我对录取基本不抱希望，能够参加复试，游览首都北京，对我来说，足矣！我竟然什么资料都没带，便匆匆赴京参加复试了。

报到后始得知，此次全国报考该专业研究生的有180多人，实际参加初试的有150多人，大多是"文革"前或"文革"中毕业的往届大学生，其中北京师范大学本校往届毕业生即占80多名。该专业由导师郭预衡、聂石樵、韩兆琦，后来加上启功、邓魁英五位先生组成指导小组，计划录取10名。此番按规定，以2∶1的比例，通知了19名通过初试的考生参加复试。这19名复试生中，就有13名是北京师范大学的往届毕业生。他们对学校和先生的情况非常熟悉，谈起来如数家珍。我的初试成绩并不出色，除外语作为参考成绩，略而不计外，其余三科我都只有60多分，在19名复试生中仅列第13位。加上政审的因素，私下衡量，自以为没有被录取的可能。

复试包括笔试和口试。先是笔试，后来得知是由郭预衡先生亲自出题，考题有一定难度。其中有两题共40分，考古文的标点、注释和今译。所考两段古文分别取自《史记·六国年表》和顾炎武的《日知录》，难倒了不少考生，但却很对我的路子。当初在川师受教，老师们非常强调古文教学中必须落实到字、词、句，所以自己在这方面下过较大功夫，基础比较坚实，且平时读过《史记·六国年表》，有似曾相识之感，所以这两题我完成得还算不错，以至于考后与一位初试名列前茅的考生互相对答案时，他断定我一定会被录取。

次日面试，考生按早已安排好的顺序，依次点名入室，由郭、聂、韩三位先生主持进行。内容不外乎是考生先介绍自己的基本情况，然后各位先生逐一发问，考生当面回答。其中对所有考生都要问的一个问题是读过些什么书，待考生回答后，便从中挑出某部书来，对与其相关的一些问题进行问答。当先生问我这一问题时，我的回答有些与众不同。我是先做自我批评，说自己读书有一个缺点，是选本读得多，全集读得少，大凡文学史上述及的重要典籍、作家、作品的选本读了不少，要说读过全集的就只有《楚辞》和《李长吉歌诗》。因为前者除《天问》外，我几乎能全部背诵；而后者则是我甚为喜爱、非常熟悉的一部诗集。这样回答，是希望先生就此二书提问，我可以从容应对。出人意料的是，先生听了我的回答，竟未继续追问。

郭先生问我："你爱人支持你考研吗？"我答："她并不支持我考研，因为上有老，下有小，家庭负担重，她一个人恐怕受不了。但是她也没有反对，平时她承担家务多一点，我认为这在实质上是对我的一种支持。"郭先生又问："录取后你有什么打算？"我却回答道："我现在想的是不录取怎么办。为什么呢？因为我自知条件不够。"然后我自问自答："不录取怎么办呢？我的年龄大了，不打算再考了。"郭先生接着问："你还是得考虑考虑录取后怎么办。"我这才回答："如能录取，那就安下心来，在老师们的指导下好好学习。"

复试结束后，我自以为录取无望，今后难得有机会再到北京了，于是抓紧时间，遍游北京名胜古迹，然后匆匆离京返渝，却忘了像别的考生那样，以告别为由，去登门拜见先生。

万没想到自京返渝不久，单位上便收到了对我再一次进行政审的通知。多亏"拨乱反正"时代的恩赐，更要感谢导师不以我出身"黑"而见弃，惠赐厚爱，收我为弟子。1978 年 10 月，我跨入北京师范大学校门，也可说是从此走上了学术之路，时年 36 岁。

入学后得知，本届一共录取了 9 名同学（其中 1 名因政审受阻，晚了两月入学），被录取者皆复试及格者。据说复试最高分为 70 分，9 人成绩依次排序，每人只相差 1 分。我之所以能被录取，得力于复试成绩名列前茅。

追述这一段往事，我无非是想说明，踏上学术之路，不仅年齿已长，而且具有某种偶然性，甚至还有几分幸运。说到"幸运"，我深感老天待我不薄。我若早出生几年，早上大学，赶上"反右"运动，说不定就成了"右派"。而我 1957 年适才初中毕业，该年升学率甚低。我因家贫，本欲报考不收学费还供伙食的中专，但因中专停止招生，于是只得报考中师。不料没被中师录取，却被转录到当年新办的凯旋路中学读普高。1960 年高中毕业，当年大学招生数为 32.2 万，高中毕业生却仅有 29 万，竟然"供不应求"，还让部分高中二年级生提前毕业来充数。据我所知，高中 1960 届的毕业生，除了父亲被镇压了的或自己身体不过关的之外，几乎全都进了大学。我就这样进了川师。此后十多年，强调以阶级斗争为纲，严格实行阶级路线，所谓"地、富、反、坏、右"及"杀、关、管"的子女，休想进大学！不妨说，我恰恰赶上 1960 年进大学，实在堪称侥幸之至。及至 1978 年考研，又逢时代新变，"拨乱反正"，未受"政审"之阻。静言思之，非幸运而何？故曾赋诗曰："勉从缝隙偷生计，幸谢天公保善安！"

我深知深造机会来之不易，因而特别珍惜。作为"文革"后第一届研究生，有人戏称为"黄埔一期"，全国共录取 10708 人。他们跟 77 级、78 级的本科生一样，毕业后大都成为各行各业、各单位、各部门的骨干和栋梁。不同的是，他们主要来源于"文革"前或"文革"中的往届大学生，而 77 级、78 级本科生则主要来源于"知青";他们年龄更大,大多已过而立之年。

入校后不久,适逢党的十一届三中全会召开,神州劲吹改革开放之风,人们思想解放,精神面貌焕然一新。我正当其时有幸在全国政治、文化、教育中心的首都求学,可谓尽得天时、地利、人和之助。给我们授课的诸位先生,都是大家仰慕已久的学界名流。他们经受过一系列政治运动,特别是"文革"的磨难,一旦解开桎梏,思想得到解放,被压抑已久的热情便如火山般喷发,恨不能倾其毕生所学,全部传授给自己的学生。而我们这批大龄学生,更恨不能将先生所讲的一切,如海绵般地全数吸收。能如此集中地聆听充满教学激情的先生们讲学,是特殊年代的特殊造化,此后的研究生难有这样的福分了!

1978年10月16日上午,入学第一课,是听郭预衡先生讲"鲁迅的治学方向及方法"。郭先生早年师从名家大师,曾为陈垣先生的研究生,余嘉锡先生的助教,出入经史百家,学习传统的治学方法,打下了深厚的学问功底。中年服膺鲁迅,深研鲁迅著作,对鲁迅的治学理论及其实践体会尤深,见于著述,颇有影响。先生的第一课良有深意,旨在启示我们,走上学术之路,无论治学的方向、方法,还是为人、为文的品格,都应以鲁迅为榜样。

我们的导师团队,皆为一时之选。导师们各据所长,次第登台授课。郭预衡先生讲先秦诸子散文、宋代文学、论文评讲,聂石樵先生讲《诗经》《楚辞》、元代文学,韩兆琦先生讲《史记》《汉书》,启功先生讲唐代文学、明清诗文、八股文、《书目答问》和诗文格律,邓魁英先生讲唐诗,课后按照他们开列的书目认真读书,伴随我们度过一生中最美好的时光。此外,为了开阔我们的视野,拓宽我们的知识面,我们的导师还请来校内外的先生开讲座,校内如陆宗达先生讲训诂,肖璋先生讲文字学,钟敬文先生讲神话,刘乃和先生讲《中外历法及年号》,赵经修先生讲古籍版本、目录及有关工具书,王汝弼先生讲魏晋南北朝文学,李修生先生讲明代小说,张俊先生讲《红楼梦》,黄药眠先生还以《卖油郎独占花魁》为例,剖析宋代市民阶层兴起对文学的影响;校外如请朱星先生讲天文星象、乐律、度量衡、历法知识,傅璇琮先生讲两种唐诗选本及唐文学文献资料。由于中国社会科学院研究生院当时寄住在北京师大,两个单位的研究生往往交叉听课,不分彼此。印象最深的是社科院的赵复三先生讲哲学专题，任继愈先生讲佛教，唐弢先生讲治学方法，陈荒煤先生讲文艺理论，蔡仪先生、王朝闻先生讲美学，曹道衡先生讲南北朝文学的评价问题，吴世昌先生讲宋词，张白山先生讲宋诗，范宁先生讲文学史的对象、分期和作品的阅读与评价，邓绍基先生讲元人杂剧的出现与中华民族戏曲风格的形成。此外，还听过日本汉学家清水茂夫讲关于柳宗元文集的两个版本，小男一郎介绍日本研究中国古代文学的情况等等。学术氛围之浓厚，师资阵营之强大，堪称一时之盛。尤为难得的是，本专业直到1981年送我们毕业后才招收第二届研究生，三年间，导师们就专心培养我们9个弟子，如此得天独厚的福分，是后来的研究生可想而不可得的。

学制三年，大体分为前后两半。前半上公共课（外语及政治）和专业课，后半则撰写毕业论文。由前述可知，我们的专业课内容丰富，形式多样，特别是转益多师，使我们开始明白如何探索学术的真谛，逐渐懂得了一些为学为文的道理和方法。专业课是以学术训练代考试，即要求研究生每学期自选一个研究对象，或某专书，或某作家、作品，或某种文学现象，通过自己读书、思考，发现问题，在充分掌握相关文献资料的前提下，确定论题，撰写论文，于下学期开学时送呈先生，据以评定成绩。

我在第一学期重点研究《左传》，写了一篇题为《试论〈左传〉写子产》的小论文。记得郭预衡先生在评讲时，特别肯定了我这篇作业"还像是一篇论文"。这不禁使我从心底感激我的学术启蒙老师——川师中文系的刘君惠教授。刘先生指导我做大学毕业论文，有大半年时间，每周三晚上，我都要去先生在校内的住所问学受教。虽然最终成果不值一提，但先生教我开始懂得了什么是论文，怎样做论文。先生已作古，但他循循善诱的教诲之言长留我心，他那清风朗月般的君子仪态犹在目前。这篇青涩的小论文后来被我改写为《子产治郑》，发表于《文史知识》1984年第4期，后又收入中华书局1986年出版的《中华人物志》。

第二学期我重点研究王安石，通读了《王文公文集》《王荆文公诗笺注》《王荆公年谱考略》等文献以及相关的诸多文史资料，从文学的角度着眼，撰写了一篇题为《王安石的文学观及其实践》的论文，作为学期作业。后来这篇论文发表于《西南师范学院学报》1981 年第 1 期，中国人民大学书报资料中心《中国古代、近代文学研究》1981 年第 3 期全文转载，《中国文学研究年鉴》（1982 年）摘要简介。

第三学期我重点研究刘基及其名著《郁离子》。通读了《诚意伯文集》《刘伯温年谱》以及相关诸多文史资料，不仅撰写了论文《读刘基〈郁离子〉》，还利用寒假在家时间编写了一本《郁离子寓言选》，选文 63 则，各则自命标题，并加标点、注释、今译和提示。所撰论文发表于《重庆师范学院学报》1982 年第 3 期，中国人民大学书报资料中心《中国古代、近代文学研究》1982 年第 20 期全文转载。《郁离子寓言选》则由重庆出版社于 1982 年 10 月出版，1983 年 12 月第 2 次印刷，共印 6.5 万册。这一刘基研究的"副产品"，看来还颇受读者欢迎。

二、主要学术据点

我走上学术之路，已年近不惑，不免有些"先天不足"且"后天失调"。也许可以说，由于时代的局限，我们这一代学人大多如此。虽然我自认一向勤奋，刻苦攻读，但在自己求学的年代，政治运动一个接着一个；大学毕业之后，先是参加"四清"两年，接着便是十年"文革"，天下大乱，心绪不宁，谈何读书治学！我的治学生涯，是从读研开始的。也是在读研期间，通过学习、读书、思考和研究实践，逐渐形成了自己的学术兴趣、主攻方向和研究方法。正如刘勰所说："文变染乎世情，兴废系乎时序。"（《文心雕龙·时序》）一个时代有一个时代的文学，一个时代也有一个时代的学术。这就意味着，学者治学不能不打上鲜明的时代烙印。当然，由于个体的差异，学者们大都具有各自不同的特点，即如治学门径，所取亦多有不同。我的心得是，治学犹如打井，必须专注于某一点，恒定一条心，不打出水或油来决不罢休。切忌东一榔头，西一棒子，看似处处生花，实则乏善可陈。窃以为习学者首先宜选好"突破口"，建立自己的"根据地"，待取得一定成果，站稳脚跟，再向前后左右不断拓宽加深。遵循此道，我的治学是从《战国策》研究起步的，然后向纵横家研究拓展；又由先秦散文研究而扩及先秦文学史和中国古代散文的研究，故我出版、发表的主要论著，大体不出这一范围。

诚如我在拙著《文史论稿》的《自序》中所说："毋庸讳言，从研究的方向、路子、内容和成果看来，虽然自信较为执着，步履清晰，稳定坚实，也多少有所创获，但既不博大，也不精深。研究方法以求实求真为依归，不追新潮，为文则力求清通简要。"

由上可见，在历经四十余年的学术生涯中，我的主要学术据点有四个，即：《战国策》研究、纵横家研究、先秦文学史研究、古代散文研究。且分别述之：

《战国策》研究起步于我的研究生毕业论文。当研究生学习进入毕业论文撰写时段，经过反复思考，我选定亦史亦文的杰作《战国策》为研究对象，指导教师确定为郭预衡先生。论文标题为《论〈战国策〉的思想倾向和文学成就》。前一部分论思想倾向——"畔经离道"的纵横家书。下分四节：一、崇"计"——策略至上的政治思想；二、尚"贤"——举贤使能的用人主张；三、重"利"——争利求名的人生哲学；四、尊"时"——明时审势的处事方针。后一部分论文学成就——雄视百代的散文杰作。下分四节：一、风姿各异的人物群像；二、辩丽横肆的语言艺术；三、源远流长的文体因革；四、独树一帜的寓言文学。全文五万余字。1981年毕业后，我被分配回家乡重庆，在"缙云灼水缀连珠"的西南师范学院（今西南大学）学报任编辑，三年后调入中文系（今文学院）任教。工作之余，继续我的《战国策》研究，发表了一系列论文。主要有：

《论〈战国策〉的语言艺术》，载《四川师院学报》1982年第1期，中国人民大学书报资料中心《中国古代、近代文学研究》1982年第9期全文转载；

《论〈战国策〉的思想倾向》，载《西南师院学报》1982年第3期，中国人民大学书报资料中心《历史学》1982年第7期全文转载；

《〈战国策〉中的人才论》，载《北京师范大学学报》1982年第6期；

《〈战国策〉寓言论》，载《北京师范大学学报》1987年第2期。

特别是我的毕业论文的后半部分，题为《论〈战国策〉的文学成就》，约3万字，经导师郭预衡先生推荐，被选入《研究生论文选集（中国古代文学分册）》，由江苏人民出版社于1983年3月出版。此文先后荣获四川省人民政府、重庆市人民政府1984年首届社科评奖四等奖。

1988年4月，我的第一部专著《〈战国策〉研究与选译》，由重庆出版社出版，1991年荣获重庆市人民政府社科优秀成果三等奖。此后又陆续发表了若干相关论文，增入此书而成修订本《〈战国策〉研究》，由重庆出版社于2004年12月出版。

纵横家研究是《战国策》研究的延展和深入。《战国策》向有"纵横家言"之称，研究《战国策》就不能不涉及纵横家。虽然在"九流十家"中，"纵横"是不太显眼的一家；而在先秦诸子中，"纵横"也没有取得如儒、墨那样号称"显学"的地位；但它既列"诸子"之一，自应有其独特的学术。然而令人遗憾的是，历来对于纵横家的研究却极为罕见，对于纵横学的探讨更是犹如一片荒漠。有鉴于此，我在《战国策》研究已取得显著成果的基础上，将《纵横家研究》这一课题向原国家教委做了申报，于1993年被批准为"八五"人文、社会科学研究规划项目，并予以资助。这对我无疑是莫大的鼓励和鞭策。

关于纵横家的研究，历来薄弱，尚有不少空白，需要填补。本课题尝试打破文、史、哲的学科界限，力求在先秦历史和文化的广阔背景下，对纵横家做比较全面的综合性研究。既做宏观审视，更重微观论析。从战国纵横之世的历史背景切入，考纵横之兴，论纵横之势的形成和纵横家的应时而兴、顺时而盛；进而探纵横之学，析纵横之术，论纵横之英，评纵横之文；最后叙纵横之衰揭其弊端，述纵横流变论其影响。对于纵横家的兴起、学术、代表人物、文章、衰落、流变诸方面进行探讨，不仅论及一些前人未曾论及的问题，也提出一些不同于旧说的见解。本课题结题为专著《纵横家研究》，专家评审一致肯定其"视野广阔，包容全面，探本穷源，言必有据；分析解剖，多所突破"；"新义层见叠出，突破了前人的陈说"；"体虽不甚大而思甚精"；"可以说是一部填补空白的学术专著"。《纵横家研究》于1998年4月由重庆出版社出版，1999年荣获全国城市出版社优秀图书二等奖，2001年荣获重庆市人民政府社科优秀成果二等奖。该专著出版前后，其部分章节以论文形式在《文献》《北京师范大学学报》《西南师范大学学报》等刊物公开发表，其中《纵横流为文士说》发表于《北京师范大学学报》1998年第2期，中国人民大学书报资料中心《中国古代、近代文学研究》1998年第7期全文转载。

　　"整体建构多层面中国古代文学史系列教材"是郭预衡先生主持的一大项目，该项目列入原国家教委高等学校中文类专业教材"七五"编选计划，包括《中国古代文学史长编》《中国古代文学史》《中国古代文学史简编》《中国古代文学作品选》。郭预衡先生从1986年起，历时12年，带领他的5名学有专攻、各具所长的弟子，在充分体现他的治史思想和治学风格的前提下，共同协作完成。这一整套中国古代文学史系列教材后被列入普通高等教育"十一五"国家规划教材，共13册，共600余万字，规模宏大，体系创新。我有幸成为其中的一员，承担所有"先秦"部分的编写任务，于是先秦文学史研究便自然成为我的又一学术据点。

　　我执笔编写的《中国古代文学史长编（先秦卷）》率先于1992年5月由首都师范大学出版社推出，深受欢迎，一销而空，次年即第2次印刷，2000年8月又出修订版。后来全套教材转由上海古籍出版社出版，《中国古代文学史长编》分为四卷，"先秦编"与"秦汉编"合为第一卷，于2007年4月推出。这套教材在全国影响甚大，广得好评，深受欢迎。作为本科教材的《中国古代文学史》自1998年出版以来，10年间便印刷18次，发行近20万册。特别是"长编"乃郭先生的一大新创，广受学人赞誉。《中国古代、近代文学研究》2003年第7期转载社科院文学所刘跃进研究员《徘徊与突破——20世纪先唐文学史论著概观》一文，称"长编""出版后，口碑颇佳"，认为"就中国文学史著的撰写而言，它既不是一般意义上的文学史，又不是简单的资料汇编，而是介乎于两者之间的新型文学史论著，很有实用价值"。肯定"长编""对于文学史的教学和研究，具有不可替代的独特价值"；且称"读过之余，时时感到一种近于鲁迅文学史研究的大家风范"。2005年，"整体建构多层面中国古代文学史系列教材"荣获高等教育国家级教学成果奖二等奖。

　　这一系列教材的所有"先秦"部分，是我执笔编写的。在编写过程中，我对先秦文学史相关内容进行深入研究，有了新的认识，撰写了若干论文，取得了可观成果，陆续发表于《史学史研究》《北京师范大学学报》《西南师范大学学报》《古典文学知识》等刊物上。

　　古代散文研究是在郭预衡先生的带领和指导下形成的又一学术据点。郭先生是中国古代散文研究的泰斗，其杰作《中国散文史》好似一座丰碑，标志着中国古代散文研究达到的最新高度。作为先生的弟子，自然身随影从，在先生的影响下致力于中国古代散文研究。1983年，先生推荐我承担了《先秦政论文选译》一书的编写任务，此书于1987年由上海古籍出版社出版。其间所撰论文《先秦政论文略论》发表于《四川师院学报》1984年第2期，中国人民大学书报资料中心《中国古代、近代文学研究》1984年第17期全文转载。

此后我参加了先生主编的若干古代散文丛书的编写，撰有《中国历代散文精品（上）》（时代文艺出版社1995年版）、《唐宋八大家文集·苏洵文》（人民日报出版社1997年版）《先秦散文选注》（岳麓书社1998年版）、《汉魏六朝散文选注》（岳麓书社1998年版）、《文白对照唐宋八大家文钞·老泉文钞（注译）》（广东教育出版社2002年版）等。

我还应邀与韩兆琦先生合作，编撰了《中国古代散文专题》《先秦两汉散文专题》《先秦两汉文导读》《先秦两汉文选》（均由高等教育出版社出版）等教材，我主要负责先秦部分的编写。

此外，我还撰写了《中国分体文学史（散文卷上）》（上海古籍出版社2001年版），主编了《文心雕龙今译》（西南师大出版社1996年版）、《山水的启迪：中国古代散文的人文情怀》（天地出版社2004年版）《经史百家杂钞今注》（上海书店出版社2015年版）等，成果颇丰。

三、附录学术简谱（1978—2022年）

熊宪光，自号亦说，1942年生于重庆。西南大学文学院教授，重庆市人民政府文史研究馆馆员。历任中国古代散文学会副会长，重庆市古代文学学会会长，重庆市首届学术技术带头人，重庆市古籍专家委员会副主任。自1993年起，享受国务院政府特殊津贴。

兹将40余年之学术经历及著述，采取以年系文的方式，择要编为简谱，以便观览。

1978 年

10 月，作为"文革"后第一批研究生，进入北京师范大学中文系中国古代文学专业学习，师从郭预衡、启功、聂石樵、邓魁英、韩兆琦等先生，本届同学共 9 人。

1979 年

9 月，进入毕业论文撰写时段，选定亦文亦史的杰作《战国策》为研究对象，导师确定为郭预衡先生。

1980 年

9—10 月，与研究生同学万光治、赵仁珪、林邦钧、樊善国结伴出京游学，经西安、成都、重庆，过三峡，到岳阳、长沙、武汉、上海、杭州、无锡、南京等地，游览壮丽山河，参观著名高校、博物馆，开阔眼界，增广见闻。

12 月，论文《也谈〈战国策〉新标点本的一些问题》经学兄蓝棣之推荐，发表于《四川师院学报》1980 年第 4 期。此即公开发表的第一篇论文。

1981 年

1 月，论文《也辨"越明年"》（与柴剑虹合作）发表于《北京师范大学学报》1981 年第 1 期。

同月，论文《王安石的文学观及其实践》发表于《西南师范学院学报》1981 年第 1 期，中国人民大学书报资料中心《中国古代、近代文学研究》1981 年第 3 期全文转载，《中国文学研究年鉴》（1982 年）摘要简介。

3 月，读书札记《说长道短》发表于《北京晚报》1981 年 3 月 3 日第 3 版"百家言"。

6 月，毕业论文《〈战国策〉的思想倾向和文学成就》顺利通过答辩，答辩委员会由范宁、聂石樵、邓魁英、韩兆琦和导师郭预衡先生组成，范宁先生任主委，其后获颁硕士学位。

11 月，毕业分配回家乡重庆，在西南师范学院（今西南大学）学报编辑部任编辑。

1982 年

3 月，论文《论〈战国策〉的语言艺术》发表于《四川师院学报》1982 年第

1 期，中国人民大学书报资料中心《中国古代、近代文学研究》1982 年第 9 期全文转载。

7 月，论文《读刘基〈郁离子〉》发表于《重庆师院学报》1982 年第 3 期，中国人民大学书报资料中心《中国古代、近代文学研究》1982 年第 20 期全文转载。

同月，论文《论〈战国策〉的思想倾向》发表于《西南师范学院学报》1982 年第 3 期，中国人民大学书报资料中心《历史学》1982 年第 7 期全文转载。

10 月，编译《〈郁离子〉寓言选》由重庆出版社出版，次年 12 月第 2 次印刷，共印 6.5 万册。

11 月，论文《〈战国策〉中的人才论》发表于《北京师范大学学报》1982 年第 6 期。

12 月，论文《刘基之死》发表于《大庆师专学报》1982 年第 3 期。

1983 年

3 月，毕业论文后半部分《论〈战国策〉的文学成就》被选入《研究生论文选集（中国古代文学分册）》，由江苏人民出版社出版，此文先后荣获四川省人民政府、重庆市人民政府 1984 年首届社科优秀成果奖四等奖。

6 月，经学兄敖忠、夏树人介绍，加入重庆作家协会。

1984 年

4 月，人物评传《子产治郑》发表于《文史知识》1984 年第 4 期，后收入《中华人物志》，由中华书局于 1986 年 7 月出版，台湾国文天地出版社 1989 年再版。

同月，赏析文《说〈叔向贺贫〉》，收入《中学语文新篇目试析》，由北京师范大学出版社出版。

6 月，论文《先秦政论文略论》发表于《四川师院学报》1984 年第 2 期，中国人民大学书报资料中心《中国古代、近代文学研究》1984 年第 17 期全文转载。

8 月，应邀赴吉林长春，出席中国寓言文学研究会成立大会，并为创会会员。

10 月，读书札记《读〈战国策〉新校点本札记》，发表于《西南师范学院学报》1984 年增刊。

12 月，论文《王安石确曾"轻"韩愈——与吴小如先生商榷》发表于《大庆师专学报》1984 年第 4 期。

1985 年

1 月，调入中文系古代文学教研室任教。

5 月，评介《谈〈诗经〉中的爱情诗》发表于《语文》1985 年第 1 期。

9 月，应邀赴四川大学出席全国首届宋代文学讨论会。

1986 年

1 月，评介《话说先秦散文》发表于《语文》1986 年第 1 期。

4 月，论文《〈邹忌讽齐王纳谏〉三议》发表于《西南师范大学学报》1986 年第 2 期。

7 月，应聘担任四川省普通高考评卷指导委员会"语文科"委员，1987 年、1994 年继续应聘担任此职。重庆市直辖后，从 1997 年至 2004 年，连续 8 年应聘担任重庆市普通高校评卷指导委员会"语文科"委员。

同月，读书札记《关于〈史记〉的两处标点》发表于《天府新论》1986 年第 4 期。

12 月，参编《古典文学三百题》由上海古籍出版社出版，撰写关于《国语》和《战国策》、皮日休及陆龟蒙小品文以及《晏子春秋》等三题，此书多次重印。

1987 年

3 月，论文《〈战国策〉寓言论》发表于《北京师范大学学报》1987 年第 2 期。

6 月，编译《先秦政论文选译》由上海古籍出版社出版。

9 月，赏析文《读韩愈〈圬者王承福传〉》发表于《语文》1987 年第 5 期。收入《韩愈诗文名篇欣赏》，由巴蜀书社 1999 年 9 月出版。

12 月，经四川省职称改革领导小组批准，晋职为副教授，并经校学术委员会批准为硕士研究生导师，开始招收硕士生。

同月，开始担任中国古代文学教研室主任和学科及硕士点带头人，直至 2003 年 5 月退休卸任。

1988 年

4 月，专著《战国策》研究与选译》由重庆出版社出版。1991 年荣获重庆市人民政府社科优秀成果三等奖。

同月,《关于〈晏子春秋〉》原载《古典文学三百题》,被《中国文学》(英文版、法文版)1988年第2期译载。

7月,论文《〈唐且不辱使命〉的文学特征》发表于《西南师范大学学报》1988年第3期。

12月,参编《中国儒学辞典》由辽宁人民出版社出版,承撰27条。此书于1989年荣获中国图书奖。

1990年

3月,参编《〈诗经〉〈楚辞〉鉴赏辞典》由四川辞书出版社出版,撰写贾谊赋2篇。

1991年

4月,参编《中国古代文化知识辞典》由江西教育出版社出版,任编委,负责文学及学术部分辞条的撰写。1994年荣获重庆市人民政府社科优秀成果三等奖。

7月,论文《略论〈吕氏春秋〉》发表于《石家庄大学学报》1991年第1期。

1992年

5月,编撰《中国古代文学史长编(先秦卷)》由首都师范大学出版社出版,1996年5月加印,2000年8月出再版。2007年4月经修订后作为《中国古代文学史长编(先秦编)》由上海古籍出版社出版,列为普通高等教育"十一五"国家规划教材。

同月,论文《说"长短"》发表于《西南师范大学学报》1992年古籍整理与研究专刊。

7月,论文《荀文简论》发表于《北京师范大学学报》1992年第4期。

8月,编撰《中国古代文学简史(先秦章)》由首都师范大学出版社出版,1998年5月再出修订本。

12月,经四川省职称改革领导小组批准,晋职为教授。

1993年

1月,论文《〈逸周书〉的文学价值》发表于《辽宁大学学报》1993年第1期。

10月，荣获国务院颁发证书，为了表彰为发展我国高等教育做出的突出贡献，决定从 1993 年 10 月起发给政府特殊津贴。

同月，领衔申报教学成果《多层次有特色的〈中国古代文学〉教学改革》荣获四川省第二届普通高等学校优秀教学成果奖二等奖。

12月，论文《〈离骚〉：诗人的自觉与主体意识的张扬》发表于《西南师范大学学报》1993 年古籍整理与研究专刊。

1994 年

6月，读书札记《朱元璋训诲大臣子弟》发表于《历史大观园》1994 年第 6 期。

9月，论文《〈国语〉风格，南北异趣》发表于《史学史研究》1994 年第 3 期。

12月，论文《〈韩非子〉略论》载《传统文化与古籍整理研究》，由西南师范大学出版社出版。

1995 年

10月，论文《中国古代旅游文学源流论》发表于《西南师范大学学报》1995 年第 4 期，中国人民大学书报资料中心《中国古代、近代文学研究》1996 年第 2 期全文转载。

同月，主编《经史百家杂钞今注（上、中、下）》由西南师范大学出版社出版，此书与蓝锡麟合作主编。1996 年 12 月荣获重庆市人民政府社科优秀成果三等奖。

12月，《中国历代散文精品（上下）》由时代文艺出版社出版，此书郭预衡主编，熊宪光、林邦钧分别编注上下册。

1996 年

1月，主编《文心雕龙今译》由西南师范大学出版社出版。

同月，应邀赴首都师范大学出席中国古代散文学会成立大会，被推选为理事。

1997 年

1月，论文《纵横家之兴考辨》发表于《文献》1997 年第 1 期。

3月，评注《唐宋八大家文集·苏洵文》由人民日报出版社出版。

5月，论文《论纵横之文的基本特征》发表于《大庆高等专科学校学报》

1997 年第 2 期。

7 月，论文《"纵横"流为侠士说》发表于《西南师范大学学报》1997 年第 4 期。

1998 年

1 月，读书札记《说语录》发表于《重庆晚报》1998 年 1 月 18 日副刊。

3 月，论文《"纵横"流为文士说》发表于《北京师范大学学报》1998 年第 2 期，中国人民大学书报资料中心《中国古代、近代文学研究》1998 年第 7 期全文转载。

4 月，专著《纵横家研究》由重庆出版社出版，1999 年荣获全国城市出版社优秀图书二等奖，2001 年荣获重庆市人民政府社科优秀成果二等奖。此专著为原国家教委"八五"人文、社会科学规划研究项目。

7 月，郭预衡主编《中国古代文学史》（共四册）由上海古籍出版社出版，撰写"先秦编"。教育部教高司函〔1999〕49 号文重点推荐为全国通用教材，1999 年 11 月荣获华东地区第二届古籍评奖特等奖。

同月，论文《〈庄子〉命名艺术试探》发表于《西南师范大学学报》1998 年第 4 期，此文与陈劲合作。

8 月，选注《先秦散文选注》及《汉魏六朝散文选注》由岳麓书社出版。

10 月，论文《论纵横家举贤使能的人才观》发表于《重庆师范教育》1998 年第 5 期。

11 月，赴湖南师范大学出席中国古代散文学会第二届学术研讨会，提交论文《论纵横之文的基本特征》。

1999 年

1 月，论文《论纵横家的衰落》发表于《涪陵师专学报》1999 年第 1 期。

4 月，论文《何不改称"巴渝文学史"》发表于《涪陵师专学报》1999 年第 2 期。

5 月，重庆市古代文学学会在西南师范大学成立，被推选为会长，并任法人代表，直至 2018 年卸任。

同月，论文《据实构虚着笔对面——〈诗经·魏风·陟岵〉的艺术特色》发表于《古典文学知识》1999 年第 3 期。

11 月，论文《论纵横家的辩证法思想》发表于《川北教育学院学报》1999 年第 1 期。

12 月，论文《"鬼谷"解》收入《新国学》第一卷，由巴蜀书社出版。

同月，荣获 1999 年曾宪梓教育基金会高等师范院校优秀教师奖三等奖。

2000 年

4 月，应邀出席由上海古籍出版社和佛山大学在佛山举办的"全国部分高校中国古代文学教学与教材编写学术研讨会"。

同月，应邀出席复旦大学主办的"首届全国高校中国古代文学科研与教学研讨会"，提交论文《关于中国古代文学教材建设的几点思考》，并以《关于当前学术评估的几种倾向》为题作大会发言。论文《关于中国古代文学教材建设的几点思考》收入《第一届全国高校中国古代文学科研与教学研讨会论文集》，由上海三联书店于 2003 年 12 月出版。

7 月，论文《关于中国古代文学教材建设的几点思考》发表于《大庆高等专科学校学报》2000 年第 3 期。

同月，论文《关于当前学术评估的几种倾向》发表于《涪陵师专学报》2000 年第 3 期。

9 月，论文《自主自觉自省自立——〈诗经·卫风·氓〉意蕴新探》发表于《西南师范大学学报》2000 年第 5 期，此文与王亚琴合作。

12 月，主编《古今逸史精编》（共四册）由重庆出版社出版，荣获 2001 年全国城市出版社优秀图书二等奖。

2001 年

1 月，书评《〈中国散文史〉：丰碑与启示》发表于《中华文化论坛》2001 年第 1 期。

7 月，《中国分体文学史（散文卷）》由上海古籍出版社出版，撰写上编 1—5 章。

8 月，赴山东聊城大学出席中国古代散文第四届国际研讨会，提交论文《苏洵与"纵横"》，收入《中国古代散文第四届国际研讨会论文集》，由中国文联出版社 2001 年 12 月出版。此次会上，被增选为中国古代散文学会副会长。

同月，书序《为大巫山文化传神写照》载任桂园著《大巫山文化》，重庆大学出版社出版。

12 月，书评《〈巴蜀散文史稿〉：开创性的成果》发表于《渝州大学学报》2001 年第 6 期。

2002 年

4 月，论文集《文史论稿》由重庆出版社出版，荣获 2003 年全国城市出版社优秀图书二等奖。

5 月，论文《苏洵与"纵横"》发表于《西南师范大学学报》2002 年第 3 期。

7 月，经专家评议委员会通过，中共重庆市委组织部、重庆市人事局审定同意，批准为重庆市首届学术技术带头人（中国古代文学学科）。

7 月，《先秦两汉散文专题》（撰先秦史传）及《先秦两汉散文专题作品选》（撰先秦散文）由高等教育出版社出版，乃教育部师范教育司组织编写的专升本教材。

9 月，荣获渝盟教育奖励基金一等奖。

10 月，《重庆市 2002 年高考作文精选精评》（与刘明华合作主编）由重庆出版社出版。

12 月，注译《文白对照唐宋八大家文钞·老泉文钞》由广东教育出版社出版。此书列入国家古籍整理出版"十五"重点规划项目。

2003 年

1 月，点校《水浒传》（上下）、《拍案惊奇》《二刻拍案惊奇》《醒世恒言》（与王广福合作），由重庆出版社出版。

3 月，论文《"纵横"流为谋士说》发表于《西南师范大学学报》2003 年第 2 期。

同月，书序《新精美妙的启蒙教材》（载《儿童古典文学启蒙》）发表于《师资建设》2003 年第 3 期。

4 月，论文《巴渝词鸟瞰》发表于《重庆工商大学学报》2003 年第 2 期，此文与宁登国合作。

5月，办理退休手续，又继续返聘5年，任教至2008年7月正式退休。1987—2008年共培养中国古代文学专业硕士生14届33名。此外，指导教育硕士9届20名，高师硕士2名。

5月，论文《语文应界定为汉语言文学》发表于《师资建设》2003年第5期。

7月，《2003年高考作文阅卷场报告》（与刘明华、左瑞林合作主编）由重庆出版社出版。

12月，《中国古代文学史简编》由上海古籍出版社出版，撰写"先秦章"。

2004年

1月，受聘为西南师范大学第五届教学指导委员会委员，聘期3年。

3月，专著《巴渝诗词歌赋》（与王广福、宁登国合作）由重庆出版社出版。

同月，论文《巴渝诗鸟瞰》（与王广福合作）发表于《涪陵师院学报》2004年第2期。

7月，《中国古代文学作品选》由上海古籍出版社出版，编撰"先秦诗文"及"魏晋南北朝诗"。

8月，人物评介《郭预衡教授：成就卓著的文学史专家》发表于《高校理论战线》2004年第8期。

9月，主编《山水的启迪：中国古代散文的人文情怀》（与李丽合作主编）由天地出版社出版。序文《古典精华，人文之光》发表于《师资建设》2005年第2期。

11月，论文《奇文〈楚王死〉与战国纵横术》发表于《西南师范大学学报》2004年第6期。

12月，专著《战国策研究》（修订本）由重庆出版社出版。

2005年

4月，编注《中国三峡竹枝词》（与王广福、蓝锡麟合编）由重庆出版社出版。

7月，悼念文《痛悼启功师》发表于《重庆晚报》2005年7月6日第3版。

同月，赴武汉大学出席第五届中国古代散文研究国际学术研讨会，提交论文

《苏秦、张仪纵横说辞探研》。

9月，"整体建构多层面中国古代文学史系列教材"荣获高等教育国家级教学成果奖二等奖，郭预衡领衔，6人获奖，熊宪光排名第二。

11月，"创建《中国古代文学精品课程》的探索与实践"荣获重庆市人民政府高等教育教学成果奖三等奖，刘明华领衔，4人获奖，熊宪光排名第二。

12月，序文《志在高峰不懈登攀》，载何宗美著《古代文学散论》，文化艺术出版社出版。

2006 年

7月，论文《苏秦、张仪纵横说辞探研》发表于《西南师范大学学报》2006年第4期。

10月，论文《〈周易〉与传统文化》发表于《师资建设》2006年第5期。

11月，论文《话说〈周易〉》发表于《中学语文教学参考·学语文》2006年第11期。

2007 年

3月，论文《"纵横"流为文士说》《〈国语〉风格，南北异趣》《纵横家之兴考辨》选入西南大学文学院编《古代文学论丛》，由中华书局出版。

7月，序文《文化视野中的〈庄子〉寓言研究》载蒋振华著《〈庄子〉寓言的文化阐释》，湖南人民出版社出版。

2008 年

2月，《中国古代散文专题》（撰写先秦散文及先秦作品选）由高等教育出版社出版，全国高等院校本科及专升本教材。

10月，评介《整体建构多层面中国古代文学史系列教材》发表于《师资建设》2008年第5期。

2009 年

3月，读书札记《话说鬼诗》发表于《古典文学知识》2009年第2期。

7月，经重庆市古籍保护工作局际联席会议审定，受聘为重庆市古籍专家委员会副主任。

12月，受聘为西南大学第一届研究生教育指导专家委员会委员，聘期5年。

同月，读书札记《钟云舫写歌讽"五毒"》发表于《重庆晚报》2009年12月23日《夜雨》副刊。

2010年

3月，论文《〈战国策〉和战国纵横家的说辞艺术》载《中国古代散文艺术二十四讲》（为其第三讲），由武汉大学出版社出版。

8月，悼念文《"散文有史，创建首推君"——追念恩师郭预衡先生》发表于《中国社会科学报》2010年8月19日总第116期第15版"学林"。

9月，悼念文《丰碑永在，典范长存——痛悼恩师郭预衡先生》发表于《社会科学论坛》2010年第18期。

11月，悼念文《亦师亦父——记恩师郭预衡二三事》发表于《中国社会科学报》2010年11月2日总第135期第19版"后海"。

2011年

3月，读书札记《务出己见为至文——读苏洵〈仲兄字文甫说〉〈名二子说〉》发表于《古典文学知识》2011年第2期。

2012年

3月，论文《一组震撼人心的讽世歌——读钟云舫〈火坑莲〉》发表于《古典文学知识》2012年第2期。

2014年

2月，《先秦两汉文导读》（与韩兆琦、阮忠合著）由高等教育出版社出版，全国高等院校汉语言文学专业教材。

6月，《先秦两汉文选》（与韩兆琦、于东新合作编注）由高等教育出版社出版，全国高等院校汉语言文学专业教材。

自2014年10月22日至2015年1月7日，《重庆晨报》副刊开设"熊宪光专栏"，以"文化寻根"为主题，每周一文，共发表10篇文章，依次是：《文化寻根说先秦》《〈周易〉与传统文化》《鉴往知来的史家传统》《儒学宝典〈论〉〈孟〉〈荀〉》《老子之"道"与庄子之"逍遥"》《时称"显学"的墨家》《集法家之大成的〈韩非子〉》《争鸣天下话纵横》《瑰玮宏博的〈吕氏春秋〉》《辉耀后世的〈诗〉〈骚〉》。

2015 年

2月，论文《传统文化与人文素养》发表于《师资》（传统文化版）2015 年第 2 期。

3月，论文《值得珍视的朱元璋口语实录——读刘仲璟〈遇恩录〉》发表于《古典文学知识》2015 年第 2 期。

5月，修订本《经史百家杂钞今注（上、中、下）》（与蓝锡麟合作修订），由上海书店出版社出版，荣获第十九届（2015 年度）华东地区古籍优秀图书二等奖。

6月，书评《解析中华传统文化中的侠义基因——读蓝锡麟〈先秦大侠义〉》发表于《红岩特刊·重庆评论》2015 年第 2 期。

2016 年

1月，经重庆市政府 116 次常务会议研究决定，受聘为重庆市人民政府文史研究馆馆员。

2018 年

3月，受中共重庆市委宣传部、重庆市文化委员会聘请为《巴渝文库》专家委员会成员。

2019 年

12月，中华传统文化百部经典《战国策》由国家图书馆出版社出版，应邀担任"审订"。

2020 年

3月，论文集《亦说文稿》列入"雨僧丛书"，由西南师范大学出版社出版。

10月，学术札记《漫议治学传统与治学方法》发表于《太原学院学报》2020 年第 5 期。

12月，论文《巴渝诗的独特风貌》发表于《重庆艺苑》2020 年年刊。

2021 年

5 月,《点评赵义山〈蜀道难〉》载《当代蜀诗点评初集》,由时代出版社出版。

2022 年

4 月,受重庆市人民政府文史研究馆聘请为第二批重庆历史名人遴选专家委员会成员。

[作者单位:西南大学文学院]

熊宪光先生门下从学略记

□何宗美

　　"无师则无学，无友则无学。"近年来，越来越深深有感于此二言。而师之于学，又尤为要者。"古之学者必有师"，于今而论，亦概莫能外。师，作为知识传授者、思想引领者、精神塑造者，对于任何一个接受系统教育的人来说，便是照引他成长之路的星光和灯塔。笔者自步入学术之路，有两位恩师影响至深：一位是西南大学熊宪光先生，一位是南开大学陈洪先生。二位先生分别是我硕、博阶段的导师，是我不同时期的学术引路人。饮水思源，学有初心。有幸结缘于学术，最得益者在于能遇二位良师，而学术的最初入门，则是自师从这里要谈到的熊宪光先生开始的。

　　本院集刊《后学衡》近期开办一个"前辈学人"的栏目，由老一辈学者撰文述介治学经验，并由其学生回忆从学心得体会，二文同刊，彼此映衬。本期拟刊熊宪光师大作《我的治学经历》，弟子忆学之文，则前不久院方嘱我为之，时间虽较紧促，但我深感荣幸之至，故欣然应允，撰此小文，附骥于先生宏论之末。今且先生恰过八十华诞于数月前，借此机缘，畅谈追随先生的点滴记忆，感激于先生数十年栽培之恩。岁月悠悠，师情似海，文字难表，略叙一二。

一、正学纯思先生

时光回到三十年前的 1992 年。笔者现在任职的西南大学，那时还叫西南师范大学，学校所在地重庆北碚，也还属于四川省。那年秋，我告别了中学讲台，考入西南师大，荣幸地成为该校中文系古代文学专业的一名硕士生，负笈入川，忝列熊门，随师治先秦两汉文学。此后的岁月里，虽有九年时间在北方任教、读博、再任教，其余二十多年都在先生身边学习、工作和生活——最初三年在先生门下读硕士，2004 年回到母校工作，至今已是第二十个年头。可以说，因为先生，自己此生与一个远离湘南家乡一千多公里的西南小地名——北碚结了深缘。北碚，论风光与文化，虽然都算得上名胜之地，但偏处西南一隅，知晓它的人并不多，而对我来说，它不仅有称得上恋山的缙云山，还有称得上恋水的嘉陵江，更有我的恩师以及我随恩师长期受教的岁月，故它的意义无法取代。人生中能有自己的导师，并不是每一个人都能获得的一种幸福，而如果毕业后还能在自己导师身边工作、生活，有幸时而随师左右，得聆教益，更是极少数人才可能拥有的最大幸福。多年来，我常常享有这样一种深切感受，这样一种幸福感也一直充盈了我的心灵。

师者如佛，求师亦如求佛。一位学术导师，可能给学生的影响途径是三方面的，以此推之，师之含义亦可从三个方面来理解，几十年来受教于先生，我也恰是在这三个方面有所领会。师者之为三，表现为：一是直接出现在面前的言传身教之师，此如谓生身之师；二是以著作形式出现，由阅读而得其师法，此如谓化身之师。这便构成了我所领会的学习取法的"两个老师"——通过出现在面前的老师直接聆听教益，通过著作中的老师则师虽不在身边亦如师在眼前，随时取教而不受限制。此即：听师授学，由耳闻而获师；读师之书，由目诵而获师。而"两个老师"背后，要之还存在一个根本的"老师"，这个根本的"老师"才是决定之影响学生的灵魂所在，一个老师是否给学生以影响以及给予怎样的影响便是本源于这个根本的老师。存在于有形中的无形之师，通常为一般人所不知，而唯有求得无形之师者才算得上真正的求师。

为是，我常常不经意地思考，想到在自己身上是否有些内在的精神来自深刻影响自己的老师，即在内在精神方面找寻那种师承的脉络。透过先生的各种著作，浮想先生的言传身教，在先生的著作和言传身传中求得一个影响自己的根本的无形之师，我把它叫作"正学纯思先生"——通常我们只是用姓氏称呼自己的老师，这是一种极常用的称谓，也是极外在的称谓，而真正之师还应该有一个更本质的称谓，作为师之根本、师之精神和师之灵魂的称谓。这种意义的"师"，需要用心去体会、去发现。我心中存在的"正学纯思先生"，即是我对先生之为吾师的内心称谓，自从学先生门下影响于我学术生涯几十年并且还将一直作为我学术精神持之以恒的就是这其中的四个字——正学纯思。

今天翻阅先生《文史论稿》（重庆出版社2002年版），在其《自序》仍能读到先生用以自勉的几句话："堂堂正正做人，兢兢业业教书，孜孜矻矻为学，认认真真作文。"先生的四项自勉，其实也就是先生的四项教诲。为文、为学还有育人，统一到一个根本点上，那就是"做人"的态度，使一切发端都基于一个"正"字，以此学才正、思才纯。学正思纯，根基始固。记得当年初入先生门下，先生最为重视的就是做人之根本和为学之大端。后来随先生左右，谈及为学特别是当今学风浮躁的问题时，亦常能听到这样的教诲。先生的学术思想和学术精神，千言万语归结到一点，不外乎在本源上落实到正其学而纯其思，或者说纯其思而正其学。

现代研究生教育严格来说并不等同于一般意义的学校教育，虽也是现代学校教育的组成部分，但它显然带有学校公众教育与古代私家教育相结合的特点与优势，可以说是依托于学校并通过学术专家的优长进而达到学校教育之目的的一种教育形式。相对于小学、中学和大学所接受的学术公众教育，受教育者得到的通常是学校的平均水平，硕、博教育则通常接受的是学校最高水平的教育，只是这种最高水平往往又是各具特色同时也参差不齐的。跟什么样的导师，则意味着结什么样的学缘，走什么样的学术之路。从这个意义来说的，从20世纪90年代初报考先生算起，我便有幸与学术结了一个善缘。此后，在学术环境日趋浮躁的几十年中，从来没有动过浮躁的一丝念头。其间虽再有到南开大学的进一步锻造，获得了一次重要的增进，但追溯来路，正学思纯的学术初心便起于跟随先生的第一天。心中装着正学纯思的善念，故学术之路无论走到哪里，总能踏踏实实，也总能轻松愉悦。

二、要有自家根据地

"要有自家根据地"，是先生常说的一句治学格言。这是一种比喻的说法，所谓"根据地"也就是通常所说的学术领域，而且是指专攻并有所建树的学术领域。在治学思想方面，先生尤重学术领域的构建，强调学有专攻，即在某一领域取得研究突破，并建立自己的学术特色，形象地说就是要建立自己的学术根据地。谈到这一点，记忆最深的是他用四川话腔调常说的两句话："学术研究，说白了就是要让人知道你是做啥子底！""还有，就是要让人知道做了些啥子！"——"做啥子底"，就是有没有研究领域；"做了些啥子"，就是在此领域做得怎么样。那时初次听到，我刚从湖南来，四川话尤具特别的新鲜感和吸引力，而这两句话先生后来不断重复过好多遍，所以至今仍不时在耳边回响。

重视学术研究的领域意识，是先生一以贯之的治学思路，也是先生数十年学术生涯的经验之谈。当年入学之始，先生对我们谈治学之道就包括"要有自家根据地"这一项。近日，因撰此短文，找到当年的笔记，在第一次上课所做的"导师讲读研规划"记录中便记下有这样的内容。当时先生讲到四个问题，分别是关于读研安排、关于研究、关于学习和关于课程（先秦两汉散文）。关于研究，先生提出最终要达到的要求有两点：一是文学史的拉通，二是"根据地"的建立。先生讲到的两点，前者是建立宏观的知识视野，后者则是取得重点领域的研究突破。这种要求自然是不能轻易达到的，但作为一种治学观念，再加之先生此后一再强调，给我留下的印象是非常深刻的。特别是关于建立学术"根据地"的问题，先生认为既不能过于"贪大""就熟"，也不宜过于"求小""追新"，针对研究生的实际情况，当以"取中"为上。具体的做法，则是选取恰当的研究领域作为"据点"，在充分立定根基后，进而拓展延伸，以此自然而然地扩大研究领域。先生自己在学术研究中也一直坚持这样的观念和做法。在迄今为止四十多年的学术生涯中，先生主攻的研究领域集中于《战国策》研究、纵横家研究、先秦文学史研究和古代散文研究，这就是他的四个"学术据点"或"自家根据地"。于此四者，先生都做了大力开掘，并获得了研究突破。以《战国策》研究为例，初版于1988年的《〈战国策〉研究与选译》，是先生的学术处士作，也是20世纪《战国策》研究史上起到过重要推动作用的著作之一。季羡林为名誉主编及张燕瑾、吕薇芬为主编的《20世纪中国文学研究》丛书之《先秦两汉文学研究》卷，在论及《战国策》研究时指出20世纪80年代后"情况就发生了变化"，而变化的标志则是："熊宪光《论〈战国策〉的思想倾向》和郭预衡《谈〈战国策〉的思想和艺术》两文，对于建国后关于《战国策》思想价值的主流意见提出了不同看法。他们认为《战国策》的思想主要是纵横家思想。"同时，在论及中华人民共和国成立后对《战国策》艺术性的研究方面"取得了很大成就"时，尤其列举了"熊宪光《论〈战国策〉的文学成就》"（《先秦两汉文学研究》，北京出版社2001年版）。在此提到的《论〈战国策〉的文学成就》是先生硕士学位论文的核心部分之一，收入全国《研究生论文选集》之《中国古代文学分册》（江苏人民出版社1983年版），可见先生此文是当时国内研究生学位论文的标志性成果之一。先生在学术上立定脚跟就是从《战国策》研究开始的，此后便以此为据点进而扩展到与之相关的纵横家研究等。

关于学术研究"要有自家根据地"以及如何建立"根据地"的问题，最近出版的先生著作《亦说文稿》（西南师范大学出版社2020年版）自序中有一段文字特别谈到切实的体会，先生说：

> 我的心得是，治学如打井，必须专注于某一点，恒定一条心，不打出水或油来决不罢休。切忌东一榔头西一棒子，看似处处生花，实则乏善可陈。窃以为习学者首先宜选好"突破口"，建立自己的"根据地"，待取得一定成果，站稳脚跟后，再向前后左右不断拓宽加深。遵循此道，我的治学是从《战国策》研究起步的，然后向纵横研究拓展；又由先秦散文研究而扩及先秦文学史和中国古代散文的研究，故我出版、发表的主要论著，大体不出这一范围。

先生所谓"治学如打井",取《孟子》"掘井"之喻,以作比学术领域的开掘。《孟子·尽心上》说:"有为者辟若掘井,掘井九仞而不及泉,犹为弃井也。"学之有弃学,如井之有弃井,先生讲这个道理,旨在勉励我们学术上要有掘井及泉之志,做到专而有恒。相同的勉励,记得先生还引用过郑板桥的《竹石》诗:"咬定青山不放松,立根原在破岩中。千磨万击还坚韧,任尔东西南北风。"先生以此喻学,强调"咬定青山""立根""千磨万击""坚韧"等,至今对我影响至深。

先生的"要有自家根据地"之说,最切合古代文学研究的学术特征。后来我深刻体会到,古代文学研究尤其需要讲究"专门功夫"——"专门"就是要有自己的领域,"功夫"则是在此领域要舍得长期坐冷板凳,倾心倾力,锲而不舍。这以作战比,最能说明问题,即古代文学研究犹如阵地战,而通常不是运动战,更不能是游击战。先生反对的"东一榔头西一棒子",就是一种"学术游击",那多半是刻意的取巧,而不是阵地的攻坚,也就很难真正取得学术的创获。在我自己此后的学术生涯中,虽然不能说自己有什么创获,但有一点则可以说是没有什么问题的,那就是绝没有丝毫的取巧,也绝不做游击的学术。这一点特别是后来在南开大学读博以后初步确立了自己的研究领域更是体会尤深,感触尤切,坚信不疑。以明代文人结社研究为例,自1999年到2010年,这个领域一做就是整整十余年;再以《四库全书总目》和四库学研究为例,自2010年至今,亦坚持做了十三年。而且,这两个领域现在也还没有停止。所谓"掘井及泉""咬定青山",以我的学术体验来说,确实是一个最重要同时也最基本的道理,用先生的话说就是——"要有自家根据地",即既要"知道你是做啥子底",还要"知道你做了些啥子"。

三、文史哲不分家

研究中国古代文学,通常以历史时期不同,划分为若干阶段,如先秦两汉文学、魏晋南北朝文学、唐宋文学、元明清文学。不同阶段的文学,不仅是不同历史时期的文学,而且是不同特色的文学。先秦两汉时期,文学尚未发展为独立的形态,所谓文学或亦经亦文,或亦史亦文,或亦子亦文,经、史、子、集,浑然一体，以今所言则是"文史哲不分家"。

先生治学，从阶段而言，主攻先秦两汉，又以先秦尤著力。故其研究必然体现这一时期"文史哲不分家"的特点。对此，《文史论稿·自序》所述甚详：

> 我的专业主攻方向是先秦文学史，而先秦之时，文、史、哲尚未"分家"。大凡史家之文，诸子之说，策士之辞，其内容既博且杂，往往一书之中，文、史、哲杂然并存，难解难分。面对着这样的研究对象，不能不做跨学科的综合研究。如关于亦文亦史的杰作《战国策》以及纵横家的研究，其中就涉及文、史、哲，包括思想史、社会史、学术史、文学史等诸多方面，如果硬要将其限定为某一学科，显然是不恰当的，也是徒劳的。

观先生之意，"文史哲不分家"既是先秦文学作为研究对象的特点，也是先秦文学研究需要采用的方法。以先生提到的"纵横家的研究"为例，其代表成果是20世纪90年代末完成的《纵横家研究》（重庆出版社1998年版）。该著是系统研究纵横家的第一部专著，当时由郭预衡、谭优学、林邦钧、赵仁珪、徐洪火诸先生组成的专家评审组对成果给予了高度评价，认为"可以说是一部填补学术空白的学术专著"，且谓"视野广阔，包容全面；探本穷源，言必有据；分析解剖，多所突破"，"新义层见叠出，突破了前人的陈说"（《纵横家研究·后记》）。评价学术通常不轻易许人的郭预衡先生论《纵横家研究》一书曰："作为学术研究，述其流变，论其废兴，于千古之绝学，有所填补，也不为无功。"（《纵横家研究·序言》）而先生自己也曾具体谈及该书的研究：

> 关于纵横家的研究，历来薄弱，尚有不少空白，需要填补。本书尝试打破文、史、哲的学科界限，力求在先秦历史和文化的广阔背景下，对纵横家作比较全面的综合研究。既作宏观审视，更重微观论析。对于纵横家的兴起、学术、代表人物、文章、衰落、流变诸方面进行探讨，论述了一些前人未曾论及的问题，也提出了一些不同于旧说的见解。

先生此著，分"纵横之世""纵横之兴""纵横之学""纵横之术""纵横之英""纵横之文""纵横之衰""纵横流变"若干章，若以"文"论之，则仅"纵横之文"而已，余皆溢出其外，归于史、哲。可见，任何单一视角，都是不适合纵横家研究的，也很难真正得到对纵横家的系统认识。唯从"文史哲不分家"的实际出发，才是符合研究对象本身特点且有益于解决相关问题的有效方法。这是研究对象决定研究方法的显例，也是治先秦学术的不二选择。

除先生自己的研究外，"文史哲不分家"也是先生授学常常强调的观念。这也要从最初入先生门下时说起。前面曾提到过的"导师讲读研规划"记录，"关于学习"方面，先生讲到治文先治史、自学为主、由博返约、敢于创新、转益多师、练笔不辍六点，其中讲第一点时，先生就特别说到"文史哲不分家"的问题。谈及"先秦两汉散文"课程，则安排先治经史之文，包括《尚书》《逸周书》《周易》《左传》《国语》《战国策》《史记》《汉书》等，再治诸子之文，包括《论语》《孟子》《老子》《庄子》《荀子》《韩非子》等。所谓散文，虽以"文"称之，在当时论其实则或经或史或子。六经皆史，六经亦皆文，即文史哲不分家。后世经、史、子、集区分为四部，史书中亦分立"儒林""文苑"，在意识上显然是文史哲大致有别了，但因源头上并不细分，故也表现为多种形式或一定程度的一体化。先生强调文史哲不分家，主张治文先治史、治文先治经，其中又尤重视史的研习。关于这一点，先生曾经讲到这是求学北师大受到的直接影响。重史学根基，可谓是北师大陈垣先生治学精神的传扬，先生的导师为郭预衡先生，而郭先生既是陈垣先生的研究生，又是余嘉锡先生的助教，以此缘故，郭先生终生致力于散文史、文学史研究，堪为成就卓著的文学史家。先生说，这个传统到他也自然得到了沿袭。先生治学有一个重要领域就是文学史研究，参与其师郭预衡先生主编的国家教委七五规划中的文科教材编撰，其中古代文学教材包括以《中国古代文学史》为主的配套系列，另有《中国古代文学史简编》《中国古代文学史长编》《中国古代文学作品选》等，先生负责先秦部分，与团队历时十二年之久，在充分体现郭先生"治史思想和治学风格的前提下"，共同完成了规模达到 600 多万字的系列宏著。此一系列共计 13 册，被列入普通高等教育"十一五"国家规划教材，并以"整体建构多层面中国古代文学史系列教材"为题荣获高等教育国家级教学成果奖二等奖。而这一成果的最大特色，不仅在于其体系的完备，更在于体例的新创。概而言之，则是治文与治史的完美统一。

四、为文须清通简要

"清通简要"，见于《世说新语》。三国魏时，少年王戎、裴楷拜访钟会，钟会称誉二人："裴楷清通，王戎简要。"（《赏誉》）后来他又以此向司马昭推荐两位才俊。到了东晋，清通、简要合为一词，用以论学。褚裒（季野）、孙盛（安国）有一段讨论学分南、北的著名对话，褚说"北人学问渊综广博"，孙答"南人学问清通简要"；支遁听到他们的说法后，补充道："圣贤固所忘言，自中人以还，北人看书如显处视月，南人学问如牖中窥日。"（《文学》）"显处视月""牖中窥日"之喻，分别形容北人之学的"渊综广博"和南人之学的"清通简要"，只是他认为此一区别仅可针对"自中人以还"，至于"圣贤"则得意忘言，其学本无南、北之异。三人论学的说法，对后世产生了深刻影响。

先生讲的"清通简要"，其典可追溯至此，这一点先生也常常言及。但与论学分南、北所说的"清通简要"不同，先生讲究的主要是学术文风的问题。这一方面的直接源头，则来自先生在北师大所师从的郭预衡先生。先生求学北师大时，导师组有启功、郭预衡、聂石樵、邓魁英、韩兆琦诸先生，而论文指导老师为郭预衡先生，故先生在学术上受郭先生影响尤著。后来，我们师从先生，他便每每谈起郭先生在学术上的一些教诲，提到比较多的就包括"为文须清通简要"这一点。他告诉我们，郭先生在思想、学术和文风等方面，一生最推崇鲁迅，之所以特别强调为文要做到"清通简要"，也是受鲁迅先生的深刻影响。先生说的这些，今天从郭先生的论著中可以找到明确佐证，《千古文章重"白描"》一文就是显例。如郭先生《古代文学探讨集》（北京师范大学出版社 1981 年版）中说：

> 真正的好文章是产生于"太做"与"不做"之间，鲁迅给它一个名目，谓之"白描"。所谓"白描"，照鲁迅所说，即是："有真意，去粉饰，少做作，勿卖弄。"

> 鲁迅是"好作短文"、主张"简练"的，并且主张尽量删去那"可有可

无"的字句的。

鲁迅讲写文章，还说过："信笔写来"，"明白如话"。这"明白如话"，也就是"通"。

所谓"通脱"，所谓"省净"，其实都是"白描"的变种。

类似这样的话，经常能从我的导师熊先生那里听到，概括起来也就是"为文须清通简要"。先生最反对学术论文写得"花里胡哨"，认为看起来花花草草，实则功力尚欠，或不过是长于取巧而已，真正的学术论文必须靠思想认识的准确和文字表达的精练来过关。先生从北师大硕士毕业后，分配到《西南师范学院学报》做编辑若干年，这一工作更加强化和历练了先生为文清通简要的功力，所以，后来转到学校中文系研究和教学岗位，无论是自己著述还是指导学生，都一直秉持为文须清通简要的观念。著述方面，不用说先生的论文、论著都以通达透切、简要省净得到好评，就是先生的古文注释也由此深受读者喜爱，如先生主注的《经史百家杂钞今注》在 20 世纪 90 年代中期由西南师范大学出版社出版，近二十年后上海书店出版社主动联系先生，要求由该社再版，即"因其注释简当，有便阅读"而"颇得好评"（《经史百家杂钞今注·修订说明》）。

为文清通简要，需要思想锤炼和文字锤炼的过硬功力。先生著书撰文，惯于心中琢磨，琢磨透了，再成篇章，篇章文字，亦复推敲，以求其贴切稳当。慢工出细活，这样产生的成果，于先生自己可以说篇篇皆心得，字字见工夫。他的文章到了几十年后，甚至仍能原原本本的记诵。今年三月的一天，疫情结束后与先生到缙云山慢步休闲，曝日品茗间，先生谈及四十年前撰写的一篇论文《王安石的文学观及其实践》，文中内容无不烂熟于心，有些核心段落竟能随口成诵，印象最深的是他几乎一字不差地复述了下列整段文字：

王安石"欲传道义"而"强学文章"，"道义"乃目的，"文章"仅手段；故奉"孟子"为楷模，叹"韩子"之"无补"。其"传道义"，付诸实践，则在"变法"革新；虽也一度轰轰烈烈，却终经"元祐更化"而破产。在王安石身后近千年中，封建统治阶级的代表人物大都称颂他的"文章节义""高出一世"，而对其政治方面的作为，则几乎是众口诟谇、骂声不绝，甚至斥之为祸乱天下、"败国殄民"的千古罪人。这样看来，王安石似乎"窥孟"不成，倒是"望韩"生辉；如此背其初衷，怕是他始未料及的吧。

该文发表于《西南师范学院学报》1981年第1期，《中国古代、近代文学研究》当年第3期全文转载，是先生研究王安石及其文学观的力作。四十二年后，当先生已是八十一岁高龄时，谈及文中的字字句句就像新作一样历历在目，这让人惊叹的除先生过人的记忆力之外，尤其还在于先生对于学术研究用心之深——为文须清通简要，使先生的学术成为堪称是"用心的学术"，凡是道理与文字一皆出于己心，千锤百炼，细细琢磨，真真切切，永志不忘。

五、好诗不厌来回改

先生讲"要有自家根据""文史哲不分家""为文须清通简要"，一皆可归于"正学纯思"的根本点上。此外，先生作诗主张"好诗不厌百回改，佳作多因锻炼成"，不仅与"为文须清通简要"相统一，而且同样也是"正学纯思"精神的体现。

先生虽并不以诗人为名，但既富诗人之情志，亦具诗人之才华。青年时期，先生曾尝试创作一些新诗，而写旧体诗则可以说是其相伴人生的喜好。前几年自编为《亦说吟稿》的册子，收集旧体诗达数百首。亦说，先生以为自号，亦取为斋名，语出《论语》首句（《亦说文稿·自序》）。"子曰：学而时习之，不亦说乎？"《吟稿》因号及斋得名，号及斋则因夫子之语而为称。"说"之义，朱子释曰："说，喜意也。既学而又时时习之，则所学者熟，而中心喜悦，其进自不能已矣。"（《论语集注》）先生于治学如是，于作诗亦如是。所谓"好诗不厌百回改"，既为诗道增进之法，亦为诗道增进之乐，与夫子、朱子之"说"无有二致。以此而言，不仅诗本身是能"说"人身心的，写诗的过程同样是能"说"人身心的。平素见先生，往往"中心喜悦"，"喜意"盎然，只因性情悠然，诗境在心。

先生作诗，多取近体，工七言律，亦兼七绝，偶亦作五律。格律诗是艺术制度规范化极高的一种诗体，在平仄、对仗、押韵等方面都有严格要求。所以，自古诗格律化以后，作诗的事情必然是会在艺术工夫上显示其较大的难度，重推敲琢磨也就成了格律诗创作的基本特点。先生所说好诗的"百回改"，佳作的"锻炼成"，其实是对格律诗写作要领的概括。更一层重要的因素是，先生诗作基本以自写心怀为主，特别是近二十年来，因需要照顾师母，生活圈几乎没有离开家的范围，这无疑限制了诗的取材空间，以此，诗意之源流也只能出自心灵，偶亦感物则多缘自窗外风物之变化。所以，先生之诗，实乃写心之诗，而所谓"锻炼"即主要是指胸意之"锻炼"以及有限之景物的诗意开掘。以先生的近作为例，无一不是写心之作，如《八十初度二咏》其二：

> 云自飞扬水自流，春秋代序永无休。
>
> 悠悠岁月堪回首，漫漫征程莫滞留。
>
> 世道沧桑穷则变，人生梦幻欲何求？
>
> 在天有命先师训，任尔西风抚白头。

又如《八十咏怀》：

> 浮生八十度春秋，乃悟临川叹逝流。
>
> 惜往时兮情切切，思来日耶意幽幽。
>
> 雷霆震荡何无感，风雨飘摇可有愁？
>
> 晚效摩诘惟好静，休将闲事挂心头。

先生现在的居所四新村，佳木葱茏，树高与数层楼齐，环境清幽，且窗外有梅数株，先生尤爱之。故《吟稿》有梅花之咏，现录其二首：

> 几树梅花傲绿茵，芳馨暗送远丛林。
>
> 风神不惧寒流扰，过罢严冬总是春。

> 牖外红梅三两株，蕊稀色浅立墙隅。
>
> 花开不负东风约，竞作迎春第一图。

这既可以说是状物之篇，亦为写心之作。有眼中梅，有心中梅，有诗中梅，意之称物，文之逮意，显然也正是先生所说的"锻炼成"。

先生说，在北师大求学，写诗方面最多是受到启功先生的影响。他对我们转述启先生论诗常说到的两条标准，一是"平仄严讲究，押韵可放宽"，二是"境愈高时言愈浅"。而先生自己对写诗的体会亦有所总结，他曾概括为"三情说"和"七字诀"，所谓"三情"，即指激情、真情、才情，主要是从创作的层面感发的。也就是持"诗缘情"之说，揭示诗作的产生缘于激情，而成就好诗的条件则有赖于真情和才情；认为无激情则无诗，无真情则无真诗，无才情则无好诗。故《亦说吟稿代跋》曰："激情不涌作诗难，赖有真情风雅传。更得才情添韵味，三情具备酿佳篇！"至于"七字诀"，先生曾多次和我们谈到，其中最近一次则是去年秋在缙云山。时为中秋佳节，又恰逢先生八十华诞，师生十数人聚于一家名叫清欢渡的山中民宿。夜里皓月当空，清辉满山，松风传韵，修竹弄影。品茗畅叙间，由先生《八十咏怀》而谈及诗的话题，先生亦再次说到他的"七字诀"。七字者，即情、志、境、趣、体、韵、词之谓也。具言之，则又体现为七项要求，即情宜真，志宜深，境宜高，趣宜永（隽永的意思），体宜纯，韵宜美，词宜雅。而那个月光盈怀、衣带桂馨的夜里，本来就洋溢着浓浓的诗意。其山也幽幽，其风也轻轻，其情也切切，其心也融融。其情其景，今犹历历在目。当时我即兴吟得几句以记其事，诗曰："山中侍坐又逢秋，佳节年年恰诞辰。八秩添筹松鹤庆，万方献瑞月华新。欣风拂面身心惬，妙语慧人意味深。最喜缙云今夜事，清欢渡里此光阴。""欣风"之"欣"，先生建议改为"金风"之"金"，"欣风"者状其心情，"金风"者即言秋风，前者意义虽然说得过去，但因与上句"新"字读音相重，与先生七项要求中"韵宜美"一条有所不符。正是从这一次起，我渐渐懂得了先生所讲的"好诗不厌来回改，佳作多因锻炼成"，实际上与他的"七字诀"是紧密关联的，所谓"来回改""锻炼成"，有一个基本的标准，就是要符合"七字诀"，使之达到情之真、志之深、境之高、趣之永、体之纯、韵之美和词之雅的七项要求。

于诗，我虽有其趣，但才拙难以成章，自然谈不上能写诗，只是幸得先生鼓励，偶尔邯郸学步、鹦鹉学舌而已。今略拟几句，作为概括，亦为全文之收篇：

学海扬帆起问津，圣门仰止亦钻坚。

风从东鲁开愚钝，情寄南华尚自然。

文史纵横追雅意，诗章锻炼叹师言。

清通简要谆谆语，当忆初心铸我篇。

［作者单位：西南大学文学院］

石学衡

建国初期的吴宓（1949—1953）

□高传峰

【摘要】 1953年6月，吴宓迎娶了比自己小27岁的邹兰芳，从此开始了他生命中的第二段婚姻。如果我们将建国后吴宓的生活划分成不同时间段的话，1953年可以作为第一个时间段的节点。本文即以1949—1953年间的吴宓为研究对象，从课程、薪金、衣与食、住与行四个方面对他的日常生活做了细致的考察。这是一个新鲜的观察角度，可以让我们看到一个更加日常生活化的吴宓的形象，也为研究者提供了一些资料上的参考。

【关键词】 吴宓；课程；薪金；衣与食；住与行

如果将建国后吴宓的生活划分成不同时间段的话，第一个时间段的节点无疑应在1953年。这一年的6月份，吴宓在百般纠结之后，迎娶了比自己小27岁的邹兰芳，开始了生命中的第二段婚姻。他的生活于是发生了许多变化。邹兰芳因为生病，婚后长期住在医院，吴宓也因此不得不在住处和医院两地不停奔波。这一度让他感到痛苦不堪。1955年年末，吴宓即在日记中记道，"伤兰之城居久列"①。这是后话。着眼于这段婚姻对吴宓的影响，本文对建国初期吴宓生活的考察，选择将下限时间点放在1953年6月。

---

① 吴宓：《吴宓日记续编（2）》，生活·读书·新知三联书店，2006年，第341页。

一、吴宓的课

据整理者在《吴宓日记续编》第一册中的介绍，1949 年 4 月 29 日，吴宓离开武汉大学，乘飞机至重庆。在重庆，吴宓曾短时在勉仁文学院、相辉学院任教。因邵祖平之介，吴宓又在重庆大学外文系做兼任教授。11 月 7 日至 17 日，吴宓在私立白屋文学院讲学。11 月 20 日至年底，吴宓在重大上课，直至重庆解放。年底，吴宓回勉仁文学院和相辉学院上课。

吴宓在勉仁文学院和相辉学院上过哪些课，现在已不得而知。至于他在白屋文学院的课表，《吴宓日记续编》第一册的扉页上留有半纸图片。根据图片所示，

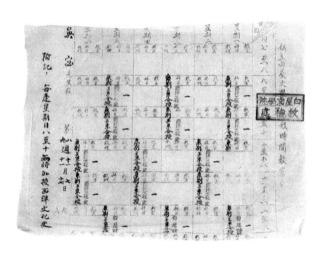

吴宓在这里主要给三个系的学生合授《西洋文化史》《白屋诗》两门课。《西洋文化史》的上课时间分别是周一、周三、周五、周天早上的 8—10 时，周二、周四、周六早上的 10—12 时。《白屋诗》的上课时间是周一、周三、周五下午的 1—2时。另据整理者所述，1949 年年末，吴宓在重大主要授《世界文学史》和《翻译》两门课。

1950 年 4 月，吴宓以李源澄之介，获聘四川省立教育学院外文系专任教授。同时，在重大、勉仁文学院和相辉学院兼课。吴宓在四川省立教育学院和重大每

周共上 18 小时的课。吴宓日记中有记："川教院授英四《翻译》2 小时；英二英三《世界文学史》6 小时；英一《英散文选》2 小时；国一二三四《中西比较文学》2 小时。重大授外三《世界文学史》6 小时。"① 8 月，四川省立教育学院与重庆国立女子师范学院合并，重组为西南师范学院。吴宓遂成为西南师范学院外文系专任教授。此后，吴宓不再在勉仁文学院和相辉学院兼课，但仍在重大授课。

1951 年 3 月 12 日，吴宓日记："下午 2：30—5：30 重大外三《欧洲小说》学期考试，并收来外四《世界文学史》自作考卷。"② 3 月 15 日日记："晚阅重大《欧洲小说》《世界文学史》学期考卷完。"③ 由此可知 1950 年秋季学期，吴宓在重大兼授外三《欧洲小说》、外四《世界文学史》两门课。不知是何原因，迟至 1951 年 3 月中旬，这两门课才考试。至于 1950 年秋季学期，吴宓在西南师范学院所授的课程，则不可知。据《西南师范大学史稿》所述，西师"1950 年下半年，实际只上了四周课"④。

1951 年春季学期，西南师范学院 2 月 28 日起上课。本学期，吴宓仍在重大兼课。根据吴宓日记，制出吴宓本学期的课表，知其授课情况大致如下：周一，为外二班学生上《英国文学史》课（8：00—10：00 或 9：00—11：00）；周二，为外四班学生上《散文》课（9：00—10：00 或 9：00—11：00）；周三，为外四班学生上《散文》课（8：00—9：00），或为外三班学生上《英散文》课（9：00—10：00 或 9：00—11：00），或为外二班学生上《英国文学史》课（11：00—12：00，仅 5 月 23 日上）；周四，为外四班学生上《欧洲（英国）文学史》课（8：00—10：00 或 9：00—10：00），为外三班学生上《英散文》课（10：00—11：00）；周五，为外二班学生上《英国文学史》课（9：00—10：00 或 9：00—11：00，上到 5 月 11 日止），为重大外三班学生上《欧洲小说》课（8：00—10：00 或 10：00—12：00 或 11：00—13：00）；周六，为重大外四班学生上《欧

---

① 吴宓：《吴宓日记续编（1）》，生活·读书·新知三联书店，2006 年，第 15 页。
② 吴宓：《吴宓日记续编（1）》，生活·读书·新知三联书店，2006 年，第 86 页。
③ 吴宓：《吴宓日记续编（1）》，生活·读书·新知三联书店，2006 年，第 89 页。
④ 《西南师范大学史稿》，西南师范大学出版社，1990 年，第 8 页。

洲（法国）文学史》课（10：00—12：00 或 10：00—13：00）。外四班的《散文》课于 7 月 16 日 15：00—17：00 点考试。外二班的《英国文学史》和外三班的《英散文》课则分别于 7 月 17 日上午 10：00—12：00 和 15：00—17：00 考试。7 月 17 日，吴宓日记："夕林送重大考卷来。"① 没有考试的科目，应该是以论文的方式进行考核。7 月 19 日，吴宓阅完考卷，日记中记道："只待论文缴来。"② 7 月 21 日，吴宓阅完了论文。至此，本学期的教学及考试工作结束。

1951 年 8 月 14 日，星期二，吴宓日记："上午 8：00—9：00 上外二《英国文学史》课。"③ 这是经过一个暑假后，吴宓日记中首次出现上课字样。盖西南师范学院本年度秋季学期从 8 月 13 日起开始上课。本学期，吴宓照旧在重大兼课。吴宓本学期授课情况大致如下：周一，为外四班学生上《英散文》课（9：00—11：00），为中四班学生上《世界文学史》课（14：30—15：30）；周二，为外二班学生上《英国文学史》课（8：00—9：00，仅 8 月 14 日和 8 月 21 日上），为中四班学生上《世界文学史》课（9：00—11：00），在重大代邹抚民给外一外二合班上《翻译》课（14：30—16：30，从 11 月 13 日起，只为外二班上）；周三，为外二班上《英国文学史》课）（9：00—11：00，仅 10 月 3 日上过一次），短期为中四班学生上《世界文学史》课（12：00—13：00）；周四，为外二班学生上《英国文学史》课（11：00—13：00）；周五，为外二班学生上《英国文学史》课（8：00—9：00 或 9：00—10：00），为重大外三班学生上《英国小说选读》课（11：00—13：00）；周六，为重大外四班学生上《英国文学史》课（9：00—12：00）。外二班的《英国文学史》于 1952 年 1 月 10 日 11：00—13：00 考试。重大外三班的《英国小说选读》于 1 月 11 日 11：00—13：00 考试。重大外四班的《世界文学史》于 1 月 12 日 9：00—12：00 考试。外四班的《英散文》和中四班的《世界文学史》则分别于 1 月 14 日的 9：00—11：00 和 11：00—13：00 考试。至 1 月 14 日，吴宓本学期所授课程，除代邹抚民上的《翻译》课外，其余已

---

① 吴宓：《吴宓日记续编（1）》，生活·读书·新知三联书店，2006 年，第 175 页。
② 吴宓：《吴宓日记续编（1）》，生活·读书·新知三联书店，2006 年，第 175 页。
③ 吴宓：《吴宓日记续编（1）》，生活·读书·新知三联书店，2006 年，第 189 页。

全部考试（该课程具体考试时间未知）。1 月 15 日，吴宓阅考卷。1 月 16 日，吴宓填写分数报告单。本日晚饭后，吴宓至重大访周考成，"送缴重大考卷及成绩"①。1 月 18 日，吴宓出补考题。本学期的教学及考试工作于本日结束②。

1952 年春季学期，因为西南师范学院和重大"二三四年级学生悉出土改"③，吴宓迟至 5 月底才开始上课。年初，重大因此已决定不再聘吴宓兼课。1 月 25 日上午，吴宓至重大。日记有记："兼任教授已终止，取回宓石章。"④ 但学期末，吴宓仍代了重大的课。5 月 26 日，周一，吴宓日记："晨，外四学生请勿上课，以鉴定忙。"⑤ 由此知，西南师范学院二三四年级学生本学期应从这一日开始上课。吴宓在重大的课则迟至 6 月 11 日才开始。吴宓本学期授课情况大致如下：周一，为外四班学生上《英散文》课（8：00—10：00）；周二，为中四班学生上《世界（苏俄）文学史》（8：00—10：00）；周三，为重大外四班学生上《翻译》课（8：00—10：00 或 9：00—11：00）；周四，为外二班学生上《英国文学史》（10：00—12：00）；周五，为重大外三班学生上《翻译》课（8：00—10：00 或 10：00—12：00）；周六，为重大外四班学生上《翻译》课（8：00—10：00）。外四班的《英散文》课和外二班的《英国文学史》课，分别于 7 月 28 日 8：00—10：00 和 15：00—17：00 考试。中四班的《世界文学史》课则于 7 月 29 日 8：00—10：00 考试。至于重大两门课的考试时间，则未知。7 月 30 日，吴宓日记："上午，阅西师三门考卷毕，并填抄分数成绩簿……午饭前后，宓阅重大二门考卷，毕。"⑥ 吴宓本学期的教学及考试工作至此结束。

1952 年秋季学期，因为学校院系调整及迁校等事，吴宓迟至 11 月 6 日才开始上课。本学期起，吴宓未在重大兼课。11 月 6 日及 13 日，星期四，9：00—

---

① 吴宓：《吴宓日记续编（1）》，生活·读书·新知三联书店，2006 年，第 281 页。
② 本年 1 月 25 日，除夕前一天，吴宓日记："冯文华病愈，呈还十一月七日所借六万元，清。即为出补考题。"可知冯文华因生病，盖未能参加本学期考试及补考，待冯病愈后，吴宓又为其一人专门出了补考题。
③ 吴宓：《吴宓日记续编（1）》，生活·读书·新知三联书店，2006 年，第 281 页。
④ 吴宓：《吴宓日记续编（1）》，生活·读书·新知三联书店，2006 年，第 286 页。
⑤ 吴宓：《吴宓日记续编（1）》，生活·读书·新知三联书店，2006 年，第 357 页。
⑥ 吴宓：《吴宓日记续编（1）》，生活·读书·新知三联书店，2006 年，第 388 页。

11：00，吴宓给外三班学生上《英国文学史》课。11 月 10 日，星期一，吴宓与同事黄骧衢、张东晓共同给外一班学生上《语言学概论》课。此后，吴宓本学期仅在周五上课。其时 11：00—13：00，给教二班学生上《世界文学史》课。15：00—17：30，给四个系的学生合上《世界文学史》课。由于吴宓 1953 年日记缺失较多，所以他本学期延至 1953 年年初的教学及考试工作情况不可知。

1953 年 2 月 10 日，吴宓日记："学校有正式函到外文系通知，宓与张东晓、凌道新即改为历史系教授、讲师云云。"① 从本年度春季学期起，吴宓改在历史系授课。3 月 2 日，本学期开始上课。吴宓本学期授课情况大致如下：周一无课；周二，为教二班学生上《世界文学史》课（14：30—16：30）②；周三，上《世界古代史》课（14：30—16：30，授课班级未知）；周四，上《世界古代史》课（10：00—11：00，授课班级未知）；周五，为四个系的学生合上《世界文学史》课（8：00—10：00 或 9：00—11：00），上《世界古代史》课（14：30—15：30 或 16：30，授课班级未知）；周六，为教二班学生上《世界文学史》课（11：00—13：00，似仅 3 月份上）。由于 5 月 3 日以后吴宓的日记缺失，故其本学期的考试工作情况不可知。

二、吴宓的薪金

1949 年 5 月，吴宓入梁漱溟主办的勉仁文学院任教。由于勉仁文学院"直不能发薪"③，吴宓不得不在相辉学院兼职任教，"靠相辉的少少薪资而生活"④。1950 年 4 月，吴宓成为四川省立教育学院专任教授后，薪金收入才稳定下来。由于吴宓 1949 年和 1950 年的日记如今只剩下若干残片，故他这两年的薪金收入情

---

① 吴宓：《吴宓日记续编（1）》，生活·读书·新知三联书店，2006 年，第 493 页。
② 有两个例外的周二。一是 3 月 3 日下午 2 点半至 4 点半，吴宓给历史系一二年级合上《世界古代史》课；一是 3 月 24 日早晨，吴宓上《语言学概论》课，授课班级未知。
③ 吴宓：《吴宓日记续编（1）》，生活·读书·新知三联书店，2006 年，第 11 页。
④ 吴宓：《吴宓日记续编（1）》，生活·读书·新知三联书店，2006 年，第 11 页。

况已不可考。吴宓1951年和1952年的日记则保存完整，其中详细地记录了他每个月的收支情况。彼时，吴宓已是西南师范学院专任教授了。

据吴宓日记所记，1951年1月，吴宓在西师得薪金883260元，在重大得薪金437630元。1月24日，吴宓还领到西师1950年10、11、12三个月加薪，共计1047480元，扣除寒衣捐400000，实得647480元。2月，吴宓在西师共得薪金870840元，在重大未得薪金（兼任，未上课）。2月1日，吴宓领得重大1950年10、11、12三个月兼课加薪404028元，扣去寒衣捐等项，实领得291200元。3月，吴宓在西师领得薪金915370元。本月，吴宓在重大的薪金至4月13日方领得，计有436506元。4月，吴宓在西师领得薪金996100元，在重大领得薪金454116元。5月，吴宓在西师领得薪金1055000元，在重大领得上半月薪金231714元。吴宓在重大领得的本月下半月薪金，未有查到。因吴宓5月23日部分日记和24日、25日日记被抄后丢失，故可能吴宓记录的数字在这些丢失的文字当中。又有吴宓5月14日日记："文教部公函，核定宓薪为二十一级，补发（十月起）给＄827550。"[1] 此前，吴宓在西师和重大评薪均列20级。在重大的情况是，"以评薪过高，一律降一级减发，宓由20级降为19级，即每月84折实分"[2]。这里的827550元是西师补发的工资。6月，吴宓在西师领得薪金1168200元，在重大领得薪金490578元。以上是1951年上半年吴宓的薪金收入情况。

1951年下半年，吴宓的薪金收入情况如下。7月，吴宓在西师得薪金1175000元，在重大得薪金494850元。由于吴宓评薪升列为21级，7月24日，他又领得重大补发自1950年10月份以来的薪金858384元。8月，吴宓领得西师薪金1165000元。8月，吴宓未有在重大授课，故日记中没有出现从重大领薪的记录。9月，吴宓从西师领得薪金1097700元。至10月26日，从重大领得9月份兼课薪金548800元。10月，吴宓从西师领得薪金1101000元，从重大领得薪金550500元。11月6日，吴宓领到西师本月上半月薪金578200元，扣去捐献飞机

---

① 吴宓：《吴宓日记续编（1）》，生活·读书·新知三联书店，2006年，第135页。
② 吴宓：《吴宓日记续编（1）》，生活·读书·新知三联书店，2006年，第51页。

的费用 75000 元，实得 503200 元。吴宓日记中未见领取本月下半月薪金的记录。盖因为疏忽，吴宓漏记。本月，吴宓在重大领得薪金 580900 元。12 月份，吴宓在西师领得薪金 906300 元，在重大领得薪金 579600 元。综上，1951 年，吴宓在西师共实领得薪金 13312000 元，其中缺 11 月下半月的薪金数额；在重大共实领得薪金 5954778 元，其中缺 5 月下半月的薪金数额。

　　1952 年，吴宓的薪金收入情况如下。1 月，从西师领得薪金 1153300 元。2 月，从西师领得薪金 1150200 元。3 月，从西师领得薪金 1198600 元。4 月，从西师领得薪金 1193600 元。5 月，从西师领得薪金 1222100 元。6 月 6 日，从西师领得上半月薪金 608400 元。至于 6 月下半月的薪金收入，吴宓日记漏记。7 月 7 日，从西师领得上半月薪金 608800 元。至于 7 月下半月的薪金收入，吴宓日记漏记。8 月，从西师领得薪金 1173300 元。9 月，从西师领得薪金 1162400 元。10 月，从西师领得薪金 1162400 元。11 月，从西师领得薪金 1162400 元。12 月，从西师领得薪金 1162400 元。12 月 30 日，从西师领得补发 7—12 月增薪 2476000 元。1952 年，吴宓仅 1 月、6 月和 7 月在重大授课。查吴宓日记，知其本年度 1 月和 6 月有在重大领薪。7 月，未见领薪记录。1 月，吴宓从重大领得薪金 576000 元。6 月，从重大领得薪金 604900 元。综上，1952 年，吴宓从西师领得的薪金共计 14433900 元，其中缺 6 月和 7 月下半月的薪金数额；吴宓从重大领得的薪金，日记上有记录的数额共计 1180900 元。

　　另外，1953 年上半年，由于吴宓日记残缺，仅能查到其如下薪金收入情况。2 月，从西师领得薪金 1610000 元。3 月，从西师领得薪金 1610000 元。3 月 2 日，从西师领得春节赏赐 6900 元。4 月，从西师领得薪金 1610000 元。其余月份的收入情况未知。

　　我们以吴宓 1952 年 8 月的日记为例，来谈他的一些用度。本月，有 16 天的时间吴宓记录下了他在外间店面里单独用早餐的花费。如下：2 日，1600 元；5 日，2200 元；6 日，2600 元；7 日，2200 元；9 日，2200 元；11 日，2100 元；12 日，2200 元；14 日，2200 元；15 日，2200 元；17 日，1900 元；20 日，1900 元；21 日，3700 元；22 日，1900 元；23 日，1900 元；29 日，1900 元；30 日，1900

元。每日，吴宓在外间店面里用早餐的平均费用是 2162.5 元。本月，有 10 天的时间，吴宓记录下了他在外间店面里单独用午餐的花费。如下：3 日，4700 元；4 日，2100 元；5 日，1800 元；6 日，1200 元；9 日，3300 元；11 日，1800 元；12 日，1800 元；13 日，2200 元；14 日，2400 元；15 日，1800 元。吴宓在外间店面里用午餐的平均费用是 2310 元。至于晚餐，吴宓日记本月只记录下了 5 日在合作社晚餐的花费，系 2400 元。此处，吴宓在外间店面用晚餐的平均费用即按 2400 元算。如果吴宓 8 月每天都在外面用餐，他一天的平均花费是 6872.5 元。8 月，吴宓在西师领得的薪金是 1173300 元。这个费用可以够他在外面用餐 170.7 天。8 月 31 日，吴宓于合作社宴二友人，花费是 11400 元。以吴宓在西师的薪金来算，他可以请这两位朋友吃 102.9 顿饭。另外，吴宓买 4 个馒头的花费是 1200 元，即说明当时每个馒头值 300 元；买一个稍微大一些的西瓜，费用是 3000 元；乘公共汽车从西师去重大，花费是 1100 元；订一个月的《新华日报》，费用是 18600 元，即说明当时一份《新华日报》值 600 元，这些是当时大概的物价情形。从以上来看，吴宓的薪金收入并不低。不过，他的钱实在都用来资助亲友、学生或他人了。如 8 月 20 日，吴宓领到本月下半月西师薪金后，即封 200000 元去访内心爱慕又同情的张宗芬（雪）。本月，吴宓共赠助张宗芬 500000 元，占其本月西师薪金收入的近一半。这也就不难理解吴宓日记中为何常有借款的记录了！

三、吴宓的衣与食

因为在大学里做教授，有一份稳定的工作和收入，吴宓的衣食住行等各方面需求才得以满足。在本节内容中，我们重点考察的是建国初期吴宓的着衣和饮食情况。

首先，来谈吴宓的着衣。因为是单身，吴宓自己又不会缝补衣裤，所以这些日常生活琐事便常需要请他人帮忙来完成。1949 年年底，吴宓在重大兼课，住在同乡兼校友的教育系教授杨清家中。12月17日，吴宓日记："翠为宓补作裤二袋。"① 这里的"翠"指陈宝翠，她是杨清的学生及伴侣。吴宓成为西师专任教授后，这件事情便交由同事的爱人或在同事家里帮忙做活的妇人等来完成。如1951年1月15日下午，吴宓在重大中文系同事刘朴家中，"朴妾为宓缝补皮袍罩衫"②。4月27日，吴宓衣服的袖子被钉子割裂，"请马嫂缝补，并钉纽扣"③。这里的"马嫂"指的是在张宗芬家里做活的妇人。吴宓西师教育系的同事罗容梓的爱人魏夑，也常为他补衣服。如11月24日，吴宓日记："夑补咖啡色西服裤。"④ 吴宓日记还多次记录了西师学生叶发林帮其补鞋的事情。如1951年1月30日，吴宓日记："晚叶发林为钉补黄皮鞋 \$ 4000 送来。"⑤ 吴宓的衣服脏了，则交由一位姓陈的妇人来洗。1951年2月12日，吴宓日记："晨洗衣妇刘嫂来，洗衣价每套千元，其账另记。"⑥ 在李源澄家里帮忙做活的杨嫂和前文提到的马嫂为洗衣事，还专门找过吴宓。她们希望能为吴宓洗衣，以求增加收入，但可惜吴宓没有太多衣服可洗。

吴宓日记中还记录下了他"违心"地易服改装的经过。1951年12月26日，吴宓在国货公司购一顶八角黑帽。他在日记中记道："是为宓改装之始。"⑦ 1952年2月26日，吴宓至张宗芬家中，请为其补衣。当日日记："雪望宓同众短装，以合于新时代，则非宓所可曲从者矣。"⑧ 尽管如此，吴宓还是不得不为从俗而改服短装。4月22日，邹兰芳陪吴宓购灰布、土白布，并至某裁缝处为吴宓量制一套中山装（连软帽）。吴宓日记："宓着工人制服之短装，自兹始。"⑨ 7月19日，吴宓在重大上完课，再至裁缝处，制工作裤一件。1953年，4月5日及12日，吴

① 吴宓：《吴宓日记续编（1）》，生活·读书·新知三联书店，2006年，第6页。
② 吴宓：《吴宓日记续编（1）》，生活·读书·新知三联书店，2006年，第35页。
③ 吴宓：《吴宓日记续编（1）》，生活·读书·新知三联书店，2006年，第124页。
④ 吴宓：《吴宓日记续编（1）》，生活·读书·新知三联书店，2006年，第246页。
⑤ 吴宓：《吴宓日记续编（1）》，生活·读书·新知三联书店，2006年，第50页。
⑥ 吴宓：《吴宓日记续编（1）》，生活·读书·新知三联书店，2006年，第61页。
⑦ 吴宓：《吴宓日记续编（1）》，生活·读书·新知三联书店，2006年，第266页。
⑧ 吴宓：《吴宓日记续编（1）》，生活·读书·新知三联书店，2006年，第299页。
⑨ 吴宓：《吴宓日记续编（1）》，生活·读书·新知三联书店，2006年，第333页。

宓日记中又有邹兰芳陪其购电星灰蓝布单工作服及软帽的记录。

其次,我们来看吴宓的饮食情况。因日记残缺,这里重点要谈的是1951年后吴宓的饮食。吴宓自己不会做饭,所以他一直在西师同事李源澄家搭伙,并付伙食费。又吴宓爱吃鸡蛋,便常给在李源澄家负责做饭的杨嫂钱,请其购鸡蛋,并代为冲或煮。1951年1月3日,吴宓日记:"杨嫂购＄3000十卵。付澄五万元为1951一月上半月宓膳费。"① 吴宓与这位杨嫂处得并不和睦。1月26日、27日,吴宓日记中记录下了对杨嫂的不满,评价她"不明事理""执拗兀傲"。至1月31日,吴宓便不欲再在澄宅用膳。因已向澄交二月份上半月膳费,故在此用餐至2月中旬。至于与杨嫂不睦的原因,据吴宓所记,乃为"不能从伊意,月付工资与澄所给之数同"②。吴宓离开澄宅后,在外零散用了几天餐,随后开始固定在教职员膳团用餐。3月1日,吴宓日记:"本日起宓在教职员膳团长期用膳,月缴六万元。"③ 此后,至1953年6月,吴宓除1952年8月上半月未入膳团,在外零散用餐外,其余时间应都在膳团用餐。

吴宓虽然在膳团固定用餐,但也并非一日三餐都在那里吃饭。在饮食方面,他仍时常需要有人照顾。在离开澄宅后,吴宓有一段时间早餐没有吃鸡蛋。1951年4月起,吴宓日记中又出现早餐食鸡蛋的记录。这鸡蛋是他所住的这栋楼里的茶水工友高全森为他煮的。4月5日,吴宓日记:"赏茶水工友高全森五千元,彼每晨为宓煮鸡卵。"④ 吴宓虽与杨嫂有过节,但也并未至绝交。吴宓不在澄宅用膳后,二人关系又出现缓和迹象。5月9日,吴宓因饮水不洁,开始泻肚子,医生诊断为急性肠炎。此病,至5月17日方愈。病中,5月15日,吴宓曾至澄宅煮食挂面。这个挂面可能就是杨嫂为他煮的。5月16日,吴宓日记: "付杨嫂＄10000,而未添开水。"⑤ 此时,吴宓再次开始与杨嫂打交道。此后,吴宓日记

---

① 吴宓:《吴宓日记续编(1)》,生活·读书·新知三联书店,2006年,第25页。
② 吴宓:《吴宓日记续编(1)》,生活·读书·新知三联书店,2006年,第62页。
③ 吴宓:《吴宓日记续编(1)》,生活·读书·新知三联书店,2006年,第78页。
④ 吴宓:《吴宓日记续编(1)》,生活·读书·新知三联书店,2006年,第105页。
⑤ 吴宓:《吴宓日记续编(1)》,生活·读书·新知三联书店,2006年,第136页。

中多次又出现了给杨嫂钱，请其购鸡蛋、挂面及醋的记录。如 5 月 21 日日记："晨粥，命杨嫂 $5000 购十五鸡卵，$2000 挂面，$1000 醋。"[1] 吴宓早餐在膳厅食粥，但仍会加餐挂面或鸡蛋。吴宓在膳团吃饭觉不满足，或者不愿在膳团吃饭，或者朋友来的时候，也常会让杨嫂煮挂面或鸡蛋。吴宓日记中再未见过二人发生龃龉的记录。7 月以后，吴宓日记中还出现过马嫂赠其馒头、牛肉面、蛋汤煮馒片、豆花等食物的记录。无论是高全森，还是杨嫂、马嫂，吴宓待他们都不薄，常会赏钱。比如，7 月 25 日，吴宓日记有记，他每个月付给杨嫂、马嫂各 2000 元，共付 6 个月，以代二位捐献飞机大炮的费用。1952 年 9 月 28 日以后，吴宓随校迁至北碚，他的日记中再未出现过请杨嫂购鸡蛋或挂面或醋的记录。

吴宓在膳团用餐时，都吃些什么？他的日记中很少提及。吴宓也常在重大、外间店面或友人家里用餐。他最常在外吃的是元宵（汤圆）、醪糟鸡蛋和面等。在外吃完饭的时候，他常会携些饼子或馒头而归。第二天，这饼子或馒头就是他的一顿饭。吴宓还爱喝酒。他常在友人穆济波处饮广柑酒。和朋友们聚餐的时候，又常饮白酒、黄酒、绿豆烧酒和薄荷糖酒等。

四、吴宓的住与行

首先，来看吴宓的住所。1949 年 5 月 3 日，吴宓至北碚，开始在勉仁文学院和相辉学院任教。翻查吴宓日记，只知其当时的住宿条件很差，但未知具体住处。1950 年 4 月，吴宓得聘四川省立教育学院专任教授后，在磁器口学校内居住。1950 年 8 月，西南师范学院成立后，学校行政中心设在原四川省立教育学院。吴宓仍居磁器口，不过现在变成了在西南师范学院校内居住。此时，他是和学校图书馆的职员、李源澄之弟李源委同居一室。

吴宓与李源委同住至何时，不得而知。查吴宓日记，知 1951 年吴宓住在西南师范学院一教舍的二楼或三楼。这栋楼以及吴宓所住的房间，都无法让人满意。3

---

① 吴宓：《吴宓日记续编（1）》，生活·读书·新知三联书店，2006 年，第 139 页。

月 7 日，吴宓日记记，一楼楼梯旁一室被设为炉室以来，因为没有装烟筒，炭烟不得外出，充塞在二楼以上的楼层，同人多受其扰。在同人反映此问题后，校方在楼外另建了炉室。5 月 30 日，校员来一教舍勘察，判定此楼为危楼，必须拆除或翻修。6 月 8 日，一场大风吹落了吴宓室内的窗帘，震破了前一天工人师傅们才为他装上的窗户玻璃。此事促使学校不得不速为计，迁吴宓等人于他处。6 月 9 日，学校发出通知，楼将拆除重建，并请吴宓（院务委员会委员）第二日上午 10 时参与会商。吴宓没有赴会，但他希望能够迁到四教舍楼上居住。为此，他还专门走访了周邦式、袁廷庆两位同事，以托此事。庶务组原拟安置吴宓在图书馆前李日升的住室内，吴宓嫌群小窥伺，不肯往搬。6 月 15 日，学校院务委员会副主任委员谢立惠曾面求院务委员会委员、外文系主任方敬解决此事。当晚，谢立惠还亲访在四教舍楼上居住的张孝友，请其让出自己和丁惠娴同居的 9 室以供吴宓居住。时外语系米大容在革大，张孝友住在米室内，故未在 9 室居住。丁已同意并搬走，但张孝友听说此事后，忽迁回 9 室，坚不肯搬，欲一人独占此室。此事无果，学校只得另安排吴宓住在了数学系同事王绥旃所居的 15 室。时王绥旃亦在革大，不在校内居住。6 月 17 日，吴宓在三位工人师傅的帮助下，终迁至四教舍楼上 15 室居住。至迟至此时，吴宓已不再与李源委同住。6 月 18 日，吴宓日记："下午，西晒当窗，颇热。窗外正近男女厕所，而窗前树多蔽光。"① 这是吴宓初入住此室后的感觉。四教舍虽然抢手，但也一样有臭虫。8 月 8 日，罗容梓等人来吴宓处小坐。他们"力主宓大治臭虫，去草荐而洒 D. D. T. 或换购绷床"②，吴宓谢却了。至 12 日，臭虫未去，加上天气炎热，吴宓几乎忍受不了了。他在日记中记道："热甚，楼上小室，尤不可耐，而臭虫实足为虐于宓身云。"③

吴宓在四教舍一直住到 1952 年 9 月 27 日。当日，吴宓随校从磁器口迁至北碚，住西南师范学院新校舍第 23 宿舍之一室内。新的住处，"床案新洁，花草临

---

① 吴宓：《吴宓日记续编（1）》，生活·读书·新知三联书店，2006 年，第 158 页。
② 吴宓：《吴宓日记续编（1）》，生活·读书·新知三联书店，2006 年，第 186 页。
③ 吴宓：《吴宓日记续编（1）》，生活·读书·新知三联书店，2006 年，第 188 页。

窗，极似游览胜地之旅馆"①。这让吴宓喜不自禁。至1953年4月，吴宓日记中出现挂窗帘、洗地板、支蚊帐的记录。盖至此时，又一年夏天将要来临时，吴宓才借支蚊帐之机，抽出时间和心情来收拾房间。

其次，来看吴宓的出行。吴宓没有车，故外出只得步行，或选择乘坐交通工具。1949年12月中旬，吴宓结束在重大的兼课任务，返回北碚。12月18日、19日的日记记录下了他此行乘坐的交通工具。12月18日，在沙坪坝校车站乘南开校车出发，至苍坪街站下车。后乘人力车访万绪熙，又步行寻访诸友。12月19日，在苍坪街乘游览车回北碚。吴宓到磁器口四川省立教育学院和西南师范学院工作后，出行常乘坐的交通工具还是汽车。1951年，吴宓日记中多次出现过乘中胜汽车（民营）外出的记录。如1月14日，吴宓即在沙坪坝乘中胜汽车至化龙桥，在市中为吴资曼补过生日。时常，吴宓也会乘坐公共汽车。如5月3日，吴宓受邀参加重庆市第一届文学艺术工作者代表大会。他早晨即和中文系的同事锺稚琚、赖以庄一同乘公共汽车至牛角沱，在此用餐后再步行入重庆市政府。此外，吴宓还乘坐过骡车、马车、吉普车、船等。如1951年7月9日，吴宓即在重大与凌其峻等一同乘吉普车访刘朴。又如1952年10月7日，吴宓赴川东教育学院访友。因没有汽车，遂乘骡车前往。10月8日，吴宓又乘骡车回西师。当然，吴宓最常见的出行方式还是步行。他在重大兼课时，总是步行前往。只有在时间紧急的情况下，才会选择乘坐汽车。如1951年12月15日，因为起迟，又与周传儒谈话、共用早餐，这次吴宓花费1200元，乘汽车前往重大，赶在了9点半前给学生上课。这样的例子并不多见。无论是步行，还是乘坐交通工作，吴宓从来喜欢四处走。"每日必奔走，多行路"，是他数十年养成的好习惯。直到与邹兰芳结合后，因拘束太多，此习惯才不得不改变。为此，吴宓甚怏怏。

我们也许还应该展开更多的篇幅，来谈吴宓隐秘的精神世界。1951年5月1日，吴宓在参加游行时，作诗两首，合成一首，题曰《五一国际劳动节庆祝会》。其中，最后一句诗为"易主田庐血染红"。1951年底至1952年初，西师在教师中

---

① 吴宓：《吴宓日记续编（1）》，生活·读书·新知三联书店，2006年，第427页。

开展"思想改造运动"。因为这句诗有反对"土改"的嫌疑，吴宓被不点明批评。这段时间，吴宓整日生活在忧惧当中。又有吴宓爱慕张宗芬，但被明确拒绝。经过激烈的思想斗争后，他终决定在1953年初夏与邹兰芳结成连理。这些问题，已有诸多学者做过探讨，故本文不再于此浪费笔墨。吴宓1949—1950年大部分日记的缺失，常让学人引以为憾。本文选择建国初期作为时间点，对吴宓的生活做细致的考察，不知能不能做一些弥补。

［作者单位：宁夏师范学院文学院］

姜忠奎生平考述

□林才伟

【摘要】 姜忠奎深研经史，素善书法，品行高洁，不求闻达，是民国时期著名的经学家、语言文字学家、爱国学者。自国立北京大学毕业后任清史馆协修，曾执教于北京大学、河南中州大学、国立山东大学等多所高校。然目前学界对姜忠奎生平行历的考查较为粗略。现充分利用姜忠奎友人的日记和姜氏交游信札，对其生平进行梳理考述，以便学界了解并深入研究这一民国时期的著名学者。

【关键词】 姜忠奎；生平；民国时期；日记

姜忠奎（1897—1945），字叔明、叔子，号铧斋，又号星烂，山东荣成人。先生国学造诣深厚，品行高洁，曾执教于北京大学、河南中州大学、国立山东大学等高校，培养造就了大批人才。吴宓有"深研经学，朋辈中咸推第一"[1] 和"淡泊自修，不求闻达，而终以守节不屈"[2] 之赞语。然目前学界对姜忠奎生平行历之考查较为粗略。现充分利用吴宓、黄际遇、孙宣、蔡元培等学人之日记，以及新发现的交游信札，对姜忠奎生平行历进行梳理，以便学界了解并深入研究这位民国时期的著名学者。不足之处敬请方家指正。

---

① 吴宓：《空轩诗话》，张寅彭主编：《民国诗话丛编（6）》，上海书店出版社，2002年，第20页。

② 吴宓：《吴宓日记续编（4）》，生活·读书·新知三联书店，2006年，第250页。

一

姜忠奎出身于书香门第。其父姜瑞甫，于清光绪年间考取鸿胪寺序班，因感朝廷腐败，拒官不任，终生从教①。其外祖父孙葆田，字佩南，山东荣成人，以进士授刑部主事，历主山东尚志书院、河南大梁书院，两度出任《山东通志》总纂，是清末著名的学者、藏书家，著有《校经室文集》等。姜忠奎在良好家风的熏陶下，长期浸润诗书，耳濡经史，具备了扎实的国学功底。

1910 年，十三岁的姜忠奎主动削发入塾②，攻读经书。1916 年，姜忠奎考入国立北京大学中国文学系，师从大儒柯劭忞治学。柯劭忞，字仲勉，号蓼园，山东胶州人，官至典礼院学士，历任翰林院编修、侍读、侍讲、资政院议员、京师大学堂总监督等职，治学广博，享有"钱大昕后第一人"③ 之誉。1918 年，姜忠奎被担任《清史稿》总纂的柯劭忞招入清史馆任协修，参与《清史稿》的编撰工作，其中《张勋传》即为姜忠奎所作④。1921 年，徐树铮携二子居沪，柯劭忞推荐姜忠奎任其家庭教师教授经史。据徐树铮的女儿徐樱回忆："上午是经学大师姜忠奎讲经史，下午是德籍巴尔台博士教德语和理科课程，晚上又有笛师来教昆曲。"⑤

二

1925 年初，姜忠奎与任职于清华大学的吴宓相识。二人往来甚密，常同访师友。比如 1926 年 7 月 14 日，吴宓与姜忠奎"同至太仆寺街谒柯劭忞先生"，后又

① 刘远华：《荣成市志》，齐鲁书社，1999 年，第 1101 页。
② 姜厚粤：《雨露春晖——忆先父姜忠奎先生》，中国人民政治协商会议山东省委员会文史资料委员会编：《山东文史资料选辑》（第 32 辑），山东人民出版社，1992 年，第 233—234 页。
③ 牟小东：《记近代史学家柯劭忞》，《史学史研究》1993 年第 1 期。
④ 参见汤炳正：《关于"书"的故事》，见汤炳正著，汤序波、孟骞选编：《渊研楼杂忆》，《开卷书坊》（第 4 辑），上海辞书出版社，2015 年，第 34 页。
⑤ 《徐州走出的民国宪法学先驱》，《徐州日报》2014 年 11 月 15 日。

一同"访李濂镗于其宅"①。吴宓时遇烦心事，常与姜忠奎倾诉，询其意见。比如1926年1月，吴宓提出扩大研究院的规模，遭到教务长张彭春的反对，教员内部亦出现较大分歧。1月16日，吴宓因"研究院事，颇郁郁，易受刺戟而愤怒"，访姜忠奎、李濂镗，"以校中情形大略述说一遍"②，并以油印《意见书》示之。后来，吴宓和张彭春双双辞职。3月14日，吴宓"访姜忠奎，并招杨宗翰来，为二君述说校中近况及宓辞职事"③。

1926年9月，姜忠奎出任河南中州大学教授。据9月18日《吴宓日记》载："四时，访姜忠奎于庆升公寓。姜君于日内将赴中州大学任教职。"④ 次日记："晨九时，访姜忠奎，告以开往河南之火车情形。"⑤ 然仅二月有余，姜忠奎便自豫归京。12月4日，吴宓访姜忠奎，"姜述由豫归途情形"⑥。据姜忠奎妻子侯阿欢及长子姜厚粤回忆，其于"1926年出任河南中州大学教授"⑦，可见姜忠奎确有出任河南中州大学教职，但为何仅三个月便辞职暂未可知。后来，吴宓专门函信汪兆璠为姜忠奎谋求东北大学教职，惜未得聘⑧。

姜忠奎是吴宓主办杂志《学衡》的供稿人，吴宓《日记》中有"终日编理《学衡》稿，晨姜忠珪来，为送其兄忠奎文稿"⑨ 之语，今可见姜忠奎所撰《诗古义》载于《学衡》1925年第43期，《〈说文转注考〉叙》载于《学衡》1926年第60期。1926年12月1日，吴宓为《学衡》杂志停办之事叹息不已："念宓于《学衡》业已竭尽智力，而举世莫助，阻难横生……抑《学衡》此次终必停办，先兆

---

① 吴宓：《吴宓日记（3）》，生活·读书·新知三联书店，1998年，第191页。
② 吴宓：《吴宓日记（3）》，生活·读书·新知三联书店，1998年，第129页。
③ 吴宓：《吴宓日记（3）》，生活·读书·新知三联书店，1998年，第159页。
④ 吴宓：《吴宓日记（3）》，生活·读书·新知三联书店，1998年，第224页。
⑤ 吴宓：《吴宓日记（3）》，生活·读书·新知三联书店，1998年，第225页。
⑥ 吴宓：《吴宓日记（3）》，生活·读书·新知三联书店，1998年，第260页。
⑦ 侯阿欣、姜厚粤口述，张德礼整理：《爱国学者姜忠奎》，《威海文史资料》（第7辑），威海市政协文史资料委员会，1992年，第221页。
⑧ 吴宓：《吴宓日记（3）》，生活·读书·新知三联书店，1998年，第332页。
⑨ 吴宓：《吴宓日记（3）》，生活·读书·新知三联书店，1998年，第380页。

已萌，自然之机，无心之感，有不可挽救者欤？吾之苦痛，谁复谅之哉？"① 4
日，姜忠奎劝吴宓"《学衡》无论如何，决当维持，不可令其停版"，并指点吴宓
"访廉泉（南湖）转托廉君向潘复等说项，或可得其资助"②。姜忠奎又为吴宓
"代觅之朱子、陆子像"③，这两幅插画后载于第58期《学衡》。

吴宓虽然不涉足政治，但是"文学思想之仇敌甚多"④，《学衡》主编的身份
使其多受困扰。此时，好友潘敦将前往南京任职，吴宓也萌生出离去之意。但若
"隐居京城"，也有"作文自活之办法"。吴宓不免陷入纠结，便前去询问姜忠奎的
意见，姜忠奎以"忧患困厄，正所以玉成大器""被逼迫刺激而加倍努力，文章必
有进境也"⑤ 之语激励吴宓，最后吴宓听从建议，留在北京。但不久后，《学衡》
陷入难以续办的困境，吴宓想要转任《大公报·文学副刊》主编。姜忠奎对此表
示赞成，并为《文学副刊》题写标签⑥。

1927年12月20日，日本关于"东方文化事业"的北京人文科学研究所成
立，由柯劭忞任总裁，王树枏、服部宇之吉任副总裁，姜忠奎任研究员兼委员。
研究项目分为经学、史学、哲学、文学等九个部分，但实际做法则是按四部自
选⑦。"经部"研究员为姜忠奎、江瀚、胡玉缙、徐审义、刘培极、王照、杨策、
狩野直喜、安井小太郎，其中"春秋类"由姜忠奎与杨钟羲、伦明三人负责⑧。
研究所以日本退还的部分庚子赔款为经费，先行纂修《续修四库全书总目提要》，
姜忠奎与柯劭忞、王照、贾恩绂、胡敦复、王式通、杨策、梁鸿志、江庸、汤中、

---

① 吴宓：《吴宓日记（3）》，生活·读书·新知三联书店，1998年，第259页。
② 吴宓：《吴宓日记（3）》，生活·读书·新知三联书店，1998年，第260页。
③ 吴宓：《吴宓日记（3）》，生活·读书·新知三联书店，1998年，第262页。
④ 吴宓：《吴宓日记（3）》，生活·读书·新知三联书店，1998年，第327—328页。
⑤ 吴宓：《吴宓日记（3）》，生活·读书·新知三联书店，1998年，第327页。
⑥ 吴宓：《吴宓日记（3）》，生活·读书·新知三联书店，1998年，第452—453页。
⑦ 参见［日］太初节：《东方文化总委员会及北平人文科学研究所之概况》，李孝迁
编：《近代中国域外汉学评论萃编》，上海古籍出版社，2014年，第548页。
⑧ 参见王亮：《民国时期〈续修四库全书总目提要〉考述——以经部文献为中心》，王云五
编：《序跋集编》，九州出版社，2013年，第435页。

江瀚、胡玉缙、章华、戴锡章、徐审义、刘培极、何振岱等中方研究员参与①，其中姜忠奎参与编撰《山东别集提要》②。

姜忠奎定斋号为"广东室"，与其妻子钟佩怀有关③。钟佩怀，字令瑜，广东蕉岭人，美术学校国画专业学生，善墨梅，吴宓曾赞其"豪爽而能事，通达世情而识解甚高，洵可取也"④。姜钟二人自相识相知，直至结为夫妻即是生活在北京的这段时间。之前吴宓曾先后把钟佩怀介绍给好友陈寅恪和黄华，皆未得良果。反倒是姜忠奎与钟佩怀二人日益熟识，甚至彻夜长谈。1928年2月25日，吴宓"偕心一、令瑜、学淑访姜忠奎于兵马司小院胡同22号新宅，并见其新到京之夫人"⑤。因为姜忠奎已是有妇之夫，吴宓开始担忧钟佩怀与姜忠奎"形影常亲，踪迹过密"，有"恋爱或重婚之事"⑥。为此，吴宓决定"由沧萍托姜忠奎为令瑜介绍配偶"⑦，希望能够借此淡化钟佩怀对姜忠奎的感情。3月17日，吴宓"直询其与姜忠奎之关系如何"，称"若彼此有情，我二人愿助成其事。我二人只欲代友谋幸福，但须知友之真意，尽力乃有裨耳"，但据钟佩怀答复，"谓与姜纯系朋友，并无特别感情"⑧。后来，姜忠奎夫人逝世，吴宓"以意度之，姜夫人当尚健在，叔明故为此说，以便在北平与令瑜成为婚配耳"，二人自此开始疏远。直到1929年4月19日，吴宓"乘人力车至察院胡同47号钟宅，谒新到此间之钟殿丞先生，并见令瑜，几未交言。姜忠奎亦在"，称"姜君与令瑜之恋爱已成熟，不日或即结婚"⑨。是年6月16日下午，姜忠奎和钟令瑜在会贤堂举办婚礼，吴宓前往参加，"忽悲从中来，

---

① 参见陈晓华：《"四库总目学"史研究》，商务印书馆，2008年，第231页。
② 参见梁容若：《中日文化交流史论》，商务印书馆，1985年，第376页。
③ 黄际遇：《万年山中日记》（第24册），《黄际遇日记》（第4册），汕头大学出版社，2014年，第237页。
④ 吴宓：《吴宓日记（3）》，生活·读书·新知三联书店，1998年，第429页。
⑤ 吴宓：《吴宓日记（4）》，生活·读书·新知三联书店，1998年，第27页。
⑥ 吴宓：《吴宓日记（4）》，生活·读书·新知三联书店，1998年，第32页。
⑦ 吴宓：《吴宓日记（4）》，生活·读书·新知三联书店，1998年，第34页。
⑧ 吴宓：《吴宓日记（4）》，生活·读书·新知三联书店，1998年，第36页。
⑨ 吴宓：《吴宓日记（4）》，生活·读书·新知三联书店，1998年，第243页。

几于堕泪"①。结婚后的姜钟夫妇与吴宓长久不见来往。直到 1930 年 3 月 21 日，吴宓再度拜访姜忠奎，《日记》有"叔明见宓曰一年不晤矣"② 之言。

姜钟二人情投意合、宜室宜家。据姜厚粤回忆："婚后，每探师访友，必结伴同行；与人交谈时，皆轻声细语、温润文雅；常有求墨者，则各自挥毫，或合作画梅，由父作干，母补花，各提诗一句，落款'广棘堂'。"③ 郭则沄评价钟佩怀："见夫人治家教子，礼接宾客，皆井然有度。比铧斋与余商榷古学，刊先儒遗著多种，校订特精审。又以所学授诸生，造就者日众，皆夫人成之也！"④

1930 年春，姜忠奎由北京返故里，带着《荀子性善证》及《张勋传》底稿前去拜访老师张玉堂，请其指教。居乡期间姜与汤炳正相识，成为忘年之交。汤炳正受到姜忠奎的影响和启发，专研音韵学、文字学、《楚辞》学，著有《屈赋新探》《楚辞类稿》《广韵订补》等，晚年回忆姜忠奎之时更是称其为启蒙老师⑤。

三

1932 年，姜忠奎出任北京大学教授，在史学系开设"古典制学"课程，每周两个课时，上下学期各占两个学分⑥。同年 8 月，姜忠奎转任位于青岛的国立山

---

① 吴宓：《吴宓日记（4）》，生活·读书·新知三联书店，1998 年，第 261 页。
② 吴宓：《吴宓日记（5）》，生活·读书·新知三联书店，1998 年，第 41 页。
③ 姜厚粤：《雨露春晖——忆先父姜忠奎先生》，中国人民政治协商会议山东省委员会文史资料委员会编：《山东文史资料选辑》（第 32 辑），山东人民出版社，1992 年，第 235 页。
④ 姜厚粤：《雨露春晖——忆先父姜忠奎先生》，中国人民政治协商会议山东省委员会文史资料委员会编：《山东文史资料选辑》（第 32 辑），山东人民出版社，1992 年，第 236 页。
⑤ 参见汤炳正著，汤序波、孟骞选编：《渊研楼杂忆》，《开卷书坊》（第 4 辑），上海辞书出版社，2015 年，第 33—35 页。
⑥ 参见《北京大学史学系课程指导书（1932 年）》，王应宪：《现代大学史学系概览（1912—1949）》（上册），上海古籍出版社，2018 年，第 69 页。

东大学①。在 1932—1935 年期间任国立山东大学文学系教授，与闻一多、游国恩、舒舍予等先生成为同事，讲授《中国学术史概要》《目录学》《诸子专书研究》《谶纬研究》《校雠学》等课程。姜忠奎在教学中特别重视基本功的训练，讲授文字学课程时，要求每个学生都需要篆写《说文解字》五百四十部首②。学生徐中玉回忆姜忠奎讲文字学"有板有眼，似很传统，却含有新意"③。

同时，姜忠奎加入北平燕京大学考古学社，成为第一期社员，据考古学社《第一期社员名续录（二十三年度）》："姜忠奎，号叔明，山东荣成人，年三十八岁，国立山东大学教授，通讯处：青岛山东大学。"④ 又成为国学会撰述员，据《国学会员迁移表》《国学会撰述员表》（《国学论衡》第 6 期）所示，姜忠奎与邵祖平、马宗霍、孙德谦任国学会撰述员⑤，并受聘为国立中山大学文史研究所名誉编辑：

> 本大学中国文学系教授姜忠奎先生，会在国内大学任教多年，对于国学极有研究。姜先生近接广州国立中山大学校长邹鲁来函，聘为该大学文史研究所名誉编辑。闻姜先生已覆函应聘矣。⑥

1934 年 8 月 28 日，蔡元培到达青岛，与青岛社会名流多有往来。姜忠奎与蔡元培正是相识于此时。10 月 4 日，蔡元培与姜忠奎、于世琦、赵太侔等先生同饮于顺兴楼⑦。10 月 31 日，姜忠奎向蔡元培赠送所著《说文转注考》二册，蔡元培在《日记》中给予此书高度的评价：

---

① 参见张君侠、吴晋生《山东大学校史大事年表（1901—1985）》："一九三〇年……六月：国立青岛大学确定设文学院，下分中文、外文两系……应聘到校的教师（教授和讲师）有：……姜忠奎……师资阵容也较齐整。"（《山东大学校史资料》第 7 期，山东大学出版社，1988 年，第 9 页）考《国立山东大学一览》"姜忠奎……任职年月：二十一年八月"（山东大学图书馆藏，1935 年，第 294 页），可知姜忠奎任职国立山东大学的时间为 1932 年 8 月。

② 参见《山东大学百年史（1901—2001）》，山东大学出版社，2001 年，第 80 页。

③ 徐中玉：《我的大学时代——读过山东、四川、中央三个国立大学的中文系才毕业》，《我的大学时代——献给一亿大中学生》，福建教育出版社，2010 年，第 8 页。

④ 《第一期社员名续录（二十三年度）》，《北平燕京大学考古学社社刊》1935 年第 2 期。

⑤ 参见沈卫威：《"学衡派"谱系、历史与叙事》，江西教育出版社，2007 年，第 107 页。

⑥ 《中山大学文史研究所聘姜忠奎教授为名誉编辑》，《国立山东大学周刊》1935 年第 103 期。

⑦ 参见蔡元培：《蔡元培全集》第 16 卷，浙江教育出版社，1998 年，第 353 页。

　　山大教授姜忠奎（叔明）赠所著《说文转注考》二册，以《说文解字》从某某亦声等字为转注，分部拈出，以声母为建类一首，以因声得义者为同意相受。其最要关键，在认考、老二字为对举，与上下、日月、武信、江河、令长同例，于是考字左回老字右转之形转，与考老也老考也之互训显然不能成立，可谓新发现。（叔明尚著有《大戴礼训纂》）①

　　执教国立山东大学期间，姜忠奎与好友孙宣来往书信不断。孙宣，字公达、同旦，号朱庐，又号宣楼，浙江瑞安人，历任北京大学校长室秘书、礼制馆纂修、北京大学讲师等，著有《朱庐日记》《朱庐笔记》《朱庐文钞》等。择录如下：

（一）

公达吾兄有道：

　　别来瞬逾数月，惟兴居佳胜为颂。自文旌启行未久，弟适别应青岛大学之招，比至青岛访子厚未遇，又不知君坦寓址，辗转访晤，始知为车所误，未及同行而径归珂里矣。

　　青岛乃商场贩夫所集，惟山水清幽，颇具雅意耳。弟不获已始离旧京而来此，为贫而教，不足言讲学也。弟任课四种，每周九小时，日为讲义所累；无暇游赏山水，虽君坦诸兄近在咫尺，恒越月不相谋面。弟前有句曰"幽怨蚕囚茧"，今虽无怨，然确为所囚矣。前月内子携儿女来此，均托庇平安。此间气候颇得南北之调，不潮湿不枯燥，至今尚衣薄绵。闻明春樱花颇盛，倘北上曷过此一游，临池神往，不尽欲言，诸惟珍爱。

　　并颂

侍安！

弟忠奎顿首
十一月廿六日

---

① 蔡元培：《蔡元培全集》第16卷，浙江教育出版社，1998年，第361页。

（二）

公达吾兄有道：

顷接手书，敬悉种切。于今文风颓废，得吾兄出而振之，当必有起色矣。蓼园师近以边事孔急，终日惟避难是图，此间敦请讲学，竟不克来。《青鹤》题签弟可代笔，但像片恐不易得耳。

《晴翠馆图》内子极愿藉以自彰，惟山水桥梁务先示其部位，吾二人皆不瞭也。书老所著《弭兵古义》，昨在君坦处见，有印本，祈向孟群代索三五部，或以出售之处见告，弟可自购也。

《青鹤》何处发行？弟拟自购全卷，并拟为学校介绍也。弟到青之后，学变为人略无寸进。

小诗二首，谨另纸录呈教正。尚此并颂

著安！

弟忠奎顿首

三月廿六日

按第一封信中言"青岛""前月内子携儿女来此""十一月廿六日"，可知此信作于1932年11月26日。姜忠奎于信中告知友人近况，并邀孙宣同游青岛。第二封信当为姜忠奎1933年3月26日所作，从"今文风颓废，得吾兄出而振之，当必有起色"之言，可见姜忠奎对孙宣文章的赞美之情。

姜忠奎在校内与诸多教授学者皆为挚友，尤与黄际遇、杨振声、游国恩等先生交往甚密。常饮酒唱和、对弈话谈，仅《黄际遇日记》便有两百余处记录，现略引一二：

晚偕泽丞、更生、保衡、少侯赴公记楼消寒会第二次雅集，怡荪、叔明、涤之、贻诚、智斋、咏声俱到，易令数番，酒风殊健。局终往源记乡，谈兴未阑，子亦猎较。① （1932年12月3日）

---

① 黄际遇：《万年山中日记》（第7册），《黄际遇日记》（第2册），汕头大学出版社，2014年，第80—81页。

盖晚约游泽丞、张怡荪、姜叔明、闻在宥诸友家在舍下乡厨，杜毅伯、梁实秋继至，酒行数巡，王咏声、傅肖鸿亦来。肴馔虽不丰，诸友甚引为满意，饮多不醉，亦一胜会也。①（1932 年 12 月 10 日）

姜忠奎常与黄际遇探讨学术。1933 年 3 月 30 日，姜忠奎与黄际遇、游国恩推论学术世变相关之理，《黄际遇日记》云："予谓凡百学问，清人过于明人，而书事总是清人写不过明人。诸友均曰：气节不及之也。汉学家之治学也诚云得法，其立志也亦甚苦，究竟章句之儒难裨国是。观夫有明之亡，上有殉国之君，野遍死节之民。有清中兴，所倚为砥柱者，率多理学之儒，宇内又安，赖以斡旋者亦数十载。今世则何如哉，抚舷击棹，感不绝于予心，辄忆及之，君子于此以觇世变也。"② 黄际遇在撰写《潮州八声误读表说》的过程中，多次与姜忠奎商讨。1933 年 6 月 9 日，黄际遇与姜忠奎"商定《文史丛刊》论题为《潮州八声误读表》"③。6 月 13 日，黄际遇全天的时间都用来撰作《潮州八声误读表》，夜里与姜忠奎"略谈音均义例"④。6 月 17 日，黄际遇在课后与姜忠奎谈治学家法，确定《潮州八声误读表》纲要，姜忠奎审看后认为"可成书一卷"⑤。此文最终载于《国立山东大学文史丛刊》1934 年第 1 期。

姜忠奎与黄际遇在书法、藏书画方面亦多有往来。黄际遇对姜忠奎的书法评价颇高。1932 年 11 月，姜忠奎受黄际遇之邀篆书像赞，黄际遇称姜忠奎"篆书尤佳，'实妫之秀'"之'实'字，书作'富'，具见细心，'宴'与'实'音义俱

---

① 黄际遇：《万年山中日记》（第 8 册），《黄际遇日记》（第 2 册），汕头大学出版社，2014 年，第 107—108 页。

② 黄际遇：《万年山中日记》（第 9 册），《黄际遇日记》（第 2 册），汕头大学出版社，2014 年，第 189 页。

③ 黄际遇：《万年山中日记》（第 11 册），《黄际遇日记》（第 2 册），汕头大学出版社，2014 年，第 358 页。

④ 黄际遇：《万年山中日记》（第 11 册），《黄际遇日记》（第 2 册），汕头大学出版社，2014 年，第 360 页。

⑤ 黄际遇：《万年山中日记》（第 11 册），《黄际遇日记》（第 2 册），汕头大学出版社，2014 年，第 365—367 页。

不同也"①。1932年12月21日，姜忠奎送黄际遇联一对，黄际遇称："叔明以篆书写上联，遒润丰茂，致可宝也。"② 但同时也指出姜忠奎书法之不足，并给予他修进的建议，见1933年5月28日日记中有言："叔明比来颇喜作书，骨格稍立，而乏神韵，乡壁虚造，私心独运，殊乖学古之道。劝其及壮致力，多亲古拓。"③ 姜忠奎曾为黄际遇审定画卷，1935年3月31日"叔明来审定家藏沈如皋《千岩万壑》画卷，长逾三十丈，有查士标、阮玉铉、张子畏跋。阮未详，其书与查并肩，皆香光之后劲者。子畏，清武进人，花草得舅氏恽恪法，摹王鉴能乱真云。如皋失名，遍检未得。画学黄子久，气象万千，俟考定后，跋尾付装潢"④。姜忠奎藏书颇丰，黄际遇常借其书：1933年10月15日，"检《吴大徵篆文孝经》赠叔明"⑤；1933年11月19日，"从叔明假武进胡君复《集联汇选》，摭其无者录之"⑥；1933年12月7日，"检《诂林》还叔明，不欲久据人之所欲也，其中误字结为别纸签出，异日书来再行注入"⑦；1934年10月10日，"晨诣叔明寓斋，观图籍，假《文字蒙求广义》一部"⑧。

　　1935年初，黄晦闻先生逝世。姜忠奎闻耗，偕萧涤非急往北平祭吊，与吴宓等同送殡入寺，并作《哭黄晦闻先生诗》一首，吴宓称"黄师殁后，挽诗甚多，

① 黄际遇：《万年山中日记》（第7册），《黄际遇日记》（第2册），汕头大学出版社，2014年，第8页。

② 黄际遇：《万年山中日记》（第8册），《黄际遇日记》（第2册），汕头大学出版社，2014年，第130页。

③ 黄际遇：《万年山中日记》（第10册），《黄际遇日记》（第2册），汕头大学出版社，2014年，第319页。

④ 黄际遇：《万年山中日记》（第26册），《黄际遇日记》（第4册），汕头大学出版社，2014年，第413页。

⑤ 黄际遇：《万年山中日记》（第12册），《黄际遇日记》（第2册），汕头大学出版社，2014年，第446页。

⑥ 黄际遇：《万年山中日记》（第13册），《黄际遇日记》（第3册），汕头大学出版社，2014年，第63页。

⑦ 黄际遇：《万年山中日记》（第14册），《黄际遇日记》（第3册），汕头大学出版社，2014年，第158页。

⑧ 黄际遇：《万年山中日记》（第22册），《黄际遇日记》（第4册），汕头大学出版社，2014年，第33页。

而以荣成姜忠奎君叔明之作高古精纯，辞旨正大，为最可称"，迻录全诗如下：

> 温柔敦厚诗之教，经天大义谁能捥？子兴尝叹诗既亡，夫岂无作情礼俵。后世说诗竞物名，几人积虑伸忠孝？汉魏晋宋盛吟咏，清词袭古存形貌。齐梁以下逮陈隋，绮靡弱女娇含笑。唐宋诸贤震诗格，气体轩昂攀风操。元明儗唐清儗宋，理薄无奈空腔调。迩来万事咸用夷，金商萧飒原火燎。噪杂争似鸟雀喧，俚鄙直等儿童闹。情不由衷音失节，诵诗闻政嗟可悼。蒹葭先生起南粤，学派源自九江导。少师简岸关百家，青灯伴读依佛庙。三十着论发民义，功成裹足独高蹈。四十致志理人情，述作壹意阐诗奥。精挚岂为饥寒疎，妙解时有神鬼告。上取雅颂下亭林，网罗羣论鱼离景。散历大学二十年，飘风冽冽吹万窍。朋俦倡和谁敢苟，规律峻絶层厓陗。尘嚣腾眊迷离中，舍此安足摄浮躁。吾闻君子神所劳，畀寿宜使臻耄耋。奈何不卒敦宿好，宏涛半渡摧兰杈。遥遥彼岸何时到，前瞻后顾心恼懊。琼阴话旧曾几时，遽冒风雪凭棺吊。①

1935年下半年，姜忠奎第一次离开国立山东大学。据北平燕京大学《考古学社第二期社员名录（二十四年七月到二十五年六月）》："姜忠奎，号叔明，山东荣成人，三十九岁，前山东大学教授，通讯处：广州东山松岗东街三十六号。"②将第一期《社员名录》与第二期进行比较，发现姜忠奎的个人信息有所变化，职位由"国立山东大学教授"变成"前山东大学教授"，通讯地址亦在广州，可知姜忠奎已于1936年前离开国立山东大学。据《黄际遇日记》"酒侣已散，它事可知，旋偕怡荪、丁山、涤非、叔明、泽丞品茗宏成发"③（1935年7月3日），"检书二种还叔明，并柬速过谈，得复云以晡后来"④（1935年7月4日），可知7月初姜

---

① 参见吴宓著，吴学昭整理：《吴宓诗话》，商务印书馆，2005年，第189—190页。
② 《考古学社第二期社员名录（二十四年七月到二十五年六月）》，《北平燕京大学考古学社社刊》1936年第3期。
③ 黄际遇：《万年山中日记》（第27册），《黄际遇日记》（第4册），汕头大学出版社，2014年，第602页。
④ 黄际遇：《万年山中日记》（第27册），《黄际遇日记》（第4册），汕头大学出版社，2014年，第603页。

忠奎尚在国立山东大学。再据《黄际遇日记》"太侔来久坐，谈及叔明已就广东编纂馆长及学海书院导师事，楚材晋用，吾道遂南，皆无可如何者"① （1935 年 11 月 4 日），"接叔明十月二十九日粤函（东山松岗东三十六号）云，陈伯南司令闻其重来，约为总部参议兼编纂馆长。学海书院又约为导师，姚秋园亦在书院授文。曾于总部宴席见白发老人，未便越坐，希为先容"② （1935 年 11 月 6 日），《黄际遇日记》中所录姜忠奎 10 月 29 日所寄信函地址为"东山松岗东三十六号"，与《考古学社第二期社员名录》一致，至此可确认 1935 年 10 月末姜忠奎已在广州。因黄际遇所作《不其山馆日记》第一册已佚，此间事不可得知，唯能暂将姜忠奎第一次离开国立山东大学的时间系 1935 年 7 月初至 10 月末之间。

1935 年年底，姜忠奎任广东编纂馆馆长兼总纂，兼任广东通志馆名誉纂修③。任广东编纂馆馆长期间，姜忠奎计划编纂广东史地丛书。曾邀请好友缪钺任编纂，博涉群书，广罗资料④。缪钺（1904—1995），字彦威，江苏溧阳人，是著名历史学家、文学家、教育家。任广东通志馆编纂的李沧萍亦于此时与姜忠奎订交。李沧萍（1897—1949），原名绍基，字菊生，号高斋，广东丰顺人，毕业于北京大学中文系、日本东京帝国大学，先前曾任教育部秘书、译述馆分纂、北京大学讲师、北京师范大学教授，著有《诗学大纲》《楚辞通论》《陈后山诗注》等。李沧萍曾作《姜叔明奔丧北归二月南来》《读梅柏言文寄姜叔明》，载于《国立中山大学日报》1936 年第 2172 和 2178 期。

姜忠奎还受邀任学海书院导师。学海书院创建于清代两广总督阮元创办的学海堂旧址，以研究周易、礼制、道德经、孔子、孟子、宋明理学为课程。后

---

① 黄际遇：《不其山馆日记》（第 2 册），《黄际遇日记》（第 5 册），汕头大学出版社，2014 年，第 74 页。（《黄际遇日记》编撰者误将《不其山馆日记》第 2 册作第 1 册，下同。）

② 黄际遇：《不其山馆日记》（第 2 册），《黄际遇日记》（第 5 册），汕头大学出版社，2014 年，第 77—78 页。

③ 据 1936 年 1 月 16 日《黄际遇日记》："馆长姜忠奎前被任广东通志馆名誉纂修。"黄际遇：《不其山馆日记》（第 4 册），《黄际遇日记》（第 5 册），汕头大学出版社，2014 年，第 302 页。（《黄际遇日记》编撰者误将《不其山馆日记》第 4 册作第 3 册。）

④ 参见陈贤华：《缪钺》，《中国现代教育家传》（第 3 卷），湖南教育出版社，1986 年，第 197—198 页。

因蒋介石根据孔祥熙提议，南京教育部通令全国各大学文科增加读经课程。陈济棠到北方延揽学者名流为教师，姜忠奎便是此时前往学海书院任教的学者之一。

1936 年，学海书院因故解散。姜忠奎于 8 月复任国立山东大学中国文学系教授①，于 9 月从广东重返青岛。据 1936 年 9 月 7 日《黄际遇日记》："思故人甚，假车东行访秋老、叔明，皆有萧槭之境。秋老行将返里，《广东文征》汗青无日。学海书院卖书论斤，俯仰之间，感慨系之。叔明行装已束，人来相宅。"②

1937 年，姜忠奎指导八个国立山东大学中国文学系第四届毕业生的毕业论文，其中单独指导六篇，分别是：冯汉贞《说文重文笺》、杨道松《论衡校正》、王延琦《说文方言疏证》、李永儒《毛诗郑笺引用三家诗总考》、董云霞《说文训同义异考》、阎金锷《古今书目简志》；与闻在宥联合指导两篇，分别是：庄敬梓《殷周铜器图形文字研究》、隋廷莹《四家诗异文音值研究》③，为山东大学培育了一大批古典学术研究人才。

姜忠奎与学生张海清常有来往。张海清（1911—1983），山东临清人，时为山东胶济路线博山车站职工，曾受业于王献唐、姜忠奎，素工书画篆刻，对金石文字颇有研究。今得见姜忠奎致张海清未刊信札三封，用国立山东大学用笺书写，现将其整理如下：

（一）

海清老弟左右：

手书并像片碑拓俱收到，敬谢。

---

① 据《国立山东大学教职员录》："姓名：姜忠奎；别号：叔明；籍贯：山东荣成；略历：北京大学文学士，国史馆协修，河南中大教授，东方文化研究员，山西文化委员，北京大学讲师；职务：中国文学系教授；到校时间：二十五年八月；住址：本校第三宿舍。"（山东大学图书馆藏，1936 年，第 281 页）"二十五年八月"即 1936 年 8 月。

② 黄际遇：《因树山馆日记》（第 3 册），《黄际遇日记》（第 6 册），汕头大学出版社，2014 年，第 336 页。

③ 《国立山东大学中国文学系第四届毕业生毕业论文一览》，山东省档案馆藏，1937 年 6 月，编号：J110—01—719—001。

倘他日更遇先贤遗像，仍希代索一份，柳泉墓表能得较好，拓本尤善，但不必急求也。山水尚需稍待方能著笔，终必有以奉报耳。字之音读代有迁变，如以今音求之，其不合者多矣。惟当变读以相应舍此，他亦无善法也。《六书述义》顷付石印，暑假方可蒇事，至时定即奉正。

六书类别咸在其中，仔细寻之终当会通其蕴也。何时更来青一游？凡此宣于面详，笔墨不能尽也。耑以顺颂

多福！

小兄姜忠奎手启

三月廿九日

（二）

海清老弟左右：

月前来并交两印即适值外出，未得相见，比日课程稍减，颇有捉刀余暇，特为刻一号章，石质殊不佳，但用以为相念之资耳。原印刀法秀劲未忽磨去，仍留存惟邮寄不便，最好有人随身携带，可免损伤也。先将拓本奉阅并候。

多福不备！

小兄姜忠奎顿首

五月卅一日

（三）

海清老弟左右：

前晤老友南山先生得悉佳况，甚慰。山大因时局影响，课程忽断忽续，令人不便。日惟遨游山林，或写梅花自遣，亦检数幅奉阅。其心绪□躁，何此亦可见耳。西北各□□势转胜，沿海或不致有变。日来有晤南山否？希为致意。耑此顺候

多福不备！

小兄姜忠奎手启

十月廿一日

于此可见二人多有书画篆刻之往来，情谊深厚。由"山大因时局影响，课程忽断忽续，令人不便"，可知第三封信当作于 1937 年 10 月 21 日。1937 年七七事变后，抗日战争全面爆发。11 月，国立山东大学由青岛迁往安徽安庆，不久再迁四川万县。日寇侵占青岛以后，姜忠奎辞去国立山东大学教授职务，携家人返回姜家疃老家。是时，石岛有一所专供穷人家孩子读书的慈善机构，内设有中学部"道德社"。姜忠奎回到石岛后，执教于此。

四

1940 年 2 月，日寇侵占石岛。姜忠奎携家经青岛前往北京，属文道："庚辰春，乡里大骚乱，居不得宁，乃复徙家故都。"见一路凄凉，往日同仁旧友，未避走内地者，多任伪职，作诗以寄愤懑哀情：

庚辰夏四月重过青岛游公园留影

岂为功名始读书？凄情风雨费踌躇。

尘缘未了心多累，世事无端计总疏。

松柏后凋人已老，云天长往意何居？

药栏花屋增新艳，娩我支离落照馀。

庚辰冬至前，三日大雪，与令瑜散步小西天，

距丁卯云游十三年矣！视今思昔，慨然有作

十载浑如梦，飘零四海狂。

心情犹未改，儿女已成行。

岁月悲流水，生涯媳哲囊。

西天桥畔路，陈迹凭徜徉。

辛巳上已，修禊南海，午后复与令瑜携子女至瀛台小坐感怀

世变匆匆岁月忙，偷闲相与共寻芳。

青黄树色连宫瓦，荡漾波光袭阁廊。

郑俗空傅兰浴迹，王凤冈作黍离伤。

飞花落水飘心事，对酒难消哕喀肠。

抵京后，姜忠奎任职于北师大文学院国文系，与傅岳棻、张鸿来、柯昌泗、夏枝巢、张弓、俞静安、彭主邴、唐玉书、寿昀等学人成为同事。北师大文学院附设研究所，所长为李泰棻，内分国学、史学两部，导师有姜忠奎、李泰棻、傅岳棻、江绍原等①。姜忠奎在任职期间曾开设《群经大义·白虎通》的经典研读课程②。在国学书院读书的李迪如、王孝通、吕葵序、商云微、吕秀常、许骐、刘曜昕、王斌生等人都是姜忠奎的得意门生③。同时，姜忠奎兼任华北编译馆审稿委员，同为审稿委员的还有沈启无、周作人、钱稻孙、吴祥麒④。

为保存国粹，姜忠奎与郭则沄、柯昌泗、瞿兑之、黄公渚等发起一专门研究古典经学的学会——国学书院。由郭则沄任院长，姜忠奎与马竞荃、黄宾虹、孙念希、孙海波、夏蔚如、傅治芗、傅沆叔等任导师，皆义务制，不领薪水津贴，院内书籍费用，亦由各创办者私人捐助。他们在北京团城沁香亭座谈史事掌故，后编成《知寒轩谈荟》。国学书院所搜集校印的文史书籍颇多。姜忠奎参与校勘《敬跻堂丛书》与《知寒轩谈荟》。《敬跻堂丛书》包含子书八种，他校勘了其中三部，分别是于1943年刻印桂文灿的《经学博采录》《周官征古》和于1944年刻印孙诒让的《〈大戴礼记〉斠补》。关于《周官证古》，此书原名《周礼通释》，共六卷，姜忠奎整理删约为二卷，并易名《周官证古》，收为《敬跻堂丛书》第六种。刊刻牌记署"癸未冬月刊版藏古学院"，癸未即1943年。"壬午秋"，即1943年秋，姜忠奎承命校理，并作序言：

是书原名《周礼通释》，凡六卷。南海桂子白先生文灿著。条举群书，以

---

① 参见李孝迁：《中国现代史学评论》，上海古籍出版社，2018年，第366页。
② 参见张寿康：《学习·教学·编辑》，《说语谈文》，河南大学出版社，1989年，第192页。
③ 参见侯阿欣、姜厚粤口述，张德礼整理：《爱国学者姜忠奎》，《威海文史资料》第7辑，威海市政协文史资料委员会，1992年，第211页。
④ 参见北京鲁迅博物馆编：《苦雨斋文丛·沈启无卷》，辽宁人民出版社，2009年，第226页。

明《周礼》之有本意甚善也。惟以一文分证数事，稍病其复。且与《通释》体例不协。壬午秋，古学院得先生遗稿数种，是书在焉。忠奎承命校理，不揣弇陋，辄并其所举数事，而以一文证之，约为二卷，更题曰《周官证古》。其亦不悖先生之本愊欤。先生悃究群经，著书凡三十余种，为卷百九十余。强仕而后骛于吏治，少作多未及理而遽卒于官，殆不仅此稿然也。①

关于姜忠奎校勘孙诒让的《〈大戴礼记〉斠补》，郭久祺《郭则沄传略》记有此事：

> 《大戴礼记》是研究中国古代社会情况、文物制度和儒家学说的重要书籍之一。清代有十几位学者校注此书，以孙诒让（清末研究经学、古代礼制、古文字学、古历法的著名学者）《〈大戴礼记〉斠补》为最精审，"识误匡违，多相获、发明"。啸麓公的好友姜忠奎先生精研古代礼制，曾著《〈大戴礼记〉训纂》，他存有孙诒让《〈大戴礼记〉斠补》石印本，坊间罕见。啸麓公见到后，即请姜忠奎校勘，刻印出版。②

1943年2月至6月，姜忠奎完成了一部20万言的《说文小笺》，并一一指导国学书院8名毕业生的论文，北师大研究院国学部第一届毕业生亦在此时结业。刚完成著述和教学任务，又收到山东大学的聘书，再度从北京赶赴青岛讲学，此为姜忠奎第三次执教山东大学。执教一年后，于1944年7月中旬重返北京。因姜忠奎长期在外忙碌奔波，未能照顾到妻子钟怀佩的病情，是年农历七月她因病重逝世，据其子姜厚粤回忆：

> 7月中旬，爸爸从青岛回来，妈妈已病入膏肓。妈妈知医，自言心无所苦，唯怕吵闹。为静养计，经多方交涉，于1944年农历七月初十，假居地安门外鸭儿胡同之广化寺，由阿鑫和二姐陪侍。不几天，病情急转直下，神志突然迷乱，竟将便盆猛砸于地，言其不砸，别人总敢放枪放炮？农历七月二

---

① 姜忠奎《〈周官证古〉序》，载于《敬跻堂丛书》本《周官证古》书前。

② 郭久祺：《郭则沄传略》，中国人民政治协商会议北京市委员会文史资料委员会编：《北京文史资料》（第57辑），北京出版社，1998年，第145页。

十三日，即进寺后的第 13 天上午，妈妈突然神志清醒，唤阿鑫为其洗濯，说她要去了。洗濯毕，阿鑫即去打电话，却又赶上戒严。爸爸急得团团转，等下午戒严解除赶到广化寺，妈妈已赴瑶池多时矣！①

姜忠奎在近二十载的执教生涯中，始终以"学必得利人利民"为治学之道。他常教育学生说："治经学要先学做人，明是非，知荣辱，做有利于民族的事。"在其居室，悬有两副对联，一副上联是"请看今日之域中，竟是谁家之天下"，下联是"苟全性命于乱世，不求闻达于诸侯"，这副对联清楚地表明他在日伪时期的心境和坚决反对日军侵华的政治态度。另一副上联是"量不能容物真废物"，下联是"学必得利人才是人"，表明他的治学态度和利国利民的学术思想。当日军侵略中国时，他在学生面前明确指出，"日军侵华注定要失败，延安是中华民族的希望所在"。因此，日伪政府多次让他出任伪职，均遭拒绝。据其学生张寿康回忆："在北京师范大学国文系读书期间，我从叔明师学习《群经大义》课。先生常说：'治经学要先学做人，明是非，知荣辱，做有利于民族的事。'他还多次让我阅读《南烬纪闻》。这本记述宋代徽、钦二帝北掳的书，我们每每读之知事感时，为之泪下。先生让我们阅读这本书，就是教育我们不要忘记国耻。"②

但不幸的是，日本宪兵队抓走国学书院学生王孝通时，在其宿舍搜到马列著作，以及姜忠奎与李迪如、吕葵序、商云微、吕秀常、王斌生、王孝通六个学生的合照。1420 部队三谷部队按图索骥，在 1945 年 1 月 6 日将姜忠奎逮捕，关押在东珠市口宪兵队③。除李迪如因过年回家幸免于难外，合照中剩余的六人都被抓走。姜忠奎被捕后，著名学者郭则沄、夏蔚如、黄公渚等极力奔走营救，惜以失败告终。1946 年 2 月 10 日，国民政府军事法庭审判日本军曹中山正雄，张寿康、李文蔚二人出庭做证，罪犯承认杀害姜忠奎等六人④。

---

① 姜厚粤：《雨露春晖——忆先父姜忠奎先生》，中国人民政治协商会议山东省委员会文史资料委员会编：《山东文史资料选辑》（第 32 辑），山东人民出版社，1992 年，第 239 页。
② 张寿康：《深切怀念爱国学者姜忠奎先生》，《联合周报》1991 年 3 月 2 日。
③ 参见王建领：《国立西北联合大学档案史料选编》，西北大学出版社，2018 年，第 785 页。
④ 参见张寿康：《深切怀念爱国学者姜忠奎先生》，《联合周报》1991 年 3 月 2 日。

姜忠奎虽英年早逝，但一生讲学不辍，留存之著述等身，其学术研究涵及谶纬学、《说文》研究、先秦诸子研究等诸多方面，是学术史上一颗熠熠生辉的明星。先生已出版著作 20 余部，撰著但未得出版者 10 余部。此外，还有诗文散见于《学衡》《国学论衡》《新民》等刊物。笔者今撰此文，初步钩稽先生生平，期待学界能深入研究先生之生平及著述！

[作者单位：山东大学文学院]

石守衡

抗战时期《国家至上》的创作、演出与评论辑要①

□ 熊飞宇

【摘要】 1940 年，在马宗融的大力推动下，中国回教救国协会回教文化研究会约请老舍、宋之的合力撰写抗战四幕剧《国家至上》。该剧以描写回汉团结为主题，是"中国现代第一次以戏剧形式反映回族人民生活斗争的作品"②。曾在重庆、桂林、昆明及其他多地公演，反响热烈。通过汇辑彼时《国家至上》创作、演出与评论的有关资料，有利于展现并还原该剧在抗战语境中的历史面貌。

【关键词】《国家至上》；创作；演出；评论

---

① 基金项目：本文为国家社科基金重大项目"抗战大后方文学史料数据库建设研究"（项目编号：16ZDA191）、重庆市社科规划项目"抗战时期大后方戏曲史料的整理与研究"（项目编号：2018YBKZ10）阶段性成果。
② 李存光、李树江：《马宗融：一个不应该被遗忘的人》（代前言），《马宗融专集》，宁夏人民出版社，1992 年，第 9 页。

据《重庆宗教》，"抗战时期，会址设在重庆的'中国回教救国协会'① 及其下属的'中国伊斯兰青年会''中国回教文化研究会'② '回声歌咏团'等，在重庆开展了不少有益于抗日救国的活动"，如回教文化研究会"宣传回汉人民团结抗日，委托老舍、宋之的编著四幕话剧《国家至上》，在国泰电影院演出，著名演员张瑞芳、魏鹤龄主演，连演数日，场场客满，首开回汉团结救亡文化运动之先河"③。

《国家至上》是由老舍与宋之的合作编写的抗战四幕剧，以描写回汉团结为主题，"内容紧张完密"，经多次公演，轰动一时，"极为观众所赞许"④，充分发挥了话剧作为"心理作战"⑤ 工具的效用。有关剧本的创作与演出，田本相主编的《抗战戏剧》叙述甚详，但也有部分史料未及纳入；而今之学者，对于《国家至

---

① 中国回教救国协会，其前身系 1937 年在河南成立的民间团体"中国回民抗日救国协会"，由王静斋、时子周等筹建。1938 年春，改组为"中国回民救国协会"（会址武汉）。1939 年 1 月，由唐柯三、孙绳武等参加组织召开第一次全国代表大会，更名"中国回教救国协会"。同年 7 月，迁址重庆（会址位于张家花园六十二号），成为官办组织。1946 年迁南京，改名"中国回教协会"。第一任理事长白崇禧，副理事长唐柯三、时子周。曾通令全国各地伊斯兰教团体一律受其领导；除以其分会、支会名义外，不准再立其他名目。出版有《中国回教救国协会会刊》（1939—1946 年，重庆）、《回教文化》（1942 年，重庆）、《中国回教协会会报》（1946—1948 年，南京）。参见金宜久主编《伊斯兰教辞典》，上海辞书出版社，1997 年，第 291 页。

② 回教文化研究会系中国回民救国协会暨热心研究回教文化各同志发起（《回教文化研究会昨开成立会》，重庆《中央日报》1939 年 2 月 27 日第 4 版）。1939 年 2 月 26 日，假川盐银行召开成立大会。唐柯三、马松亭等二十余人到会。马宗融主席。唐柯三、马寿龄、王礼锡、郑伯奇、杨敬之、毕修勺、王平陵、卫惠林、王曾善相继发表意见，王梦扬报告起草章程经过。经讨论，修正通过会章八条，其研究方法，系举行座谈会，组织考查团等项（《回教文化研究会昨日成立》，重庆《大公报》1939 年 2 月 27 日第 3 版）。

③ 重庆市民族宗教事务委员会编：《重庆宗教》，重庆出版社，2000 年，第 219 页。

④ 《〈国家至上〉剧本在桂排演》，《月华》第 12 卷第 19—21 期合刊，1940 年 7 月 25 日，第 16 页。

⑤ 《戏剧：1. 话剧〈国家至上〉的两个场面》，《国防月刊》第 5 卷第 2 期，1948 年 2 月，图片四。

上》的阐发和评论，迭有新作问世①，为剧本开拓出一片广阔而丰富的阐释空间。本文的目的，则是立足于戏剧的创作、演出与评论，尽可能搜集彼时的资料，展现并还原《国家至上》在抗战语境中的历史面貌。

一、《国家至上》的创作、发表与出版

1940 年 1 月，回教文化研究会 "为提倡回汉团结抗战起见，特由该会委员文艺作家老舍、宋之的二氏合编一四幕剧，剧名为《国家至上》"②。中华全国文艺界抗敌协会总务部在其《会务报告》中提及 "回教救国协会委托本会理事宋之的及老舍编制回教救国话剧，已允于廿九年一月底交稿，由阳翰笙先生担任演出责任"③。《国家至上》，一名《回教三杰》，"系以回汉民族精诚团结一致抗战至死不屈之英勇故事为题材"④。

关于剧本的创作，老舍有如此交代："《国家至上》这剧本不是灵感的果实，而是我们受回教救国协会的委托才慢慢想起一切来的。为促进回汉的团结，为引起国人对于回民生活以及回教文化的注意，回教协会请之的与我编个剧本，以事宣传。我们答应下来。就着我们自幼在北方所见过的回胞的生活习惯，挽以抗战中的实事与想像，商量了半天，即由我动手写故事。故事编好，交与之的去分场，场分好，我写一二两幕，他写三四两幕。四幕写全，拿到回教协会朗读一遍。协

---

① 其中代表性的论文有：王家平、杨秀明的《抗战时空里的谣言与身体——〈国家至上〉中的回汉矛盾与民族国家叙事》（《中国现代文学研究丛刊》2014 年第 1 期），陈红旗的《爱国立场与启蒙现代性的彰显——〈国家至上〉再解读》（《民族文学研究》2016 年第 4 期），李广益的《国家认同的积极构建及其限度——论抗战话剧〈国家至上〉的成就与问题》（《文学评论》2020 年第 4 期），等等。

② 《会务消息：三、审查〈国家至上〉剧本》，《中国回教救国协会会刊》（半月刊）第 1 卷第 9 期，1940 年 2 月 15 日，第 28 页。

③ 总务部：《会务报告》，《抗战文艺》第 5 卷第 4、5 期合刊，1940 年 1 月 20 日，第 48 页。此则消息为会务报告之九。《会务报告》虽署名 "总务部"，但实为老舍所撰，后收入《老舍文集》第 15 卷。

④ 《〈国家至上〉昨在国泰演出》，《新华日报》1940 年 4 月 6 日第 3 版。

会中友人把意思与词汇上的不妥之处一一提出，我们从头儿修正一遍，交卷。"① 又说："在元月，我和宋之的先生合写了《国家至上》——讲回汉合作的四幕剧。我为什么改行写戏呢？一来是为学习学习；二来是社会上要求我，指定我，去写，我没法推辞。"②

剧本脱稿后，中国回教救国协会在该会召开"审查会议"，"出席者有戏剧作家老舍、宋之的、阳翰笙、马彦祥；协会方面有唐副（理）事长（即唐柯三）、王静斋阿衡、张秉铎阿衡、理事马宗融、王曾善、艾宜栽、王农村等"，"由作者逐句朗诵，遇有不适之字句，随时加以改正"，并"着手排演"③。

《国家至上》分两期连载于《抗战文艺》。其中第一、二幕载第 6 卷第 1 期，1940 年 3 月 30 日出版；第三、四幕载第 6 卷第 2 期，1940 年 5 月 15 日出版。与此同时，第 6 卷第 1 期特辟"回民生活文艺特辑"，所刊文章依次为：

1.《阿剌伯文学对于欧洲文学的影响》（论文），马宗融作。

2.《谟罕默德礼赞歌》（诗），哥德作，梁宗岱译。译诗之后对于礼赞歌的介绍，则取自（刘）思慕译《哥德自传》。

3.《国家至上》（四幕剧），宋之的、老舍合著。

4.《伊朗（波斯）诗人费尔岛西的罗密欧与朱丽叶》（译文），"埃及陶斐克哈肯作，张秉铎④译"。题下有作者简介云："陶斐克·哈肯是埃及一个颇有盛名的

---

① 老舍：《国家至上·后记》，上海杂志公司，1940 年，第 189 页。

② 老舍：《致西南的文艺青年书》，桂林《大公报》1941 年 3 月 16 日第 4 版（副刊"文艺"桂字第 1 期）。

③ 《会务消息：三、审查〈国家至上〉剧本》，《中国回教救国协会会刊》第 1 卷第 9 期，1940 年 2 月 15 日，第 28 页。阿衡，一作保衡，官名。常用来称呼辅佐帝王主持朝政的官员，成为宰相的代称。此处应是"阿訇"之误。

④ 张秉铎（1915—2004），河南洛宁人。1938 年与海维谅考取埃及爱资哈尔大学"学者文凭"，载誉回国，奔赴重庆。在结束国民党中央党政训练班的军事训练后，被分配至中央国际广播电台，开创中国用阿拉伯语对外广播的先例。1940 年 1 月，辞去电台工作，担任中国回教救国协会视导员，至该年 12 月；亦多次参加郭沫若、马寅初、老舍、马宗融等组织的笔会。参见李华英《令人难以忘却的穆斯林学者——为纪念张秉铎先生归真一周年而作》，原思明、艾少伟主编《河南回族——中原大地的优秀一员（文史资料选编）》（下），民族出版社，2018 年，第 1402—1407 页。

作家，有《穴洞人》《莎赫萨玳》等剧作及《灵魂的归来》小说，《莎赫萨玳》一剧已译为法文，《灵魂的归来》一书已在苏联译为俄文出版，销行颇广，极得彼邦人士之好评，本篇载在去年三月埃及《萨格法杂志》伊朗专号上，原文为阿拉伯文。"末署"二九，二，二三"。

关于"回民生活文艺特辑"（目录作"回民文艺辑"），第 5 卷第 4、5 期合刊的《会务报告》曾云："回教救国协会委托本会理事马宗融征稿，并编辑回教救国专刊；本会会员均乐为襄助。"① 第 6 卷第 1 期的《编后记》则进一步说明："'回民生活文艺特辑'这一个名词不顶妥贴，然而一时也想不出其他更［恰］当的字眼。所以出这个特辑，不仅因为回教同胞在抗战中发挥了和其他同胞一样巨大的力量，参加了和其他同胞一样艰苦的战斗，作家们应该不忘记这一部分同胞的努力，从他们的较为生疏的生活习惯中去发掘写作的新题材，更因为敌人正在沦陷区域通过文化的麻醉，挑拨分化着我们的回教同胞，据我个人所知道，除各种关于回教问题的单行本外，单是定期刊物就有日文的《回教事情》和中文的《回教》二种，我们出这个特辑，虽然内容很薄弱，也可算是对于敌人的文化进攻的一个回答罢。"②

第 6 卷第 2 期的《编后记》又云："本期登载了宋之的、老舍、安娥三先生的三个剧本，所以小说只选了一篇《多多村》"，"所以多登剧本，是因为前方后方同时都可以听到剧本恐慌的严重的呼声"③。其中宋之的的剧作除《国家至上》外，另有独幕剧《凯歌》。

1940 年 12 月 10 日，《国家至上》正式出版。其版权页题著作人：老舍、宋之的；主编人：宋之的；发行人：张静庐；发行所：上海杂志公司（重庆、昆明、桂林、柳州、金华、上海、香港、成都、西安）。卷末有老舍作于 1940 年 5 月 18 日的《后记》，略述剧本创作及演出的缘由。

----

① 总务部：《会务报告》，《抗战文艺》第 5 卷第 4、5 期合刊，1940 年 1 月 20 日，第 48 页。此则消息出自会务报告第九条。

② 蓬子：《编后记》，《抗战文艺》第 6 卷第 1 期，1940 年 3 月 30 日，第 83 页。

③ 蓬子：《编后记》，《抗战文艺》第 6 卷第 2 期，1940 年 5 月 15 日，总第 148 页。

该剧为"戏剧创作丛书之一"①，丛书由宋之的主编。关于《国家至上》，广告语为：

> 老舍先生暂时搁下写长篇小说的笔，他写了多幕剧《残雾》，获得了戏剧界一致的称颂，更进一步他又和剧坛巨子宋之的先生合作，这本《国家至上》，以老舍先生笔调的幽默，加上宋之的先生布局的紧凑，不消说，这剧本堪称"珠联璧合"，因之各地争相排演，为近年来剧坛上伟大的收获。

1943年12月，《图书印刷月报》第1卷第2期的《全国新书推荐·十月份》中，又有《国家至上》（老舍、宋之的著，南方印书馆版）（第32页）的推荐语为：

> 中国号称五大民族的联合国家，实际上在过去无一不以汉人为主，所谓"用夏蛮（变）夷"就是这种偏见的思想体现。日阀就常常利用这种民族的隔阂来达到它挑拨离间之目的。所以抗战以后，回教协会就请老舍宋之的以回汉团结为主题写了这本四幕剧，打破日寇的阴谋。回教协会曾请中国万岁剧团演出此剧于重庆国泰戏院，获得相当的成功。

据此可以推知：1943年10月，《国家至上》曾由南方印书馆出版。但其版权页则题著作人：老舍、宋之的；发行人：叶澄波；印刷所：南方印书馆（重庆南岸敦厚下段六十三号）；发行所：南方印书馆（重庆民权路三十七号）；代售处：全国各大书店；"中华民国三十二年七月出版"，每册实价国币拾肆元（外埠酌加邮费）。

1945年12月，该剧在上海重版，其出版者为新丰出版公司，总经售亦为新丰出版公司［上海六马路十四号、重庆商业场西三街（公园口）特一号］②。卷首有"卅四年秋"老舍"于陪都"所作之《序》，表示："今得在沪重印，或不至因

---

① 据《转形期》（短剧集，宋之的著，上海杂志公司，1941年8月20日出版）版权页之前的广告，"戏剧创作丛书之二"为《幸福之家》（四幕剧，萧军著，上海杂志公司，1940年5月30日出版）；"戏剧创作丛书之三"为《秋收》（三幕剧，陈白尘著，上海杂志公司，1941年2月15日出版）。

② 1947年2月，又被列为"新丰文丛"一种，由新丰出版公司出版。参见田本相主编《抗战戏剧》，河南大学出版社，2018年，第130页。

抗战胜利结束，而谓回汉间之合作精神可渐冷淡，仍希有上演之机会耳！"

《国家至上》沪版面世不久，即有书评《介绍内地剧本〈国家至上〉（老舍、宋之的合编）》，在扼述基本剧情之后，指出："老舍是中国文坛上数一数二的小说作家，他的文笔干脆，爽辣而又明快；粗线条的刻划，但粗中有细；行文更是幽默风趣，耐人寻味。本剧的第一第二两幕是由他执笔的，就充分地表现了这种特点。第三四幕是宋之的写的。虽然一剧由二人写成，但读之却并无'不统一'的感觉。"①

二、促成《国家至上》得以创作并上演的两个重要人物

（一）马宗融②：《国家至上》的催生婆

《国家至上》的诞生，马宗融堪称其催生婆。老舍曾自陈："因为《残雾》的演出，天真的马宗融兄封我为剧作家了！他一定教（叫）我给回教救国协会写一本宣传剧。我没有那么大的胆子，因为自己知道《残雾》的未遭惨败完全是瞎猫碰着了死耗子。说来说去，情不可却，我就拉出宋之的兄来合作。我们俩就写了《国家至上》。"③ 叶圣陶在日记中亦有载：1942年5月7日，"十时后马宗融来访。谈复旦情形，谈望道、子展近况。君为回教徒，近颇努力于宣传回教教义，俾人共晓。老舍所为剧本《国家至上》即君所嘱托，特以回教精神为内容者也。君风

---

① 雨田：《介绍内地剧本〈国家至上〉》，《文艺青年》（半月刊）第2期，1946年1月15日，第11页。

② 马宗融（1892—1949），字仲昭，四川成都人。1929年与罗世弥（笔名罗淑，《生人妻》作者）在法国里昂结婚。1939年1月，与李劼人、周文、朱光潜等发起成立中华全国文艺界抗敌协会成都分会；同时担任中国回教救国协会五位常务理事之一。3月，倡议并发起组织回教文化研究会。同年夏去重庆，任北碚复旦大学教授。1940年，兼任国民政府军事委员会政治部文化工作委员会委员。据老舍《马宗融先生的时间观念》（载《重庆新民报晚刊》1942年6月23日第2版），其自北碚来重庆，"多半是住在白象街的作家书屋"。

③ 老舍：《闲话我的七个话剧》，《抗战文艺》第8卷第1、2期合刊，1942年11月15日，第27页。该文又刊于《文选》第1卷第2期，1943年2月16日出版。又收入《〈抗战文艺〉选刊》第一辑，1946年4月出版。

度仍然，语有妙趣，五十一岁，犹有童心。谈至十二时始去"①。

马小弥在《走出皇城坝——父亲马宗融生平》中，也曾谈及《国家至上》：

> 1940 年 10 月 1 日，郭沫若、阳翰笙领导的第三厅被迫解散，又以"文化工作委员会"的形式出现，父亲为该会的专任委员，又是中华全国文艺界抗敌协会的理事，以满怀的热情，投入抗战文艺的工作。父亲与锐意抗战、同为回族的白崇禧将军有旧情。运用这个关系，他促进了中华全国文艺界抗敌协会和回教救国协会之间的联系。重庆的清真寺和白崇禧投资的"百龄餐厅"成为"文协"作家们的一个好去处，纪念老舍创作生活二十年的盛会、为戏剧家洪深祝寿的庆典都在"百龄餐厅"进行。文协会刊《抗战文艺》在 1940 年出过《回民生活文艺特辑》，回教救国协会会刊上也有文协作家的文章和讲话。父亲倡议成立了回教文化研究会，阳翰笙、郭沫若、老舍、白崇禧将军的秘书谢和赓、千家驹、历史学家白寿彝和马松亭阿訇等都是这个研究会的会员。父亲建议"用回教抗敌题材来编写戏剧，以表扬回教人的抗敌精神，以鼓吹回教同非回教人民间的合作"，他以回教救国协会的名义，约请老舍、宋之的写了话剧《国家至上》。父亲四处奔走，为这个剧搜集素材，请清真寺的朋友们听剧本、谈剧本、改剧本，经常夜以继日地工作。非回教文化界人士和回教人士之间空前团结合作，热闹非凡。②

在《没完成的童话——忆老舍伯伯》（载《十月》文艺丛刊 1979 年第 1 期），马小弥则有更详细的回忆，此处引文从略。

《国家至上》排演过程中，马宗融曾去中国电影制片厂参观，感触颇多，并于 4 月 4 日撰文，提出五点希望。其一，《国家至上》所提出的问题，"在中国境内大部分的地方，还是一个值得注意的问题"。希望将其"严重的考虑一次，并热烈地讨论一番"，庶可作为有责当局的参考。其二，用回教题材写成戏剧，"不但在话剧

---

① 李存光、李树江编：《马宗融专集》，宁夏人民出版社，1992 年，第 44 页。
② 李存光、李树江编：《马宗融专集》，宁夏人民出版社，1992 年，第 32—33 页。

是破天荒的一次，据闻连旧戏也几乎没有"。宋之的、老舍"把我们的目光引到了这向不为人注意，或不敢注意的题材上"，希望文艺界朋友在此园地里，"培养出多量新鲜而异样的花"。马宗融参观排演时，曾偶遇万家宝（曹禺）。在亲见马彦祥的"不分昼夜地热心导演"，并与马宗融聊过该剧的编写经过后，曹禺"当即决定采用左宝贵故事，写出一部民族抗战剧"，故希望之三，即是期待此剧能早日"与世相见"①。其四，中国万岁剧团团长郭沫若、副团长郑用之，"对回教问题的戏剧都极表同情"，希望回教戏剧"源源地写出来"，并将给予回教文化研究会"种种的帮忙"。其五，希望社会人士、政府当局予以"切实的注意和热烈的同情"②。

4月6日③，回教文化研究会又假中国留法比瑞同学会举办座谈会。唐柯三、郭沫若、老舍、宋之的、马彦祥、万家宝、阳翰笙、王静斋、王曾善、马宗融等三十余人到会。马宗融主持，除报告一年来工作进展情形外，还通过宣言，讨论工作纲要。宣言末段称："我们觉得，现在在中国发动研究回教文化的这件工作，决不是毫无意义的事。由于回教教义的阐明和回教文化的发扬，对内可以清除回胞与非回教同胞间的隔膜，对外可以联合全世界三万万五千万的回教同胞，为反侵略而共同奋斗。对于中国的抗战建国的大业，这将会有极大的帮助。"④ 而座谈会召开之际，"为该会特写之戏剧《国家至上》，刻正在国泰上演"⑤。4月9日，《新蜀报》第二版发表社论《发扬回教文化》（后为《中国回教救国协会会刊》第2卷第1期转载），申明回教文化研究会之旨趣，"在打破回汉门户，冶民族文化于一炉，发扬光大，以促进抗建伟业"；"近并由该会主持、文协协力之下，公演

---

① 马小弥在《走出皇城坝——父亲马宗融生平》中说："可惜，这部寄托了父亲殷切期望的剧，终于没有能够写出来。"（《马宗融专集》，第33页）

② 马宗融：《对〈国家至上〉演出后的希望》，《新蜀报》1940年4月7日，第4页。

③ 或云"七日"，当有误。参见《回教文化研究会在重庆成立》，《申报》1940年4月20日第8版。

④ 《回教文化研究会成立宣言》，《新蜀报》1940年4月7日，第3页。《中国回教救国协会回教文化研究会成立宣言》又"特载"于《中国回教救国协会会刊》第2卷第1期，并附会员名单，其中多人参与《国家至上》的演出事宜。

⑤ 《回教文化研究会昨讨论会务进行，发表宣言说明工作重要》，重庆《大公报》1940年4月7日第3版。

回教徒《国家至上》的抗敌话剧"，为"抗战以来，首开回教徒救亡文化运动之先河"；进而说明"发扬全国回教文化的重要性"，并"特别号召全国同胞用热烈的行动来支持"。

9月18日，马宗融"于黄桷林"，写下《中华民族是一个》的短论，标题系借用顾颉刚的题目。文章认为，应该慎重对待"诱起民族区别的不正确意识的词语"，如"回族"与"回教"及"汉族"等。名正方可言顺，唯如此，"中华民族是一个"的观念才"不待宣传而自行普及"①。

（二）白泽民：《国家至上》演出的资助者

《国家至上》的演出，首先面临的困难，即是经费的短缺。而此一难题的最终解决，一是因为中国电影制片厂的赞助，二是得益于回族眼药商白泽民的支持。

1940年3月30日，晚六时，中国回教救国协会回教文化研究会在张家花园会所宴请文化界、戏剧界人士，计到张继、阳翰笙、姚蓬子、郑用之等二十余人。副理事长唐柯三，常务理事马宗融、王曾善等亲任招待。唐柯三致词，"盛赞文化界戏剧界人士"。至九时余，宾主始尽欢而散。中国回教救国协会因"推动文化工作，经费甚感拮据"，此番宴请，"得中国电影制片厂赞助，于四月五日在重庆国泰电影院演出话剧《国家至上》，荣誉座票价内移让一部，作为基金"②。

白泽民（1905—1972），河北省定州市人，字国恩。实业家。北平朝阳大学肄业。"七七事变"后，白敬宇眼药厂由定县迁至开封，又迁至西安，再设厂于汉口。"日本侵略者到黄河北岸后，汉口白敬宇药厂又迁至长沙，以后又由长沙迁至重庆歌乐山，门市部设在重庆市内小梁子街。"③ 具体而言，白敬宇眼药行1938年初到重庆时，落脚于民族路会仙桥；1939年，因为"五三、五四大轰炸"，即迁至歌乐

---

① 马宗融：《中华民族是一个》，《新蜀报》1940年9月26日，第4页。

② 《会务消息：三、回教文化研究会宴文化人》，《中国回教救国协会会刊》第2卷第1期，1940年4月15日，第24页。

③ 赵和卿：《白敬宇眼药的经营与发展》，载《河北文史资料选辑》（第17辑），河北人民出版社，1986年，第161—162页。

山，租用林家庙 10 号从事生产①。"白泽民定居歌乐山后，与力主抗日的将领冯玉祥将军、鹿锺麟将军交往甚密；在抗日活动中，又结识了白寿彝教授、马宗融教授等人，并请郭沫若编写表现回民抗日，号召民族团结的话剧《国家至上》，在重庆演出"②。此处所谓"请郭沫若编写"，或系回忆失误，或指白泽民初意。

关于白泽民对《国家至上》的谋划与资助，《白敬宇的故事》在白泽民 1957年 7 月 14 日自传的基础上，有所铺陈敷衍，但其中的细节描写，缺乏原始资料支撑，佐以笔者以前对重庆时期冰心活动的考察，多有可疑可议之处③。

三、《国家至上》的三次大规模公演

（一）重庆公演

《国家至上》初定于"三月初"上演④。3 月 1 日，晚七时，中国回教救国协会"宴郭沫若、老舍、宋之的、阳翰笙、马彦祥、郑用之、王瑞麟、姚蓬子等，商议关于《国家至上》演出事"⑤。老舍亦自述云："交卷不久，回教协会即商请中国万岁剧团给演出；剧团即以之为打炮戏。"⑥

中国万岁剧团是军事委员会政治部直属的一个艺术单位，和中国电影制片厂实为同一团体。电影使用"中制"，话剧使用"中万"。剧团成立于 1939 年，初名"怒潮"。因在重庆演出话剧《中国万岁》，成绩甚佳。在"演满三十场之后，又普

---

① 郭秋北：《白敬宇的故事：向你打开一扇真实的大宅门》，南京出版社，2014 年，第 62、63 页。

② 白绂祥：《白泽民与白敬宇眼药》，载《河北文史资料选辑》（第 17 辑），河北人民出版社，1986 年，第 156 页。

③ 郭秋北：《白敬宇的故事：向你打开一扇真实的大宅门》，南京出版社，2014 年，第 80—81 页。关于白泽民对《国家至上》演出的资助，另可参考罗彦慧《中华老字号"白敬宇"的爱国和慈善传统考述》，载《回族研究》2020 年第 3 期。

④ 《会务消息：三、审查〈国家至上〉剧本》，《中国回教救国协会会刊》第 1 卷第 9 期，1940 年 2 月 15 日，第 28 页。

⑤ 《文艺简讯》，《新蜀报》1940 年 3 月 2 日，第 4 页。

⑥ 老舍：《国家至上·后记》，上海杂志公司，1940 年，第 189 页。

遍的演给中央大员，参政会的全体，中央训练团，各国大使，公使以及蒋委员长"，时任政治部部长陈诚认为该戏为剧团"奠定了基础"，遂将"戏名命为团名"①。

4月5日，《国家至上》在国泰大戏院如期上演②。演出者：郭沫若、郑用之；编剧：老舍、宋之的；导演：马彦祥；舞台监督：王瑞麟；舞台设计：许可；舞台装置：姚宗汉、韩尚义；剧务：王耘涵；灯光：章超群、王少明；服装：张青山；道具：黄金、王筠德；化装：刘□、田琛；效果：宋崇懋、贺增祥；提示：凌琯如、张国萃③。张老师：魏鹤龄；黄子清：孙坚白（即石羽，回族）；赵县长：张立德；李文（汉）杰：谢重开；张孝英：张瑞芳；金四把：钱千里；马宗雄：黄斐；冯铁柱：冉梦竹，胡大勇：毛国恩；胡二姐：明格；警察：顾梦鸥；医生：郭寿定④。

是日，重庆《扫荡报》在头版刊出大幅海报，称赞该剧是"新的故事，新的题材，新的手法，新的作风"，誉其为"一九四〇戏剧月非常演出"。海报蕴含丰富的历史信息，特附录。

---

① 《中国万岁剧团——大后方剧团之一》，《大都会》第1期，1946年5月11日，第7页。1940年1月1日，《抗敌戏剧》第2卷第7期即有消息云："中国电影制片厂，呈请政治部，拟组织'中国万岁'剧团，在国内外各地经常（营）演剧活动，已奉命准予拨款作剧团活动经费。"（草燃《剧运动态》，第25页）

② 1940年4月1日，《中国回教救国协会会刊》第1卷第12期的"国内短讯"之"四、《国家至上》定期公演"云："政治部中国万岁剧团，定于四月五日在本市国泰大戏院首次公演宋之的老舍合编四募（幕）国防（防）话剧《国家至上》。"（第28页）

③ 《职员表》，重庆《扫荡报》1940年4月5日第4版。

④ 《演员表》，重庆《扫荡报》1940年4月5日第4版。

图注：《扫荡报》所刊《国家至上》的演出海报

与此同时，《扫荡报》又在第四版推出"《国家至上》公演特辑（军事委员会政治部中国万岁剧团献演，中国回教救国协会主催）"，所刊文章计有：1. 老舍《〈国家至上〉说明之一》。文中说："之的与我都是北方人，自幼就都与回教信徒为邻，同学，交朋友。因此，我们晓得回教人的一般的美德。他们勇敢、洁净，有信仰，有组织。""我们按着我们的理解，要表现出回胞美德，同时也想表现出怎样由习俗的不同而久已在回汉之间建起了一堵不相往来的无形墙壁。"抗战期间，"我们必须拆倒这堵不幸的墙壁"，"双方彼此尊敬，彼此认识"，"同情的一视同仁，公平的判断，热诚的去团结"。2. 杨郇人的《读了〈国家至上〉剧本以后》。3. 金人的《巩固国内民族团结——写在〈国家至上〉公演前》。4.《〈国家至上〉本事》。5.《"国家至上"：演员的话》，所录者有黄斐、谢重开、张立德、郭寿定、钱千里的感言，末有"注"云："这里发表的，仅一部份演员的话，非全部。"另有《职员表》和《演员表》两种。

公演期间，中华全国文艺界抗敌协会在《新蜀报》所辟副刊《蜀道》，先后刊发多篇评论。4月8日，《蜀道》第90期发表以群的《观〈国家至上〉后》，指出："这是一个表现：在抗日战争中的汉回团结的戏剧。它写出了：汉回之间的根深蒂固的互相轻蔑的偏见，进行团结中所遭遇的种种困难，以至于客观的情势（敌人的轰炸及进攻）逼着他们完成团结，而获得部分的胜利——这整个的过程；而以至①主张'联汉'的回民领袖黄子清和主张'排汉'的回民领袖张老师之间的纠葛底发展，为全剧底中心。"而这样的纠葛，"同样出现于一切社会集团之间"；这样的过程，"同时也说明着一切社会群的团结底曲折和艰难"。所以该剧的意义是"广泛的，并非单纯地局限于题材所指定的范围内"。

就创作而言，处处可见作者的"苦心和用力"。剧本将"一个很容易落入公式的陈套的过程（发端—困难—完成）"，"处理得非常新鲜、活泼、紧张、有力，富真实感"。"剧中的人物没有一个无血色、无人性、无生命的木偶"，即便是"最难处理的"金四把也脱出了一般的"汉奸型"，而"灌注了生命的浆液"。

从演出来看，亦可见出导演"精致的创意"。饰演两个性格完全不同的人物的魏鹤龄和孙坚白，"适切地传达着剧中人底精神，使这两个人物跃然活动在舞台上"。女主角张瑞芳，"把一个受过一点初等新教育的乡镇姑娘底并存着旧和新的成分的复合的性格，完全地把握住而恰当地传达了出来"，表现出"优越的演剧天才"。张立德饰演的县长，"非常适度"；钱千里饰演的金四把也能兼顾其"性格中的软硬的两面"，没有"演成完全戏画化的丑角"，取得"很难得的成功"。李汉杰"在行动上常常会演出许多可笑的滑稽"，但其"本性却反而是认真，严肃的"。谢重开"在大体上虽然演得相当恰合，可是在语调，动作上，却掺进了过多的小丑的成分"，"音调也嫌太苍老一点"。"从全体说，这确实是一个非常完美的动人的现实主义的戏剧。"

8日晚，洪深亦去观演，"杂坐观众中，听得许多从未看过话剧的回教同胞，称赞此剧之佳"，令其"欣喜而狂"，遂于9日晨，致信"《国家至上》全体演员诸君"，称赞演出"成绩之佳"，主要体现在"写剧者、导演者、表演者三方面的甚适当的合作"。写剧者方面："无过与不及，且主题与故事，非常统一，绝不使口

---

① "至"为衍字。

号妨碍到个性的真实，这是剧本的大成功。"导演者方面："布景灯光，相当朴素，地位动作，绝无卖弄，而发挥全剧恰到好处，这是上演的大成功。"表演者方面：魏鹤龄、孙坚白的表演，"可说已至炉火纯青之候"；张瑞芳"则有用力未当处，但如此诚恳，前途未可限量"；张立德"稳重合身份，演来极有真实性，惟着军服稍嫌其像'穿行头'（即像是不十分穿惯者）"；"青年李文杰之浅薄，由于其甚热心而不够理解世情"，演得"还嫌不够"；钱千里的汉奸，"演来十分清楚"，"惟微嫌做作"①。

黄芝冈也在"《国家至上》上演之时"，写出论文《伊斯兰时代》。所谓"伊斯兰时代"，是指穆圣（即穆罕默德）之后的时代，而伊斯兰（Isram）则为"和平"之意。不过，伊斯兰的和平与日寇汉奸的和平迥然有别。"日寇的和平是中国的灭亡，汉奸对外和平是全民族的屈服"，而"伊斯兰教对外是以战争求和平"，故"'国家至上'之战是属于伊斯兰（和平）的真精神"。总的来说，"伊斯兰教是和平的宗教，是实践的宗教"，"在中国抗战时期"，也"应当是救国的宗教"；"'国家至上'，在今日，实与伊斯兰教经训相一致"②。

继《扫荡报》《新蜀报》之后，重庆《中央日报》副刊《平明》也推出特辑"《国家至上》的观感"，发表系列剧评。其"编者按"云：

> 这次《国家至上》的演出，在一九四〇年的重庆舞台，的确建立了一个新的记录。剧本方面，提出了抗战期中最严重的一个问题，民族合作问题。在国家至上的意识里粉碎了敌人利用汉奸以破坏我抗战统一的幻梦。剧本的写作，只是"描述"一个人情中的素朴的故事。至情感人，这应是本剧最成功的一点。演出方面，导演与演员的精诚合作，在某几个场面，使得观众们的情感与剧中人打成一片。可以见到好的剧本非得有好的演出人员不能见其功。这是这次《国家至上》成功的一个大因素。
>
> 编者曾约请几位喜欢看戏而且也愿意说话的朋友写点观后感想一类的文

---

① 洪深：《看〈国家至上〉有感》，《新蜀报》1940年4月11日，第4页。
② 黄芝冈：《伊斯兰时代》，《新蜀报》1940年4月12日，第4页。

章，现在收到金常二位的两篇，谨先出刊。希望爱好戏剧的同志，本个人见地，说两句老实话。《平明》篇幅虽小，却极愿意借出一部分地位出来，并志。①

所谓"金常二位"，是指金满成和常任侠。金满成在文中表示：《国家至上》有"新的题材、新的意识和新的场面，令人味觉到一个新的天地在戏剧中""豁然开朗"，无论如何都是一部成功的作品。剧本作者"抓着回胞的抗战意识，特意地暴露出来，一方面是给敌人以警告'此心此志不可动摇'，另一面则是叫汉胞了解他们是同一战线上的良好伙伴"；进而主张"在国家至上以后"，应"尽量提倡回文文学"②。

4月7日晚，常任侠"赴文协会员大会聚餐。餐后应马宗融之约往观《国家至上》一剧。夜散后已十二时，至吴作人处就寝③。在他看来，该剧就"全体"而言，是一个"非常好的戏""一个现实的题材"。其主题"发展得很成熟"，人物性格也写得"活泼而有力"。首先，《国家至上》提出的主题，正是"目前在战斗中的中国的最切要的情形"。"岂止于回汉必须合作而已，一切反抗侵略，一切为新中国的独立自由而战争的社团和份子，都应该紧密的合作"，而"金四把，正是汪精卫之流的汉奸的写照"。其次，"剧情的发展和人物个性的刻画""非常好"，"演员也都非常之适当"。"张老师、黄子清和金四把是剧中加力描画的人物，三个不同性格的比照，使这个剧情逐步展开。""孙坚白传出了老练明达，但眉宇间仍带着拳术师的英气，一望而知并不是十足的乡绅型。钱千里传出了阴狠欺诈，但一点也没有油滑的气息。"常任侠尤爱魏鹤龄的演技，认为其"富于热情，老拳师的倔强，诚恳"，"与他的性格""融合为一"，而且"始终无懈可击"。"烈士暮年壮心不已"的本色，被他"传出无憾"。女主角张瑞芳，"是不常见的优越天才的演员"，其"所饰的角色，是接受了新思想，而又因袭着旧习惯，勇敢的向前，又

---

① 《编者按》，重庆《中央日报》1940年4月13日第4版。
② 金满成：《〈国家至上〉的成功》，重庆《中央日报》1940年4月13日第4版。
③ 常任侠：《战云纪事》，郭淑芬、沈宁整理，海天出版社，1999年，第251页。

能屈服着退后"，"活画出一个初受新教育的乡下姑娘来"。剧中的李文（汉）杰，"应该说是写得未成熟的一个人物"，因此演员也显出"表演的困难"，为剧本所"牺牲"①。

和常任侠一样，白薇在文协年会的聚餐刚放下碗，就被马宗融拉去看戏。她认为与《塞上风云》一样，"目的是促成两种民族的和睦、瞭解，同时揭破敌人的间谍阴谋"。

对于各个角色，白薇也有精彩的评说。"褊狭、真挚、有信，而绝对自信的拳术家张老师，经魏鹤龄先生那精力非凡的劲儿，时时闪闪着神光，一举一动都绘神绘影。"虽然"褊狭固执得古怪"，但"大敌临前时"，其"正义和真情的洪潮"，"毕竟冲破了""顽固的壁垒"。黄子清"这样个性复杂的人物，演起来颇难处处逼真，但演出还不错，唯幽默处比热肠处见差"，且"时时把两手放在胸前，未免做作"。孝英"这健美聪慧又进步的姑娘"，在舞台上完成了"鲜美而有希望的任务"。张瑞芳"演来非常精灵、活泼、自然而俏美可爱，娇羞默默处，表情更好"。

白薇认为，《国家至上》"不小的缺憾"，在于政治力量的缺场。"剧中用县长来调解张黄的不睦"，但自始至终，"似乎只是私人交情，没有显明的政治力量"。在她看来，"历来回汉之争，是政治的不平等所致"，而"全戏给与观众的，是几个似浮雕的人物，特然凸现在舞台，缺少着一幅政治背景"。李汉杰之弊，亦在于此。"戏的起始，缺少必然性，专为和解而和解地，赵、李、黄，站着说了一长串话，直到张老师登场为止，颇觉干燥冷场。""在医院的一幕，毛病更多。""作者为着注重于张老师的英雄主义专重个人感情，留出戏等黄子清送药来时才做，竟忽略了敌机给与我民众的愤怒"，这是顾此失彼"遗下的缺漏"②。

初旸则将《国家至上》作为重庆戏剧界"摆擂"运动的剧目加以考察。他认为，该剧主要说明两点：一是"国难当头，无论什么嫌隙仇恨，都必须根本化除，

---

① 常任侠：《观〈国家至上〉剧后》，重庆《中央日报》1940年4月13日第4版。
② 白薇：《从演出谈〈国家至上〉》，重庆《中央日报》1940年4月16日第4版。

甚至是宗教的隔膜——一向是种族与种族间永远不能团结的巨障"，但为了"抵抗民族的敌人"，也必须将此"牢不可破的墙壁""完全拆卸"，这样才能"无猜无疑，精诚团结，救中国，救民族"。另一方面，"敌人惟恐我们不分裂，不互相火并，惟恐我们不堕落、不腐化，不各怀鬼胎，同床异梦"，惟其如此，方能"试行'以华制华，各个击破'的老方法，达到鲸吞中国的目的"。《国家至上》虽然充满了"宣传性的抗战八股"，但"透过艺术的形式，充分的把握到宣传的实效"。当张老师和黄子清"亲切而沉痛地拉起手来"，"全场一千以上的观众，无论男女老幼，都受到极大的震动，那种说不出所以然的感激的热泪，都不自觉地淌在面颊上"，"不能不说是剧作者，导演，和演员的大成功"①。

演出结束后，中国回教救国协会曾发布短讯云：

> 本会为提倡全国回汉民众团结抗战起见，特请文艺作家老舍宋之的二氏，编著《国家至上》四幕国防戏剧一种，经中国万岁剧团全体演员首次在渝公演，连演六日，场场满座，成绩甚佳，剧内之对话、表情、设备等，在排演时因本会派有专人负责协商，故所演颇与回教习俗符合，本会为恐有不明回教真相者，排演此剧，偶有不合或致惹起民间误会，特商妥此间戏剧界诸同志函知桂林、兰州、西安、成都等地，指定负责人会同当地回协分会排演，同时本会方面亦通函各该地分会如遇戏剧界诸同志排演此剧时，切实予以助协云。

> 又：本会因《国家至上》上演成绩甚佳，颇收宣传之效，特于本月十一日在东来顺欢宴中国万岁剧团全体演员云。②

---

① 初旸：《〈国家至上〉看后感——重庆戏剧界的"摆擂"运动之二》，重庆《中央日报》1940 年 4 月 13 日第 5 版。

② 《会务消息：十二、〈国家至上〉演出，本会与戏剧界谈商各地演出办法》，《中国回教救国协会会刊》第 2 卷第 1 期，1940 年 4 月 15 日，第 25 页。马小弥在《走出皇城坝——父亲马宗融生平》中也说："那天的宴会情绪热烈，父亲说魏鹤龄台词念得脆，于是魏鹤龄念一句台词敬我父亲一杯酒，终于把父亲灌得烂醉。"（《马宗融专集》，第 33 页）

（二）桂林公演

重庆公演之后，广西省立艺术馆①亦拟排《国家至上》，由馆长欧阳予倩亲为导演。至1940年7月，即闻"已排就一部，在不久之将来，即可全部排毕，俟预演后，即行公演"②。

8月23日，广西省立艺术馆实验话剧团首次在新华戏院献演。"下午六时，即座无虚席，各演员努力演出，幕间掌声不断"。③ 开演当日，《力报》第四版副刊《新垦地》刊登了（聂）绀弩的《关于欧阳予倩》（写于"在《国家至上》这个剧本公演之前"）和徐光珍的《〈国家至上〉观排记略》。

与此同时，桂林《扫荡报》第四版特辟"广西艺术馆第一次公演特辑"，发文五篇：《应急的演出》（欧阳予倩）、《略谈〈国家至上〉的人物》（汪巩）、《演员看导演》（黄若海）、《导演杂谈》（欧阳予倩）及《关于这次公演》（杜宣），并有《编后》云："感谢欧阳先生没有拒绝参观，使我很幸运地于今日之三天以前（廿日晚上）就欣赏了《国家至上》底排演。"就排演而言，其印象有三：第一，剧本的"题材是平凡之中包括复杂，紊乱之中显示一［致］，尤可喜者是对话中没有文绉绉的句子，颇觉清新"；第二，"几个较重要的演员对于剧本的理解都很深，个个都恰如其份地表现了剧中人物的思想与感情"；第三，"导演的手法，的确是高明"，"除掉给予""剧本以生命之外"，"还丰富了""剧本的生命"。

---

① 广西省立艺术馆，成立于1940年3月，首任馆长欧阳予倩。设戏剧、音乐、美术、研究四部。戏剧部设话剧和歌剧两组，同时组建话剧实验剧团，演出了《国家至上》《心防》等16种剧目，开办戏剧讲习所3期。1944年9月疏散至昭平，1945年2月迁黄姚，年底回桂林。1946年9月，党明接任馆长。1944年2月15日至5月19日，西南第一届戏剧展览会在此举办。参见《桂林历史文化大典》编委会、桂林市文化新闻出版广电局、桂林市文物保护与考古研究院主编《桂林历史文化大典》（下），广西师范大学出版社，2018年，第105—106页。

② 《〈国家至上〉剧本在桂排演》，《月华》第12卷第19—21期合刊，1940年7月25日，第16页。

③ 《〈国家至上〉盛况空前》，《救亡日报》1940年8月24日第2版。或谓"广西艺术馆实验剧团在新华大戏院首次公演宋之的、老舍合写的话剧《国家至上》"，是在1940年8月25日"晚上七点半"，当有误。参见万忆、万一知等编著《广西抗战文化大事记（1937年7月—1945年8月）》，广西人民出版社，2015年，第156页。

24 日,《救亡日报》的通讯号召:"该剧尚有今明二日,幸勿失之交臂。"①
25 日第 2 版继续刊登海报,云:"艺术馆隆重献演《国家至上》(四幕),欧阳予
倩导演,宋之的、老舍作剧,新华大戏院。"

25 日,桂林《扫荡报》第四版副刊《星期版》第 12 期,发表王岜的《〈国家
至上〉公演别纪》,称赞"这是一群艺术家的速写,充满了雄心壮志、画意与诗
情"。同日,《救亡日报·文化岗位》亦发表《看了〈国家至上〉——祝艺术馆初
演成功》。徐之辉首先肯定《国家至上》"在几个月来稍稍陷于沉滞的桂林剧坛",
是"一个新的刺激";"在剧作,在导演,在演员阵容,在耸动桂林艺术界观听之
点",无疑"都是《三兄弟》以来的首次"。"《国家至上》是抗战以来剧坛上的一
个较可满意的收获"。在剧的结构、对话与人物描写方面,都超过了宋之的以往的
成就,"从性急的叙事的描写方法","进一步开始了对人物性格的刻画";与老舍
的《残雾》相比,"手法也较坚实";同时剧作者也"很好地配合了当前抗战"的
重要课题,"发挥了艺术的力量",和过去"粗杂的宣传剧"比较,"也有了一步的
前进"。剧本的不足,"在于团结回民内部之点,若干过重于团结回汉间的感情";
"特别失败的,在于代表汉人的李廷杰"②。欧阳予倩的导演,"补填了原作的缺
点",尤其是对孝英的处理上。表现黄子清与张老师的友情与仇恨,可说是"初写
黄庭,恰到好处"。陈光和黄若海的优秀演技,也是"两个角色增加光彩的主力"。
陈光"稳而工",黄若海"老到而有力",但因原作对于张老师性格的描写"较少
发展",致使演员"化力多而成效少"。

《国家至上》"连演三天,甚为拥挤,足见国人对于回汉问题之关心,及该馆
此次演出之成功"③。8 月 27 日至 30 日,《力报·新垦地》又发表绀弩的《〈国家
至上〉公演后,一个看客的独白》。全文分八节:"话休絮烦""这剧本的好处"
"假如我是一个不吃猪肉的人""为噱头而存在的人物""关于罗曼斯""其它的小

---

① 《〈国家至上〉盛况空前》,《救亡日报》1940 年 8 月 24 日第 2 版。
② 原剧作"李汉杰",但桂林公演时所刊评论,均作"李廷杰"。
③ 《〈国家至上〉剧本在桂演出》,《月华》第 12 卷第 22—27 期合刊,1940 年 9 月 25 日,
第 24 页。

毛病""关于演出什么的""收场"。

9月14日，上午七时，由戏剧春秋社主持，在桂林广西省立艺术馆排戏场，召开"《国家至上》《包得行》演出座谈会"，参加者计有聂绀弩、张客、王石城、焦菊隐、司马文森、姚平、夏衍、孟超、欧阳予倩、杜宣、许之乔、汪巩、严恭等。

座谈会主要围绕《国家至上》创作与演出的得失展开讨论。就主题而言，孟超认为，因为回汉相处，"没有什么严重的问题发生"，因此《国家至上》的主题是否需要，"成为问题的问题"。夏衍则认为"以回汉间事迹，作为主题，未使不可"，因为日本的侵略政策，是"利用中国民族间的小小纠纷，威胁利诱，挑拨离间"，"一贯的煽惑起民族间的仇视，企图达成它侵略的阴谋"；但《国家至上》"表现得不够，并没有写出互相敌视的根源，仅以一个汉奸摆布作弄，这是不大妥当"。就智识分子的表现来看，杜宣认为，"为了要完成张老师的性格，拼命把张老师的戏强调，造成在全剧中凸出的人物，以至使县长没有起到骨干作用，并且又为了陪衬张老师的性格，而将李廷杰写成丑角，乏货"，这"主要是剧作者的创作方法问题"。"中国的知识青年，在中国的革命运动上"，"尽过很大力量"，作家不能"有意识无意识的把智识份子写成丑角，低能的人物"。焦菊隐认为，"嘲弄智识份子，暴露黑暗，亦许写剧本人下意识的在黑暗面看得多一点，精神上渗入了悲观的气质"；进而主张，"应该多写些向上方面的事迹"，"多些社会里，国家里光明的种种"，"鼓起战斗情绪，提高民族的自信力"。就演出来说，有关的批评主要有二：一是"像旧戏"，二是"装置灯光非常不好"①。

座谈会举行期间，正值"利用旧形式"与"民族形式"的讨论渐趋深入之际，因此围绕如何改造、利用旧剧形式问题，座谈会也展开较为激烈的争论。杜宣以《国家至上》一剧成功借鉴京剧花脸形式处理剧中人物张老师为例，证明运用旧剧样式手法表演抗战戏剧，不仅是进步的，而且是必需的。焦菊隐认为，对旧剧形

---

① 戏剧春秋社主催、姚平记录：《〈国家至上〉〈包得行〉演出座谈会》，《戏剧春秋》第1卷第1期，1940年11月1日，第9—15页。

式的利用限制得太严，演戏决不能拘行一种形式，主要看戏的性质而定；将旧剧的形式运用到《国家至上》，收到了理想的效果。王石城则认为，就民族形式的运用而言，旧剧有被接受的需要，但决不是毫无限制。欧阳予倩认为，民族形式，不是完全建筑在旧的上面，外来的亦可采用，但旧形式绝非不能借鉴利用，问题是在用得好，用得消化①。

1941年10月，"桂林：名剧《国家至上》定6、7、8日公演"②。1943年5月26日，"桂林：今晚省艺术馆演出《国家至上》招待荣军"③。1944年2月至5月，西南剧展在桂林隆重举行，"《国家至上》是惟一的一出直接表现解决民族矛盾、团结一致抗日的话剧"。该剧由国立成达师范学校④学生排演，欧阳予倩之女欧阳敬如出演女主角张孝英⑤。

（三）香港公演

1941年1月，香港业联剧团举行第28次公演，演出剧目为《国家至上》⑥。业联剧团，全称"业余联谊社业联剧团"，是香港的一个戏剧堡垒⑦。演出由司徒慧敏导演，张宗扬饰张老师，谢秦饰黄子清，林雯饰李汉杰，韦超饰金四把，张

---

① 《广西话剧志》编委会编：《广西话剧志》，广西人民出版社，2008年，第217页。

② 万忆、万一知等编著：《广西抗战文化大事记（1937年7月—1945年8月）》，广西人民出版社，2015年，第203页。

③ 万忆、万一知等编著：《广西抗战文化大事记（1937年7月—1945年8月）》，广西人民出版社，2015年，第267页。

④ 成达师范学校，中国最早的回民师范学校，校名取"成德达材"之意。1925年4月，由唐柯三、马松亭、穆华亭、法镜轩等创办于山东济南，主要培养"三长"（校长、教长、会长）。初设预科班，越年办初级师范，采"三·三制"。开设古兰经注、圣训、阿拉伯文学等二十多门课程。1928年一度停办。翌年春，在马会祥等人资助下，迁北平东四牌楼清真寺复课。1931年增设小学部，次年开专修部。其间曾向埃及爱资哈尔大学派遣留学生。"七七事变"后迁桂林。1941年7月，改名"国立成达师范学校"，在安徽阜阳设分校。1944年秋，因桂林沦陷迁重庆。1945年秋迁回北平。1949年11月6日改为"国立回民学院"。该校出版部首创我国阿拉伯文铅字印刷，并编辑发行《月华》与《成达》等杂志。其福德图书馆亦颇著称。参见《民族词典》编辑委员会、陈永龄主编《民族词典》，上海辞书出版社，1987年，第374—375页。

⑤ 汤祖发：《成达师范上演话剧〈国家至上〉》，麻承福主编《桂林文史资料第45辑：桂林回族》，宁夏人民出版社，2003年，第267—268页。

⑥ 方梓勋、胡志毅主编：《中国话剧艺术通史》（第3卷），山西教育出版社，2008年，第109页。

⑦ 公孙英：《关于〈国家至上〉》，《电影与戏剧》，1941年第1期，第18—19页。

文娴饰张孝英，陈小潭饰马宗雄①。地点在娱乐戏院②。

中国万岁剧团公演时，司徒慧敏正在陪都，故曾得以观看排戏和公演。此次排演，则是"参照了陪都第一次中国万岁剧团的公演"，其中"有更改必要的"，则改之；也有"因人，因排演时间之不充分而略加改修"，"但大体还不致于改观"。剧本方面，亦曾借鉴"陪都第一次公演后的评论和桂林戏剧春秋社主催的《国家至上》演出座谈会的记录"③。

公孙英也指出，"《国家至上》曾经在重庆和桂林上演过，颇为各方所称道。但对于剧本的结构和人物方面，曾引起各方不同的意见"，如桂林戏剧春秋社的座谈会，"对于本剧的结构人物，多所论列"。故司徒慧敏为业联剧团排演时，即有所修正——"李汉杰的一部份"，"尽量使他的演出不沦于小丑化"；第四幕的结构，则有若干变动："一方面是删除了若干节黄子清和孝英的对话，另一方面则加重群众的戏，使得充份表现了张老师之得庆生还，完全是由于回汉合作，和群众的接济；更则以张老师最后的觉悟，来强调回汉合作的重要。"④ 对于司徒慧敏的导演工作，论者认为，"确已尽力为之"，"尤其是第四幕群众场面的加强，更属是一种聪明和正确的处理，帮助剧作者获得主要的效果"；但第三幕的献旗，"处理得不够紧凑，削弱了这一幕的高潮"；张老师换药时，在床上的大转身，"也是可以节省的动作"⑤。

公孙英亦肯定《国家至上》和曹禺的《蜕变》、老舍的《残雾》、夏衍的《心防》、宋之的的《鞭》、郑伯奇的《哈尔滨的暗影》、熊佛西的《害群之马》，可说是"抗战以来的珍贵的收获"。过去的剧本，主题常常是集中在暴露抗战中的黑暗面，而《国家至上》的主题却十分积极：一面强调抗战时回汉合作的重要，一面

---

① 《〈国家至上〉群像》，《电影与戏剧》，1941年第1期，第14—15页。

② 羽：《国家至上》（剧评），《电影与戏剧》，1941年第2期，第18页。

③ 司徒慧敏：《〈国家至上〉的演出》，《电影与戏剧》，1941年第1卷第1期，第16—17页。

④ 公孙英：《关于〈国家至上〉》，《电影与戏剧》，1941年第1期，第19页。

⑤ 羽：《国家至上》（剧评），《电影与戏剧》，1941年第2期，第18页。

强调政治工作人员所必有的公正廉明。较之于专事暴露黑暗面的故事,"正面的有建设性的剧本"更为目前所需①。

李义曾在书店匆匆读完《抗战文艺》6卷2期所载《国家至上》的三、四两幕,当时就"梗梗于心的觉得有几个人物在眼前直立起来","不仅轮廓显露,而且眉目分明"。剧中的典型性人物,"无论从其言语动作思想习惯说来,都是的的真真的中国产物"。其中,张老师是作者笔下"最雕刻明利的一个人物","不仅有回教严格的清真训练所得出来的干净,利落,强健,固执和偏狭,且有燕赵人士感慨悲歌的豪情","把一个人格的两面作了关合紧严的扣结"。黄子清则有"很多曲线表现了一个开明的被近代教育加了工夫的回教人格"。比较令人失望的是金四把,"恶劣有余,狡狯不足","似乎除了挑唆与讨好之外并无其他可以使他做成一个独立的汉奸"②。

表演过程中,第一幕饰演张老师的张宗扬,因"工作过分辛苦,突然晕倒,未能终场就闭幕",虽然如此,在后三幕的演出上,仍将"张老师的偏狭执拗的北方老拳师的性格活生生地表演出来",不失为演出中"一位最成功的演员"③。柳亚子有感于此,曾赋诗一首《五日,业联剧团公演〈国家至上〉,柬招参观,感赋一律,为饰张老师之张宗扬君作也》。

四、《国家至上》在其他各地的演出

《国家至上》除在重庆、桂林、香港演出之外,亦在多地公演,成为多个剧团的保留节目。现据有限资料,略述一二:

1940年,中央青年剧社在成都演出《国家至上》。蓓蕾剧社与省剧校学生同时公演《国家至上》④。

---

① 公孙英:《关于〈国家至上〉》,《电影与戏剧》,1941年第1期,第18—19页。
② 李义:《谈〈国家至上〉中的两个人物》,《电影与戏剧》1941年第1期,第20—21页。
③ 羽:《国家至上》(剧评),《电影与戏剧》1941年第2期,第18页。
④ 田本相主编:《抗战戏剧》,河南大学出版社,2018年,第54页。

1940年9月，为响应航委会政治部神鹰剧团在空军节（即8月14日），向全国战剧界提出捐募"剧人号"飞机的建议，抗敌演剧八队①曾在湘潭公演"戏剧劲军"——《国家至上》。9月24日晚上，在百代戏院预演，25日至27日正式公演。最后一天，因饰演张老师的演员"劳苦过度精神不支"而跌伤，遂改演《生与死》②。据抗敌演剧八队年表之"一九四〇年九月"条，曾详述其具体经过，并认为"从历史意义来说，《国家至上》是抗剧八队从草台班走向讲求剧场艺术、注意演出质量的里程碑"③。

1940年10月，戏剧节前后，长沙为庆祝长沙大捷一周年及筹募"剧人号"飞机，举行大型演出，抗敌演剧二、八队及当地驻军剧团演出了《花烛之夜》（即《一年间》）、《国家至上》《明末遗恨》《塞上风云》《黎明》等剧④。据抗敌演剧八队年表，1940年11月，"在长沙演出《国家至上》四天四场，其中为募捐剧人号飞机公演三场"⑤。12月间，继二队的《一年间》之后，八队把《国家至上》也送到九战区司令长官司令部演出，得到官兵与家属的热烈赞赏。由于《一年间》与《国家至上》的演出具有较高的艺术水平，二、八两队一时被誉为长沙的艺术

---

① 抗敌演剧八队（1937.8—1949.8），前身是中国共产党领导的救亡演剧第八队，成立于1937年8月，次年8月在武汉改称抗敌演剧八队。根据周恩来、郭沫若的指示，开赴湖南衡山、衡阳一带进行抗日宣传。1941年5月，调配第六战区，更名为抗敌演出宣传第六队，从长沙出发，经沅陵、辰溪到湖北恩施，四川万县、重庆等地演出。抗战胜利后，改名为演剧六队，先后在四川泸州、湖北武汉等地演出。1947年底回到长沙，自建联华剧院作为演出据点。先后演过的著名剧目有：《保卫大湖南》《放下你的鞭子》《生路》《国家至上》《亲兄弟》《碧血花》《清宫外史》等。参见中共湖南省组织史资料编纂领导小组编《中国共产党湖南省组织史资料（1920年冬—1949年9月）》（第1册），1993年，第236页。

② 陈宪武：《纪〈国家至上〉在湘潭演出前后》，《九政月刊》第1卷第3期，1940年10月15日，第94—95页。

③ 《抗敌演剧八队（前救亡八队、后演剧六队）简史·年表》，演剧六队史料收集整理小组，1988年，第28—30页。

④ 方梓勋、胡志毅主编：《中国话剧艺术通史》（第3卷），山西教育出版社，2008年，第39页。

⑤ 《抗敌演剧八队（前救亡八队、后演剧六队）简史·年表》，演剧六队史料收集整理小组，1988年，第30页。

中心①。

1940年10月10—13日、20—21日，第一剧歌队、西南剧团、业联剧团、青年联大四个剧团为庆祝戏剧节及响应募集"剧人号"飞机，在昆明公演《蜕变》；14—19日，公演《国家至上》②。

1941年元旦前后，为迎接"胜利年"，江西工商剧团、音教委会在太和（泰和）省党部大礼堂联合演出《国家至上》，导演徐廷敏，"四个晚上都是客满"。梁仁远在"第二天第三天"连续观剧之后，从五个方面做出评论。一是编剧方面，认为"这是一个富有'热'与'力'的剧本"。该剧"以集中力量为主题，阐明一切应在国家至上的目标之下共同歼灭敌人"，这种"意识正确针对现状的剧本"，为抗战以来所"罕见"。其"写作的技术"亦"很完美"，"尤其是张老师的个性显得活龙活现"，但也因此而"忽略了黄子清和赵县长"；"其他人物的配备都很恰当"。二是导演方面，"全剧自始至终，一连串地展开下去，找不出松懈的地方。尤其能将全剧构成一幅波浪式的起伏图，规律地处理每场情绪的轻重，快慢，长短，高涨与低落，使全剧综合成一个完美的整体"。但因"只管制造姿态方面的美"，而"忽略了面部的表情"；张老师和黄子清的"重好"，黄子清和张孝英的月夜分别等，也"处置得当了一点"。三是演技方面，饰演张老师的徐廷敏、饰演金四把的程成、饰演赵县长的吴善斌、饰演张孝英的朱韫章、饰演黄子清的袁明、饰演警察的丁一平，均有不同程度的瑕疵。其余角色，如胡二姐（胡二姐，刘豫珍饰）、铁柱子（虞明德饰）、胡大勇（张慕鲁饰）、马宗雄（涂香亭饰）、李廷杰（张英饰）等，则表现"很不错"。四是设计方面，由徐廷敏兼任，"有些地方不免疏忽"；同时因为"舞台狭隘"，"结果便糟蹋了他的天才"。至于"其他方面"，如舞台装置（陈鲁南）、舞台监督（施寄寒）都"尽到了责任"，但在照明、服装配置等方面，则"不大高明"③。因论者曾先后观看过重庆和桂林的公演，评价中多

---

① 《演剧九队（原抗剧二队）大事记（1937—1949）》，演剧九队队史编辑委员会编《八千里路云和月：演剧九队回忆录》，中共上海市文化局党史资料征集领导小组，1988年，第397页。
② 田本相主编：《抗战戏剧》，河南大学出版社，2018年，第58—59页。
③ 梁仁远：《评〈国家至上〉》，《江西动员》第2卷第2期，1941年2月，总第186—189页。

有比较。

1941 年 3 月 7 日左右，第四战区宣访团到达长沙，抗剧一、二、八、九队乘此之便，举行联合公演，铁血剧团也参与演出，历时 10 天。剧目顺序为二队的《一年间》，二、八队的《保卫大湖南》，九队的《包得行》，一、九队的《南宁克复后》，八队的《国家至上》，一队的《一年间》，铁血剧团的《明末遗恨》。最后一场由 5 个团队联合举行音乐会①。

1941 年春，国民政府军事委员会政治部第三厅厅长郭沫若，"从长沙调来刘斐章等 20 人的抗敌演剧六队到恩施"，演出了夏衍的《一年间》《心防》《愁城记》，老舍、宋之的合作的《国家至上》，陈白尘的《大地回春》《未婚夫妇》，洗群的《烟苇港》②。1942 年 1 月又再经审查，"准予公演"③。1942 年 10 月，杜巴在《一年来的抗敌演剧第六队》中写道："到了恩施以后，就演出《国家至上》《烟苇港》。"④ 1943 年 4 月，"抗六队定 29 日起公演《国家至上》（老舍、宋之的编剧）"；5 月 3 日、4 日，《国家至上》"续演"⑤。1944 年，再经湖北省教育厅审查，准予公演⑥。自 6 月 18 日，《国家至上》（演出者：战区政治大队；导演：集体）在青年剧场上演 5 场⑦。6 月 27 日，长弓的《评〈国家至上〉》云："在恩施是第二次被搬上舞台，赶不上前次的《原野》。"⑧

1941 年 10 月 6 日，第四战区柳州戏剧节开幕。剧宣五队⑨演出《国家至上》

---

① 《演剧九队（原抗剧二队）大事记（1937—1949）》，演剧九队队史编辑委员会编《八千里路云和月：演剧九队回忆录》，中共上海市文化局党史资料征集领导小组，1988 年，第 399 页。
② 张汉卿主编：《恩施抗战时期文化活动选录》，湖北人民出版社，2009 年，第 121 页。
③ 张汉卿主编：《恩施抗战时期文化活动选录》，湖北人民出版社，2009 年，第 175 页。
④ 张汉卿主编：《恩施抗战时期文化活动选录》，湖北人民出版社，2009 年，第 192 页。
⑤ 张汉卿主编：《恩施抗战时期文化活动选录》，湖北人民出版社，2009 年，第 199 页。
⑥ 张汉卿主编：《恩施抗战时期文化活动选录》，湖北人民出版社，2009 年，第 208 页。
⑦ 张汉卿主编：《恩施抗战时期文化活动选录》，湖北人民出版社，2009 年，第 220 页。
⑧ 张汉卿主编：《恩施抗战时期文化活动选录》，湖北人民出版社，2009 年，第 213 页。
⑨ 成立于 1938 年。初名国民政府军事委员会政治部抗敌演剧队第九队，1941 年改称为抗战演剧宣传队第五队，简称剧宣五队。

打头炮①。同日，《柳州日报》发表《关于〈国家至上〉的主题》。作者乔松认为，"对《国家至上》剧本的讨论"，应该是柳州演出的"基石工作"，因为摆在"导演和演员面前的第一个任务"，"就是要把握住演出上意识的效果"。因此，根据剧情的发展，演出的高潮处理是在"第四幕剧终张老师的死"；同时，为帮助主题的发展，人物方面，则将李汉保（杰）"断然""处理成一个诚恳、天真、活泼、热情的青年"；最后，为突出群众力量，又在第四幕增加了一场群众戏②。半个月中，剧宣五队演出《国家至上》，铁血剧团演出《秋收》，政治大队演出《生意经》，剧宣四队演出《蜕变》等戏剧③。

湖南私立大麓中学④为庆祝"本届学校二十诞辰纪念，及欢送毕业同学"，其游艺股在马志峰的指导下，也曾排演"四幕伟大名剧"《国家至上》⑤。1941 年 12月 2 日夜，高宇在风急雨劲中，写下他对《国家至上》的认识和了悟：

> 剧本中所说的现象，不仅在北国原野上的那一小小角落里，也不仅代表了抗战现实中每一同样的事件；而且，最"典型地"说明了这无数类似事件所具有的特征；指出了事件的根源。也更启示了我们所应走的大道。⑥

1942 年 3 月 30 日，演剧九队（原抗敌演剧第二队）决定排《国家至上》，由刁光覃导演。从 4 月 1 日开排到 12 日总排，13 日晚在河东某军部演出。16 日又

---

① 抗敌演剧队第一队队史编写组、中共柳州市委党史研究室编：《抗日烽火文艺兵——抗敌演剧队第一队（剧宣四队）的十一年》，1995 年，第 90 页。据《千山万水忆八年（1938—1946）：演剧五队·原抗剧九队·回忆录》（即《柳州市党史资料》第 12 期，1988 年版）所附《抗剧五队演出的剧目》，《国家至上》虽是剧宣五队的演出剧目（第 83 页），但演出的具体情况，回忆录并无记述。此外，剧宣四队（抗敌演剧队第一队）在 1941 年 5、6 月间受训时，也曾排演《国家至上》，因其在长沙曾观摩过八队的演出，故收到很好的效果（《抗日烽火文艺兵——抗敌演剧队第一队（剧宣四队）的十一年》，第 85 页）。

② 曾广灿、吴怀斌编：《老舍研究资料》（下册），知识产权出版社，2010 年，第 762—764 页。

③ 中共广西柳州市委宣传部、广西柳州市文化局编：《抗战烽火中的柳州》，广西人民出版社，2005 年，第 145—146 页。

④ 1921 年，大麓中学创办，原址犁头后街，后迁址北晴佳港。学校为湖南高等学堂校友会创办，龚朱张之盛业，启青莪之宏观，素有"纳于大麓，吾道南来"之美誉，定名为大麓。

⑤ 敏：《游艺股排演惊人的剧作》，《大麓校刊》1941 年第 14 期，第 64 页。

⑥ 高宇：《闲话〈国家至上〉》，《大麓校刊》1941 年第 14 期，第 50 页。

为缉私班演出①。

1942年4月25日至30日，西南联合剧团和国防剧社在昆明联合演出《国家至上》，导演张树藩②。5月1日，《新华日报》第二版之《昆明小简》云："剧作家曹禺，于日前由渝来昆，国防剧社定廿三日起公演《国家至上》，西南剧社等团体，亦筹备公演《北京人》"，昆明戏剧界，"经年来之冷落后，将有一时之活跃"。

1945年春，熊佛西和田汉在贵阳主持举办了"抗战戏剧展览会"，这是继桂林"西南剧展"后又一次规模空前的剧展。老舍、宋之的、张道藩合编的《国家至上》参展并由贵阳知名演员排演③。剧宣四队（原抗敌演剧一队）重排三场话剧《国家至上》，由刘双楫导演，并于春节期间，在安顺公演④。

1946年，《国家至上》在北平，分别被励新剧团和天欧剧团同时公演⑤。

1947年，中国艺术剧团又在上海筹演《国家至上》⑥。

《国家至上》因其在题材和主题方面别开生面，艺术上也取得引人注目的成就，被认为是抗战剧作中的上乘之作⑦。现再引老舍的夫子自道两则，以作这篇资料汇编的总结。一是《闲话我的七个话剧》曾云：

在宣传剧中，这是一本成功的东西，它有人物，有情节，有效果，又简单易演。这出戏在重庆演过两次，在昆明、成都、大理、兰州、西安、桂林、

① 《演剧九队（原抗剧二队）大事记（1937～1949）》，演剧九队队史编辑委员会编《八千里路云和月：演剧九队回忆录》，中共上海市文化局党史资料征集领导小组，1988年，第412页。

② 毛祥麟：《大后方的先声——抗战时期昆明的话剧演出及评论》，《艰难的评论》，云南大学出版社，1998年，第19页。

③ 谢廷秋：《传播与扩散：论抗战时期贵州外来作家的文学活动与影响》，《贵州师范大学学报》2013年第1期，第108页。

④ 李超著、李布尔整理：《硝烟剧魂——抗敌演剧一队回忆录》，中国广播电视出版社，1995年，第157页。

⑤ 《剧本荒苦恼了剧人，〈国家至上〉两剧团同时公演》，《一四七画报》第3卷第1期，1946年4月1日，第14页。

⑥ 《中国艺术剧团筹演〈国家至上〉》，《戏世界》第283号（新42号），1947年4月23日，第9页。

⑦ 尹骐：《宋之的评传》，北京广播学院出版社，1988年，第61—62页。

香港，甚至于西康，也都上演过。在重庆上演，由张瑞芳女士担任女主角；回教的朋友们看过戏之后，甚至把她唤作"我们的张瑞芳"了！

此剧的成功，当然应归还功于宋之的兄，他有写剧的经验，我不过是个"小学生"。可是，我也很得意——不是欣喜剧本的成功，而是觉得抗战文艺能有这么一点成绩，的确可以堵住那些说文艺不应与抗战结合者的嘴，这真应浮三大白！去年，我到大理①，一位八十多岁的回教老人，一定要看看《国家至上》的作者，而且求我给他写几个字，留作纪念！回汉一向隔膜，有了这么一出戏，就能发生这样的好感，谁说文艺不应当负起宣传的任务呢？②

二是《国家至上》（新丰出版公司1945年版）之《序》云："此剧在渝上演多次，甚为成功。以内容为回汉携手抗日，故回教人士均乐观其演出：香港、西安、兰州、成都、昆明、大理、恩施等处上演时均得回胞热烈赞助。"

[作者单位：重庆师范大学重庆市抗战文史研究基地]

---

① 1941年8月26日早七时半，老舍与罗常培一道，从重庆乘机抵昆明讲学。10月下旬，在查阜西的陪同下，乘坐吴栾铃（吴晓铃之弟）和赵玉山所驾卡车游大理。11月初，由喜洲回下关。其间，曾接待回教朋友。据《八方风雨》中自述："等车之际，有好几位回教朋友来看我，因为他们演过《国家至上》。"11月10日，离昆明回重庆。参见张桂兴编撰《老舍年谱》（上册），上海文艺出版社，1997年，第356、359、362、363页。

② 老舍：《闲话我的七个话剧》，《抗战文艺》第8卷第1、2期合刊，1942年11月15日，第27页。

《郑君里全集》补遗及其他①

□廖子雨　杨新宇

【摘要】　郑君里是中国话剧与电影史上产生过重要影响的艺术家，上海文化出版社 2016 年出版的《郑君里全集》，由李镇先生主编，对郑君里的著述进行了全面整理，为郑君里的相关研究提供了翔实的参考资料。但郑君里仍有部分文章散落在《全集》之外，这部分文章类型多样，既有独立发表的《南征之前》《剪报》及《怀人之什》，又有悼词、贺词及座谈会发言等，具有独特的史料与文化价值。此外，《全集》收录的重要著作《角色的诞生》，使用的是 1963 年中国电影出版社的版本，忽略了 20 世纪 60 年代著作修改面对的时代背景，《全集》也未注明改动之处。《郑君里全集》第 3 卷还误收了银星剧团郑重的文章《献给上海的电影从业员》。

【关键词】　郑君里；《郑君里全集》；集外文；南国社；《角色的诞生》

上海文化出版社 2016 年出版的八卷本《郑君里全集》，由李镇主编，对郑君里的著述进行了全面整理，信息量巨大，为郑君里的相关研究提供了翔实的参考资料。《全集》问世后，获得不少好评，厉震林教授用"惊艳"② 一词评价其理论

① 　基金项目：本文为 2019 年度教育部重大课题攻关项目"中国现代文学批评史料编年整理与研究"（项目编号：19JZD037）阶段性成果。

② 　厉震林：《艺术家背后的理论家身份——评〈郑君里全集〉》，《文汇报》2017 年 6 月 5 日。

与文化史学价值，并不过分。尽管如此，我们发现，郑君里仍有部分文章散落在《全集》之外，这部分文章类型多样，具有独特的史料与文化价值。因此，我们对这部分集外文略做整理，以期对郑君里研究提供帮助与参考。

一、《南征之前》《剪报》及《怀人之什》

这些集外文中郑君里独立发表的有：1929 年 6 月 26 日发表于《民国日报·闲话·戏剧周刊》副刊第六期的《南征之前》；1936 年 10 月 10 日发表于上海《大公报·戏剧与电影》副刊第九期的《剪报》；1944 年 11 月 9 日发表于重庆《新民报晚刊·电影与戏剧周辑》副刊第七十期的《怀人之什》。

《闲话》是《民国日报》原有的副刊，每日出版，自 1929 年 5 月 22 日起，在每周三的《闲话》副刊上开始刊行《戏剧周刊》，一直出到 1930 年 11 月 26 日第 69 期终刊，田汉、洪深等著名戏剧家，特别是洪深在其上发表了大量文章，此外姜敬舆、阎折梧、朱端钧、马彦祥等年轻的戏剧工作者也发表有不少文章。《南征之前》，署名千里，是写在南国社第二次赴南京公演前的一篇文章，1929 年南国社曾两赴南京公演，第一次是一月份，第二次是七月份，《南征之前》即写于六月底第二次赴宁前夕。南国社于 1929 年 7 月 2 日晚抵达南京，7 月 6 日晚试演《南归》和《莎乐美》招待观众，7 月 7 日至 12 日正式公演，上演《古潭的声音》《南归》《第五号病室》《火之跳舞》《莎乐美》《狱中记》《活该》《当》《理发师之悲哀》及《十字街头》。计划中尚有"全体剧员恭演"的《孙中山之死》一剧，但因遭国民党当局禁止而未能演出。

《南征之前》对当时南国社物资缺乏的状况做了记载，也记录了洪深的解决方法，即"先发卖预约券，使本社能预先得着物质的帮助，使整个运动能发展成千百个个人力量的中心点"。郑君里还在文中对当时南国社从事剧运的倾向做了强调，"'南国的艺术运动始终是民众的！'南国社戏剧股的目的不能不是一种'民众剧场'运动"。根据赵铭彝的回忆，在国民党宣传部举行的招待宴会上，有一个有趣的插曲，女社员易素表达了南国社物资匮乏，希望政府予以帮助的意思，但被田汉以"'南国社'是民间团体，我们是以在野的身分搞戏剧运动的"的话驳回，戴季陶因此怒而离席①。但从当时的记载看，南国社这次公演不仅在艺术上获得了成功，而且在票房上也取得了成功。"关于券资问题，曾有一度讨论，第一次在南京的时候，买一元一券，还限于座位，这一次忽然改为小洋陆角，恐怕人数少么？后来调查到，是因为合着民众化的戏剧，不应当以贵族化的代价，这也足见南国诸公想得周到。"②南国社起初确实本着民众戏剧的初衷，只收票价六角，谁知南京的观众反响特别热烈，"这一回门票只售小洋六角，因为要表演平民化的艺术，那里知道在一小时里面，规定的四百张券，已完全售罄，后到的人，均享以闭门羹，以致抱着满腔热血的观众，都败兴而归。第三天便特别声明，递价至一元，以示限止，这一来更不对了，差不多在饭后欲卖券已不得，观众竟有全日在剧场等候开演（每日下午七时半开演），甚之国府中央方面未曾预定券者，合并挡驾，会场前后武装同志有五十余人之多，否则门外云山，无从却谢也。呜呼，懿欤盛哉。"③而且本次公演，除了票房收入外，南国社还有不少相应的其他收入："中央大学区立通俗教育馆推广部主任赵光涛君，也是南国社员一份子，特地编印南国特刊，内容非常精美，有文艺作品，及表演剧目，更有田汉君之演员介绍，每日售去在五百本以上。教育馆民众周报，亦载该项消息，销数大增。……南国同人又编摩登月刊一，内容都载剧本及诗文尽粹文艺作品，由田汉公子田海男君（七岁）销售，成绩可观。教育馆民众茶社之汽水，生意每日在数十元左右。这一次的南国公演至少要给时代落伍的大骂一场，和挡驾怀恨的痛咒一番，而南国方面所得到的安慰，总算还能收支相抵咧。"④

《南征之前》开头的"哥哥作人"，当为曾就读南国艺术学院，后到南京中央大学求学的吴作人。当时报刊所记载的南京观众的热烈反应，正和他所说的"紫金山脚下有太多热烈地祈望着我们的眼睛"相印证。陈凝秋（即塞克）晚年也曾

① 赵铭彝：《回忆南国社和田汉同志》，《文艺研究》1979年第1期。
② 花神：《南国社到京后之种种（下）》，无锡《民报》1929年7月8日。
③ 花神：《南国社旅京第二次公演记（中）》，无锡《民报》1929年7月13日。
④ 花神：《南国社旅京第二次公演记（下）》，无锡《民报》1929年7月14日。

回忆："后来南国社在南京演出，票价一元钱一张，很高哇，场子里挤得满满堂堂的。不管你什么人，先到的坐前面，后到的坐后边。何应钦带着卫兵来看戏，他已经是个官了，可前面没有座位，他就在后面站着看。还有陶行知、蒋梦麟（教育部长），都坐在那里看戏。……在南京演出的剧目中，原来还有田汉先生写的《孙中山之死》，那个戏是很了不起的。为什么呢？他写的孙中山先生的词，完全是孙中山先生讲的话，用他的原话来讲给当时的国民党听。田先生这样写是很厉害的呀！那时洪深准备扮演孙中山先生。他找来孙中山录音唱片，一遍一遍地练习。南国社到南京，在社会上影响也很大，闹得好象是翻了天似的。国民党就出来禁止演这个戏，那时国民党管宣传的是戴季陶、叶楚伧。国民党的中宣部请南国社的人吃饭，在请客的桌子上戴季陶讲：'孙先生去世没有多久，跟他一道革命的许多人都还在，要写他那不象话！'就是不让演……当时知识青年哪，简直是象疯了一样，看了南国社的戏就象喝了很浓烈的酒一样。"[1] 尽管他的回忆有误，将两次赴宁公演混在了一起，何应钦站着看戏是第一次，而《孙中山之死》是第二次公演的预定剧目，但仍可看出，南国社两次赴宁公演都受到了观众热烈的欢迎。

《南征之前》不仅为研究南国社公演提供了一些具体细节史料的补充，更体现了南国社的戏剧立场。《郑君里全集》第三卷中还收录了一篇发表于1929年9月《南国周刊》第五期上的《民众剧，南国，及其他》，其中郑君里同样对于南国社与民众的关系进行了讨论，如"南国社所'想'干的是民众的戏剧，然而南国社所在干的是'在某种社会制度之下的民众剧'"[2]。南国社在返沪后，当月就进行了一次公演，票价仍定为一元，为此遭到了一些贫困观众的抗议，田汉还特地写了《反一元论》一文予以回应，解释了因演剧成本过高不得不定价一元，南国社并不是"当戏剧为发财之机会"，并寄希望于最近的将来的"黄金时代"，那时"一切演剧都不收票，艺术完全成为民众的"，但"此次吾人信赖洪深先生之经理法不更改矣"[3]。

---

① 塞克：《吼狮——塞克文集》，文化艺术出版社，1993年，第603—604页。
② 郑千里：《民众剧，南国，及其他》，《南国周刊》1929年第5期。
③ 田汉：《反一元论》，《南国周刊》1929年第1期。

这一次公演对于郑君里来说也有特殊的意义。《郑君里自编年表》记载，1929年夏"南国社在上海宁波同乡会演出《沙乐美》①，洪深导演，我与张曙同演小兵，第一次登台"②，而这次赴南京公演，郑君里仍被安排饰演小兵。田汉在对这一次公演演员的介绍中提及："郑君是南国艺术院戏剧科的旧学生，但因为他脸薄，同时因为他是广东人，所以一直不曾演过戏。可是现在该是他登台的时候了。日月不居，时节如流，他的脸渐渐的老了，国语渐渐的熟了。他虽只在《沙乐美》中演一小兵，但这小兵安知不要做到总司令呢。所以得郑重的介绍。"③《莎乐美》原定由陈凝秋饰演约翰，金焰饰演叙利亚少年，但其《自编年表》中说："南国社第二次赴京演出，演《沙乐美》和《火的跳舞》等戏；陈凝秋跑掉，我演'叙利亚少年'"，大约改由金焰去演约翰，从而使郑君里得到了一个较重要的角色。郑君里在演出后，还创作了《叙利亚少年之歌》一诗，刊发在《南国周刊》1929年8月7日第3期。

《剪报》这篇文章曾由杨新宇提供给李镇先生，《全集》第八卷《郑君里学术年表》中也列入了《剪报》，但是《剪报》全文却未收入《全集》。因此这篇文章应是编者刻意不收的，未收录的原因大概与《剪报》是否能归为郑君里的"创作"有关系，这篇文章的构成非常特殊。《剪报》开篇即言明"事实是胜于雄辩的，在这里剪了几则'事实'"，下文即是对报刊中三则新闻的摘录。但是这种摘录又不可否认地带有郑君里本人的倾向性，例如《伦敦泰晤士报》中"中国境内杀死日人六名，固为可憾之事，但五年前，日军在中国境内，随其所便，任意杀死华人，此为不能遗忘的事实"和《生活星期刊》中"在空中清晰的传来了敌人庆祝胜利的炮声，响着帝国主义惨忍的欢笑"的内容，无疑是郑君里民族意识的明证。但若仅仅是前两则有关帝国主义暴行的谴责，断不该放在《戏剧与电影》副刊中；而将这两则新闻与第三则双十节"下午请名伶梅兰芳等在怀仁堂演剧，以娱中外

---

① 今译《莎乐美》。
② 李镇主编：《郑君里全集》第8卷，上海文化出版社，2016年，第212页。
③ 田汉：《南国社话剧股第二次公演演员介绍》，《南国社旅京第二次公演特刊》1929年第1期。

宾客"的新闻对比，就显出《剪报》作者的讽刺意味。《剪报》剪切报纸新闻的构成方式恰体现出电影工作者的蒙太奇思维，因此，虽然稍显特殊，《剪报》似仍应收入《全集》。

《怀人之什》文章很简单，但感情很真挚，表达了对赵丹、徐韬、王为一、朱今明等四位朋友的深切怀念，开篇就点明了这四个"亲热的面孔"，他们都是郑君里所熟悉、所欣赏的戏剧电影工作者，他们在后来郑君里导演的《乌鸦与麻雀》《林则徐》中，都与他有着密切的合作。1939年秋，赵丹与徐韬、王为一、朱今明等前往新疆开拓戏剧工作，结果于1940年5月被军阀盛世才监禁（赵丹与徐韬先被捕，王为一与朱今明等1941年3月被捕）。1944年9月，盛世才终于离开了新疆，此时距赵丹等被捕已有五年多。《怀人之什》发表于当年11月，社会上早有赵丹等人死于狱中的谣传，郑君里此时发表这篇文章，表达了对友人的深切怀念，在"忧惶"中对他们的生还仍有"一种期待"，同时也是对军阀的控诉。吴忠信出任新疆省主席后，开始释放被盛世才滥押的人士，1945年2月，赵丹、徐陷、王为一、朱今明终于获释，但与他们一同前往新疆的青年演员易烈已被毒死狱中。

二、悼词和贺词

《全集》未收录的郑君里文章，还包括一些较特殊的篇目，如1937年7月17日刊于上海《大公报》的《悼聂耳先生》；1946年4月19日刊于《新华日报》的《哀词——敬挽若飞、希夷、博古、邓发、齐生诸先生》；1947年3月13日刊于上海《大公报》的《寿田老师》。

《悼聂耳先生》是冼星海、袁牧之、郑君里等十八位上海戏剧、电影、音乐界人士，在聂耳逝世两周年之际，集体所写的悼念文章，文章中还提议将聂耳遇难的7月17日，作为中国音乐节。在《悼聂耳先生》中，郑君里另有单独的四句诗："多听一次炮，/多一阵记起你的歌声，/我们的民族歌手呵，/愿你永生在中国海！"郑君里同聂耳相熟，他称"在三十年代之初，我跟聂耳很熟悉，同他一起工作过。他的身世、经历、脾气、性格、思想、感情、生活习惯、生活作风和工作作风，我都很熟。"①《郑君里自编年表》中更提到 1935 年和赵丹一起送聂耳出国之事，1959 年郑君里还导演了电影《聂耳》。《悼聂耳先生》一文，已作为附录，被收入了 2019 年出版的《袁牧之全集》。

《哀词》由陈白尘、郑君里共同署名，是为悼念"四八"烈士所写，刊登在《新华日报》1946 年 4 月 19 日特辟的"追悼飞延遇难诸先生特刊"上。全文不长：

这是天大的损失，天大的悲伤！

一切企求着和平、统一、民主、团结新中国之实现的人民，都在悲叹哭泣、因为他们知道：你们的死是为了奔走这一希望的。

这一希望如果实现了，你们的死，在将来和平岁月里的人民将引为永远的遗恨！如果这希望竟不幸而不能实现，则这遗恨更将无以补偿了！——在这顽固份子还在负隅顽抗着民主浪潮的今天，人民的悲伤自然是有加无已的了。

然而，这悲伤正也加强了人民争取自由民主的力量，而你们的精神不死了！

《寿田老师》刊登在上海《大公报》由洪深主编的副刊"戏剧与电影周刊"第二十一期上，当期版面的主标题是《秀才人情纸一张》，共刊发七十篇祝贺田汉五十大寿的诗文，实际上是为田汉祝寿的专版。郑君里的《寿田老师》如下：

前十八年，

爹娘给我躯体，

后十八年，

您铸塑我的心灵。

您领我走过半生的路，

您将引导我走完全程。

祝寿专版虽仍是集体活动的产物，但郑君里的贺词饱含了个人对田汉衷心的感恩。郑君里生于 1911 年，当时正是三十六周岁，加入南国社时正是十七八岁，

---

① 李镇主编：《郑君里全集》第 7 卷，上海文化出版社，2016 年，第 174 页。

田汉是南国社的创办者，郑君里作为最早一批的南国社成员，受到南国社及田汉的影响很深，他从这里开始登上舞台，逐渐成长为优秀的演员和导演。正因此，田汉也是《郑君里自编年表》中最常被提及的名字之一。在 1965 年所写的《郑君里同志错误文艺思想自我检查》中，他写道："我在 1928 年入南国艺术学院，田汉同志是我的启蒙老师。他早期的感伤主义的剧本（如《苏州夜话》《湖上的悲剧》等等）曾经给我极深的影响，通过他的介绍，我又接触王尔德的唯美主义的戏剧（我演过并欣赏《沙乐美》）和十九世纪英国浪漫主义的诗歌。"① 同时也承认："我是三十年代的过来人，我和三十年代的老头子有千丝万缕的关系。田汉、阳翰笙、夏衍、蔡楚生等同志都是我的老师、老领导（从解放前直到解放后），陈荒煤、袁文殊同志是我的老战友、新领导（解放后），我们相交有的长达三十六年，短的也有三十年左右。我们长时期共同工作，有深厚的友谊，有共同的爱好，有共同的言语（陈荒煤、文殊同志因到延安，情况有些区别）。"② 甚至在当时紧张的政治气氛下，郑君里还交代："我觉悟不高，对老头子们有千丝万缕、难舍难分的关系。在去年政协会议上，我对田汉、阳翰笙同志虽然展开了初步的批评，可是杂念多，顾虑多，又批评，又肯定，划不清是非的界线。我一定要端正态度，严肃清理这些老交情、老关系，并且从头清理背了半生的三十年代的沉重的'进步包袱'。"③ 可以看出，田汉确实是郑君里心灵的铸塑者、文艺事业的引路人。而且郑君里与田汉还有很好的私谊，《郑君里自编年表》提到 1931 年冬"安娥交田大畏给我妈领带了二十多天"，田大畏 1931 年 8 月 8 日出生，当时才几个月大，而且郑君里的长子取名郑大里，很难不让人想到是受了"田大畏"之名的影响。比较有趣的是，南国社旧友陈白尘祝寿文的标题也是《寿田老师》，而且在整整七十篇祝寿文中，只有他们两人称"田老师"，而不是"田汉先生"或"寿昌先生"。

① 李镇主编：《郑君里全集》（第 3 卷），上海文化出版社，2016 年，第 334—335 页。
② 李镇主编：《郑君里全集》（第 3 卷），上海文化出版社，2016 年，第 333 页。
③ 李镇主编：《郑君里全集》（第 3 卷），上海文化出版社，2016 年，第 334 页。

三、座谈会发言等

《全集》未收的，还有一些并非正式文章的座谈会发言或集体署名的声明、发言：1937年6月12日上海《大公报》上的《读者会第一次座谈会》；1949年7月3日上海《大公报》上的《〈六二六间谍网〉荒诞反动文管会明令停映》中公布的检举函；1957年5月1日《人民日报》上的《座谈新情况下的电影工作》；1959年5月7日《人民日报》上的《在中国人民政治协商会议第三届全国委员会第一次会议上的发言：提高电影质量需要各方面的协作》。

《读者会第一次座谈会》是沈西苓、贺孟斧和郑君里在《十字街头》上映后，与上海《大公报》读者会会员座谈问答的摘要记录。但座谈并不限于《十字街头》，郑君里在其中回答了如何处理舞台上声音的调和、西洋戏剧中大篇读白是否适当、银幕与舞台技巧的比较以及《日出》的半截式布景等问题，这些观点基本可以在《全集》第三卷戏剧文论部分找到佐证，座谈会的纪录能够对郑君里的戏剧观有一定的补充。

《〈六二六间谍网〉荒诞反动文管会明令停映》这一则新闻中公布了上海剧影协会会员在1949年7月联合署名的对于《六二六间谍网》这部影片的检举，检举函认为影片"为国民党匪帮特务做宣传"，要求军管会立即取缔，并调查公布与此同类的影片，署名为"剧影协会会员高重实田野方行郑君里黄晨黄宗英赵斌四十余人同启"，郑君里、黄晨夫妻列第四、五位。但在《全集》第八卷《郑君里自编年表》1949年5月的记载中，有"上海剧影协会成立，我落选，气恼"① 一句，因此此处郑君里为何仍作为上海剧影协会会员署名，待考。

《座谈新情况下的电影工作》是1957年4月《人民日报》编辑部邀请包括郑君里、白杨、应云卫等在内的十三位电影工作者座谈的记录，座谈的大背景是"百花齐放，百家争鸣"方针的实施。文中，郑君里仅在"加强电影评论，密切报

---

① 李镇主编：《郑君里全集》（第8卷），上海文化出版社，2016年，第227页。

刊和电影界的联系"这一论题下有一句发言，主要观点包括报纸要担负发挥评价影片好坏的任务，并促进电影与文学工作者的联系。

而发表于《人民日报》的《提高电影质量需要各方面的协作》则是来自上海的电影工作者郑君里、白杨、赵丹等十位委员在1959年中国人民政治协商会议第三届全国委员会第一次会议上的联合发言。此时，党的方针已经发生变化，因此发言中也有"真正地在电影生产中贯彻了多、快、好、省的方针"及"去年没有拍出一部有错误思想倾向的影片"等内容。但发言中同样提到"提高电影质量，还需要文学艺术各个方面的支持和协作"，这部分内容在今天看来同样有意义。这一联合发言与上海剧影协会的检举函，均代表了郑君里所属的集体的立场，有较为鲜明的时代痕迹，不仅呈现了郑君里的群体归属，也反映出知识分子在特定的时代和社会背景下的反应和思考。

四、《角色的诞生》的版本

《全集》主编李镇在后记中说："为了寻找最佳的版本、整合各版本的优点，并能让读者了解各版本的差别，我购买了能找到的所有版本，并派专人对各版本进行了逐页比较。"① 但是在《角色的诞生》1947年初版中，该书第四章"演员如何演出角色"中的第五节"演员的气质、个性、风格"，与《全集》收录的文本有较大出入。

《全集》所附的《郑君里学术年表》中总结《角色的诞生》有以下版本：生活·读书·新知联合发行所1947年版（初版）；生活书店1948年2月版；香港三联书店1948年版；生活书店（光华书店）1949年版；三联书店1950年版；北京三联书店1950年版；中国电影出版社1963年版；中国电影出版社1981年版；中国电影出版社2001年版。需要补充的还有三联书店2018年版。其中，以1963年郑君里为重版作自序为界，《角色的诞生》的部分内容进行了调整，其中第四章第

① 李镇主编：《郑君里全集》（第8卷），上海文化出版社，2016年，第334页。

五节内容出现了较大改动。此后，除上海书店1989年作为"民国丛书"之一的影印版外，各版都沿用了中国电影出版社1963年版的改动，《全集》收录的也正是1963年改动之后的版本。

《全集》收录的版本与初版两个版本中，《角色的诞生》第四章第五节的不同之处，主要集中在删减与增改两部分。《全集》收录版本中删去部分主要包括：对纪德《新的粮食》的两段引用，对托尔斯泰《复活》的一处引用，以及对演员个性与人格的部分的强调。例如，在初版中，加着重号强调的"两个演员之间可能都有某角色底'种子'，但，通过他们各自的特性所创造出的角色必然有很大的差别。反过来说，演员也可以变为不同的角色，同时保有特有的人格"在《全集》中被删去。另一方面，《全集》中收录版本增改的内容主要包括：其一，《全集》版修改了部分字、词、短语的表达。例如：变"底"为"的"，变"目的"为"任务"，变"演艺"为"表演艺术"，变"格局"为"范式"，变"平凡而繁琐的生活"为"日常生活"等，这部分变化便于今天读者的理解。其二，在讨论"本色演员"和"类型演员"时增加了张瑞芳、赵丹、金山、舒绣文等国内演员的例证，这部分内容直接替代了初版中有关演员个性与人格的表达。其三，加入了有关唯物辩证法的内容。最典型的就是开头部分，初版为对纪德的引用，《全集》中则变成了"开宗明义第一章，我们提到，演员与角色之间的关系是辩证的关系……我们终是演员与角色之间之对立的统一"。

追究其修改原因，可以参考郑君里1963年撰写的《〈角色的诞生〉新版自序》一文，《全集》中以《自序》为题收录于第一卷《角色的诞生》篇首。在这篇文章中，郑君里对一些改动做出了自己的解释。关于删去演员扮演角色要从自我出发的问题，郑君里特别补充"演员的'自我'，不是抽象的'自我'，而是隶属于一定的阶级的'自我'……只有从无产阶级的'自我'出发才能对角色作最正确、最深刻的解释"①，这可以解释他为什么删去初版中强调演员个性的内容。他也在文中直接解释了删去《复活》引用段落的原因，"现在，我看出托翁是把人放在超

---

① 郑君里：《〈角色的诞生〉新版自序》，《电影艺术》1963年第4期。

阶级的地位上，看成一个抽象的人。这是托翁阶级和时代的局限性"。关于唯物辩证法内容与本土演员例证的加入，这篇文章同样给予了解释。郑君里认为前者是学习《实践论》和《矛盾论》的成果，他说："我在书中提到过演员对角色的感性认识和理性认识的问题，谈到演员一面对角色进行正确的评价，一面站在角色的角度内去体验角色生活之间的矛盾和统一问题等等。这些问题都与唯物辩证主义有关。当我学习了毛泽东同志的《实践论》和《矛盾论》之后，我发现这些文献谈的虽是哲学上的根本问题，可是对演员的创造工作却有极端重要的指导作用。"针对后者，郑君里检讨了他的"崇洋"之嫌，"我在书中曾大量引用欧美电影、戏剧演员和他们的作品来阐明自己的论点，这是当时所能收集到的一些资料，对今天年青的读者看来可能有'太洋'和生疏之感"。

结　语

对于作家全集中是否应该收录联合发表的作品，学术界尚有争议，但《郑君里全集》既然收录了如《炉边夜话》这样郑君里、刘琼、赵丹、徐韬、瞿白音联合署名的作品，就没有理由不收录《哀词》《悼聂耳先生》等文；既然收录了《如何建立现实主义的演剧体系座谈会》，就没有理由不收录《读者会第一次座谈会》和《座谈新情况下的电影工作》。

《角色的诞生》是郑君里表演理论方面最重要的著作，在其第四章第五节改动较大的情况下，《全集》选择收录中国电影出版社 1963 年版，而未取初版。虽然编者尊重作者本人的修改，收录最新版本无可厚非，但这种选择是否默认了"版本进化论"，忽略了 20 世纪 60 年代著作修改面对的时代背景，以及是否在客观上剥夺了读者进行对读的权力，这些方面仍然值得思考。毕竟，该书初版与 20 世纪 60 年代修改版的优劣，或许研究者会有不同的评判。如果将该部分初版文字以附录的形式补充到《全集》中，或至少在该部分的注释里提及其他版本的不同，或可免于对研究者造成"只有唯一一版"的误导，实现对《角色的诞生》这一部分内容的优化呈现，并贯彻《全集》最为人所称道的不为作者粉饰、真实呈现历史的特色。

最后还要补充的是,《全集》第三卷误收了银星剧团郑重的文章《献给上海的电影从业员》,该文发表于 1941 年第 4 期上海的《影迷周报》,其时郑君里正在大后方拍《民族万岁》,不可能署名"郑重"在上海发表文章。

附:

南征之前

三天四天以后,我们——南国社——又要向着南京移动,因为哥哥作人来信说:"紫金山脚下有太多热烈地祈望着我们的眼睛。"

我也不愿意说明日本的民众,是因为没有一个像贺尼曼女士的热心的人去代他们预备一座爱尔兰文艺剧场式的"庙殿"而才提起他们的手提箱般的戏班箱子去流浪到各处演戏的,南国社此外在这一次旅程的南征中,当然负有更重大的使命与义意。

我们的"新的戏剧得为新时代的民众制造新的语言,与新的生活方式"这句标语,虽与罗曼鲍兰的"给人类浑沌底心中,加以更多的风,更多的光明,更多的秩序是最重要的"标语所形成的运动底方法稍有不同,但是我们,精神则一!

但,在现在这种社会状况之下,以最费人力和物力的艺术作德谟克拉的运动的工具,是不是本身已备受"惨苦的重担"的激底无产阶级者们所能担负的呢?

因此,除了我们不能像柏林的"新自由民间剧"收二毛半钱的代价而给与民以最惬意的上演以外、我们仍然希望一方面极力省节我们买面包的物质,一方面希望在社会上得到相当的同情与合作,使我们多少稍实现我们对于民众方面的梦想。

我个人倡认南国社与她的观众——社会——还没有发生很亲切的关系,同时我也敢相信有某部分的观众对于南国社多半有一种"亲近"的要求,可是南国社对于这一种的要求还没有采用一种"Snhecnnes"① 的制度来接受，（虽经一度在南国小剧场中创行，但以学院倒闭而失败，）在一点上我认为是一种有力的阻碍。

在这次南征以前，总务洪深先生竟在这一点上有一种新的见解，使我们在物力上有一种新的出路。他提议本社先发卖预约券，使本社能预先得着物质的帮助，使整个运动能够发展成千百个个人的力量的中心点。在这一点上万一可以成功，这可不就是千百人所合成的一个"贺尼曼"么？这可不就是千百人所"合作"倡导的，而不是为一个"贺尼曼"所"独立"维持的运动吗？这可不是一条趋向于德谟克拉西的路吗？这可不是柏林的民间剧场后来得到十万个民众预约者所经过的成功之路吗？

"南国的艺术运动始终是民众的！"南国社戏剧股的目的不能不是一种"民众剧场"运动，但是完成这一种广大的使命，是不是南国社同人只尽他们自身的区区的努力，便可以成就的呢？

现在我们预备南征了，现在是我们努力我们的民的运动的时候！

剪　报

事实是胜于雄辩的，在这里剪了几则"事实"。

"日本的特殊需要与其所遭的困难，在英国原所了解，且亦未能置之不问不闻，特日本对于亚洲大陆，一再以亲善为言，此种假面具，如果不能揭而去之，而以真诚相见，则日本欲望英国寄以同情，诚戛戛乎其难矣！近来在中国所发生的不幸事件，日本大呼特呼，……中国境内杀死日人六名，固为可憾之事，但五年前，日军在中国境内，随其所便，任意杀死华人，此为不能遗忘的事实，'满洲'土著的遭害者，其大多数均被以匪徒目之，至今死数清单，犹未结束……（伦敦《泰晤士报》）

"当早晨我上学去的时候，沿街站着军警，全副的武装，……每个重要的街口

---

① 原文如此，但英文无此单词，不知是否"systematic"的误排。

停放着铁甲车，车口中安置着机关枪，准备着扫射似的。

在空中清晰的传来了敌人庆祝胜利的炮声，响着帝国主义惨忍的欢笑。……

到学校里，……每天升挂的国旗，今天仍然的整个送到旗杆上去。……他骄傲的答覆道：'你们太幼稚了，以往降半旗是错误的，这是形式上的事情，太没关系了。'（《生活星期刊》《天津通讯》）

……

"……定双十节晨八时，在南苑检阅所部军队，八日已柬请外宾，及各界届时参观……商讨纪念国庆及招待中外宾客办法，决定于是日在各街口扎彩牌，促市民注意，下午请名伶梅兰芳等在怀仁堂演剧，以娱中外宾客……"（各报，北平电）

怀人之什

我怀念几个亲热的面孔：

赵丹！徐韬！王为一！朱今明！

整整五年了，我们剧坛失去了阿丹和为一底演技上的才华，徐韬底经营才干，今明底装置上的贡献。他们曾在六年，七年，八年，九年，十年以前不断为戏剧建下了不可忘的功勋！

那创造《诺拉》的丈夫、《大雷雨》的奇虹、《铸情》的罗密欧、《我们的故乡》的长者、《马路天使》的吹鼓手、《小玲子》中的倜傥少年的那位奇才，阿丹，如今在那里？

那在"东北是我们的"事件中，第一个把戏剧工作者底抗敌热情传播在广大的观众，那在"徐州会战"中，第一个领导戏剧工作者上火线，流了血，突围而归的英雄，徐韬①，如今在那里？

那以他的机灵的才智导演过许多前线的演出，演过从老人到童子许多的角色，设计过许多戏的装置的全才，为一，如今在那里？

---

① 原文误排为"阿丹"。

那在中国手工业的技术基础，开辟了现代化的灯光制度，培植了许多后进的那位先驱的设计者，今明，如今在那里？

我们是怎样的怀念他们啊！在我们的心里一直有一种期待，也一直有一种忧惶。他们何日归来？他们何日归来？

（编者按）此稿付排后，忽接徐苏灵兄来函，谓"阿丹于十月卅一日曾自迪化来电致罗学濂转叶露茜及诸友，报告渠等安好。"则阿丹诸友好大可释念矣。

[作者单位：复旦大学中文系]

"五四"前后"文学"的指称与形象

□林锦涛

【摘要】 自 1917 年胡适、陈独秀倡议文学革命以来，文学议题在报刊上层见叠出，然而何为"文学"，时人并无定见。新旧各派言说"文学"往往好发明新见，或以性质或以功用作论，所指文学事物在西来新观念冲击下，形象与此前之"文"大不相同。不论报刊舆论，还是学校课堂，论者认知、解读文学皆与时代潮流、个体感悟密不可分，文学因而不得不与时俱进被灌入新意。文学新说林立之际，不乏时人为赋新意而强作辩解的事例，而观念针锋相对的情形背后是以新代旧和化旧为新的转变路径见解纷争。

【关键词】 文学形象；文学革命；新"文学"

晚清以降，西学东渐，中外新旧知识大融合背景下，近代中国文学可谓是一种新学，虽然"文学"概念界定言人人殊，但显然与晚清以前所指迥异。"五四"时期，白话文运动助推新文学演化生成，而过程之中众人所识"文学"却千差万别。

在胡适后来的回忆叙述中，"五四"时期新文学的兴起不过是延续晚清以来的语言运动。1935 年，胡适为《中国新文学大系·建设理论集》撰写"导言"，回顾新文学运动的历史，直言"文学革命的目的是要用活的语言来创作新中国的新文学"。随后胡适以大篇幅介绍"古文"① 的没落、音标文字运动,认此为文学革命的历史背景②。在新文学运动中,胡适以文字、语言改革为首要任务,故在相当一段时间内,其对"文学"的定位始终是语言工具而别添新意。因而当 1920 年,钱玄同不解"文学"为何物来请教③,胡适仍是坚持 1918 年以来的说辞,谓"语言文字都是人类达意表情的工具;达意达得好,表情表得妙,便是文学"④。然而,这毕竟只是胡适的一己之见,同时期文学革命论者各有见地。在此观念剧变时期,尤有必要具体细究当时国人言说中的"文学"究竟所指何物。

一、文学的性质与形象

1916 年,胡适初与陈独秀书信往来,便称近代文学堕落可用"文胜质"一语概括,即"有形式而无精神,貌似而神亏",为此提出兼有形式与精神两层面的文学革命"八事"⑤。信中,胡适批评文学界老辈所作文章、诗文有用典押韵等"弊事",此时胡本人并未讲明"文学"为何物,而只是希望诗文能有所变革。

陈独秀察觉胡适提议似是针对所有文字著作,故在回应中特意将"文"拈出做一番论述。陈将"文"分为"文学之文"与"应用之文"两种,认为二者在结构、作用方面都不同,指出"文学美术自身独立存在的价值"在于有"美感与伎俩",不可轻易抹杀。因而对"八事"中"须讲文法之结构""须言之有物"两项不能认同⑥。随后,陈又为读者讲解"文学之文"(美文),有意使"文学"与

---

① 包括(1)桐城派古文,(2)严复、林纾的翻译文,(3)谭嗣同、梁启超、章士钊的"新文体"议论文。

② 赵家璧主编,胡适编选:《中国新文学大系》第 1 集(建设理论集),"导言",上海良友图书印刷公司,1935 年,第 1、13 页。

③ 《钱玄同信、片五十五通》(1920 年 9 月 1 日、10 月初上旬),耿云志主编:《胡适遗稿及秘藏书信》第 40 册,黄山书社,1994 年,第 264—274、275—280 页。

④ 《胡适致钱玄同》(1920 年 10 月 14 日),北京鲁迅博物馆、鲁迅研究室编:《鲁迅研究资料》(5),天津人民出版社,1980 年,第 115—118 页。该信删略稿题作《什么是文学——答钱玄同》,收入亚东图书馆 1921 年 12 月版《胡适文存一集》卷一。

⑤ 《新青年》1916 年第 2 卷第 2 号,"通信"(胡适)。

⑥ 《新青年》1916 年第 2 卷第 2 号,"通信"(独秀)。

"应用之文"剥离①。接着，还提出"文"乃代替"语"而出现（"文以代语而已"），"文学本义"在"达意状物"②。联系陈独秀先后数次的讲解，可知其对"文学"的认识总是在含义范围更大的"文"中而论："文学"首先是"文"，便需先有"文"的基础属性；但又以为"文"已化分出"文学之文"（即一般所谓"文学"）与"应用之文"，"文学"又须有特性。易言之，陈独秀首先是以语言工具视"文学"，因求"文学"独立价值才强调其美术性质。

之前多从事创作和翻译的刘半农在此时发表《我之文学改良观》参与讨论。刘半农提出，文学是美术之一已得世界公认，现今为"文学"作界说当取法西文：一切著作可分"文字"（language）和"文学"（literature）两种，前者只需做到传达意思，而后者是"著作集"或"纯文学"③，二者不应混为一谈。文末陈独秀附识道，刘氏"文字""文学"界说与自己的"应用之文""文学之文"见解相差不大，名词虽不同，实质似无异④。

受《新青年》影响，当时读者也在思考文学与美术关系。武昌中华大学学生恽代英以为，中国文学乃是一种美术，"古文、骈赋、诗词乃至八股，皆有其价值。而古文诗词尤为表情之用。若就通俗言，则以上各文皆不合用也。故文学是文学，通俗文是通俗文"⑤。上海圣约翰大学学生方孝岳谓，"中国文学界广，欧洲文学界狭"，改良文学应先定界说，明确"文学"不能将各种学术纳入，"凡单表感想之著作，不关他种文学者，谓之文学"。在其看来，"文学"以美观为主的定义，与通常含有"美文学"（belles—lettres）意义的西文 literature 定义相当⑥。在恽代英，文学不是应具备美术性质而是必须成为美术一种，文学本不是为平常

---

① 《新青年》1916 年第 2 卷第 4 号，"通信"（常乃惪、独秀）。

② 《新青年》1917 年第 3 卷第 2 号，"通信"（曾毅、独秀）。

③ 原文为 The class of writings distinguished for beauty of style, as poetry, essays, history, fictions, or Belles-lettres.

④ 刘半侬：《我之文学改良观》，《新青年》1917 年第 3 卷第 3 号。

⑤ 恽代英：《民国六年日记》（1917 年 9 月 27 日），《恽代英全集》第 1 卷，人民出版社，2014 年，第 534—535 页。

⑥ 方孝岳：《我之改良文学观》，《新青年》1917 年第 3 卷第 2 号。

生活而作；不以语言工具而以美术为准，古文、骈赋、诗词、八股才有价值，因而可归入文学范围中。方孝岳所论则与陈独秀取向相同，认定文学应有独立价值（脱离其他学术）而将"美"视为文学要义。

彼时，在有意倡导新文化运动的报刊上，各方人士文学见解林林总总。沈玄庐认为，新旧文学斗争更要关注诗文以外的"战场"——匾额、屏幅、联语、扇面等直接表现普通民众人生观的地方①。季志仁谓，中国文学范围广大，包含各种学术思想，称戏剧与文学在意义、内容、组织方法上不同，提出戏剧应独立而不必附入文学②。贞晦以为，过去的文学是"不通用的美术品"，现在当使文学通用于全国③，所言其实是把文学视作教育的语言工具。也有如宗白华者，抛开语言问题不谈，声明所讨论的文学是"艺术的文学"，认定文学的实质是人类精神生活的艺术工具④。王晴霓则试图调解新旧文学纷争，作文学界说而解释道：理想所及的事理说出口的是"言"，写在纸上的是"文"，"再加以文法的考究，体裁的组织，使大多数的人看见容易懂，而且还要有兴趣有美感，就叫做文学。不但是新文学如此，旧文学也是如此"⑤。陈启文解释"文学"，从形式上说是符号，从内容上说是艺术，"是一种符号的形式和艺术的内容凑合表现的制造品"。文学的形式有两重意义，一是代表语言的符号，二是有组织的符号；文学的内容是人类的精神和思想。就陈氏所论，"文学"兼有语言工具与艺术品双重属性，不过其又明显侧重前者，所以将文学与国语教学问题相连⑥。

五四运动后，陈独秀因要鼓吹白话文，仿效同人，亦对"文学"作出界说。1920年2月，陈在武昌文华大学作演讲，称"文学"为"艺术的组织；能充分表现真的意思及情；在人类心理上有普遍性的美感"。原来"达意状物"的文学本义

---

① 玄庐：《新旧文学一个大战场》，《星期评论》1919年第24号。

② 季志仁：《戏剧与文学》，《时事新报·学灯》1920年1月17日。

③ 贞晦：《文学革命的商量》，《时事新报·学灯》1920年1月17日。又载于《东方杂志》1920年第17卷第3号。

④ 白华：《新文学底源泉》，《时事新报·学灯》1920年2月23日。

⑤ 晴霓：《新文学的问答》，《曙光》1920年第1卷第4号。

⑥ 陈启文：《中学的国文问题》，《少年中国》1920年第1卷第12期、第2卷第1期。

表述也转变为文学的三种作用（达意、表情、叙事）①。为新式标点版《水浒》作序时，陈又提出"文学的特性重在技术，并不甚重在理想。理想本是哲学家的事，文学家的使命，并不是创造理想；是用妙美的文学技术，描写时代的理想，供给人类高等的享乐"②。在此，陈对文学的论述已脱离文字本身，重心放在文学功能、作用上。与数年前"文以代语而已"相比，其观念有明显转变，将文学定位在艺术品上，又隐约认可文学是载道说理的载体。

以陈独秀为代表的文学革命倡议者对"文学"立论虽别有动机，却大致仍与恽代英等青年读者在观念上有相通相合处，即认同文学的美术性质。而当时中西各类学说碰撞交汇，文学革命论者在文学性质定位外，谈论"文学"时往往反复称引有限的几类体裁，使"文学"以作品形象实现概念的具象化。

1918 年 12 月，周作人解释"人的文学"时，"文学"乃"记录研究的文字"；举例中国"非人的文学"时，是以各种"书类"及"旧戏"对应文学③。"书类"一词可谓是囊括以往有一定篇幅的所有文字集合。在分别"贵族的文学"与"平民的文学"时，周分别以古文、白话的著作为例对举④，显然是以作品看待"文学"。《新文学的要求》中，"文学""文艺"皆是就美术品、艺术品而言，所举乃颂歌（hymn）、史诗（epic）、戏曲（drama）数类⑤。

当时，沈雁冰亦多以著作角度介绍异域文学。1919 年，沈开始引介俄国文学，所述是以小说、戏剧类作品为例⑥。后又介绍作家托尔斯泰成就，是以"故事体（stories）""说部（novels）""精神上的自传（spiritual autobiography）""短篇小说

---

① 陈独秀：《我们为甚么要做白话文？》，北京《晨报》1920 年 2 月 12 日。
② 陈独秀：《水浒新叙》，《陈独秀文章选编》（上），生活·读书·新知三联书店，1984年，第 530 页。该文是 1920 年 7 月 7 日陈独秀为上海亚东图书馆用新式标点符号排印《水浒》所作的序。
③ 周作人：《人的文学》，《新青年》1918 年第 5 卷第 6 号。
④ 仲密：《平民文学》，《每周评论》1919 年第 5 号。
⑤ 周作人：《新文学的要求》，北京《晨报》1920 年 1 月 8 日。周作人是论文艺起源时提到颂歌、史诗、戏曲，并非谓文艺仅此三类。
⑥ 雁冰：《托尔斯泰与今日之俄罗斯》，《学生》1919 年第 6 卷第 4—6 号。

(short story)""论文（essays）""剧本""驳论文（philippic）"为文学著作范畴①。次年，本着欲使"东西洋文学行个结婚礼"目标，沈雁冰在《小说月报》新辟"小说新潮""文学新潮"栏目选载剧本、小说、新体诗等作品②。

类似的，刘半农为阐述文学新精神时曾称，诗与小说是文学中两大主干③。俞平伯则言，"现在新文艺约包有戏剧、小说、诗歌三种作品"④。胡愈之介绍欧洲文艺思潮，亦是以诗歌、小说、论文、剧本等类别的作品举例⑤。以美术观文，视文学为艺术品，使一般报刊读者谈论"美术的文学"，首先想到的同样是诗、戏曲、小说等具体体裁⑥。

不难看出，那时接受中外新旧各类学说的国人对"文学"有五花八门的见解，在美术性质的模糊意识导向下，试图将"文学"的指称落实到生活中的具体可见事物上。文学革命的支持者大多通过留洋或阅读译著接触西洋文艺读物，甚至默许以域外文学理念为标的。然而，以西为新者固可重起炉灶创造新"文学"，仍崇尚中国旧文学的论者则有意在此转变之际保留旧义。

二、突破旧学的新义

不同于革新论者，此前曾浸润在文言旧学环境中的文人群体并不一味尚西，对此时文学性质、形象的变化常发表质疑、调和的看法。

新文化运动兴起后，早先多创作"奇情小说""言情小说"的南社成员胡怀琛

---

① 雁冰：《文学家的托尔斯泰》，《时事新报·学灯》1919 年 12 月 8 日。
② 具体作品如易卜生《社会柱石》（剧本）、柴霍甫《伊是谁》（小说）、王尔德《追忆有感》（新体诗），见 1920 年 3—12 月，《小说月报》第 11 卷第 3—12 号，其中第 10—12 号栏目变更已有为旧文艺收尾之意，渐趋向登载新作品。
③ 刘半农：《诗与小说精神上之革新》，《新青年》1917 年第 3 卷第 5 号。
④ 俞平伯：《社会上对于新诗的各种心理观》，《新潮》1919 年第 2 卷第 1 号。
⑤ 愈之：《近代文学上的写实主义》，《东方杂志》1920 年第 17 卷第 1 号。
⑥ 《时事新报·学灯》1920 年 1 月 6 日，"通讯"。

亦关注新文学①。1919 年 12 月，胡怀琛提出《新文学建设的根本计划》，将文学分为古文、今文两大部。古文用原有的文字，今文用一种规定的白话文，后者又包含"用文"与"美文"②。胡怀琛是立足国文教学的角度发论，故其建设计划还关注字典、文法、整理与翻译古书等事，其"文学"实等同于国文。

《东方杂志》主编杜亚泉③曾特意撰文，辨别通俗文、白话文及新文体、新文学差异。杜以为"文学"包含广泛，不能以一种文体"狭其范围"，各种文体皆特具兴趣，《史》《汉》文字、六朝骈体、唐宋古文、白话文等不能互相替代。杜又对文学分出"科学的文"与"文学的文"，称前者是可用通俗文的应用文体，后者则"重在文字之排列与锻炼"④。杜亚泉此中所论"文学"不仅是各种文体的文章集合，亦有学术文章之意，不过与陈独秀分出"应用文"与"美术文"相似，"文学"实际已侧重指向"文学的文"。

任教于南京高等师范学校的胡先骕⑤先后发表《中国文学改良论上》《欧美新文学最近之趋势》，提出一己之"文学"，两篇文章当时又各有针对，前者是为与《新青年》《新潮》等倡议白话文学者辩论，后者是为当时提倡何种文学主义流派争论而作。胡先骕认为，"文字仅取达意，文学则必于达意之外，有结构，有照应，有点缀，而字句之间，有修饰，有锻炼……非谓信笔所之，信口所说，便足称文学也"⑥。而胡所言"文学"实为各类文体的"文章"——如其文中所列"周

---

① 郭甜甜：《胡怀琛年表》，牛继清主编：《安徽文献研究集刊》（第 6 卷），黄山书社，2014 年，第 135—140 页。

② 胡怀琛：《新文学建设的根本计划》，《时事新报·学灯》1919 年 12 月 24 日。

③ 杜亚泉（1873—1933），原名炜孙，字秋帆，号亚泉，又署伧父，浙江绍兴人。光绪十五年（1889），年仅 16 岁即中秀才；甲午战争后，弃科举，转学自然科学，肄业于崇文书院；1898 年应蔡元培之聘，任绍郡中西学堂数学教员。

④ 伧父：《论通俗文》，《东方杂志》1919 年第 16 卷第 12 号。

⑤ 胡先骕在京师大学堂预科及留美求学期间前后（1908—1916），与擅长诗词者如汪辟疆、王易、王浩等人交好。1917 年 1 月，胡适《文学改良刍议》（《新青年》第 2 卷第 5 号）第五条"去滥调套语"即以胡先骕为批评对象。1918 年夏，胡先骕始受聘任教于南京高等师范学校，为农林专修科教授。参见胡宗刚撰：《胡先骕先生年谱长编》，江西教育出版社，2008 年，第 22—56 页。

⑥ 胡先骕：《中国文学改良论上》，《东方杂志》1919 年第 16 卷第 3 号。

秦之文""《史》《汉》""俪文""韩柳"古文等，限定并认定只有类似的"文章"才是"文学"。次年（1920），胡介绍欧美文学趋势，又谓"中国文学向重理想，除经史子集并以'文以载道'为标帜外，其他文学如戏曲小说等，要以娱乐为职志"。随后，以中国小说、传奇、戏曲中名作比附欧美文学主义，批评各文学主义下小说、戏剧、诗的优劣得失①。胡先骕有意分出"理想"与"娱乐"两种文学，并试图以此两种角度进行批评，故论述欧美文艺时实是以"道"（社会理想价值）评"艺"（小说、戏剧等），于"艺"中求"道"。此时，其"文学"范围显然有变，由原先看重体裁格式到接纳域外新式文艺。

当时，留美学习的吴宓与梅光迪文学思想态度相合，受后者感召，吴亦立志弘扬中国文化②。1919 年年底，吴宓为将来择业是选"报业"或是"文学"发愁，见国内《新潮》等杂志言论，感叹国内文学堕落，称白话新文学为"乱国之文学""土匪文学"③。一次吴宓与陈寅恪谈话，二人类比中西学问，以为美国论文学者有两派，一派为语言学家（philologists），如清代汉学训诂之徒；一派为外行艺术爱好者、浅薄涉猎者（dilettantes），视文章为易事，甚或言白话文学，类似宋儒语录，文不成章。两派之外，有真知灼见、独立不倚者则是凤毛麟角，此迹象"均与中国相类似也"。吴宓又谓，白话文学"流毒甚大"，其谬鄙本不值通人一笑，但中国举世风靡，可见国民无学④。吴、陈所论"文学"是囊括学者的专精研究与艺者的通俗文章，而对比二者的言辞明显褒前贬后。可知吴宓所希求的"文学"志业，实为学术学问，而非国内新文学倡议者的艺术品。

梅光迪曾被胡适认为是在文字改革上最守旧的人物⑤。梅作为《学衡》杂志发起人，现在虽多视为新文化派的反对者，但据目前已知文献来看，梅光迪在回

---

① 胡先骕：《欧美新文学最近之趋势》，《解放与改造》1920 年第 2 卷第 15 号。又载于《东方杂志》1920 年第 17 卷第 18 号。

② 吴学昭整理：《吴宓自编年谱》，生活·读书·新知三联书店，1995 年，第 177 页。

③ 《吴宓日记》第 2 册（1919 年 11 月 12、13 日，12 月 30 日），生活·读书·新知三联书店，1998 年，第 90—91、114—115 页。

④ 《吴宓日记》第 2 册（1919 年 12 月 14 日），生活·读书·新知三联书店，1998 年，第 104—105 页。

⑤ 胡适：《逼上梁山——文学革命的开始》，《东方杂志》1934 年第 31 卷第 1 号。

国后观念也发生过转变，并非一味守旧，在论文学方面其实更像是新文学者。

1920 年 7 月，南京高等师范学校开办第一届暑期学校，聘请胡适和当时任职于南开大学的梅光迪等教员①。8 月，梅所作演讲《文学概论》率先在《时事新报·学灯》发表。在第一讲"文学之界说"中，梅认为中国旧有的"文"及"文章"都是"文化"（civilization）的意义，并不是"文学"（literature）。梅并未对"文学"做出明确界说，不过亦称"文学为美术之一"，"文学"不仅要有"文字"的达意，还要使读者发生一种美感、愉快。在随后第二、三讲中，梅所言"文学"都偏重美术性、情感要素，在论文学与思想时则强调人生观的重要性②。

近年，有学者发现梅光迪当年较为完整的《文学概论讲义》③，更可看出这位学衡派发起人论"文学"与新文学派其实并无二别。讲义从第三章至第六章，分别为论文学与思想、情感、想象力、人生的关系；第八章，论文学标准，是以价值和与时代关系而言；第十章论文学体裁，不采中国桐城古文分类，而是完全采用其所谓西洋"论说、辩论、描写、记述"的四大类；第十一章开首便道"文学分散文、戏曲、小说、诗四种"④。梅光迪数次关于"文学"的论说虽在字句上不尽相同，但结构与内容大体一致，即往往先言文学界说难定，但比较中西说法后都偏向采用西洋"文学"意义。就此而言，被胡适称为在文学革命最守旧的梅光迪，至少在"文学"观念方面其实是相当趋新。

---

① 陶行知：《办理暑期学校及国语讲科报告》，方明主编：《陶行知全集》（第 1 卷），四川教育出版社，2005 年，第 288—292 页。梅光迪在此次南高暑期学校后，秋季便改就南高、东南大学英语兼英国文学教授，当时"甚为得意"，并开始与中华书局订约筹备《学衡》杂志，随后邀吴宓到东大任职，二人与刘伯明、马承堃、胡先骕、萧纯锦、邵祖平、徐则陵、柳诒徵谋划《学衡》编纂。参见吴学昭整理：《吴宓自编年谱》，生活·读书·新知三联书店，1995 年，第214、227—230 页。

② 梅光迪讲，严良才、孙祖基笔记：《文学概论》，《时事新报·学灯》1920 年 8 月 7—9日。次年 4 月，《学灯》又登载梅光迪演讲"文学之界说"，见梅光迪讲，张其昀记：《文学之界说》，《时事新报·学灯》1921 年 4 月 11 日。两次演讲结构一致内容相似。

③ 该讲义发行时间未知，但据讲义内容及记录时间都可推定是 1920 年南高暑期讲义，参见眉睫《〈文学概论讲义〉整理附记》（《现代中文学刊》2010 年第 4 期）和胡佳《梅光迪〈文学概论讲义〉的发现及其意义》（《中国图书评论》2011 年第 6 期）。

④ 梅光迪讲演，杨寿增、欧梁记：《文学概论讲义》，中华梅氏文化研究会编：《梅光迪文存》，华中师范大学出版社，2011 年，第 67—91 页。

上述诸人都与旧学关系匪浅，其中胡先骕、吴宓、梅光迪因反对白话文当时即被视为守旧派（即学衡派），但各人所欲阐述的"文学"其实都已半新不旧，不过是在中外新旧学说上取舍各有偏向罢了。即便是与新派差异最显著的吴宓，对文学亦有通俗与学术两种认识，排斥前者只是摆明态度不以通俗文章为志业。

三、学校教育中重构文学

报刊之上，文学革命提倡者与读者有各自的"文学"形象，且新旧各派发表见解无不与个人生活经验相关，并有事业志向的考量。在学校课堂上，"文学"面貌亦多变，师生论学亦有新旧冲突。

朱希祖自 1917 年起在北大教授《中国古代文学史》《中国文学史要略》等课程。从目前所见讲义看，《中国古代文学史》论黄帝至战国时期的文学，述及文字、歌谣、诗辞、诸子文章等[1]；《中国文学史要略》在时段上更长，所论范围亦更广，增述诗词曲，但侧重仍在经史等著作[2]。关于此，有学者已先指出，朱著《中国文学史要略》讲文、诗、词、南北曲而不涉及小说，乃是因该书早已在 1916 年便已成稿。新文学运动初始，朱希祖文学观念深受其师章太炎影响，显得比较传统，"仍在骈散之争那里打转"[3]。

1918 年 10 月，北大校长蔡元培提议发起《北京大学月刊》[4]，由各研究所轮流分门编辑。时任国文研究所主任的朱希祖负责创刊号，并特撰两篇论文以尽职

---

[1] 朱希祖：《中国古代文学史》，《朱希祖先生文集》第 1 卷，九思出版有限公司，1979 年，第 1—296 页。《中国古代文学史》本"拟起于黄帝，讫于建安"，但目前所见版本只有从黄帝到战国部分。

[2] 朱希祖：《中国文学史要略》，《朱希祖先生文集》第 1 卷，九思出版有限公司，1979 年，第 297—452 页。

[3] 陈平原：《〈早期北大文学史讲义三种〉序》，林传甲、朱希祖、吴梅著，陈平原辑：《早期北大文学史讲义三种》，北京大学出版社，2005 年，第 3—5 页。陈平原比较林传甲、朱希祖、吴梅三人著作总结道，1904 年林著排斥小说戏曲，是因循规蹈矩，遵从当时大学堂章程；1920 年所刊朱著其实是 1916 年旧作，故讲文诗词曲等，仍不涉及小说；而吴梅 1917 年秋始任教北大，受同事鼓吹新文学影响，小说便成为文学史中必不可少的文类。

[4] 《校长启事》，《北京大学日刊》1918 年 10 月 11 日。

责。朱希祖在《文学论》中对"文学"发表意见，认为中国论"文学"是以"文字"为标准，观念"浑而不析，偏而不全"，并举其师章太炎《国故论衡》中论"文"为例。如果真以"一切著于竹帛者"为"文学"（章氏语），在朱希祖看来，则中国一切学术都可包含在"文学"之内，亦即中国仅有"文学"而无他学①。

在此，朱希祖并非误读其师"文学者，以有文字著于竹帛，故谓之文；论其法式，谓之文学"② 一语，因同一文中朱特又举此语以证"吾国之论文学者，大氏以作文之法式即为文学"。此即表明朱希祖知道章太炎对"文"与"文学"有所区别，但还是将其师所谓的"文"（一切著于竹帛者）直接转换成"文学"二字，并予以批评。朱希祖揣测老师本意或许有误，却代表着相当一部人对章太炎论述的普遍印象③。

朱希祖在《文学论》中反对以"文字"论文学，又称所谓的哲理文学、记事文学、言情文学实乃"文章"，其举例具体包括学说、杂文、无句读文、历史、公牍、典章、有韵文、小说等。而朱所认可的"文学"乃"纯文学"，"吾国所谓诗赋、词曲、小说、杂文而已"④。足可见，朱所指的"文学"范围大大缩小，专指有"美妙之精神"的艺术作品。在《白话文的价值》中，文学具体所指是文章、小说、戏曲、白话诗。朱希祖称，"小学"（语言文字学）为文学家专事，认为现代普通人当读的是戏曲、小说等类的作品⑤。在比较中西文艺的阶段差异时，朱希祖也是以诗文词曲、小说来对比欧洲古典主义、浪漫主义的相应作品⑥。

---

① 朱希祖：《文学论》，《北京大学月刊》1919 年第 1 卷第 1 号。
② 上海人民出版社编：《章太炎全集》第 5 册，上海人民出版社，2018 年，第 47、218 页。《国故论衡》先校本与校定本中，差别在"著"字不同（校定本是"箸"）。
③ 如罗家伦的《什么是文学？——文学界说》（《新潮》1919 年第 1 卷第 2 号）、幼苏的《佣馀零简》（《京报·青年之友》1921 年 6 月 3 日）、许文声的《论文》（《时事新报·学灯》1921 年 7 月 27 日）等都认为章太炎的"文学"界说都太广泛，显然这是针对本来是"一切著于竹帛者"的"文"的定义而言。
④ 朱希祖：《文学论》，《北京大学月刊》1919 年第 1 卷第 1 号。
⑤ 朱希祖：《白话文的价值》，《新青年》1919 年第 6 卷第 4 号。
⑥ 朱希祖在《自然派与晚近新文艺比较上美丑的问题》文后案语，见朱希祖译：《文艺的进化》，《新青年》1919 年第 6 卷第 6 号。

对于这一变化，1920 年朱希祖称之为是广义与狭义的差别①。然而，或许以"替代"概括，更接近演变实情。朱希祖所提与其他学科区别的"纯文学"初始或是为对应外来文艺观念，但更重要的影响在于，对此前的"文学"作出剔除与替换——即删减经史类文章，用新文化派所提的诗词、小说、戏曲等类别取代。

当时，北大学生罗家伦参考西洋书籍，以要素、成分为"文学"作界说，称之为"有想象、有感情、有体裁、有合于艺术的组织"②。南开学校大学部国文教授教员熊十力则认为，当时虽然人人谈论新文学、旧文学，却不知何为文学本体，罗家伦的"文学"界说是"以美术文冒文学之全称"。在熊十力看来，文学应分"文字学""修词学""文章学"三部，平常所说的"文学"其实是文章，文章又宜分"应用的"与"艺术的"两种。当时学校的中国文学史，内容其实是艺术的文章史，不如称为"文艺史"③。总而言之，熊十力不能认可罗家伦的文学见解，批评其"文学"界定以偏概全。

罗家伦则坚持要将文学对应西洋的 literature，并承认自己所谓的"文学"是以艺术观念而论。对于熊十力"文学"所含的另外两部分——文字学和修词学，罗比附西方学科作为论据，称语原学（etymology）、言语学（philology）、字音学（phonology）是专门科学，修词学（rhetoric）尚未成专科，皆不可划归"文学"。罗又谓，古来"文学"范围太广，不适用于现在。过去的"文章"现在当对应"论文"（essay），若照熊十力的狭义见解，"文章"还须改写成为"彣彰"。因而，不赞同以"文章"一名代替今日之文学。为坚持己见，罗家伦另辩解道，"一个名词在一个时代有一个时代的意义，不必事事反诸往古。"④

熊、罗两代人所持"文学"见解虽都认可文学美术部分，但在学术分科上，前者明显在承接清末学制改革以来混杂多义的"文学"学科，而后者则提议各类

---

① 朱希祖：《中国文学史要略叙》，《朱希祖先生文集》第 1 卷，九思出版有限公司，1979 年，第 301 页。

② 罗家伦：《什么是文学？——文学界说》，《新潮》第 1919 年 1 卷第 2 号。

③ 《新潮》1920 年第 2 卷第 4 号，"通信"（熊子真）。

④ 《新潮》1920 年第 2 卷第 4 号，"通信"（志希）。

学问专门化，使"文学"成为独立艺术学科，并与西学对应赋予新意。换言之，即罗对以偏概全毫不掩饰，且有意以偏概全。

在五四运动前后，有心关注中国文化事业者其实心中大都各具一"文学"形象，而不论如何划分"文学"，都渐承认文学是艺术（美术）品，至少不否认其艺术特质。论者多有意将中国已有文献比附西洋新潮文艺，"文学"渐有具体作品的新面貌。此时，虽有欲融通中西学问而界定中国原有"文学"者，但其说仍多以西律中。而新文学论者，尤其青年学生、教师，往往在接触西洋文艺后常表现出"恍然大悟"，称中国以往无"文学"或非"文学"，因而出现以新为是乃至以新斥旧的现象。

[作者单位：福州市教育局]

论现代师承关系与"五四"文坛派系的生成

——以章太炎、胡适、鲁迅为中心①

□高晓瑞

【摘要】 "五四"是反传统的时代，但作为传统人际关系的师承关系却仍旧作用于现代文人的聚合之中。凭借现代教育制度的革新，现代师父一方面能拥有传承学术思想的"及门弟子"，一方面又因在大学任教的身份成为青年学子的"导师"。现代师父的东西方双重学术背景，又使他们在面对"文坛导师"这样的身份和青年追随者时，保持着不同的态度。而及门弟子与追随者们在文坛中对师父的主张同声相和，以期在文坛立足，又形成以师父为中心的派系。从现代师徒关系的角度入手，或可探究传统文化对现代文人聚合模式的影响。

【关键词】 现代师承关系；现代师父；学术背景；文坛派系

一、"五四""师父"的双重身份

时代的进步离不开教育，教育的施行则离不开老师，在师承关系里，最重要的就是师父的作用与意义。"五四"时期由于教育制度的改革，传统私学里纯粹的师徒关系被学校里的师生关系逐渐替代，但任何事情的改变都是一个嬗变的过

① 基金项目：国家社会科学基金后期资助项目"师承关系与五四文学活动研究"（项目编号：22FZWB079），四川省社科规划青年项目"师承关系与中国现代文学制度的发生（1917－1927）"（项目编号：SC22C031），四川师范大学校级项目（文科）"文人门派传承与现代文学制度的发生研究"。

程，参与到师生关系中的个体的思想与行为就更值得推敲，因此在新旧交替的时代，被时代与使命感推到风口浪尖的文化大师们该如何处理好自己"师父"的身份，他们在聚拢招纳弟子时该采取何种方法，现代师承关系中的"师父"具有几种含义，就变得尤为值得探究。

"五四"时期是各种思想观念涌现的时代，伴随着新思想的冲击，标新立异的文坛大师们成为青年追逐的精神领袖。大师们开宗立派，在学术上成一脉风气，他们或靠新文学创作或靠丰富的经历使青年聚拢在其周围，而青年亦愿主动拜在大师门下，以期借助师父的名号获得进入学术界的"敲门砖"。就以对"五四"文学的发展做出巨大贡献的"章门弟子"而言，太炎先生的弟子如鲁迅、周作人、钱玄同等在"五四"时期风云一时，一旦获得"章门弟子"之谓，似乎就能进入这个团体获得同门的支持、学界的认可，即使是被批作"某籍某系"亦甘之如饴，因此就有很多人因仅仅听了一次演讲或得到先生一次指导就自称为弟子。虽然"真正有资格成为章门弟子的，首先应该是当年在日本听太炎先生讲学者，而且应该是那些基本上按时听讲者，而不是仅仅听过一两次者"①。太炎先生本人在晚年也曾编过一份"章门弟子录"，这份《弟子录》收录虽不全面，其人数"约计五十人左右"，却说明收录之人确为太炎先生较为认可的弟子，因此被文坛大师认可的弟子与自称是大师弟子的人是不能完全画上等号的。但从某种意义上讲，这也正显示了现代师承关系的特性，即现代师父拥有了双重身份。

由于近代私塾教育的逐渐式微与新式学堂的兴起，思想文化界的大师们常有到各大高校讲学的机会，由此便结下很多几面之师的师生关系，然而对于老师而言，他真正认同的却也只有长期受教，深受其思想浸染的学生。章太炎晚年曾想起自己的弟子们，他虽多授教于南方，但其影响力与弟子却遍布各地，现代教育制度一方面给了文化大师以展示自己的平台，使仰慕其学养的学子大大增加；另一方面亦因地域、时间的局限，使得真正亲密、继承其思想精髓的及门弟子数量减少。钱玄同曾给太炎师建议，"窃思三十年来，著弟子籍者甚多，但师讲学多

---

① 刘克敌、卢建军：《章太炎与章门弟子》，大象出版社，2010年，第118页。

次，异时异地，其同时受业者，已多散处四方，音书辽绝。至于时地不同者，彼此互睹姓名而不知为同门者盖甚夥。鄙意似宜先在南北大报上登一通告，属各人开列姓名、字、年岁、籍贯，何年在何处受业，现在通讯处，及现在在何处任事各端，并定一表格，使之照填，集成目后，刊《章氏弟子录》一册。如此不但便于通讯，且可使先后受业诸人互悉某某为同门，不知尊意以为然否？"①因此章太炎在《制言》上发表《通告及门弟子》，以期能聚拢章门弟子，效仿孔子及其弟子的美谈，文中称"余讲学以来几四十年，及门著籍，未易偻指，而彼此散处四方，音书辽绝、难收攻错之功。近余设教吴中，同学少年，金以集会为请。余惟求声应气，前哲所同，会友辅仁，流风未替。况余衰耄，来日无几，岁时接席，岂可久殊。因拟《草约》四条，以为集会之原则。凡我同人，如以此议为然，希于五月一日以前开示最近住址，以便通讯，共商进行之宜。章炳麟曰。附《会约四条》：一，由几门弟子组织一学会；一，每年寒假、暑假组织各举行大会一次；一，每次大会征集会员治学心得，发行会刊；一，会章由会员共订之"②。章太炎的这份告弟子书信，一方面是人到晚年希望了解自己弟子的去向，另一方面也是因为传统知识分子为人师表，对于一生所著所习所传的整理与回顾。

值得注意的是，章太炎在这篇书信里明确地区分了自己的弟子，即他所看重与希望重归膝下的仅是"及门弟子"，及门弟子是传统师承关系之下的"受业弟子"，从汉代始逐渐把行过拜师礼并登门去老师家里受教育的学生称为"及门弟子"，只有这些弟子才是受老师认可，并真正具备师徒关系与同门关系的。周作人于1950年也曾写下一篇《章太炎的弟子》，回忆称"章太炎先生的弟子很多，虽然有传闻其间有门人、弟子、学生三种区别，但照他老先生的性格看来，恐怕未必是事实。大概有些正是碰过头的，或者以此自豪，而同门中以时代先后，分出东京、北京、苏州几个段落来的也未始没有，不过实际上并无此等阶级，曾见苏

① 钱玄同：《致章太炎》，《制言》第 16 期，1936 年 5 月 1 日。
② 章太炎：《通告及门弟子》，《章太炎书信集》，马勇编，河北人民出版社，2001 年，第 946 页。

州印行的同门录，收录得很广"①。文中提及了章太炎自己回忆的弟子名录与坊间传闻的门生，言语之中却含蓄地指出章太炎所认可的弟子并非真如传闻中那么多，但反过来亦证明很多人自愿以位列章氏门生为荣的心理。

章太炎这种门生众多，及门弟子与门生、学生区分不明的状况实际反映了"五四"师承的一个侧面。由于现代教育制度的兴起，各高等学校纷纷成立，与现代学校和专业相匹配的是对老师数量的大量需求。然而"五四"同时也是个新旧思想并立、相互冲击的时代，坚守旧思想的饱学之士与留学西方的新型知识分子都拥有为数不少的支持者，因而他们几乎对等地占据了当时高校的课堂。就以"五四"前后的北大来说，新旧双方就几乎势均力敌，旧势力有以林纾为首的桐城派，新势力则有以章门弟子为主的浙派以及留学归来的胡适、陈独秀。因此就学生对教师思想的接受而言，自然不能说全然接受某一派的影响，甚至可以称新旧双方都是他们的老师，亦可把自己视作他们的弟子。有学者认为"随着现代学科的建立，原有的'师法'与'家法'，作用不太明显"②。其意是指现代教育制度下师徒关系的变化与师父对徒弟约束力的减弱。但反过来，恰巧因为新学堂的出现，使得大师们拥有了远超传统书院讲学的影响力和受众，因此在及门弟子之外，他们又拥有了很多思想观念上的追随者。

回顾"五四"文学的发生，我们甚至可以发现，章太炎、梁启超等第一代学者与弟子的相处模式与传统师徒关系基本相似，讲究及门弟子和师父对弟子的约束，而第二代学人如胡适、鲁迅、周作人等，与所谓弟子的相处上则类似"亦师亦友"的关系，并无过度地管束与强调观念相承，反倒有一些并无弟子称号的追随者自觉沿袭了他们风格与精神，例如文学研究会诸人在成立初期对于胡适的追随。因此现代意义上的老师还可以被称为青年人的模范或榜样，或是一种"知识权威"，他们依靠观念、理论或风格吸引一群青年追随身后，形成各异的现代文人

---

① 周作人：《章太炎的弟子》，《知堂集外文·〈亦报〉随笔》，陈子善编，岳麓书社，1988年，第91页。

② 陈平原：《中国现代学术之建立——以章太炎、胡适之为中心》，北京大学出版社，1998年，第17页。

群体。有学者曾称"在现代中国文学社团的运作中，知识权威乃是最根本的支撑"①，实际上不仅社团发展，就整个"五四"文学潮流来看，"师父"们所起到的作用也是非常可观的，很多社团的成员组成就是同门关系或同学关系，而他们因相似观念认同聚拢在一起便是倚赖了老师的影响。但不同于传统的是，一旦大师的观念被青年视作落后，那么青年们则会果断地抛弃导师另寻良师或另起炉灶。

由此观之，并不能认为传统的师承在"五四"时期因新文化的冲击而逐渐失去作用，它只是随着时代与教育制度的变化生成了新的形式。在老一辈的引导者如章太炎那里，师承关系还基本类似于传统师承，清晰地区分及门弟子、门生与学生。但第二代学人如胡适、鲁迅的师承关系则衍变成了"导师"与"知识权威"的模式，师徒间不再有伦理的约束，徒弟甚至可以任意反驳师父的观点，形成自己的观念主张，"五四"时期的师承关系也基本属于这种形态。所以回顾"五四"，它除了思想观念上的反传统，实际上在人员聚合、文人群体等关系上，并未完全抛弃传统的模式。师承关系就以一种新的形式参与到了"五四"文学的建设之中，并对其各方面的发生发展产生了巨大的影响。

二、师父的思想来源与知识构成

在考察传统师承关系在"五四"时期形成方式的变化后，需要思考的还有现代师父所拥有的思想来源，以及他们的知识背景是如何影响其观念构成和对师门传承的态度。"五四"的弄潮儿们形成自己的学术观与世界观的时间远早于"五四"发生的时期，因为时代的缘故，他们既在年幼时接受过传统私塾教育，青年时期又抱着实业救国的理念出国留学，因此在他们的成长中接受了两种不同体系的教育模式。王富仁曾指出留学生为中国20世纪文化发展做出了巨大贡献，甚至可称为

---

① 朱寿桐：《中国现代社团文学史》，人民文学出版社，2004年，第29页。

"留学生文化"①，因为"五四"时期活跃于文坛引领潮流的大师们多有留学国外的经历，一方面留学经历给了他们接受各种外来思想的机会，另一方面留学也带给他们不同于传统私塾教育的学习体验。虽然新型的知识与教育让他们回国后在各个领域做出了巨大贡献，但我们依然不能忽略传统教育作为孕育大师人格温床的作用。所以考察现代师父的知识构成，探究中西文化对其人格心理、行为习惯，以及师承观念等各自不同的影响，思考他们会形成哪些师徒群体的特质，这是需要探讨的。

首先是传统私学构成了文坛大师的学术基础。"五四"时期文化大师鲁迅、周作人、胡适、丰子恺、钱穆等人都有在家塾、私学受教的经历，传统先生的严苛与他们自己的勤奋自修奠定了他们一生治学与做人的基础。"晚清学校教育起源于'洋务运动'，以培养实用型的人才为目标……中国现代学校教育的标准化、模式化、功利性使其无法全盘承担起传统私学所负担的教书育人的角色，所以私学在其时代仍在发挥其不可替代的作用。"② 西式教育制度的引入确实在很多方面给中国带来了巨大的改变，例如对教育的普及以及科技教育的振兴，但是作为有着深厚文化的古国，西方的意识形态与技艺并不能完全指引中国文化的新走向，也无法适应中国知识分子和谐内外、自我修养与救国救民的精神需求。因此传统私学虽已慢慢退出历史舞台，但它对新旧两种教育制度交替时期的知识分子仍旧起着重要的作用。以鲁迅为例，早年在三味书屋读书时的寿镜吾老先生就对其有巨大的影响。"三味书屋"之"三味"意属典故，"据说古人有言，'书有三味'，经如米饭，史如肴馔，子如调味之料"③，由此可见古人对经史子集在文化史中地位、功能的不同定位。但是寿镜吾先生对"三味"却有自己的解释，其孙寿宇曾称"祖父对'三味书屋'含义的解释是'布衣暖，菜根香，诗书滋味长'……'布衣暖'就是甘当老百姓，不去当官做老爷；'菜根香'就是满足于粗茶淡饭，不向往于山珍海味的享受；'诗书滋味长'就是认真体会诗书的深奥内容，从而获

---

① 王富仁：《王富仁自选集》，广西师范大学出版社，1999年，第63页。
② 耿传明：《鲁迅与鲁门弟子》，大象出版社，2010年，第59页。
③ 鲁迅：《从百草园到三味书屋》，《鲁迅全集》第2卷，人民文学出版社，2005年，第292页。

得深长的滋味"①。这种解释为寿老先生的"三味书屋"增添了几分反传统的意味，也说明其教育理念并不以培养学生做官为目的，而以教学生明理、克己、静心、谨行为上。鲁迅少年时期即在三味书屋受教三四年，可谓处在人生观价值观初步形成的时期，老先生宣扬的这种传统的人格教养对鲁迅厌恶官场、潜心学问等清高、淡泊的个性有深刻的影响。至于日常学习，寿老先生虽然严格却对鲁迅资质非常认可，"鲁迅在塾，自恃甚高，风度矜贵，从不违反学规，对于同学，从无嬉戏谑浪的事，同学皆敬而畏之。镜吾公执教虽严，对鲁迅从未加以呵责，每称其聪颖过人，品格高贵，自是读书世家子弟"②。寿镜吾先生一生执拗、固执、保守，反对科举为官，却对教书育人保有近乎偏执的坚持。鲁迅虽为新文学的斗士，但日常相处亦给人老派读书人印象，在教育部工作也不愿攀附权贵，忆起寿老先生时也不因其守旧而持批判态度，反倒更多是尊重。从鲁迅与寿镜吾父子的交往可以发现，所谓"新旧阵营"之间的对立与冲突实际并不如想象的激烈，反倒因为人际交往而多了包容、暧昧与交缠。鲁迅日后的人格、思想、品味来源于传统教育，显示了"现代"之于"传统"的继承，而寿镜吾父子与鲁迅的交往，则暗含着"传统"对"现代"的包容，从这个角度看，传统的教育对"五四"文学大师的影响主要在人格教育和精神气质方面，这也意味着师承关系并未因为反传统的盛行而退出历史的舞台，反而以精神传承的方式继续存在，这种现象非常值得深思。而重视"五四"时复杂的师承模式，这不仅可以让我们走出简单的二元对立论，更可意识到师承关系在连接传统与现代观念上所起到的作用，甚至可以从人际交往、人物心态等方面发现"五四"文学史的另一种叙述方式。

　　其次，留学西方也给了这一代知识分子全新的体验，深切地改变了他们对社会、个人乃至文化的认知。从实际影响来说，最大的现象就是中国知识分子拥有了很多的外国师父，譬如杜威之于胡适，白璧德之于学衡诸人，或是泰戈尔之于

---

①　耿传明：《鲁迅与鲁门弟子》，大象出版社，2010年，第63—64页。

②　寿洙邻：《我也谈谈鲁迅的故事》，《鲁迅回忆录（散编）》上册，鲁迅博物馆、鲁迅研究室选编，北京出版社，1999年，第4页。

冰心、宗白华。留学经历一方面带给他们西方的生活体验，让他们对西方的社会模式、教育制度甚至是人与人的相处模式推崇备至，另一方面影响他们的则是各式各样的文学思潮，让他们在回国后纷纷打起西方师父的旗号吸引自己的追随者。因此，传统的教育影响了"五四"大师的精神内蕴与人格气质，那么西方文化带给他们的则是观念与认知上的变化。就以师徒的相处模式来看，西方就比中国要轻松很多。胡适在美国留学期间，曾接受过康奈尔大学附近很多基督教家庭的接待，"对一个外国学生来说，这是一种极其难得的机会，能领略和享受美国家庭、教育，特别是康大校园内知名的教授学者们的温情和招待"①。在日常的相处中，胡适既感受了西方人的治学观念，又理解到"一般美国人民和那些我所尊敬的师长们的私生活，特别是康福教授对我的教导，使我能更深入的了解和爱好圣经的真义"②。这种师徒间亲密平等的相处在中国是不存在的，胡适的这种体验影响了他对教育以及师徒相处模式的看法，这种观念也延续到了他与自己弟子的相处之中。当然构成现代师父之所以"现代"的因素还在于其浸染的西方自由民主精神，其深刻地冲击了中国知识分子的价值系统。在"五四"的反传统运作过程中，西方文化尤其是自由主义关于自由、平等、民主等理论与实践始终是重要的参照坐标，充当着反传统合法性的理论资源。而就"五四"文学反传统主要的成就来看，"从1917年开始到1919年五四运动爆发，这两年多时间，《新青年》反儒家的火力集中在家族制度和妇女解放两大问题上"③。譬如陈独秀就在《东西民族根本思想之差异》里对家族制度进行了严厉攻击，"西洋民族以个人为本位；东洋民族以家族为本位。西洋民族自古迄今，彻头彻尾个人主义之民族也……国家之祈求，拥护个人之自由、权利与幸福而已……东洋民族……以家族为本位，而个人无权利。一家之人听命家长……欲转善因，是在以个人本位主义易家族本位

---

① 胡适：《胡适口述自传》，《胡适文集》（第1卷），北京大学出版社，1998年，第202页。
② 胡适：《胡适口述自传》，《胡适文集》（第1卷），北京大学出版社，1998年，第204页。
③ 余英时：《中国现代价值观念的变迁》，《中国思想传统及其现代变迁》，广西师范大学出版社，2004年，第57页。

主义"①。把矛头直接对准了三纲中的父子、夫妇两纲。从第二卷第六号起,《新青年》更是开辟了"女子问题"专栏,让当时受过高等教育的妇女从女性角度提出妇女解放的诸多问题,以上讨论在当时社会上引起轩然大波。但值得注意的是,"五四"反传统并非彻底的反传统,而是有限的有选择的反传统,在新文化运动发起者的认知中,西方文化中的民主自由传统孕育了西方现代思潮,使之在精神文化领域站在世界的前端。而中国受制于传统伦理的束缚,虽有辛亥革命推翻了帝制,但束缚依然存在于现存的制度、信仰、价值观念和行为方式等各个领域,人们的社会行为仍然被无形地控制,约束着他们的价值观、道德观、审美观,并转化为他们的行动指南,阻碍着历史的进步。所以必须从思想界发动一场革命,清除传统伦理对国民和社会的影响与危害。

值得思考的是,师承关系也是传统伦理关系的一种,师徒之间亦有着如君臣如父子般的等级与地位差异,而在反传统的"五四"时期,被批判的儒家制度却似乎只局限在了君臣、父子、夫妇之间,而师承关系却被保留了下来。或许是因为"五四"时被青年所认同的师父自身就是深受西方观念影响的时代弄潮儿,他们文化背景的转换使之不能把批判的矛头对准自身,在新观念的传播中,他们亦需要青年来传承新思想。因此师承关系被批判与否的关键在于师父的观念主张,现代的师承关系也就因为涉及新旧两方势力不能一以盖之而有了存在的合理性。总体来看,西方的学术背景影响的是现代师父的文化观念,即他们该通过何种理论从文学观念上来改变传统文化。另一方面,师承关系只是被传统赋予了如同君臣父子般的尊卑地位,但"如同"并不等于"是",与约束人伦的血缘、家族、夫妻关系相比,师承关系更像是一种传承的手段、方法或形式,任何时代、任何知识或技巧都需要后辈的继承,有传承就会有师徒,因此"五四"反传统却不反师承亦有其独特的内在原因。

综上所述,现代师父因处于时代大变革中而同时受到中西两种文化的教育和

---

① 陈独秀:《东西民族根本思想之差异》,《青年杂志》第一卷第四号,1915 年 12 月 15 日。

浸染，因此他们的文化心理与观念主张也就呈现出双重性。一方面现代师父大力借助西方观念批判传统伦理观念与道德，另一方面他们传承自己思想与聚拢追随者的方式又是通过传统的师承关系，师承关系作为一种重要的人际关系，就在这个敏感的时代更替的"五四"时期显现出巨大的作用。它的被认可既是因为现代师父思想的西化，同时也因为它是文化传承必不可少的载体，任何思想的发展与进步皆需要后人的传播，从这个角度看，如何看待同样产生于传统伦理中的师承关系与家庭关系、夫妻关系的不同命运仍是值得深究的问题。

三、师门派系的生成方式和途径

既然现代的文化大师拥有师父与"知识权威"两种身份，他们的知识构成也较传统师父多了西方文化背景，那么他们生成自己派系的方式又该具备哪些新的特点，又会受到哪些因素的制约？现代师父对师门派系的形成大致有两种态度，一是有意为师，并且利用在大学任教的机会，靠个人学识吸引学生并形成一脉具有相似观念的文人群体，如胡适所说的"每以为今日祖国事事需人，吾不可不周知博览，以为他日为国人导师之预备"①，因而形成以胡适为首的胡门弟子；二是无意为师，却因在文坛上拥有盛名，使得青年心向往之，在创作与理论上都模仿大师，后来通过加入大师所在的社团或主持的报刊，或是在同一个地方任教等形式与大师结成师友关系，如鲁迅与未名、狂飙诸人以及李叔同与白马湖文人群。以往论及文人群体，通常会用社团、流派甚至是社群等概念来描述，意图找出其在文学风格或是文学观念上的共同点，然而对他们为何聚合、人际关系与交往等问题则相对忽略，即只是把一群人视作生产观念或创作的集合体，而忽略了他们的日常交往、师徒关系甚至是喜怒哀乐等个人因素对其聚合的作用。文学的创作与生产不仅涉及观念的发生，它的根本更应落到具体的人身上，而个人有个人的风格，每个大师也有结成自己派系的方式，从师承关系入手，或亦可发现"五四"

---

① 胡适：《胡适日记全编2（1915—1917）》，安徽教育出版社，2001年，第158页。

文人群体的另一面特征。

现代大师拥有自己的弟子及追随者最便捷的途径便是在大学任教。自现代教育制度改革以来，各高等学校纷纷成立，然"吾国各学校之设备，尚不完全，亦不能悉得适当之教员；毕业之学生，仍不能与外国同等学校毕业生相较"①，为培养更多的青年，适应各行业对具备专业技能的人才的需求，各高校便开始扩大对受过高等教育以及留学国外的知识分子的聘请，以期借助其能力影响更多的青年。胡适在"五四"前夕留学美国时，就曾和几个青年学生一起讨论得出了"白话文学工具"的主张②，1916 年年底尚在美国留学的胡适，将其整理好的《文学改良刍议》的文稿寄给了陈独秀主编的《新青年》并发表在第 2 卷第 5 期上，这是倡导新文学革命的第一篇文章，也使新文学的发展迈出了艰难的第一步。新文学革命如燎原之火愈演愈烈，而胡适也因此"暴得大名"，成为新文化运动的领袖，在国内青年中声望颇高，蔡元培有意聘请其于北大讲学，"孑民先生盼足下早日回国，即不愿任学长，校中哲学、文学教授俱乏上选，足下来此亦可担任"③。胡适任教北大后，作为皖人竟在一群浙籍教授中占一席之地，并把其自留学以来"好为人师"的愿望进行实践，可谓不凡。然胡适的学术之路一直在博与精之间徜徉，金岳霖、梁漱溟等人就曾对其哲学或宗教研究提出过质疑④，但就以"五四"时期为例，胡适所做的研究就涉及史学、哲学、禅宗等领域，跟随胡适并在文坛有一席之地的弟子便有傅斯年、顾颉刚等人。论及胡适聚拢弟子的方式，除了其有意为之想以一己之力指引青年的走向，另一方面也归功于其留学经历与人格魅力。中国传统文化历来有尊重先贤之传统，旧时先生给学生授课也遵循传授为主的方式，然而胡适刚从美国留学回来，较之传授更加注重方法的启迪，对知识整体系统的把握与主观的评价亦能给学

---

① 蔡元培：《北京留法俭学会预备学校开学式演说词》，《蔡元培全集》（第 3 卷），中华书局，1984 年，第 52 页。

② 胡适：《中国新文学运动小史》，《胡适文集》（第 1 卷），北京大学出版社，1998 年，第 125 页。

③ 《陈独秀致胡适信》，《胡适来往书信选》上册，中华书局，1979 年，第 6 页。

④ 参见陈平原：《中国现代学术之建立——以章太炎、胡适之为例》，北京大学出版社，1998 年，第 156 页。

生耳目一新之感。顾颉刚在北大听胡适的课就曾有这种感觉，"胡先生讲得的确不差，他有眼光，有胆量，有裁断，确是一个有能力的历史学家。他的议论处处合于我的理性，都是我想说而不知道怎样说才好的"①。顾颉刚还说服在北大已小有名气的好友傅斯年一起去听胡适的课，最终傅斯年也完全同意顾颉刚的说法，深深为胡适的魅力所折服，在后来的学问之路上亦随胡适投入到史学研究领域中。胡适与其弟子结缘是因为大学课堂，表现出现代师承关系重观念追随而轻旧式拜师礼仪的特点。傅斯年先为黄侃高足而后转投胡门，黄侃是章太炎大弟子，旧学基础非常丰厚，可"胡适的新观点和新方法便恰好在这里发挥了决定性的转化作用。他能把北大国学程度最深而且具有领导力量的几个学生从旧派教授的阵营中争取了过来，他在中国学术界的地位才坚固地建立起来了"②。

也有一类文坛大师是被动成为导师，如鲁迅就对导师一词保持了怀疑与疏离。胡适作为新文化运动的领袖之一，并且任教于北大，受到青年们的拥戴是正常的，而且胡适向来也不回避自己对青年负有"导师"责任的愿望。然而在鲁迅看来，当时社会状况复杂，后又逢女师大风潮的兴起，于是当"胡适等人摆出'导师'的面孔，妄图把青年引上脱离革命，脱离现实斗争的邪路"③ 时，鲁迅觉得自己有必要告诫青年不要寻导师，"青年又何须寻那挂着金字招牌的导师呢？不如寻朋友，联合起来，同向着似乎可以生存的方向走……问什么荆棘塞途的老路，寻什么乌烟瘴气的鸟导师！"④ 直接把"鸟导师"的骂名投向胡适。然而这种态度也并不能说明鲁迅对"导师"的完全否定，与胡适一样同为新文学运动领导的鲁迅又将如何看待青年对他的崇拜与模仿？鲁迅虽不喜"导师"之名，却依然协助成立了几个文学社团，在"五四"时期，一种思想或观念若要形成声势，最好就是能跟随某文坛领袖，形成以鲜明口号为标志的文学社团。鲁迅主导下的莽原社、

---

① 顾颉刚：《我与古史辨》，上海文艺出版社，2001年，第40页。
② 余英时：《中国近代思想史上的胡适》，《重寻胡适历程：胡适生平与思想再认识》，广西师范大学出版社，2004年，第189页。
③ 鲁迅博物馆，鲁迅研究室编：《鲁迅年谱》（第2卷），人民文学出版社，1981年，第204页。
④ 鲁迅：《导师》，《莽原》周刊第4期，1925年5月15日。

未名社便是如此，"在"五四"后的低潮时期坚持'思想革命'的启蒙主义旗帜，在文学创作和翻译领域都留下了不可忽略的收获"①，这些由青年组成的社团与鲁迅的帮扶与培养是分不开的，鲁迅虽不喜"导师"之名，为青年做的却有"导师"之实，甚至也不太厌恶被视作领袖或是权威。为表对师父的仰慕与尊崇，莽原社的韦素园为鲁迅制作了一个"思想界权威"的广告登在报纸上，然而同在莽原社的高长虹却称"看了真觉'瘟臭'，痛惋而且呕吐。试问，中国所需要的正是自由思想的发展……然则要权威者何用？"② 因此，高长虹见到鲁迅时，便把这看法说了出来。而鲁迅呢，先是"默然"，然后说道"有人——，就说权威一语，在外国其实是很平常的！"而高长虹称"我那时也默然了"③。高长虹与鲁迅之间的交恶以及交恶对他们的影响此处不必深谈，然而鲁迅对高长虹此举异常愤怒，在《语丝》上发文称其行为是"新的世故"，暗示是因为不再帮助高长虹等人，"于是'绊'矣"④。是非曲直、孰是孰非学界一直以来都有讨论，然而鲁迅的反击却可以看出一点，即他确是在过去帮助过狂飙社诸人，相较于莽原社的主创作与未名社的重翻译，狂飙社的气质实际上是与鲁迅最为接近的，是其新的"战友"，符合他对超人、精英、天才的期盼，因此鲁迅总把狂飙诸人视作最亲近的学生来对待，也对其成长做出了巨大的作用。从不愿做导师到因培养青年而被称为"知识权威"再到与弟子反目，鲁迅的为师之路可谓一波三折，师徒间的龃龉甚至影响到了他们此后的创作与观念。

当然"五四"时期师徒关系的聚合并不只有胡适、鲁迅这两种模式，除在大学任教与盛名于文坛能吸引弟子之外，还有其他因工作单位相同而产生的文人聚合以及师徒关系，如李叔同之于白马湖文人群。有学者曾对此文人群体有过详细论述，认为虽然其主要成员都同时属于文学研究会成员，而且大部分人如朱自清、

---

① 耿传明：《鲁迅与鲁门弟子》，大象出版社，2011年，第252页。

② 高长虹：《走到出版界——1925，北京出版界形势指掌图》，《鲁迅和他的论敌文选（上卷）》，李富根、刘洪主编，今日中国出版社，1996年，第311页。

③ 高长虹：《走到出版界——1925，北京出版界形势指掌图》，《恩怨录：鲁迅和他的论敌文选（上卷）》，李富根、刘洪主编，今日中国出版社，1996年，第312页。

④ 鲁迅：《新的世故》，《语丝》第114期，1927年1月15日。

丰子恺、夏丏尊、刘延陵等人皆在宁波任教，叶圣陶、俞平伯、郑振铎等人也常来此讲学，但其文学创作主要在于散文方面，且多为风格冲淡的散文，与文学研究会主张并不完全相同，所以虽有人员上的交叉，却也应该视作独立的文人群体，归于这个群体的人，则"至少应符合两项基本条件：一是需领受过白马湖实际的湖光山色，且彼此间应有文化上的互动；二是需有接近白马湖冲淡朴实、清丽自然风格的文学表现"①。在谈论白马湖文人群是如何形成的研究中，现有成果大多把视角投向了浙江一师学潮、春晖办学的需求、地域人文的熏染等具体的事件或环境的影响上，对于人与人之间的相互影响却相对忽略。笔者认为，白马湖文人群拥有类似的创作风格，实际上并不仅限于环境的影响，或是对某人创作风格的趋同和模仿，这一群人的聚合，既有环境的熏陶使然，更有他们所共同敬重的精神大师的影响，更有趣的是，对这群人的性格、观念以及创作走向造成影响的却不止一人，反而是在几位大师不同层面的耳濡目染中共同形成的。例如弘一大师李叔同，从文学创作的意义上讲，称他为白马湖畔的一员并不恰当，但来到这里的人却无一不受其佛缘及其弟子丰子恺的影响。朱光潜来到白马湖畔后就曾敏锐地察觉，"当时一般朋友中有一个不常现身而人人都感到他的影响的——弘一法师"②。与弘一法师相识后，更是感念其"以出世精神做入世事业"③的行为，并把这作为自己终身弘扬的目标。夏丏尊更是常对学生说，"李先生教图画、音乐，学生对图画、音乐，看得比国文、数学等更重。这是有人格作背景的缘故。因为他教图画、音乐，而他所懂得的不仅是图画、音乐；他的诗文比国文先生的更好，他的书法比习字先生的更好，他的英文比英文老师的更好……这好比一尊佛像，有后光，故能令人敬仰"④。其弟子丰子恺更是在他的影响下把重心从文学转向艺

---

① 张堂錡：《白马湖作家群论稿》，复旦大学出版社，2014年，第6页。

② 朱光潜：《丰子恺先生的人品与画品》，《朱光潜全集》（第9卷），安徽教育出版社，1993年，第154页。

③ 朱光潜：《以出世的精神，做入世的事业》，《朱光潜全集》（第10卷），安徽教育出版社，1993年，第525页。

④ 丰子恺：《悼丏师》，《丰子恺散文全编（下）》，丰陈宝等编，浙江文艺出版社，1992年，第156页。

术与绘画，最后甚至皈依佛门。

虽然从严格的师承上讲，真正得弘一法师真传的惟有丰子恺、刘质平几人，夏丏尊、匡互生等人亦是在长期的共事中才逐渐领略其精神，可恰是这种从同事到同道的衍变，使他们几个形成了一个合力，他们对教育的理念，对远离喧哗的追求以及地域文化的熏陶，都深深地影响着来到这里的人。而对于郑振铎、沈雁冰等一帮新文学弄潮儿来讲，暂时的回归平静也能让他们在浮躁的文学论争和一场场文学运动中找到真正想走的方向，丰子恺曾说"我觉得上海虽热闹，实在寂寞，山中虽冷静，实在热闹，不觉得寂寞。就是上海是骚扰的寂寞，山中是清净的热闹"①。清净的自然风光与追求实干、不愧于人的目标结合在一起，形成了白马湖文人朴实无华、踏实求真的人文风格，这种影响甚至延伸到后来开明书店的创办和所谓的"开明派文人"身上。换言之，从"春晖"到"立达"再到"开明"，参与其中的成员不断增多，有最初白马湖畔的几人，亦有从"五四"文学浪潮中退下来的弄潮儿，他们在此把文学理想与实际的工作结合在一起，不再着眼于小部分人的得失与名气，却更为在意人文精神的传达，从这个意义上讲，他们的实绩显示着"五四"知识分子在时代浪潮与文学改革冲击之下，最终归于可守可为的岗位的选择，以默默耕耘的精神把新文化运动的精神传递给学子，相比起空中楼阁的激昂澎湃，他们的行为也愈发可敬。

综上所论，师承关系发展到"五四"时期较过去确有了巨大的变化。首先是师徒相处模式的变化，弟子和师父的相处与探讨更如朋友般的相处，不再如传统规范中父亲对儿子的道德约束。其次是师徒关系的生成模式，从过去的弟子寻名师变为现在的"双向选择"模式，弟子因对文坛大师观念的认同而去追随，大师因需要扩大队伍而培植弟子形成文学社团。再次，由于"五四"时期的师承实际上更注重的是"师法"，既学习某种理论或思想，而"五四"处思潮激变之时，更弥漫着一股反权威、反偶像的风气，未受过系统学习的青年极易改变自己的观念，

① 丰子恺：《山水间的生活》，《丰子恺散文全编（上）》，丰陈宝等编，浙江文艺出版社，1992年，第12页。

转而批判师父的落后甚至转投别门，师父的威权不复存在。但不论师承关系如何转化，它依旧潜移默化地存在于现代知识分子的骨血中，对其思想、行为乃至选择都有着巨大的影响，参与到他们对"五四"文学的建设当中。

［作者单位：四川师范大学巴蜀文化研究中心　四川师范大学文学院］

20世纪30年代中国左翼乡土小说政治与审美的轩轾与平衡①

□田　丰

【摘要】　左翼文界一直有着重视文学审美价值的呼声，也得到左翼乡土小说家的热烈响应，并由此形成有着丰富政治内涵的审美特质。毋庸置疑，左翼乡土小说确然是色彩鲜明的政治化写作，但这并非意味着左翼乡土小说家为了政治而全然忽视小说的审美表现。左翼乡土小说中在对农民进行革命动员时不再单纯借助启蒙美学引导和启发农民的革命意识和斗争精神，而是更多侧重依托政治美学来进行政治鼓动和革命动员。他们在小说文本中揭示出血与火的时代里农民革命意识的觉醒及其英勇顽强的抗争精神和革命意志，将力与美结合在一起，呈现出鲜明的时代特质和审美表征。

【关键词】　左翼乡土小说；政治审美；审美政治；启蒙美学；政治美学

新时期以来在去政治化的时代思潮冲击下存在着刻意贬抑左翼乡土小说而推崇京派乡土小说的倾向，表面看来是用"审美"取代了"政治"，但在此种审美转向的背后却也深藏着另一套政治话语。正如有论者所指出的那样，所谓去政治化的理论倡导者其实"仍然是政治标准第一"②，当文学作品在政治思想倾向上符合

①　基金项目：本文为国家社科基金后期资助项目"中国左翼乡土小说的多元化研究"（项目编号：20FZWB030）阶段性成果。
②　王世德：《论政治与审美》，《高校理论战线》1992年第1期。

其要求时就从审美标准上给予肯定，如果不符合便从审美标准上予以否定。由此造成一种认识上的误区，仿佛作家越是远离和淡化文学的政治色彩便越能使其作品带有强烈的审美特质，否则就可能因被贴上政治的标签而随着时代转换弃之如敝屣。然而，无论是自由主义也好，还是浪漫主义也罢，作家越是刻意远离一种政治反倒越有可能接近另外一种政治，没有一丝一毫政治意识形态印痕的作品只能是一种不切实际的幻想。倾心于京派乡土小说审美描写的批评家并非就毫无政治功利目的，在他们的审美批评背后依然有着特定的政治目的和价值倾向。事实上，左翼文界在左翼十年期间也一直有着重视文学审美价值的呼声，也得到左翼乡土小说家的热烈响应，并由此形成带有鲜明政治色彩和政治内涵的审美特质。

一、在政治和审美之间重建平衡

毋庸讳言，早期革命文学的确有着过于强调政治而忽视审美的弊病，由于秉持的是极端功利主义的文学观，革命文学倡导者往往将文学视为政治的附庸，看重的是其可以充当革命动员和政治鼓动的工具功能，"留声机论"便是其极致化表现。片面强化文学政治功能的弊端使得文学丧失了自身的独立性和自主性，陷入政治一元论的误区中，从而让政治话语完全凌驾在文学话语之上。郭沫若在《新兴大众文艺的认识》一文中就说过："大众文艺的标语应该是无产文艺的通俗化。通俗到不成文艺都可以。"[①] 普罗文学家在苏联和日本左倾激进思潮以及中国共产党党内左倾路线影响下，大都有着强烈的革命罗曼蒂克情绪，片面强调文学作为武器的艺术的政治功用而忽视了文学的审美价值，由此致使政治与审美严重失衡，在小说文本中存在着标语化、概念化和公式化的弊病。钱杏邨对于革命文学中存在的此种弊病并不否认，承认"标语化与口号化，是必然的事实"[②]，但他认

---

① 郭沫若：《新兴大众文艺的认识》，《文艺大众化问题讨论资料》，上海文艺出版社，1987年，第12页。

② 阿英：《冯宪章的诗》，《阿英全集》（第1卷），安徽教育出版社，2003年，第226页。

为"这些口号就足以代表现代革命青年的苦闷"①，因此标语口号文学不仅在现阶段是需要的，而且其前途"是比任何种类的文艺更有力量的"②。郭沫若更是宣称他不必一定做个诗人，还非常乐意做个"标语人"和"口号人"③。一时间在革命文学中标语、口号满天飞，常常有大段的宣传和叫喊文字，不仅生活实感严重不足，少有真实感人的生动细节，而且人物描写也是脸谱化，缺乏鲜明的个性，"作品的最拙劣者，简直等于一篇宣传大纲"④。由此导致的严重后果是革命文学因缺乏审美性而失去撼人心魄的艺术魅力，最终反过来又削弱了政治功能。

然而特别值得注意的是，也并非所有的革命文论家都无视文学的审美属性，只不过他们是从政治角度来讨论审美的，认为"在阶级社会里面，真、善、美同是反映阶级意识底总和"⑤，因而必须将革命文学的审美功能置于政治意识形态统摄之下。成仿吾所列出的革命文学公式即是"（真挚的人性）＋（审美的形式）＋（热情）＝（永远的革命文学）"⑥。王独清虽然明确说过"文学家是政治斗争的代言人"⑦，但同时他也认识到当时的普罗文学作品在文学技巧和力量表现上都有着明显的不足。钱杏邨在极力推崇蒋光慈革命文学作品的同时，也指出他还需要"在技巧方面多多的修养"⑧。此外，沈起予撰文指出艺术运动和政治运动合流的根本目的是要"以艺术底力量来启示读者大众"，因而创作出的作品不能是政治论文和说教文章，而是"必须具有真正底艺术性"，这才是"普罗列搭利亚艺术底途

---

① 阿英：《冯宪章的诗》，《阿英全集》（第1卷），安徽教育出版社，2003年，第226页。

② 阿英：《前田河广一郎的戏剧——读了〈新的历史戏曲集〉以后》，《阿英全集》（第1卷），安徽教育出版社，2003年，第170页。

③ 郭沫若：《我的作诗的经过》，《质文》1936年第2卷第2期。

④ 茅盾：《关于"创作"》，《茅盾全集》（第19卷），人民文学出版社，1991年，第278页。

⑤ 克兴（傅克兴）：《评驳甘人的'拉杂一篇'——革命文学底根本问题底考察》，《创造月刊》1928年第2卷第2期。

⑥ 成仿吾：《革命文学与他的永远性》，《革命文学论》，泰东图书局，1930年，第140页。

⑦ 王独清：《世界新兴文学底基调》，《独清文艺论集》，光华书局，1932年，第75页。

⑧ 钱杏邨：《蒋光慈与革命文学》，《现代中国文学作家》（第1卷），泰东图书局，1928年，第186页。

径"①。沈起予实际上对革命文学提出了较之一般文学更高的要求，既要有正确的革命意识和政治倾向，同时又要有较高的艺术水准和审美价值。

为了纠正早期革命文学中存在的标语化、概念化、公式化的弊病，同时也为了给左翼文学以正确的理论指导，在鲁迅和冯雪峰等人大力推动下将普列汉诺夫（一译蒲力汗诺夫）和卢那卡尔斯基的很多重要论著都翻译过来。普氏和卢氏在关注文艺的政治倾向和社会功利性的同时都特别重视文艺的审美属性。卢氏认为文艺"不但要有用而便利"，还要"令人喜悦"②；"一切露出的思想，露出的宣传"③都是失败的。普氏也强调要将政治和审美有机地融合在一起，政治功利意图必须潜藏在文学审美之中，同时他认为在"美底愉乐的根柢里，倘不伏着功用，那事物也就不见得美了"④。鲁迅和冯雪峰等人对于普氏和卢氏著作的译介在当时引起广泛而热烈的反响，促成一个"好读蒲力汗诺夫和卢那卡尔斯基的时代"⑤，对左翼乡土小说创作产生了积极的影响。

左翼乡土小说家张天翼就曾撰文指出所谓艺术价值"是看这艺术作品是于你有利与否，能取乐于你与否而估定的"⑥，可见他是以能否引发起读者的阅读兴趣和情感愉悦作为审美判断标准的，与卢氏的观点十分相似。

茅盾对文学政治性和革命性的强调可以说是一以贯之的，1922年他在《文学与政治社会》一文中就曾说过文学作品趋向政治和社会是有内在原因的，在1933年所作的评论《关于〈禾场上〉》中他进一步强调指出作家只有获得新的宇宙观

---

① 沈起予：《艺术运动底根本概念》，《创造月刊》1928年第2卷第3期。

② ［苏］卢那卡尔斯基：《艺术与产业》，鲁迅译，《鲁迅译文全集》（第4卷），福建教育出版社，2008年，第210页。

③ ［苏］卢那卡尔斯基：《关于马克斯主义文艺批评之任务的提要》，鲁迅译，《鲁迅译文全集》（第4卷），福建教育出版社，2008年，第380页。

④ ［俄］蒲力汗诺夫：《〈艺术论〉序言》，鲁迅译，《鲁迅译文全集》（第5卷），福建教育出版社，2008年，第153页。

⑤ ［日］芦田肇：《鲁迅、冯雪峰对马克思主义文艺理论的接受（一）》，张欣译，《中国现代文学研究丛刊》1993年第2期。

⑥ 张天翼：《〈北斗〉杂志社文学大众化问题征文》，《文艺大众化问题讨论资料》，上海文艺出版社，1987年，第150页。

与人生观才能彻底摆脱旧写实主义的束缚，但与此同时他又明确反对把文艺作为政治和思想的宣传工具。应该说，茅盾的此种观念在左翼乡土小说家中是有着一定代表性的，而这与普罗文学时期革命文论家的观点有着明显的区别。

左翼乡土小说家无疑是有着鲜明的政治倾向的，他们大都有过实际的革命工作经历，其作品也基本上是在中国共产党的思想指导和左翼政治意识形态影响下创作完成的，其创作宗旨则是为了响应和配合当时中国共产党领导的轰轰烈烈的土地革命。然而深究其实，左翼乡土小说家注重文学的社会责任和政治功能却并非单纯出于政党命令或政治规训，而是依然保有着较为广阔的创作空间和创作自由。

第一，左翼乡土小说家大都经受过传统文化的浸润和滋养，使得他们能够承续中国古典文学优良传统的影响。

中国的第一部诗歌总集《诗经》就既有道德政治的实际功用，同时又有着深广的审美内涵。春秋时代的赋诗活动也是如此，兼具政治和审美的双重功能。中国文学自古以来就有着"兴观群怨"以及"事父""事君"的政治教化功能和政治意图，《毛诗序》中就强调诗歌在讲究诗美的同时还要起到"经夫妇，成孝敬，厚人伦，美教化，移风俗"的社会作用和政治功效，从而将诗歌政治化、历史化，形成诗歌的美刺传统，建构起中国古典文学的美学规范。左翼乡土小说家在潜移默化间继承了中国古典文学同时注重审美和政治的这一优良传统，在不致过分损害文学的审美特质的同时来传达革命意识，实现其政治功能。

第二，在左翼十年间中国共产党的工作重心是从事武装斗争和开展土地革命，文艺工作并未引起足够的重视，因而左翼乡土小说家有着较为充足的创作自主性。

虽然瞿秋白、阳翰笙等人代表中国共产党党组织对左翼文界进行过工作指导，但总体上仍如冯雪峰所说的那样当时在上海的党中央是通过缺乏政治斗争经验的年轻党员来执行党的领导的，"而我们却都是些幼稚的人，既缺少政治斗争的经验，又缺少马列主义的理论和文学艺术的知识"①。因而左翼乡土小说家并没有经受过延安时期以及中华人民共和国成立后那样对于作家有组织、系统化的思想改造和政治规训，对于曾经脱离中国共产党党组织的茅盾，被开除党籍的蒋光慈和未加入左联的萧军、萧红、王统照等人而言更是如此，由此便给左翼乡土小说注重多样化的审美风格和审美格调留下了足够的空间。

第三，随着中国革命的重心逐渐从城市转向农村，左翼乡土小说家积极响应中国共产党的号召开始以农民运动和土地革命为主要的取材对象，由于他们大都有过农村生活经验，因而对于农村革命的想象能够在一定程度上避免凌虚蹈空、不着边际的弊病。

同时，左翼批评家已经开始着手对普罗文学创作中的标语化、概念化、公式化倾向进行批判和清算，尝试着将处于严重失衡状态中的政治与审美进行再平衡。这就使得左翼乡土小说家在作品中表现出鲜明的政治倾向的同时，也开始有意识地重视文学的审美特性，从而有效地避免在小说文本中过于直白地表露政治思想倾向，而是借助审美手法将之融入情节场面中自然呈现出来。

二、启蒙美学与政治美学的轩轾与合流

启蒙美学的重心"在于个性的自由和人性的解放"，其实质是审美的政治化；而政治美学则"致力于探求'政治的审美化'或者'政治的美学化'的内在秘密"②。具体而言，启蒙美学以人为目的，以个体为本位，而政治美学以政治为目的，以群体为本位。这两者之间既相互交织又相互矛盾，它们的共同点在于都指向了人性层面。丁玲就是从启蒙美学转向政治美学的典型代表，她早先的小说创作关注于个人价值和人生意义，自加入左联后却将目光转向社会现实和政治层面，用她自己的话说便是："我把我的作风，从个人自传似的写法和集中于个人，

---

① 冯夏雄整理：《冯雪峰谈左联》，《鲁迅研究年刊（1980）》，陕西人民出版社，1984年，第27页。

② 张光芒：《启蒙美学与政治美学比较》，《南京师范大学文学院学报》2004年第1期。

改变为描写社会背景。"①

　　普罗文学中有许多个人突变式的英雄，比如《地泉》中的林怀秋，他原本参加过革命，但是已经堕落了，开始过着颓废的贵公子生活，然而在革命者梦云和寒梅的劝诫和启示下他又重新燃起革命斗志，迎来了新生。左翼乡土小说家却开始由对个体革命者的关注转向对于革命者群像的塑造。丁玲的《水》中几乎没有对个体人物的精雕细琢，阅读完整篇小说后我们的脑海中难以形成对于某个个体人物的清晰印象，也很难指认出占据主导地位的主人公，但却对农民的群体反抗和群体斗争留有深刻的印象，这与吴组缃的《一千八百担》正好形成鲜明的对比。在吴组缃的《一千八百担》中，农民群体的面目是模糊的，而宋氏家族出场的中、上层人物的面貌却清晰可见，个性也极为鲜明，透过言语和举止便可以将某个人物指认出来。但是单从美学角度而言，群像浮雕未必就比单个人物雕像要等而下之，同样也有着深厚的审美内涵。

　　中国古代农民起义往往通过假借神鬼附身、神谕天佑等手段，借助农民的迷信心理进行宣传鼓动，现代革命者则是通过思想启蒙和革命动员来引导农民起来革命。马克思主义者既注重通过革命实践满足人们基本的物质需要，也极为重视人们精神领域的自由和解放，同时还注意挖掘其中的美学潜力。农民们在摆脱经济奴役和政治压迫的同时，也必然会产生由精神控制到精神解放的心理转变需要，从而使得革命斗争从物质层面深入精神层面。

　　左翼乡土小说中在对农民进行革命动员时不再单纯借助启蒙美学引导和启发农民的革命意识和斗争精神，而是更多侧重于依托政治美学进行政治鼓动和革命动员，而政治美学的实质是将"一部分人的利益打扮、'升华'为所有人的普遍利益，或者说赋予某些人的利益以'普遍性的形式'"②。萧军《八月的乡村》中的陈柱司令就非常注意通过演讲来激发队员们强烈的阶级爱憎，以此来鼓舞他们的

――――――――

①　[美]尼姆·威尔斯：《丁玲——她的武器是艺术》，陶宜、徐复译，《续西行漫记》，解放军文艺出版社，2002年，第262页。
②　骆冬青：《论政治美学》，《南京师大学报》2003年第3期。

革命斗志，让他们认识到只有参加革命才有出路，唯有严守革命纪律才能保证斗争的胜利，同时也只有从为了个人利益转变成为了集体利益而战才能取得最终胜利。萧红《生死场》中的抗日宣誓，也是以带有浓重说教味和极富煽动性的语言来激发农民保家卫国的民族意识和国家意识的，从而将个人与集体、家庭与民族等联系在一起，将农民不愿做亡国奴的个体意识引向为民族解放和国家独立而战的群体意识上来。

蒋光慈《咆哮了的土地》则将启蒙美学和政治美学有机地融合在一起，彼此间相互缠绕、难解难分。李杰刚出场时就已是经过革命斗争历练的较为成熟的革命者了，他之所以离开革命队伍回到家乡是因为他厌倦了革命军队的沉闷生活，决心要到农村来实践自己的革命主张，将革命之火引向闭塞的乡村，使得家乡的农民们也能分享到革命的成果。为了一心革命他心无旁骛，完全压抑住个人对于家庭、恋人的情感和欲望，最终为革命事业献出自己年轻的生命。李木匠和刘二麻子等人之所以倾向革命却是与个人的欲望有着紧密的关联，期冀通过革命来改变生活现状，但最终在李杰、张进德等革命领导者的引导下他们逐渐认识到革命的根本宗旨及其意义，从而成长为忠诚的革命战士。从题材选择和内容表现来看，蒋光慈《咆哮了的土地》已经基本脱离由他本人所开创的"革命＋恋爱"小说叙事模式，着重描写火热的革命斗争生活，"虽然也有男女的琐事，可是只占据了一个极不重要的地位，而且没有结束"[1]。李杰为了革命刻意压制住自己的本能欲望，"为了那个信仰将个体生命的本能与欲望完全压抑和放弃"[2]，之所以如此，乃是由于他确信只有这样才能实现革命理想和自我价值。在萧军《八月的乡村》中，安娜为了革命毫不犹豫地"枪毙"了她与萧明之间的爱情，将自己的一切交付给革命和信仰。政治美学的要害是"在理想主义的旗帜下，人的具体的感性生存只是为了某种'形而上'的目标而行动，人的一切行动都成了要让'日月换新天'的一个途径，人，成了工具，

---

① 杜衡：《田野的风（书评）》，《现代》1932年第1卷第4期。
② 张光芒：《中国当代启蒙文学思潮论》，上海：生活·读书·新知三联书店，2006年，第47页。

而不是目的"①。只有经由工具化的步骤，革命者才能真正成为革命的齿轮和螺丝钉，毫无个人私欲和私利可言，他们的肉身只是为了革命信仰而存在，一旦革命需要即便付出包括生命在内的一切也会毫不犹豫。

左翼乡土小说家的思想观念也会随着斗争形势和外部环境的改变而改变，比如萧红在抗战爆发后思想上就发生了很大转变，开始更加侧重于启蒙美学的呈现。她于1938年4月29日下午在《七月》组织的第3次座谈会上说过："作家不是属于某个阶级的，作家是属于人类的。现在或是过去，作家们写作的出发点是对着人类的愚昧!"② 随着创作观念的改变，萧红的小说文本也发生新变，在《莲花池》《旷野的呼喊》等小说中不再像《生死场》那样侧重揭示农民自发的抗日热情和斗争精神，而是转而揭示农民的劣根性及其愚昧无知。在全面抗战前创作完成的《生死场》等小说中连寡妇也参与到抗日斗争中去，但在全面抗战后作品中的许多劳苦农民却成了不觉悟、受贬抑的对象。比如《莲花池》③ 中的小豆爷爷平时以盗墓为生，日本兵来了之后他害怕被抓而不敢再去盗墓，为了生存他开始给日本宪兵队充当暗探，协助他们抓捕爱国同胞。《旷野的呼喊》④ 里的陈公公和陈姑姑不仅自己不去抗日，反倒千方百计地阻挠儿子参加抗日义勇军。

三、"力"和"美"的审美特质

左翼文论家之所以一再强调要重视创作技巧，究其根本乃是为了让革命文学能够更有力量。阿英在1928年2月27—28日创作完成的《〈达夫代表作〉后序》中就曾说过："达夫的过去的创作，虽有了很大的成功，究竟还缺少力的表现"，因此希望他今后要"在技巧方面表现出伟大的力量! 要震动! 要咆哮! 要颤抖!

---

① 骆冬青：《论政治美学》，《南京师大学报》2003年第3期。
② 《现时文艺活动与〈七月〉——座谈会纪录》，《七月》1938年第3集第3期。
③ 萧红：《莲花池》，《妇女生活》1939年第8卷第1—3期连载。
④ 萧红：《旷野的呼喊》，《星岛日报·星座》（香港）1939年第252—272号连载。

要热烈，要伟大的冲决一切，破坏一切，表现出狂风暴雨时代精神与力量"①；而郁达夫本人在1928年2月24日的日记中也写道："我以为革命文学之成立，在作品的力量上面，有力和没有力，就是好的革命文学和坏的革命文学的区别"②，总之是要使其作品能够展现出"力"之美。左翼文论家对于"力"和"美"的呼唤，得到左翼乡土小说家的热烈回应。以丁玲、叶紫、蒋牧良、萧军、萧红等为代表的左翼乡土小说家都将根深扎在革命风潮涌动的热土之中，致力于创作出属于别一世界的"力的文学"，就像"耸立于风沙中的大建筑"那样"坚固而伟大"③。他们在小说文本中揭示出血与火的时代里农民革命意识的觉醒，以及他们英勇顽强的抗争精神和革命意志，将力与美结合在一起，呈现出鲜明的时代特质和审美表征。

甚而可以说，"力的文学"已经成为20世纪30年代乡土小说"一种整体性的审美追求"④，但相较而言，由于京派乡土小说家大都侧重追求温柔敦厚、冲淡平和的审美情调，因而在"力"之美的呈现上要远远弱于左翼乡土小说家。其典型者比如叶紫的小说就"始终仿佛一棵烧焦了的幼树"，贯注在其中的"是力，赤裸裸的力，一种坚韧的生之力"⑤。蒋光慈有着敏锐的观察力，他始终能够走在时代的前面，用充满热情的文字将革命精神表现出来。他的小说中的人物都是坚忍奋斗的强健者，在读过他的作品之后能够"使人振奋，使人激励，使人燃起革命战斗的精神，而愿意跟着时代往前跑"⑥。这在他的乡土小说《咆哮了的土地》中有着十分鲜明的表现，在小说末尾处李杰为了革命献出宝贵的生命，革命军失去了他们的领袖，但在张进德带领下他们勇敢地冲出敌人的包围圈向着金刚山进发，在这里有流血、有牺牲，但绝无伤感和绝望。

---

① 阿英：《〈达夫代表作〉后序》，《阿英全集》（第2卷），安徽教育出版社，2003年，第78页。

② 郁达夫：《厌炎日记》，《郁达夫全集》（第5卷），浙江大学出版社，2007年，第236页。

③ 鲁迅：《小品文的危机》，《鲁迅全集》（第4卷），人民文学出版社，2005年，第591页。

④ 朱晓进：《三十年代乡土小说的审美倾向与文体特征》，《南京师大学报》1994年第2期。

⑤ 李健吾：《叶紫的小说》，《李健吾文集·文论卷一》，北岳文艺出版社，2016年，第164—165页。

⑥ 悠如：《怀蒋光慈先生》，《红棉旬刊》1932年第1卷第1号。

此外，萧军、萧红、罗烽、端木蕻良等东北籍乡土小说家都是以热烈的情感来描绘东北人民的誓死抗争和不屈意志，将经受着血与火洗礼的东北大地呈现在读者面前。日本帝国主义的野蛮入侵和日军的凶狠残暴给东北作家带来极强的心灵震动和内心伤痛，同时也激发起他们强烈的反抗意志和爱国热情。鲁迅在所作序中称赞《八月的乡村》将"作者的心血和失去的天空、土地、受难的人民，以至失去的茂草、高粱、蝈蝈、蚊子，搅成一团，鲜红的在读者眼前展开"①，从中不难体会到萧军对于东北土地深沉而又热烈的爱。端木蕻良的小说情感热烈奔放，加之他又有着诗人气质，因而被称为拜伦式的诗人，他自己也曾说过他完全是"抒情似的抒写着土地"②，同时对于"力"的文学他也极为推崇，还为此专门拟定过《力的文学宣言》。

左翼乡土小说之所以到现在还能打动我们，正是由于左翼乡土小说家将昂扬激烈的创作热情贯注于小说文本之中，充溢着雄强的气势和热烈的情感，如同端木蕻良所说的那样，左翼作家是"用生命来作薪炭，供给社会内应有的温度"③。他们使得文学艺术充分地介入现实生活，揭露出人剥削人、人压迫人的不公道的社会现状，号召广大农民起来与敌人进行殊死搏斗，为实现自身解放和民族解放永远战斗下去。左翼乡土小说家以进步的政治信仰和社会理想来烛照现实，鼓舞人们的斗志，振奋人们的精神，由此使得他们的小说文本有着审美的超越性和变革性，同时也充分证明文学是能够发挥现实战斗功能的。左翼乡土小说家非常同情和理解农民为了改变生存现状和穷苦命运所从事的暴力革命和阶级斗争，极力赞扬他们所表露出来的那种粗暴而又有力的阳刚之美，正如阿英所总结的那样："美是藏在我们所不注意的平庸的事物中，在就近处，在被虐待的灵魂里，在贫困的人们的怀中，和真理共同住着的。"④ 自从"五四"落潮以来，中国文坛一

---

① 鲁迅：《〈八月的乡村〉序言》，《八月的乡村》，容光书局，1935 年，第 3 页。
② 端木蕻良：《我的创作经验》，《文学报》1942 年第 1 号。
③ 端木蕻良：《燃烧——记池田幸子》，《七月》1938 年第 3 集第 2 期。
④ 阿英：《现代日本文艺的考察·殉教者与〈卖淫妇〉》，《阿英全集》第 1 卷，安徽教育出版社，2003 年，第 181 页。

現代文学

直都有着阴柔之风压过阳刚之气的创作趋向，而左翼乡土小说家通过将力和美结合在一起扭转了这一趋向，从而"以其悲壮、崇高的美学风范凝结成了三十年代小说的阳刚美"①。

通过与处于同一时代的京派乡土小说进行对比，更能见出左翼乡土小说的审美特质。左翼乡土小说家大都倾心于早年间为创造社所首倡的"Simple and Strong"②的艺术手法和审美品格，推崇带有斗争意味的革命美学，崇尚"力的文学"，极为偏爱变动之美。

早在"五四"时期茅盾便对偏爱自然美的乡土叙事颇为反感，认为如果乡土文学家带着此种成见"进了乡村便只见'自然美'，不见农家苦了！"③与京派乡土小说家冷静旁观的处世态度不同，左翼乡土小说家大都有着反映现实和介入现实的强烈愿望，以及横绝果敢的斗争精神，有着雄强的气魄和悲壮的情怀，他们的乡土小说往往有着浓郁热烈的情感温度，呈现出阳刚之美。不容否认的是，左翼乡土小说家为了反映和彰显阶级斗争而有意对丰富驳杂的现实生活进行了简化和提纯，由此使得阶级斗争成为中心主题。但同样不容忽视的是，在京派乡土小说家的小说文本中也有着类似的倾向，他们为了呈现给读者优美的田园风光和宁静的乡村生活也有意识地遮蔽和去除了现实生活中确然存在的阶级对立和阶级冲突。擅长描摹田园牧歌的京派乡土小说家看重的是人和自然的关系，而左翼乡土小说家更加注重人和社会的关系。京派乡土小说家在创作倾向上大都偏于追求美好的或者超脱的意境，而左翼乡土小说家却将人们的视线引向最苦难、最悲惨同时也最昂扬、最奋发的革命现实中去，以"阶级""暴力""悲壮""斗争"等革命话语取代了"人性""人情""悲悯""调和"等人道话语。具体而言，沈从文在小说文本中往往有意过滤掉现实社会中的不和谐因素而构筑起他心目中理想的人性小庙，而左翼乡土小说家着重表现的恰是这被有意过滤掉的不和谐因素，以此揭示出阶级斗争的必要性和合理性，赋予革命暴力崇高价值和美学意义。京派乡土

---

① 杨剑龙：《悲壮的史诗：论左联作家的乡土小说》，《学术研究》1991年第3期。
② 同人：《前言》，《流沙》1928年第1期。
③ 郎损（茅盾）：《评四五六月的创作》，《小说月报》1921年第12卷第8号。

169

小说家笔下的农村往往风景宜人、人美景美，人与人之间毫无机心，出身于不同阶级的人也能和谐共处；但左翼乡土小说家却有意打破这样的太平幻象，转而营造出山雨欲来的紧张气氛。总之，由于政治观念的不同和审美理想的差异，导致处于相同时空下的左翼乡土小说家和京派乡土小说家笔下的乡村呈现出截然不同的面貌。

不仅左翼文论家，京派文论家李健吾对冲淡平和的静穆之美也有所质疑，逐渐认同左翼"力"与"美"相结合的文学观，他认为"没有比我们这个时代更其需要力的。假如中国新文学有什么高贵所在，假如艺术的价值有什么标志，我们相信力是五四运动以来最中心的表征"[1]。也正因为如此，身为京派审美批评重镇的李健吾后来也对萧军、叶紫等左翼乡土小说家的小说文本进行过审美分析。他对于 20 世纪 30 年代的乡土现实所生发的感慨与左翼人士颇为相似："物质文明（工商的造诣）与享受的发扬开始把农人投入地狱。正常成了反常，基本成了附着，丰收成了饥荒。'凡物不平则鸣。'讴歌田园的陶潜不复存在，如今来了一片忿怒的诅咒的抗议。"[2] 正是这忿怒的诅咒的抗议驱散了李健吾曾经有过的田园幻梦，从而对农民的反抗斗争开始予以认同。在特定的时代背景和社会语境下，李健吾对于尚力文化的认同并不是个别现象，当时很多有正义感的文人在左翼文界的影响下都经历过类似的思想和审美转变过程。

[作者单位：河南师范大学文学院]

---

① 李健吾：《叶紫的小说》，《李健吾文集·文论（卷1）》，北岳文艺出版社，2016 年，第 163 页。

② 李健吾：《叶紫的小说》，《李健吾文集·文论（卷1）》，北岳文艺出版社，2016 年，第 162 页。

古代文学与域外汉学

宫廷语境下经学阐释的多样化路径

——以康熙朝《左传》的官学解读为中心

□康琳悦

【摘要】 清初之前，历代官学普遍将《左传》安置在"春秋学"体系的支脉里，借以维系经学的宏大景观。而在康熙朝，皇帝与高层儒臣从"春秋"中的《左传》切入，实行了一系列的文教革新。康熙宫廷作为一种总体的社会文化语境，为《左传》的阐释开拓了多样的路径，并呈现为三种具体的情景语境。在"道统"语境下，"日讲""御纂"等活动使《左传》的地位借由政治话语得到提升。在"选集"语境下，康熙亲自参与的古文编选活动触发了朝野对于《左传》的评点之风，彰显了其文章学意义。在"私著"语境下，高层文学侍臣进一步研考了《左传》文本的叙事与修辞。这三种语境分别为《左传》提供了政治干预的机会、文学实践的立场以及文本细读的空间。

【关键词】 情景语境；宫廷；康熙；《左传》

引　言

对于中国古代的经学文本而言，宫廷无疑是重要的辑录场所和应用场域。以此为共识，相关研究一般将宫廷视为"场"，用以说明经学阐释活动的王朝时间宫城空间，以及仪式制度等背景元素。然而，宫廷不仅仅是一种时空介质，更是一种话语条件。当文本作为考察对象，宫廷应从"场"转为"语境"，更细化而言是

"情景语境"①。在"语境"的范畴内，与文本活动具有紧密联系的特定宫廷机制更能呈现具体的意图。本文也立足于此，意在分析康熙宫廷中几种情景语境为《左传》提供的多样化阐释路径。

东汉的今古文之争以来，《左传》以其"亦经亦史"的独特姿态被纳入官学系统，即便是在"史"的范畴内，《左传》用来启蒙贵族、指导王官施政的教化功能仍属于经术的范畴。清初之前，历朝官方系统都将《左传》安置在"春秋学"体系的支脉里，借以维系经学的宏大叙事，而康熙朝则为《左传》的阐释变革提供了一个特殊的机会。康熙皇帝与翰林院文学侍臣在宫廷文化场域内将"五经"中的"春秋经"作为突破口，又从"春秋学"中的《左传》切入，进行了由理学向实学迁移的文教革新。

具体来看，康熙宫廷对于《左传》文本的干预集中体现在三种情景语境中，这三种语境是道统建设活动、御制选文活动与儒臣私著活动。在"道统语境"中，宫廷的"日讲"与"御纂"对《左传》进行了经学意义上的再阐释，其直接的文字成果是《日讲春秋解义》和《钦定春秋传说汇纂》。这两部官学著作从序文纲领和体例编排两个方面，借由《左传》的篇章隐秘地蚕食着宋代胡安国《春秋传》的理学话语主导地位。虽然《左传》更多地作为理论工具参与到皇帝的道统理想建设中，但其文本的话语地位也借由绝对的政治力量得到提升。在"选集语境"中，由皇帝亲自带动的选文活动触发了《左传》的文章学意义。康熙二十四年，皇帝以经世理想为选文标准命徐乾学等儒臣编纂刻印《古文渊鉴》，其中择取《左

---

① 按，"情景语境"（context of situation）由人类学家马林诺夫斯基提出，是"语境"概念的子类别之一，旨在扩大"语境"应用范围。由此，"语境"不再仅仅指代语词的上下文，还能用来说明文本与其发生环境的关系、与人的关系，以及与其他文本的关系。马林诺夫斯基对于"情景语境"的阐述见于一篇名为《原始人语言中的意义问题》的文章，原文如下："This latter again, becomes only intelligible when it is placed within its context of situation, the conception of context has to be broadened and the other that the situation in which words are uttered can never be passed over as irrelevant to the linguistic expression. We see how the conception of context must be substantially widened, if it is to furnish us with its full utility." Bronislaw Malinowski, "The Problem of Meaning in Primitive Languages", 1923, in The Meaning of Meaning: A Study of the Influence of Language upon Thought and of the Science of Symbolism (Eighth edition), by Ogden, C. K. and I. A. Richards, New York: Harcourt, Brace & World, Inc., 1946, pp. 296 - 336.

传》文章八十一篇，开启了朝野对于《左传》的评点之风。而几乎与之同步的是，康熙帝突然废止了长达十五年的经史日讲，将部分经典的讲读改为进呈讲义制。这两个事件相继更新了《左传》的阐释情境。最后，在"私著语境"中，高层儒臣的"春秋学"私著开启了《左传》于经义传统之外的一系列新解，其中，最具代表性的人物是《春秋日讲解义》的分撰官高士奇、校订官方苞。他们在《左传纪事本末》《左传义法举要》中呈现出了与经史讲论不同的阐释旨趣，进而将《左传》文本从传统经术的认同机制中剥离了出来，并逐渐关注到《左传》的叙事与修辞。

一、道统语境：《左传》政治地位的侧面提升

明清易代之际，皇太极已经注意到儒家学说对明朝官兵精神内核的塑造，继而在贵族内部实行文教改革①。自多尔衮摄政到顺治亲政时期，因巩固新政权的需要，满族统治者一方面需要着重建设能够在新环境下稳定运作的军事体系，另一方面也对汉族文化有防范心理，故而"以经治世"的局面出现了停滞。在此期间，即便汉臣持续谏议重开经筵、恢复儒学道统，顺治帝都未实施相应的政策。直到康熙朝，儒学经术才被再一次重视与运用。康熙皇帝以"日讲"和"御纂"两种形式，直接干预讲经论史活动。

"日讲"原先是广义"经筵"的一部分，为御前经学讲席的日常形式。到了明清时期，"日讲"作为"小经筵"逐步与全然仪式化的"大经筵"分割开来，独立

---

① 按，《清实录·太宗实录》记载："……朕令诸贝勒大臣子弟读书，所以使之习于学问，讲明义理，忠君亲上，实有赖焉。闻诸贝勒、大臣有溺爱子弟不令就学者，得毋谓我国虽不读书亦未尝误事与？独不思昔我兵之弃滦州，皆由永平驻守贝勒失于救援，遂致永平、遵化、迁安等城相继而弃，岂非未尝学问、不明理义之故乎……自今，凡子弟十五岁以下、八岁以上者，俱令读书。如有不愿教子读者，自行启奏。"参见《清实录》卷十，中华书局，1985年，第2册，第146页。

承担了实际的文教功能①。康熙十年，朝廷正式设立日讲起居注官，直到康熙二十五年，皇帝命部分文献的讲论改为进呈讲义制，但《春秋》的讲阅并没有被废止②，其讲论内容之后被编成了《日讲春秋解义》，于乾隆二年正式刊行③。"御纂"是另一种由皇帝主导的经术建设活动，为儒臣奉令编写的一系列儒学经典的官方集解。在"春秋"学方面，《钦定春秋传说汇纂》于康熙三十八年开始编校，至康熙六十年完成④。这两部书在驳正胡安国《春秋传》⑤ 的态度上既连续又统

---

① 按，"经筵"一词自宋代开始专指御前讲席，是由专门的儒臣担任讲读官，向皇帝、太子讲授重要经史文献的政治与礼仪制度，广义上主要指"经筵"和"日讲"两个部分，其次还包括"会讲""月讲""讲义呈览"等形式。对于狭义上的经筵而言，自宋以后，各朝宫廷每年置办的次数呈减少的态势，如宋代讲期为春二月至端午，秋八月至冬至；明代讲期依然分为春秋两季，但每月缩短为三次；而在清代，讲期已经少至一年两次，完全成了仪式性象征。在这样的背景下，明清的日讲就更具常备性和独立性，如明制规定"经筵凡十日一举，日讲无日不举"（《明实录·孝宗》）。清制为"日讲之礼，每岁自二月经筵后始，夏至日止；八月经筵后始，冬至日止。每日于部院官奏事后进讲"（《大清会典例则》）。

② 按，《清实录·圣祖实录》载康熙十年："设立起居注，命日讲官兼摄。添设汉日讲官二员，满汉字主事二员，满字主事一员，汉军主事一员。"（《清实录》卷三十六，中华书局，1985年，第4册，第489页）又载康熙二十五年皇帝谕旨："上谕翰林院掌院学士库勒纳、张英等曰：'尔等每日将讲章捧至乾清门豫备。诣讲筵行礼进讲为时良久，妨朕披览功，著暂停止。《春秋》《礼记》，朕在内每日讲阅。其《诗经》《通鉴》讲章，俱交与张英，令其赍至内廷。'"（《清实录》卷一二六，中华书局，1985年，第5册，第336页）

③ 按，我们可以将《日讲春秋解义》中的分撰官名录与《词林典故》所载"日讲起注官题名"进行比对，进而推测出当时《春秋》的日讲官，如王封溁（康熙二十二年立为日讲官）、高士奇（二十二年立）、德格勒（二十四年立）、田喜霡（二十五年立）、朱都纳（二十五年立）等。从这些日讲官的设立年份来看，《春秋》的讲义撰写时间在康熙设立日讲制度的偏晚时期。另外值得关注的是，其他经学讲义皆在康熙在位时期就奉敕编纂而成（如《日讲书经解义》于康熙十六年写成，《日讲四书解义》于康熙十九年写成，《日讲易经》于康熙二十二年写成），而《日讲春秋解义》直到雍正末年才撰写完毕，于乾隆二年才刊行完成。这个跨越三朝的时间差体现了"春秋学"在宫廷内部的复杂阐释情况，主要与皇帝对胡安国《春秋传》的态度有关。

④ 按，王丰先通过梳理史料，判断《钦定春秋传说汇纂》纂修于康熙五十七年，最终刊刻成书的时间是康熙六十年。参见王丰先：《〈钦定春秋传说汇纂〉纂修时间考证》，《文史新探》2009年第2期。

⑤ 按，南宋胡安国之《春秋传》是宋明理学的文化结果。自宋学兴起之后，崇尚汉晋古注的经学文献逐渐被束之高阁。到了明代永乐年间，官方修了以宋元理学家之言为本的《五经大全》（即"明监本五经"），并推行至民间，使其成为八股取士的标准经义材料，其中《春秋》即用胡安国的《春秋传》。自此，胡传与春秋三《传》并称，成为主流经典，其"正人心""内中国而外四夷"等思想主张直到清初仍被汉人尊崇。在这样的背景下，作为满族的清统治者一方面需要胡传安抚民心，另一方面也在悄然针对胡传"攘夷"观念进行经学变革。

一，它们都在各自的序言与体例上做出了与明代官学截然不同的选择。

两部著作的序言及相关提要呈现出对"春秋学"体系中胡氏话语的廓清作用，它们明确地将胡《传》的政治权重让渡给了其他《春秋》经传。先看康熙皇帝在两部书中的御制序：

《日讲春秋解义》康熙序

朕惟《春秋》者，帝王经世之大法，史外传心之要典也。大义炳若日星，而褒贬笔削，微显婉章，非后世所能窥……惟宋康侯胡氏，潜心二十年，事本《左氏》，义取《公》《穀》，萃诸家之长，勒成一家之书，虽持论过激，抉隐太严，未必当日圣心皆然，要其本三纲，奉九法，明王道，正人心，于《春秋》大旨，十常得其六七，较之汉唐以后诸家优矣……爰命儒臣，撰集进讲。大约以胡氏为宗，而去其论之太甚者，无传经文，则博采诸儒论注以补之，朕亦时有所折衷，期归于一。编辑成书，朝夕省览，亦欲俾学者有所遵守。①

《钦定春秋传说汇纂》康熙序

迨宋胡安国进《春秋解义》，明代立于学官，用以贡举取士，于是四传并行。宗其说者，率多穿凿附会，去经义逾远。朕于《春秋》，独服膺朱子之论。朱子曰："《春秋》明道正谊，据实书事，使人观之以为鉴戒。书名书爵，亦无意义。"此言真有得者，而惜乎朱子未有成书也。朕恐世之学者牵于支离之说而莫能悟，特命词臣纂辑是书……②

这两段序言具有较强的互文性，其对于胡安国的拒斥虽在用词上较为隐晦，却是持续而深刻的。康熙意在强调，胡《传》在事、义两方面本就取自汉代三《传》，而胡氏自己又"持论过激"。这就从正反两面消解了胡《传》的必需性，也暗指了胡《传》被前代独尊的荒谬。

康熙朝之后，这种廓清态度被更加明显地记录在案，并反映在乾隆帝御制序

---

① 库勒纳等撰，田洪注：《日讲春秋解义》序，《故宫珍本丛刊》影印清康熙内府刻本，海南出版社，2013年，第1—4页。

② 王掞等：《钦定春秋传说汇纂》序，《景印文渊阁四库全书》，台湾商务印书馆，1986年，第173册，第173页。

与《四库全书总目提要》中。如《日讲春秋解义·乾隆帝序》载："念钦定《春秋》于胡氏之说，既多驳正，则廷臣当日所进讲义，一遵胡氏之旧者，于圣心自多未洽……朕反复循览，于胡氏穿凿之说旷若发蒙，笔削之旨阐明者亦过半焉。"[1] 从中可见，皇帝在"循览"讲官的《春秋》论稿时经常提出异议。这种张力颇为有趣——虽然是政教性文献，《日讲春秋解义》也并不能完全代表宫廷的立场，其文本在诞生之际就已具有内在否定性[2]。更深入地讲，在朝代建立的初期，宫廷在意识形态上往往会向民间兼容，而对于康熙来说，他既是最高决策者，又在某种程度上具备高级文人的姿态，这两个身份自然很容易对立。又如《总目·钦定春秋传说汇纂》提要云："虽俯念士子久诵胡《传》，难以骤更，仍缀于三《传》之末，而指授儒臣详为考证。凡其中有乖经义者，一一驳正，多所刊除。至于先儒旧说，世以不合胡《传》摒弃弗习者，亦一一采录。"[3] 由此看出，到了《四库全书》修订之时，馆臣已经完全传达出了皇帝的旨趣。

除序言之外，这两部《春秋》集说还在体例上做出了调整。如果说序言部分通过降低胡《传》的权威性为《左传》廓清了一定的话语空间，那么正文对于《春秋》传文的编排则确切地将《左传》的文本价值发挥了出来。当论及这两部书的编排体例问题时，我们需要先说《钦定春秋传说汇纂》，再说《日讲春秋解义》。虽然《解义》中大部分文本产生于康熙初期的日讲活动中，但考虑其正式的编纂与刊印在雍、乾两朝（见第176页注释③），故编校于康熙朝后期的《汇纂》在时间上更为靠前，且相对《解义》更趋于保守。总之，两者在经学立场基本相同的

---

① 库勒纳等撰，田洪注：《日讲春秋解义》序，《故宫珍本丛刊》影印清康熙内府刻本，海南出版社，2013年，第5页。

② 按，孟森在谈到康熙皇帝对于日讲活动的干预时，曾提出"（康熙十五年）谕大学士曰：'帝王之学，以明理为先，格物致知，必资讲论。向来日讲，惟讲官敷陈讲章，于经史精义未能研究印证，朕心终有未慊。今思讲学必互相阐发，方能融会义理，有裨身心。以后日讲，或应朕躬自讲朱注，或解说讲章，仍令讲官照常进讲。尔等会同翰林院掌院学士议奏。'寻复议：'讲官进讲时，皇上或先将《四书》朱注讲解，或先将《通鉴》等书讲解，俾得仰瞻圣学。讲毕，讲官仍照常进讲。'据此，则帝于讲官所进讲章，拟于未讲之先，自将讲章向讲官先讲，然后由讲官再订正之，复议未敢任此也……"（孟森：《清史讲义》，中国人民大学出版社，2012年，第201页）

③ 永瑢等：《四库全书总目提要》，"万有文库"本，商务印书馆，1929年，第6册，第61页。

前提下各有侧重，还保持了连续性。

《钦定春秋传说汇纂》在体例上先置经文，次以《左传》为首的春秋三《传》，再将胡《传》"缀于三《传》之末"，最后是历代《春秋》经传集说。在宫廷之内，这既是胡《传》被奉为官学以来首次在书面形式上的后移，也是最后一次在官方经学中作为典据出现。与之同步的是《左传》位置的上升。

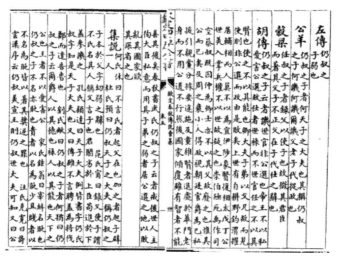

图1 《钦定春秋传说汇纂》卷五桓公五年
"天王使仍叔之子来聘"之下的传文与集说

与《汇纂》相比，《日讲春秋解义》则直接删削了以"胡传"为题的解说部分。学者文廷海曾对这个具有标志意义的举措做出评价，称此时"胡安国《春秋传》已退出《春秋》官学范围"①。在编修《四库全书荟要》时，四库馆臣于乾隆四十年明确陈述了《日讲春秋解义》的编纂体例，遵循了康熙皇帝的价值取向："是编先标《左氏》以征其事，次及《公》《穀》以求其例，然后出以论断，体会笔削之旨，俾学者心目不为安国所淹洵，一辞莫赞矣。"② 然而，这段小序中的"先标《左

---

① 文廷海：《清代前期〈春秋〉学研究》，中国社会科学出版社，2012年，第45页。
② 库勒纳等：《日讲春秋解义》乾隆四十年校官小序，《影印摛藻堂四库全书荟要》经部第42册，世界书局，1988年，第9页。

氏》"只说明了《解义》体例的一部分特征。从正文来看,《日讲春秋解义》不仅将《左传》与每句《春秋》经相对应的陈述备引于首位,还把《左传》之于《春秋》经文剩余出来的叙事性内容以"附录"的形式摘抄了下来。因此,我们就可以在整部书中看到"左传:"与"左传附录:"两种引用《左传》的小题:

春秋 十有八年春王正月,宋公、曹伯、卫人、邾人伐齐(宋公下,《公羊》有会字)。
左传 十八年春,宋襄公以诸侯伐齐。三月,齐人杀无亏(以说宋)。
穀梁传 非⑨伐丧也。
附录左传 郑伯始朝于楚,楚子赐之金⑩,既而悔之,与之盟曰:"无以铸兵⑪"。(楚金利故)故以铸三钟。

图2 《日讲春秋解义》卷十八僖公十八年

春秋 晋人、陈人、郑人伐许。
左传 晋、陈、郑伐许,讨其贰①于楚也。
解义 陈、郑久服於楚,晋人讨许不用齐、鲁、宋、卫之师,而独与陈、郑同役,以继文之业席②败秦、败狄之威,楚人不敢北乡职③是故也,而先儒皆以为讥,亦过矣!
附录左传 楚令尹子上侵陈、蔡(子上,即关勃)。陈、蔡成,遂伐郑,将纳公子瑕(三十一年瑕奔楚),门于桔柣之门①。瑕覆于周氏之汪(车倾覆池水中),外仆髡屯禽之以献②(郑之外仆髡发而名屯者,杀瑕以献郑伯)。文夫人敛而葬之邠城之下③(郑文公夫人也。邠城,杜注:故邠国,在荥阳密县东北。今属河南开封府)。晋阳处父侵蔡,楚子上④救之,与晋师夹泜⑤而军(泜水,杜注:出鲁阳县东经襄

图3 《日讲春秋解义》卷二十二僖公三十三年

如图所示,以"左传:"开头的引文其实大致承担了与《公羊传》《穀梁传》相同的"求其例"的作用,因此馆臣所说的"先标《左氏》以征其事"并不适用于这种小题之下的《左传》引文。与此相对,以"附录左传:"开头的引文才真正彰显了《左传》的叙事价值。甚至可以说,这种以"附录"形式呈现出来的编排动作已经是对《左传》非经学功能的认可,也是《左传》开始在更广泛的领域进行话语实践的标志。

二、选集语境：《左传》文章学意义的官方认同

与"日讲""御纂"相比，宫廷对《左传》的应用更直接地体现在了文学总集的编选中。康熙二十四年，皇帝以经世理想为选文标准命徐乾学等儒臣编纂刻印《古文渊鉴》，其中择取《左传》文章八十一篇，开启了朝野对于《左传》的评点之风。而几乎与之同步的是，康熙帝突然废止了长达十五年的经史日讲，将部分经典的讲读改为进呈讲义制。这两个事件相继更新了《左传》的阐释情境。

《清史稿·艺文志》载："圣祖继统，诏举博学鸿儒，修经史，纂图书，稽古右文，润色鸿业，海内彬彬向风焉。"①康熙的这一系列文化举措实则包含了两种不同的向度，其一是对于经史儒学的巩固，其二是对原先依托于学术讲论的诸种古文名篇的功能重塑。基于后者，康熙于二十四年十二月敕徐乾学等人借鉴南宋真德秀《文章正宗》②之体例，编纂"稽古"选集——《古文渊鉴》，其择选范围是自先秦至宋代③。这部选集包括了《左传》的八十一篇，并将之作为书写时间最早的作品放置在前四卷。回看中国历代，这是《左传》第一次作为"文章"进入宫廷视野，其评点环境也从民间伸延至官方④。

《左传》在《古文渊鉴》的架设下实现了文本功能的转变，其间有三个维度可

---

① 赵尔巽等：《清史稿》卷一百四十五《艺文志序》，中华书局，1976年，第15册，第4219页。

② 按，关于《文章正宗》，参见真德秀：《西山先生真文忠公文章正宗》二十四卷，明嘉靖四十三年（1564）杜陵蒋氏家塾刻本，北京师范大学古籍书库藏。

③ 按，《古文渊鉴》的时间跨度为先秦至宋，而不选明代篇章。这与经术活动中驳正《胡传》一样，是康熙宫廷谨慎反思明代文化取向的另一例证。孟森曾在《清史讲义》中说道："世祖（顺治帝）开国之制度，除兵制自有八旗为根本外，余皆沿袭明制，几乎无所更改。"（《清史讲义》第一章第三节《开国·世祖》）与顺治帝相比，康熙在文教政策上则开启了从"无所更改"到"有所更改"的实践，且相当明显。

④ 按，基于现有的可考史料，第一次正式将《左传》作为"文章"进行点评的活动发生在南宋时期——真德秀编选《文章正宗》，选录《左传》一百三十三篇并分别置于"辞命""议论""叙事"三类目次之下。而其后明代对于《左传》的评点活动主要发生在民间小说领域，如金圣叹《左传释》《必读才子书》。直至清初，《左传》的评点才在庙堂之内受到官方提倡。参见罗军凤：《清代春秋左传学研究》，人民出版社，2010年，第328—329页。

以作为明显的证据——《古文渊鉴》的编纂时间蕴含着特殊时局背景；君臣对于《左传》选文的互动性评点形成了独立的话语系统；《左传》选文中的评点内容对朝野评点风尚与科举时文思潮产生了重要影响。

从时间上看，《古文渊鉴》的编选（二十四年十二月）与日讲活动的停止①（二十五年四月）几乎同步，昭示了康熙皇帝文教政策的些许转向。这种转向产生于清廷政局由动荡走向稳定的过渡期。自康熙十二年吴三桂叛乱，皇帝就始终处于经乱讨伐的政治节奏中，而朝廷重开经筵日讲也在这段时间之内（康熙九年至二十五年）。孟森曾对这一时期的康熙皇帝做出了"善驭天下士夫"的评价：

> 略举其迹，十二年岁杪闻变发兵，而十三年二月，书："上御经筵"……九月朔谕翰林院掌院学士傅达礼等："日讲关系甚大，今停讲已久，若再迟恐致荒疏，日月易迈，虽当此多事之时，不妨乘间进讲"……（十六年）此又振兴文事，为鸿博开科先声，皆极得抚取汉人之法。兵事实力在八旗世仆，人心向背在汉士大夫，处汉人于师友之间，使忘其被征服之苦，论手腕亦极高明矣。②

从政治效益的角度来看，这个时期经学讲论的地位远高于"稽古右文"。直到康熙二十二年，台湾平定；二十四年至二十五年，沙俄军队两次于雅克萨撤退，为东北边疆的安定打下了基础。在这样的背景下，康熙不再需要对士人进行过多形式化的笼驭，士人也对"稽古右文"日益表现出更多的认同。于是，康熙于二十五年前后相继编选古文总集，停止诸如《诗经》《通鉴》的日讲。在废止日讲时，康熙将《春秋》作为例外，宣旨"朕在内每日讲阅（《春秋》《礼

---

① 按，据《清实录》，康熙二十五年四月，"上谕翰林院掌院学士库勒纳、张英等曰：'尔等每日将讲章捧至乾清门豫备，诣讲筵行礼进讲，为时良久，妨朕披览功，著暂停止。《春秋》《礼记》，朕在内每日讲阅。其《诗经》《通鉴》讲章，俱交与张英，令其赍至内廷。'"（《清实录》卷一二六，中华书局，1985年，第5册，第336页）

② 孟森：《清史讲义》，中国人民大学出版社，2012年，第199—201页。

记》）"①。而在《古文渊鉴》中，《左传》又是唯一一部由经学"转场"而来的典籍②。《左传》在这两种活动中同时在场的现象恰好说明——虽然康熙皇帝在日讲活动减弱时依然秉持着《春秋》经传独特的政典功能，但他也看到了"独立开发"《左传》的价值，承认了史传文本由"讲学"转向"征实"与"文章评点"的文化功能。

其次是君臣在《左传》选文中互动的问题。《古文渊鉴》的正文是古文名篇与文章语词的训诂与考论，皇帝与君臣的评点则置于每页的上端。康熙评语在每篇页端之首，儒臣在其后的页端陆续跟评，由此形成了正文之外的对话空间。试看：

隐公十一年"郑伯命大夫百里居许"章

（康熙语）

郑庄公入人之国而不利其土地，虽怵于齐、鲁，犹庶几能以私自克者，君子许其有礼，亦善善长之义也。

（高士奇语）

臣士奇曰：虑远忧深，周详婉至，守国之权谋，修辞之上品。

（翁叔元语）

臣叔元曰：命辞大夫之言，回环微婉，令读者不复知其情之谲，词令之妙，足绝千古。③

僖公三十年"郑烛之武说秦伯"章

（康熙语）

晋之伐郑，本以其无礼，贰于楚，特借辞耳。故是役也，晋主而秦客。

---

① 按，康熙二十五年四月，皇帝下诏："《春秋》《礼记》，朕在内每日讲阅。其《诗经》、《通鉴》讲章，俱交与张英，令其赍至内廷。"（《清实录》卷一二六，中华书局，1985年，第5册，第336页）

② 按，《古文渊鉴》包含《左传》八十一篇，《国语》三十篇，《战国策》二十六篇，苏轼文八十篇，朱熹文三十六篇，韩愈文二十九篇，等等。参见徐乾学等：《御选古文渊鉴》，《景印文渊阁四库全书》，第1417、1418册，台湾商务印书馆，1986年。

③ 徐乾学等：《御选古文渊鉴》卷一，《景印文渊阁四库全书》，第1417册，台湾商务印书馆，1986年，第11—12页。

烛之武之言，易入者以此。

（徐乾学语）

臣乾学曰：秦、晋协和以图郑。烛之武数言能使秦伯反为郑守，此种已开战国策士之风。①

僖公三十三年"秦师自郑入滑"章

（康熙语）

秦师至滑而郑不知，微弦高之智，郑亦殆矣。文逸宕多姿。

（张英语）

臣英曰：郑之辞杞子，意严而词婉，情迫而语闲，想见古人用笔之妙。②

由上看出，康熙帝是在亲自阅读的基础上躬身参与到了选文活动中。一方面，依内容可知，君臣更多地关注到了《左传》行文的修辞与叙事，并将这种史传特有的笔法与治国之道联系起来。另一方面，在形式上，皇帝的点评精简有力，而儒臣也多是就皇帝所指向的方面进行应和，一般无出其右。因此，《左传》选文之外的点评看似参与人数众多，评论内容庞杂，但实则是皇帝本人绝对意志的体现。评点在正文之外形成了一套既独立、又同一的话语系统，这也正是宫廷总集评点的特征。虽然康熙也曾在谕旨中提到群臣一味赞同皇帝之判断的弊病，但在具体语境中看，正是由于康熙本人有着深厚的读书造诣，才能使得《古文渊鉴》在"文以载道"之外"择其词义精纯"，探察"圣人游艺之旨"③，进而将《左传》的文章学意义在清廷之内得到彰显。

正如上文所说，借由御制文选，《左传》从明末民间的小说评点环境伸延至清

---

① 徐乾学等：《御选古文渊鉴》卷一，《景印文渊阁四库全书》，第 1417 册，台湾商务印书馆，1986 年，第 28 页。

② 徐乾学等：《御选古文渊鉴》卷一，《景印文渊阁四库全书》，第 1417 册，台湾商务印书馆，1986 年，第 29 页。

③ 按，康熙在《古文渊鉴》序言中写道："朕留心典籍，因取古人之文，自春秋以迄于宋。择其辞义精纯，可以鼓吹六经者汇为正集。即间有瑰丽之篇，要皆归于古雅，其绮章制弗能尽载者，则列之别集。傍采诸子录其要论以为外集。煌煌乎淘秉文之王律，抽牍之金科矣……是书也，虽未足以尽文章之胜，于圣人游艺之旨亦庶乎其有当也夫。"（徐乾学等：《御制古文渊鉴》序，《影印摛藻堂四库全书荟要》集部第 76 册，世界书局，1988 年，第 1—2 页）

廷的鉴赏活动中。而此次宫廷的编注举措，又向下带动了评点家对于《左传》文章学的反思，进而使得《左传》评点在朝野之间愈加普遍化。这是理解《古文渊鉴》中《左传》文本功能转变的第三个维度。

在康熙朝后期，时任翰林院侍讲学士的何焯编写了《义门读书记》，其中第九卷至第十卷为《左氏春秋》的评点。罗军凤曾指出："《读书记》之读《左传》二卷流露出的关心江山社稷的口吻固是何焯感戴清廷宠爱优渥之意，但也可以看做是《古文渊鉴》的影响所致。何焯以八股名家的身份，向人们展示了《古文渊鉴》在制艺文章中的典范作用。"① 在《左氏春秋》二卷中，何焯多以政论为导向，在其间对《左传》文本进行极具个性的评点。如对于隐公十一年所载"羽父惧，反谮公于桓公而请弑之""羽父使贼弑（隐）公于寪氏，立桓公而讨寪氏"② 之事，经学的态度往往就"弑"字而讲论君臣之道，而何焯则评点道："隐之摄政已逾十年，桓公不为少矣，贪权怀宠，不早归政，于是启羽父之邪谋，又不能明告于国，执而戮之，进退无据，身死人手，非不幸也。"③ 这种解读与逐字阐发经义的不同之处在于其注重文本的叙事语境。在《读书记》的《左传》部分中，由观察文本的互文性而引出的评论频繁出现，这也是《左传》作为史事文章进入儒臣视野的例证。

朝堂之外，《左传》评点也在康熙朝乃至后世逐渐发展起来。如民间学人冯李骅的《春秋左绣》，其在卷首《读左卮言》中用一系列以"极精于""极长于""极工于"为总起的段落系统论述了《左传》的叙事手段和文章读法，进而在其后的各卷正文评点中详尽分析了文章的行文结构、作意技巧等。虽然冯李骅本人并不

---

① 罗军凤：《清代春秋左传学研究》，人民出版社，2010 年，第 340 页。
② 杨伯峻：《春秋左传注》，中华书局，2016 年，第 1 册，第 86 页。
③ 何焯：《义门读书记》卷九，《景印文渊阁四库全书》第 860 册，台湾商务印书馆，1986 年，第 128 页。

效力于庙堂，但其归纳出的评点之法使《左绣》成了后世畅销的制艺之书①。这足以看出《左传》的文章学意义在科举时文写作中的功能诉求。在商业出版逐渐兴盛的大背景下，由宫廷最先带动的评点活动使得《左传》在民间文化与科举系统中有了更加多样的阅读市场，这或许正是清代社会机制给予康熙"稽古"政策的一种理想反馈。

三、私著语境：《左传》文本价值的整体彰显

与前两种由皇帝直接发起的编纂活动相比，一些高层儒臣在其关于《左传》的私著中构筑了宫廷之内文本变革的延伸边界。尤其对于《春秋解义》的日讲官和分撰官而言，他们在御制集纂与个人著述中表现出的阐释旨趣确有不同，而其中的不一致性则使得《左传》的叙事性、修辞性得到更广泛的认同与解读。

在这些儒臣中，高士奇最广泛地参与到了宫廷《左传》学阐释的多个场域。其个人撰著《左国颖》《左传纪事本末》的完成与其在朝长达二十年的文学侍臣生涯有着密切关系。根据史料可以推测，虽然《日讲春秋解义》的分撰官人数众多，但康熙朝《春秋》经的日讲活动或由高士奇一人主导。而康熙十六年内廷设立南书房之后，作为第一批被钦点入内供奉侍讲的高士奇，又拥有了与经筵日讲不同的、较为私人的侍读学习场所。高士奇在这些场所间的流动，为其个人思想得以更多地向皇帝表达、交流创造了机会，也是后来其《左传》学私著的话语发生来源。我们可以结合高士奇同僚为其著作撰写的序文与《清实录》的相关记载看到这一过程的发生：

---

① 按，罗军凤在相关研究中指出："《左绣》后附《左贯》，将《左传》的叙事按事类归拢，为初学时文之人提供素材。此可见，作者虽未取功名，却也热衷于时文技艺，热心推出《左传》，当作读经试文之一助。《左贯》是冯李骅融裁《左传》史事而成的八股文章，《左绣》后附《左贯》，其用意即在鼓吹《左绣》如何有益于制艺，而将《左绣》定性为制艺的，反映出《左传》制艺评点中的商业诉求。作者未取功名，但推出了这种制艺之书，也足以可以养家糊口。《左绣》风行世间，至道光年间仍不衰，由此可见民间对制艺评点的巨大需求。"（罗军凤：《清代春秋左传学研究》，人民出版社，2010年，第341页）

文端集·左国颖序

（张英撰）

高詹事澹人，盖尝又以《春秋》侍讲禁中，《左氏》《公羊》《穀梁》《胡氏》四传附于经，折衷焉以断经意而为之说。既以其说日陈于上前，又尝自为书曰《春秋地名考》，曰《左传纪事本末》，其最后成者曰《左国颖》……今夫颖非能自出也，锥之处囊，可见者末而已耳。句字之撷以出，类乎末不类乎颖，乌乎名"颖"？虽然，善言锥者举颖而锥具，善言道者即器而道存，善言文者即句字而文生。文以载道，锥以致用，其理一也。见其末而颖具，见其句字而文生，犹之夫见其器而道存也。①

左传纪事本末序

（韩菼于康熙二十九年撰）

盖先生经学湛深，雅负史才，在讲筵撰《春秋解义》，因殚精竭慎，条分囊括，而为是书也，征远代而如在目前，阐微言而大放厥旨。事各还其国，而较《外传》则文省而事详；国各还其时，而较《内传》仍岁会而月计。足补故志……况我皇上以天纵之圣，富日新之学，讲求治道，久安益勤，是书进御，诚足备乙夜之观，而因颁布中外，为读《春秋》者法。②

张英、韩菼皆为高士奇在翰林院的同僚，彼此之间颇为了解。从他们的叙述中可以发现如下三点：首先，高士奇在《春秋》学日讲活动中非常活跃，也应是该经讲章撰写的主要负责人。其次，高士奇在侍讲《春秋》期间也同样撰写了自己的《左传》学著作，两种活动在传授要旨上有着不一致性。再次，《左传纪事本末》作为私著，也受到了康熙的青睐。如果高士奇的私人撰著也被皇帝览阅，那么其发生场所就另有他处。而这些与康熙在位时设立的文化机构及其对高士奇的任用方式不无关系。

---

① 张英：《文端集》卷四十《左国颖序》，《景印文渊阁四库全书》第1319册，台湾商务印书馆，1986年，第663页。

② 高士奇：《左传纪事本末》韩菼序，中华书局，2015年，第1册，第2—3页。

康熙十年开设日讲时，二十七岁的高士奇已于当年进入翰林院供奉。十四年，康熙命高士奇于詹事府任职。十六年，康熙设南书房作为与儒臣读书讨论的内部场所，"令大学士传谕张英、高士奇，选伊等在内供奉，当谨慎勤劳、后必优用"①。二十二年，高士奇被正式起任日讲官②。二十八年，高士奇被弹劾回籍，五年之后，被召回与徐乾学、王鸿绪、韩菼在朝修书③，并再次入南书房以供皇帝咨询经史政论。三十六年，高士奇回籍终养。由此可见，高士奇在朝的二十多年担任了翰林院供奉、詹事府录事、南书房侍读、经筵侍讲等多重职能，且与康熙本人在内外之廷皆有密切的文学交流④。在这些机构平台内，高士奇的经史讲论、私人讲读以及书籍编纂活动互为启发，其观点随语境的流动或移用、或调整，应是经常发生的事情。而正因《左传》自身具有丰富的文本内涵，高氏基于宫廷特殊语境间的阐释变化就得以最大限度地彰显。

若纵观《左传纪事本末》，每篇结尾的史事评论显示了高士奇基于《左传》叙事元素与修辞方法的私人见解，这又与其在经筵场域中撰写的讲义有着不同的论调。如对于隐公十一年桓公篡弒之事，试看《春秋解义》与《左传纪事本末》的文末评点：

---

① 《清实录》卷七十，中华书局，1985年，第4册，第896页。

② 按，《清实录》康熙二十二年载："以内廷供奉翰林院侍读高士奇，充日讲起居注官。"（《清实录》卷一一三，中华书局，1985年，第5册，第170页）

③ 按，据《清实录》，在康熙二十八年，"都察院左都御史郭琇疏参，原任少詹事高士奇植党营私，与原任左都御史王鸿绪、见任科臣何楷、翰林陈元龙、王顼龄等，招摇纳贿。请赐罢遣。……高士奇、王鸿绪、陈元龙、俱著休致回籍。"（《清实录》卷一四二，中华书局，1985年，第5册，第560页）此外，在康熙三十三年四月，"谕礼部尚书兼管翰林院掌院学士事张英、翰林系文学亲近之臣向因日讲，时时进见，可以察其言语举止。近日进见稀少，讲官侍班不过顷刻，岂能深悉。著将翰林院、詹事府国子监官员每日轮四员，入直南书房。朕不时咨询，可以知其人之能否，以备擢用"（《清实录》卷一六三，中华书局，1985年，第5册，第782页）。同年夏，"徐乾学、王鸿绪、高士奇、韩菼等在籍，皆文学素优之人。若召令各纂一书书可速成。……著来京修书"（《清实录》卷一六四，中华书局，1985年，第5册，第792页）。由此可知，高士奇回京之后作为詹事府录事官员或也继续入南书房讲读。

④ 按，如《随辇集》所称，高士奇"十余年间，陪研席，侍曲宴，天章圣藻有和有赓。其或奉属车之清尘，从长杨之羽猎，倚鞍献歌，书鞭成赋，乃至殊恩渃被"（高士奇：《随辇集·徐元文序》，《中华大典·文学典·明清文学分典》，凤凰出版社，2005年，第730页）。

日讲春秋解义

欲以弑公之罪加寪氏而不能正法，仅有死者而已。

死者，人道之终也……使书公薨于寪氏，桓、翚之罪非徒不讨，后世且无由而识之矣。不书地，以著君父不得其死之实。不书葬，以警臣子复仇讨贼之心。非圣人莫能修此类是也。①

左传纪事本末

顾隐之失不在于让，而所以处让之道有未善也……及子翚请杀之时，桓已十余岁矣，犹不反国，而归之借口"少故"；菟裘虽营，何以解于桓公之疑？而亦何以杜羽之谮哉？若隐者，让则有之，而谓其能绝远嫌疑以为让，则未也。夫其始战狐壤而被止，是无勇也；祷钟巫而以其淫祀之主来，是不智也；摄位而者从事于盟坎，是不信也；改葬惠公而身不临，是不孝也；众父卒而不与小敛，是不仁也；会潜盟唐，是窠防也；入极渝平，取部、防，是贪得也；羽父请以师伐郑而不能禁，是纵权也；草次遇清，是简礼也……迹隐公十年经、传所载诸行事，鲜有当人意者。世但以其让桓公而桓弑之，恶桓深，则其贤隐也若不曾口；而不知如隐之让，则实足以启争端而为祸媒者也……隐虽让桓，贪其位而摄之，此寪氏之刃所由及也。②

可以看到，《日讲春秋解义》取材于《左传》，对此事进行了以字词为中心的结构化解析，即就当下文本的"微言"解释当下文本的伦理，其阐释目的始终指向正统礼制的建设。对比而言，《左传纪事本末》的评点在私人撰著的语境下呈现出"后结构化"的倾向，即从当下文本的"微言"出发，从相关脉络中梳理通权达变的故事逻辑。而在这个过程中，《左传》文本中的叙事性、修辞性元素就相对发挥到了极限。

除高士奇外，《日讲春秋解义》在编纂时期的校订官方苞也有关于《左传》学

---

① 薛治点校：《日讲春秋解义》，华龄出版社，2014年，第27—28页。
② 高士奇：《左传纪事本末》韩菼序，中华书局，2015年，第1册，第48—49页。

的个人撰著《左传义法举要》。方苞对于《左传》的"义法"论说大致开始于康熙三十年左右，并在后期得到不断完善。"义法"可以理解为古文的写作方法，在方苞对于《左传》的阐释语境里尤指叙事方法，意在告诉读者如何从材料和结构两个方面进行排篇布局。纵观《左传义法举要》，其间既容纳了一些附和皇帝的内容，也涵盖了独立的创见。例如，方苞对于文章之"简"的推崇就直接呼应了康熙所标榜的行文原则：

清实录·圣祖实录·康熙二十三年

上曰："文章贵于简当，可施诸日用，如章奏之类，亦须详明简要。明朝典故，朕所悉知，其奏疏多用排偶芜词，甚或一二千言，每日积满几案，人主讵能尽览？势必委之中官，中官复委于门客，此辈何知文义？讹舛必多，奸弊丛生，事权旁落，此皆文字冗秽以至此极也。"①

方苞左传义法举要

若更叙前三战三败之地与人，则臃肿而不中绳墨。（《韩之战》）②

此战之事与言最繁杂细碎，故特起连类而书之例。使一以事之前后为序，则意脉不贯，拳曲臃肿，而不中绳墨矣。（《邲之战》）③

不难看出，方苞通过对《左传》进行"以简为要"的评述，有效地使"以古文为时文"④的理论干预到宫廷所倡导的文化政策中。不过，像《邲之战》中对于"前后为序""意脉"的强调，也体现了方苞"言有序"的独立理念。"言有序"盖指古文写作应讲求详略，对不同位置的事件的叙述应有所轻重，最终使得叙事景观总体具备平衡感、建筑感。在《左传义法举要》中，这种讲求结构秩序的观

---

① 参见《清实录》卷一一四，中华书局，1985年，第5册，第187页。
② 彭林，严佐之：《方苞全集》，复旦大学出版社，2018年，第7册，第10—14页。
③ 彭林，严佐之：《方苞全集》，复旦大学出版社，2018年，第7册，第20—28页。
④ 按，方苞对于"古文""时文"的论述已然迈出了他作为宋学家应持有的基本立场，如"以先秦盛汉辨理论事，质而不芜为古文。盖六经与孔子、孟子之书之支流余肆也"，（清方苞：《古文约选序例》，《方苞集·集外文》卷四，上海古籍出版社，1983年，第612页）。再如"周秦诸子之绪余，而炼作时文"（梁章钜：《制义丛话》卷一〇，上海书店出版社，2001年，第177页）。

点呈现出非常具体的阐述形式。如《城濮之战》，方苞复盘晋、楚两国局势时格外关注了《左传》对其的对称叙事，他评道："中间晋侯能用人言，不独博谋于卿大夫，且下及舆人；得臣刚愎自用，不独荣黄之谏不听，楚众欲还不从，即楚子之命亦不受，又一反对也。晋侯之梦似凶而终吉，得臣之梦似吉而终凶，又一反对也。"① 此处"反对"的评法已不同于方苞强调经术涵养的宋学家姿态，呈现出关注修辞性的文本接受面貌。

除高士奇、方苞之外，一些在朝儒臣的"春秋学"撰著在标举对象和阐释方法上也发生了转向。如毛奇龄《春秋毛氏传》、徐庭垣《春秋管窥》以及惠士奇《春秋说》，都或多或少推崇了《左传》的叙事价值，同时也在冲破经学认同机制的边缘试探。所以，《左传》阐释功能的转变，一定程度上标志着经学由义理化向征实性的转向，但它也以独特的文本张力在康熙朝显示出了未被官学意图穷尽的叙事性、修辞性。

结　语

康熙朝对《左传》实施的一系列文教改革理应促使我们思考，特定的宫廷活动何以作为"语境"对经学文本的阐释发挥作用。整体来看，每一种情景语境实际上都具有双重功效——由革新意识产生决策背景，再由书面实践产生文本环境。在"道统"语境下，胡《传》旁落，而朝廷"以经治世"的需求不降反增，最终，两部御制集说以全新的编排体例使《左传》获得了政治干预的机会。在"选集"语境下，"稽古右文"将《左传》安置在了更加稳定的文化教育活动中，而《古文渊鉴》《义门读书记》也从文章学的角度显示了《左传》的文学实践立场。在"私著"语境下，活跃的文化机构、开放的文化政策使得高士奇等翰林院侍臣始终维持着自身的职业自信，他们从《左传》中生发了诸多文本修辞概念，开拓了文本细读的空间。

---

① 彭林、严佐之：《方苞全集》，复旦大学出版社，2018年，第7册，第16—19页。

自伽达默尔式的诠释学问世之后，文本的社会语境在接受美学的层面上被更加深刻地认识，作品本身的历史视野与它的历史性读者也存在种种转换关系。而正是通过不同的关系场景，康熙皇帝与其高层儒臣"上行下效"般地为宫廷语境下的经学文献提供了新的阐释路径，他们系统地构建了对于《左传》的理解活动，并通过文化事务机构、御纂文献与私人著述等媒介将其释放了出来。而历史的偶然性在于，这个时期社会整体的学术背景虽处于由宋学式微到汉学初兴的过渡阶段，但清初时局的政治诉求与康熙本人的文化涵养，使得原本作为经学变革突破口的《左传》意外地彰显了更多文化意义。康熙之后，乾嘉汉学的繁盛局面反而阶段性地遮蔽了《左传》的这种解读空间。

［作者单位：北京师范大学文学院］

扬雄及其著述在日本的译介与研究①

□刘 岩 丰 琴

【摘要】 扬雄是西汉末年杰出的代表名家，享有"西道孔子"之称，在文学、哲学、辞赋和语言学方面都有极高的建树，创作了《法言》《方言》《太玄经》《反离骚》《蜀都赋》《蜀王本纪》等众多影响深远的作品。不仅是国内学者，国外亦有众多学者对扬雄及其作品进行了研究。20 世纪末以后日本学者对扬雄及其著述研究最为丰富，涌现了嘉濑达男、远藤光晓、铃木由次郎等代表学者，从文本分析、形式对比等多个角度围绕扬雄著述、辞赋及思想进行了分析，一定程度上为国内学界扬雄研究提供了海外观点。笔者旨在通过梳理扬雄著述在日本的馆藏与传播，并对相关学者的扬雄研究进行概述，以期为扬雄著述研究提供来自域外他者的研究资料。

【关键词】 扬雄；刊本调查；译介；学者述评

一直以来，国内学界有关扬雄及其作品的研究颇丰。有学者对其生平及其作品进行了系统梳理研究，也有学者就其作品《法言》《方言》进行了详细的个案研究，对其著述的创作时间进行考证也是国内学者研究的主要方向之一。国内学者黄开国连续三十年对扬雄思想进行研究，1989 年出版专著《一位玄静的儒学伦理大

① 基金项目：本文系国家社科基金一般项目"日本近代中国西南调查及馆藏图文资料整理与研究"（项目编号：22BTQ013）阶段性成果。

师——扬雄思想初探》，以扬雄代表作《太玄》和《法言》为研究重点，对其思想进行了总体评价①；王青 2011 年出版了专著《扬雄评传》②；束景南对《太玄》所作年代进行了考证，认为《太玄》作于成帝元延年到绥和二年中间，章句作于哀帝年间③。李大明、王怀成对近百年来国内学者相关扬雄研究成果进行了综述④。陈沛锦、张其成对扬雄作品《法言》当中所体现的中医思想进行了分析研究⑤；肖路运用伽达默尔的哲学阐释理论分析了英美汉学家对扬雄《方言》的译介与研究⑥。综合而言，国内学者对扬雄及其著述的研究已经取得了较为丰硕的成果。与此同时，在西方国家亦有多位学者长期致力于扬雄及其作品的研究，尤以美国汉学家康达维和戴梅可为主要代表，国内学者也发文就扬雄及其作品在英语世界的译介与研究做了相关梳理⑦。相对而言，国内学者针对扬雄及其作品在日本的研究、传播与接受等其他方面的研究较为缺少。据笔者所查，目前仅有苏德以历史年代为线索，将日本学界关于扬雄及其作品研究按照从"明治—大正时期（1868—1927）、昭和时期（1927—1989）、平成时期（1989—2019）"的发文时间顺序，运用历史性和阶段性的叙述方法，详细介绍了扬雄作品在日本上述三个时期的研究情况⑧。

由上所述，扬雄研究是国内学者较为关注的领域，同时对海外国家扬雄研究的文献成果进行了述评与研究，研究内容及方法亦逐渐科学化。基于此，本文基于前人学者之研究，以日本全国汉籍数据库、国立国会图书馆、国文学研究资料馆、新日本古典籍综合数据库为数据来源，通过整合梳理扬雄著述在日本的馆藏以及译介情况，对扬雄及其作品的日本相关学者研究进行述评，以期为中国古代

---

① 黄开国：《一位玄静的儒学伦理大师——扬雄思想初探析》，巴蜀书社，1989 年。
② 王青：《扬雄评传》，南京大学出版社，2011 年。
③ 束景南：《〈太玄〉创作年代考》，《历史研究》1981 年第 5 期。
④ 李大明、王怀成：《近百年来扬雄研究论文综述》，《中华文化论坛》2018 年第 10 期。
⑤ 陈沛锦、张其成：《扬雄〈太玄〉中的医学思想研究》，《医学与哲学》2020 年第 15 期。
⑥ 肖路：《英美汉学对扬雄〈方言〉的译介与研究》，西华大学 2021 年外国语言学及应用语言学硕士论文。
⑦ 蒋哲杰：《英语世界对扬雄及其作品的译介与研究——兼论中国文化经典翻译人才的培养》，《成都师范学院学报》2022 年第 3 期。
⑧ 苏德：《日本近代以来的扬雄研究回顾与思考》，《地方文化研究辑刊》2021 年第 2 期。

名人及著述在海外的传播与影响研究提供新的史料信息与学术观点。

一、扬雄著述在日本的刊本调查

1. 全国汉籍数据库

笔者通过全国汉籍数据库，以"扬雄"为关键词进行检索，由于收录的扬雄著述中同一作品却有多个不同名称，如《法言》《扬子》《扬子法言》《扬氏法言》《杨子法言》《纂图互注杨子法言》《五臣音注扬子法言》《新纂门目五臣音注扬子法言》；《方言》《扬子方言》《新刻绝代语释别国方言》《輶轩使者绝代语释别国方言》；《太玄》《太玄经》《扬子太玄经》《太玄》等，因此笔者将搜查到的同一作品的不同名称进行归类统合，如将《扬子法言》归类统合为《法言》，将《新刻绝代语释别国方言》归类统合为《方言》，《太玄》归类统合为《太玄经》，最后得出全国汉籍数据库所藏扬雄共计 502 本，详见表 1。由表 1 可知，全国汉籍数据库中所收录数目较多的分别是《法言》《方言》以及《太玄经》。《法言》中以别称《扬子法言》《新纂门目五臣音注扬子法言》收录的数量较多，分别为 77 本和 40 本。而《方言》中尤以别称《輶轩使者绝代语释别国方言》（图 1）收录的最多，共计122 本。

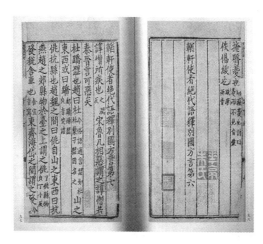

图 1　《輶轩使者绝代语释别国方言》序

表 1　全国汉籍数据库收录扬雄作品一览表（单位：本）

收录书籍	数量
《法言》	174
《方言》	170
《太玄经》	55
《扬侍郎集》	28
《训纂篇》	22
《扬子云集》	17
《琴清英》	13
《十二州箴》	9
《反离骚》	7
《蜀王本纪》	4
《仓颉训纂》	2
《扬雄集校注》	1

　　此外，根据全国汉籍数据库检索到的以上 12 种书目被收录于日本各研究所、研究博物馆、研究文库、大学以及市立图书馆等机构之中。笔者通过统计各机构所收录的书籍数量，将收录书目达 5 本以上的机构制成表 2。根据表 2 可知，东京大学综合研究博物馆和国立公文书馆所收录的扬雄著述数量最多，收录数量分别为 54 本和 50 本。除研究所与书库外，收录数量超 5 本的大学共有 13 所，图书馆共 4 所。结合表 1 和表 2，就年份而言，各机构所收录的书籍多数是在万治年间（1658—1661）、宽文年间（1661—1673）、宽政年间（1789—1800）以及明治年间（1868—1912），主要通过传抄以及刊印等形式进行收录，其中刊印数量最多的时期为万治年间。

表 2　各机构收录扬雄作品一览表（单位：本）

机构名称	数量
东京大学综合研究博物馆	54
国立公文书馆	50
京都大学人文科学研究所	35
大阪府立大学	26

机构名称	数量
东洋文库	26
静嘉堂文库	26
爱媛大学	23
九州大学	23
东北大学	20
东京都立中央图书馆	18
大阪大学附属图书馆	13
宫内厅书陵部	13
立命馆大学	13
神户大学	13
一桥大学	12
爱知大学	10
爱知学院大学	9
椙山女学园大学	8
岛根县图书馆	8
二松学舍大学	8
国士馆大学	8
东京大学东洋文化研究所	7
蓬左文库	7
冈山县图书馆	5
实践女子大学	5

万治年间（1658—1661）覆刻较多的书目为《新纂门目五臣音注扬子法言》，皆为中野小左卫门刊行，其中有两卷是以明世德堂本为底本进行刊印。宽文年间（1661—1673）覆刻较多的书目为《輶轩使者绝代语释别国方言》，多由平野屋佐兵卫和山森六兵卫刊行，且多以明程荣刻汉魏丛书为底本。宽政年间（1789—1800）覆刻较多的书目为《法言》，主要是由柏屋喜兵卫、河内屋喜兵卫所刊行。此外，总体来说各机构所覆刻的卷本若按照朝代划分则多为宋刊本和明刊本，其中包括官府机构的抄录刊刻，如《扬子法言》便是覆刻的上海涵芬楼收藏的宋治平监本，一定程度上说来，官刻本对文本的校对勘正方面，显得更为周密慎重，

刻印品质也更为精良。此外，也覆刻的有江都秦氏石研斋刊本。江户时期日本汉学最为兴盛，此时期的知识分子以通汉学为荣，将汉学作为自身的学问进行研究①，在检索全国汉籍所收录的《太玄经》中就包含有江户时期的抄写本。图2、图3分别为读书坊藏版《太玄经》封面、读书坊藏版《太玄经》序。

图2 读书坊藏版《太玄经》封面

图3 读书坊藏版《太玄经》序

2. 国立国会图书馆

笔者将国立国会图书馆搜集到的同一作品不同名称进行归类统合后，得出表3。国立国会图书馆所收录的书籍数量、书籍种类都比较少，相关期刊论文研究数量较多。其收录的古籍多为中国书店、中华书局和上海古籍出版社所刊行的卷本，此外也收录有创立于明朝万历年间（1573—1620）的扫叶山房石印本《杨子法言13卷附音义1卷》。

表3 国立国会图书馆收录扬雄作品一览表（单位：本）

收录书籍	数量
《法言》	6
《太玄经》	3
《扬雄集校注》	1
《方言》	1

---

① 周振鹤：《和刻本汉籍与准汉籍的文化史意义》，《中国典籍与文化》2012年第1期。

3. 国文学研究资料馆

将国立文学研究资料馆搜集到的同一作品不同名称进行归类统合后，得出表4。国文学研究资料馆收录的扬雄著述数量及种类也比较缺少，仅有《法言》与《太玄经》两种。其中收录由宽政年间（1789—1800）所刊行的书籍数量最多，且大部分均为汉学家扬雄撰写，日本桃白鹿（1722—1801）编著的柏屋喜兵卫和菱屋孙兵卫刊行本《扬子法言增注》，分别馆藏于佛教大学图书馆、东洋大学附属图书馆、八户市立图书馆、刈谷市立中央图书馆、北海道大学附属图书馆、九州大学中央图书馆、御茶水女子大学图书馆、哈佛燕京图书馆、加州大学伯克利分校东亚图书馆。图4、图5分别为《扬子法言增注》封面、《扬子法言增注》序。

图4《扬子法言增注》封面　　　　　　　图5《扬子法言增注》序

表4　国文学研究资料馆收录扬雄作品一览表（单位：本）

收录书籍	数量
《法言》	17
《太玄经》	3

由上可知，不管是从数量还是书目种类上来说，全国汉籍数据库收录的扬雄著述较国立国会图书馆和国文学研究资料馆都更为丰富。通过以上表格也可以管窥扬雄著述中，以模仿《论语》语录体形态而作的《法言》、将地方方言与官方用语进行比较研究所撰的语言学著作《方言》以及哲学著作《太玄经》藏书数量最多，影响最为广泛，同时也能够明晰日本古籍收录的偏向性。此外，标志着琴曲歌词文本化的论琴著作《琴清音》、研究解识古文奇字的字书《训纂篇》、因不理

解屈原投江行为而作的《反离骚》以及记录巴蜀上古历史传说的《蜀王本纪》等扬雄著述在日本皆有所藏。

通过搜集整理日本馆藏的扬雄著述对于找寻中国散落的逸本有重要意义，且得益于江户时期各汉学研究者在汉学著作上所做的努力，如给古籍标注训点等方式，某种程度上也能为扬雄著述在日本的传播与接受提供了更多助力。此外，通过日本馆藏的古籍刻本来对国内所藏古籍进行校对等方面亦体现着极其重要的价值。

二、扬雄著述在日本的译介研究

据日本史籍记载，最早传入到日本的中国古籍是由王仁因受邀带去的《论语》和《千字文》，到了 9 世纪末越来越多的中国古籍传入日本，隋唐时期日本派遣"遣隋使"和"遣唐使"到中国学习。有关扬雄著述何时传到日本，有学者指出在镰仓时代（1185—1333）中期，扬子学说随着宋学传播到日本，最早关注到扬雄的便是临济宗僧虎关师炼（1278—1346）①。早期传入日本的扬雄著述大多是其所撰辞赋，就笔者在国立国会图书馆检索结果来看，其中收录扬雄辞赋较多的主要书籍为《文选正文》《文章轨范评林》和《标笺文章轨范》。此外，由明治书院刊行的《新释汉文大系》系列丛书，广泛收录有中国古代典籍，其中包含了《论语》等四书五经，以及《史记》等中国古典代表性文献。而在其第 80 卷中收录了翻译注释版的《甘泉赋》《羽猎赋并序》与《长杨赋并序》。如今历时半个多世纪，该系列丛书全 120 卷已于 2018 年由明治书院出版。

通过检索国立国会图书馆收录的扬雄著述，结果显示江户时期由中野小左卫门刊行的《新纂门五臣音注扬子法言》10 卷是较早传到日本的扬雄作品，此版本为李轨、柳宗元加注，后又经宋咸、吴秘、司马光在前基础上重新添加注释。此外，明治时期传入日本，由萧统所撰写的《文选正文（10）》中便收录有扬雄的辞赋《解嘲》《赵充国颂》和《剧秦美新》，《文选正文（2）》中收录了扬雄《甘

---

① 苏德：《日本近代以来的扬雄研究回顾与思考》，《地方文化研究辑刊》2021 年第 2 期。

泉赋》《羽猎赋》及《长杨赋》，两本书皆由片山兼山点校，宝文堂出版，而明治十五年（1882）原田由己进行点校之后，于水野幸出版。在久保得二（1875—1937）所著《支那文学史》第二期中古文学的两汉文学部分著有关于王褒和扬雄的相关辞赋介绍，而王褒在辞赋方面也甚有作为，并与扬雄并称"渊云"，此书系早稻田大学出版，后于2010年由国立国会图书馆将其数据电子化进行保存。

20世纪末，相关学者将研究视点聚焦于扬雄所撰《法言》和《太玄经》上，主要研究代表有嘉濑达男、铃木由次郎、弥和顺、本田千惠子等。起初扬雄所撰《扬子法言》传到日本时是与其他儒学、哲学类作品收录于各类合辑之中，如修学堂刊行的松平治郎吉所著《汉学讲义》；益友社于1893年刊行的萩原西畴所著《诸子大意》；汲古书院刊行的长泽规矩也所编撰的《和刻本诸子大成》等。但是早期由于受限于印刷等技术，扬雄著述多以抄本和刊刻本以及影印本在日本流传，编制目录与索引并重、对重要的汉籍主义编制索引，逐渐成为日本汉籍研究的一大特色①，1992年，由志村治、福田忍所编撰的《法言索引》的出版，很大程度上推进了扬雄《法言》在日本的传播。

除上述《甘泉赋》《羽猎赋并序》与《长杨赋并序》等辞赋外，还有留日学者丁惟汾所著《方言译》（13卷），该书是扬雄所撰《方言》的注本，于民国年间出版之后传入日本，此书为他所撰《诂雅堂丛集》六种的其中之一。此外，日本国民文库刊行会于1916年辑印的《国译汉文大成》一书文学部中翻译了扬雄的辞赋《反离骚》，另此书还收录了幸田露伴与平冈龙城共同翻译的《国译红楼梦》。宇野哲人所著《支那哲学史讲话》的第五章部分亦详细介绍了扬雄及其著述。据国立国会图书馆检索信息显示，此书最早出版年份为大正三年（1914），两年后即1916年再次于大同馆出版了第三版，1941年大同馆书店出版其增订版，而此时已是该书出版的第60版。1964年铃木由次郎在其所著《太玄易研究》中针对太玄经译注分上篇、中篇、下篇给出了分析研究，后出版《太玄经》一书，皆由明德

---

① 李国新：《近二三十年日本中国古典目录学研究状况述评》，《图书馆学刊》1983年第4期。

出版社出版，2011年3月31日由国立国会图书馆整理为电子数据资源以方便读者进行阅览。小竹武夫独自翻译完成的《汉书·扬雄传》，1979年由筑摩书房出版。

嘉濑达男于2007年以《古今逸史》（1973年上海商务印书馆影印，影印元明善本丛书本）所收录的《輶轩使者绝代语释别国方言》附录为依据，参照佐藤进所编《宋刊方言四种影印继承》影印，静嘉堂文库藏影宋抄本、《古文苑》九卷（1879年杨守敬刊本）等书目，对扬雄作品《答刘歆书》用分段的形式进行了翻译注释，并于立命馆白川静纪念东洋文字文化研究所纪要出版。后又以《古文苑》九卷为底本，参照《全上古秦汉三国六朝文》《全汉赋评注》以及其他佚文，对《蜀都赋》全文做了校订及注释，并用现代日语对其进行了翻译，2010年发表在《学林》上；2011年发表《读杨雄〈反离骚〉》一文，以"原文—训读—现代日语"的形式将对《反离骚》进行了翻译，刊文于小樽商科大学言语中心。由三岛中洲著、石川忠久进行编录的《三岛中洲全释》中收录了扬雄著述，此外孔子、孟子、韩非子等著述也收录其中，该书2010年由汉学学馆二松学舍出版。三岛中洲是日本明治时期著名汉学家和儒学家，日本二松学舍大学与二松学舍都由其所创立，为儒学的发展提供了重要平台和助力。

扬雄在散文及儒学上皆有作为，但较早传播至日本的扬雄作品中，主要以辞赋为主，且多以单篇的形式收录于其他合辑之中；且日本学者对扬雄的译介同样集中于辞赋之上，缺乏对其他散文如《法言》《方言》的译介。研究焦点更多集中在对扬雄本身，以及扬雄在文学、哲学、语言学等方面的成果，相较于翻译，对其作品中的思想内容、创作背景及文体形式的研究较为突出。

三、日本学者扬雄研究

20世纪末以来日本学者对扬雄及其著述研究最为丰富，出现了众多代表性研究学者，一方面以《法言》《太玄》《方言》《反离骚》《解嘲》等著述和辞赋为中心展开研究，另一方面也对扬雄思想研究给予了高度关注，且研究方法和视点呈现出多样化的特征，囊括文本分析、内容阐释、形式对比等多个方面。

（一）著述研究

嘉濑达男从经文学着手，对《法言》进行了系列研究。2000 年发表的《关于〈法言〉的人物批评》一文收录在《古代文学理论研究的回顾与前瞻——复旦大学 2000 年国际学术研讨会论文集》。同年，嘉濑达男在日本中国学会第 52 届大会上发表了论文《〈法言〉与五经》，此后的研究亦主要围绕《法言》与经文展开。2003 年在《学林》上发表《〈法言〉的表现：对经书的引用和模仿》一文，从经书引用方法、前汉时期的经文引用法、《法言》和《论语》的引用、《法言》的经书观以及《法言》中体现出的典故、书名及意义六个点，对扬雄如何看待经文写作，以及为何将经文穿插在文中进行撰写等问题展开了详细论述。2011 年在《学林》上发表《杨雄的诗经学：以〈法言〉为中心》一文，从"杨雄与四家诗""《法言》诗经学的特色""杨雄诗经学的来历"等方面，详细论述了两者关系，并指出扬雄曾有一年的时间可以众览宫中的所有书籍，因此能够通过书籍加深对诗词经学的理解。2018 年 12 月嘉濑达男在"四川省扬雄研究会第二届学术会议"上发表论文《〈法言〉与典故》；之后在 2020 年发表《〈法言〉的分篇与编撰特色——兼谈〈法言义疏〉的几个问题》，针对汪荣宝所编著的《法言义疏》存在的问题做了阐释。另外，本田千惠子于 1999 年于国学院大学中国学会、东洋文化发表了《〈法言〉中"礼"的考察》《关于〈法言〉中的"变"》等文章，着重论述了《法言》呈现出的"礼"和"变"。

除上述研究外，由于《法言》与《论语》在体裁上相似，亦有学者对两者之间的关联性展开了研究。1993 年弥和顺发表《扬雄〈法言〉中的人物评论》一文展开了对扬雄及其著述的研究，1994 年发表《扬雄〈法言〉和〈论语〉——仿作原由》，详细分析探讨了扬雄为何会模仿《论语》形态而创作出同种语录体《法言》。同年在《新汉文教育》上发表《扬雄的管仲论——汉代如何读解〈论语〉》一文。2002 年、2004 年分别在《中国研究集刊》《北海道大学文学研究科纪要》上发表论文《扬雄〈法言〉中的模仿与创造》《法言模仿考》，以汪荣宝所编著的《法言义疏》为底本，选取《法言》学行卷到孝至卷的具体例子，分析了扬雄模仿

《论语》而作的章节和段落。弭和顺对汉代学术思想有着深入的研究，曾共同编撰《概说中国思想史》一书，并翻译了《易学哲学史》。

除了对扬雄进行研究外，弭和顺还重视对《论语》、赵岐及其作品的研究。若按研究时间来说，弭和顺早期主要是围绕扬雄及其作品展开研究，中间穿插对赵岐、《诗经》等其他作品的研究，后期则是主要以《论语》为研究对象。弭和顺对于《论语》的研究更多是集中于文本内容的阐释和唐写本《论语郑氏注》中体现的思想研究。由上可知，弭和顺对扬雄《法言》的研究一定程度上也基于他一直以来围绕《论语》开展的分析论述，进而能够更翔实地将两者之间的关联性阐释明晰。

铃木由次郎 1964 年出版专著《太玄易研究》，1972 年出版《太玄经》，开篇在解说部分围绕"太玄的构造""太玄经八十一首""太玄经的思想""扬雄人品论述"四个部分展开详细叙述。在正文部分向读者清晰展示了最难理解的《太玄经》全貌，并将其作为处世训，此书于昭和四十七年四月三十日（1972 年 4 月 30 日）初次印刷出版，后于平成二年六月三十日（1990 年 6 月 30 日）进行第三次出版印刷，足以说明影响力之深。

嘉濑达男对《太玄》也做了相关研究，于 2019 年发表了《杨雄的术数学和〈太玄〉》《杨雄〈太玄〉的写作目的——从杨雄生平和学问的角度来考察》两篇文章，分别于 2018 年国立政治大学举办的"第十一届汉代文学思想国际学术研讨会"与 2021 年在京都大学人文科学研究所举办的"中国学术史与目录学——以章学诚的学术构想为起点"国际研究学术研讨会上宣读此文，从不同角度阐释了《太玄》的深刻内涵。除《法言》《方言》外，嘉濑达男还发表《杨雄〈答刘歆书〉及其小学》一文，指出《答刘歆书》是记录了《方言》编撰过程的唯一资料，具有重要意义，对《答刘歆书》的可信度进行了探讨，并对其所记载的内容进行了考察①。

1995 年，远藤光晓的《从编辑史的观点对汉语音韵史资料的再研究》一文中

---

① 嘉濑达男：《楊雄〈答劉歆書〉とその小学》，《立命馆白川静纪念东洋文字文化研究所纪要 2》，2008 年第 3 期。

对扬雄《方言》进行了研究，并指出可以根据注中使用的"所谓之"和"曰"的分布程度来推断其成书过程。在完成了现代汉语各方言的方言地图，以及根据扬雄的《方言》制作汉代汉语方言地图的基础之上，用三年时间（1997—1999）完成《中国语言地理和人文·自然地理》课题研究，对现代汉语方言的地理分布的意义、基于扬雄《方言》的汉代方言区划等进行了分析研究，并进一步探讨了人文、自然地理研究在其专业领域中的纷繁现象与地理分布之间的关系。另外，远藤光晓也对山东方言、云南方言、邵阳方言、粤语、北京话等进行了分析研究。渡边义浩与东京大学小岛毅、筑波大学稀代麻也子等人 2010—2012 年间共同完成课题《汉魏文化的国际研究》，论述了扬雄所撰《太玄》的"首"与"赞"部分。

松江崇主要研究方向为汉语史，尤其是语法、词汇的变化"结构"、语言产生的变化与社会、文化方面的变化之间的关系机制，还包括了汉字的符号论研究，思考汉字及其背后的语言（日语、汉语）之间的关系。在《古代汉语方言的动态研究》《汉语词汇史上复音节化现象的综合研究》《汉语语法史视角下的早期汉译佛典语言研究》《上中古汉语功能语体系的历时变化机制——从区域扩散的视角》等研究课题中，以扬雄所撰《方言》为研究文本，对中国古代方言以及《方言》中所体现的地域差及非汉语要素、当中涉及的朝鲜方言等进行了综合论述。此外也以"江淮方言为例"研究了《方言》中的语言层次问题。

（二）辞赋研究

嘉濑达男于 1998 年发表《〈汉书·扬雄传〉所收"扬雄自序"》，指出截至目前的研究大多围绕扬雄的姓是"杨"还是"扬"展开，故嘉濑达男从另一个视角出发分析了扬雄自序的范围。2003 年发表《论扬雄的"赵充国颂"》，其中《论扬雄的"赵充国颂"》收录于"文学"与"文选学"第五届文选学国际学术研讨会论文集。2008 年发表《杨雄〈元后诔〉的背景和文体》，对诔、《元后诔》的文体、内容与背景进行了阐释，并指出扬雄潜心撰写诔等其他文体的和他停止创作辞赋有很大关系。2013 年发表《杨雄〈蜀都赋〉和都邑赋》，从《蜀都赋》的真伪、《蜀都赋》与都邑赋、《蜀都赋》与扬雄的颂辞、都邑赋·叙景赋的作者与读者四个方面进行了探讨分析。

　　谷口洋对中国辞赋有着较为深入的研究，从 2007 年至今共完成 8 项有关汉代楚文化、辞赋的系列课题。在其博士论文《春秋战国时期叙事的发展对汉代辞赋文学的影响》第五章"从扬雄《解嘲》看'设论'文学体裁的成熟与演变"中，以《解嘲》为中心，分《解嘲》中战国说服术的继承和演变、《解嘲》中说唱故事的继承和演变、《解嘲》与《贤人失志》的文学三个方面进行了分析阐释①。谷口洋于 2007—2009 年间完成了"战国秦汉时期的谚语、歌谣、文学作品与故事——以'文本'为核心的'叙事'研究"，2021 年以"魏晋南北朝时期《楚辞》文学的变容与影响——楚歌·屈原形象·游行"为课题，继续在这一领域深耕。

　　多田伊织于 1994 年发表《扬雄论》，通过解读《汉书》和《扬雄传》中相关扬雄的评价，对扬雄及其作品《太玄》《解嘲》《法言》进行了分析研究，并提出《扬雄传》并未忠实反映历史这一观点②。本田千惠子 1995 年发表论文《扬雄小考——〈反离骚〉》，1998 年发表了《〈解嘲〉在扬雄生涯中的位置》一文，本田千惠子的研究文本不只是扬雄的一部作品，而是以多部不同著述为基本文本材料所进行的综合分析。

　　渡边义浩发表《〈剧秦美新〉与赋的正统化》一文，收编于其所著《〈古典中国〉的文学和儒学》一书中。后牧角悦子针对该书撰写了书评，在第一章节"《剧秦美新》与赋的正统化"中，提出"文章揭示了《毛诗大序》的'六义'，《周礼·春官·大师》的'六义'，以及《春秋左氏传》'谲谏'在《剧秦美新》这一背景下的意义，可谓卓见。只是，《诗经》中负责'美'的'颂'，形态上以四言为主，将赋形式的《剧秦美新》直接与'颂'联系起来多少有点不妥"③ 这一看法。

　　佐藤达郎以《中国古代的官僚制和文化——以汉代古官箴为中心》为课题名称进行研究，指出西汉末年扬雄模仿古典而创立的官箴，既敏锐地反映了王莽政

---

　　① 谷口洋：《春秋戦国期における語りの場の展開の漢代辞赋文学に対する影響》，京都大学 1998 年中国语言学及中国文学博士论文，第 249 页。
　　② 多田伊織：《扬雄論》，《国際日本文化研究センター》1994 年第 11 期。
　　③ 牧角悦子：《〈書評〉文学研究者への挑戦状——渡邉義浩著『古典中国における文学と儒教』》，《三国志研究》2015 年第 10 期。

权下的政治状况，又作为理念和鉴戒之书，对后世产生了巨大影响。在其影响下，东汉各家相继推出的官箴，在内容、形式上基本继承扬雄的作品，同时大量引用西汉的故事，在官名上也经常选用同时代的紧要官职，具有增强具象性的倾向。在扬雄赋中有众多关于制度的记录，以及他所撰写的《官箴》一文中亦涉及多种官职，除开汉赋本身与礼制的关系外，也与扬雄身居为给事黄门侍郎一职有关，而此职位正属于礼职①。

川合康三对扬雄也有所研究，曾于2000年在日本中国学会上发表《古文家和扬雄》一文②。而早期的川合康三研究方向主要是中国唐宋文学，研究对象包涵了李贺、李商隐、韩愈、陶渊明、白居易、杜甫及王维等著名诗人。

（三）思想研究

铃木由次郎对扬雄的思想研究可以从1959年学艺书房出版的《世界伦理思想史丛书（第4卷）》一书中窥见。该书收录了中国伦理思想的渊源、先秦儒教的伦理思想、诸子百家的伦理思想、汉唐的伦理思想、宋明的伦理思想、近现代伦理思想、中华民国时期的伦理思想、中华人民共和国时期的伦理思想共八个时期各个日本学者的研究著作。其中铃木由次郎所写《汉唐伦理思想》也被收录其中，此书第一章第五节叙述了扬雄与王充的伦理思想。值得注意的是，在高田真治所著《诸子百家伦理思想》中也将扬雄伦理思想作为附录呈现其中。

1993年串田久志的课题《两汉时期"谣"的社会思想史研究》，其中将王莽时期的"谣"和扬雄《剧秦美新》进行了讨论。今井宇三郎发表了《铃木由次郎著〈汉易研究〉》一文，2004年滨久雄在大东文化大学创立八十周年纪念号及大东文化大学创立八十周年纪念"讲述先学"系列上发表论文《铃木由次郎先生的思想和学问》，可以说铃木由次郎的汉学研究对后世的影响比较大。嘉瀬达男于2007年发表《蜀地杨雄的处世和学问》，对扬雄前半生创作的作品，如《反离骚》《绵竹颂》等做了介绍，另一方面论述了谯玄、赵宾、杨宣等经学家对蜀地做出的

---

① 张倩：《扬雄辞赋名物玫》，兰州大学2012年中国古典文献学硕士论文，第42页。
② 川合康三：《古文家と扬雄》，《日本中国学会》2000年第52期。

教育贡献。此外，也对讽谏和经学、扬雄与何武等方面对做了详细且全面的阐述。

总体而言，日本学者对扬雄的研究主要集中在著述、辞赋及思想三个方面，围绕儒学著作《法言》、哲学著作《太玄》、语言学著作《方言》及辞赋《解嘲》等对扬雄及其著述都做了比较全面的分析研究，其中研究范围较为全面的学者当属嘉濑达男，无论是辞赋、散文，亦或是思想研究皆有涉及。而其他学者也从对比、地域文化、考证等多个视角出发进行了论述研究，研究形式多样。且各学者多次参加国际学术会议，极大程度上助推了扬雄及其著述的国际发展、研究与传播。

四、结语

本文从刊本调查、译介研究、日本学者扬雄作品及思想研究三个方面对扬雄著述在日本的相关研究进行了综合评述。综合言之，日本馆藏的扬雄作品以《方言》《法言》及《太玄》为主，且主要以万治年间所覆刻的版本为主，一定程度上体现出扬雄作品在日本的馆藏偏向性。日本学者的扬雄研究呈现出范围广、多角度的特征，研究涵盖了著述、辞赋及思想等方面，针对扬雄作品的翻译则更多围绕辞赋展开，而在文学、哲学、语言学与伦理学方面的研究呈现出更高的关注度，研究也更为丰富，并出现了嘉濑达男等专门研究扬雄的日本学者，围绕其作品的内涵阐释、辞赋译注以及成书真伪等方面做了较为全面的考察，为学界扬雄研究给出一定借鉴意义。希望通过上述分析整理，进一步为其他学者开展扬雄研究提供更多参考资料。

[作者单位：贵州大学外国语学院]

·文艺理论与外国文学·

论湛甘泉对陈白沙的诗教阐释与解诗范式
——以《白沙子古诗教解》为中心

□郑天熙

【摘要】《白沙子古诗教解》是湛甘泉选辑陈白沙诗歌并对之进行疏解阐释的文集。湛甘泉通过对陈白沙诗歌的编选、注解，阐发了白沙理学思想，主要有道体与心体、修道功夫、严辨儒佛三方面内容。甘泉还选了涉及一般教化的诗，并努力塑造白沙亲切、生动的理学家形象，体现出甘泉欲揭示白沙"以诗行教"的强烈动机。甘泉解白沙诗是处于理学系统中基于"道—文"模式的阐释，理学系统中的"道—文"模式指定了"文"的本体来源，规定了"文"的意义生成，与一般文人理解的"文"有别。甘泉遵循"道—文"模式解诗，务求由文（诗）观道，体现出与文人不同的解诗范式。后世对甘泉此书的批评应放在"道—文"模式中理解，甘泉在"道—文"模式下的阐释也存在牵强附会的问题。考察理学家作诗及解诗，有助于我们分析理学与文学的冲突与合一，进而探究理学为中国美学开出的新的境界与道路。

【关键词】 白沙诗；理学思想；以诗为教；"道—文"模式；强制阐释

湛若水（1466—1560），字元明（或原明），号甘泉，广东增城人，明代著名理学家，师从陈献章（1428—1500，号白沙），于陈白沙心学十分服膺，继承并发展了其师的心学思想，为陈白沙亲定的江门学派传人，是陈白沙最重要的弟子之一。陈白沙早年从学吴与弼，半年后归家筑阳春台，闭门潜读十载，端坐澄心，于静中养出端倪。后以《和杨时〈此日不再得〉》一诗名震京师，被誉为"真儒复出"，遂始以诗行教①。以之前的理学家排斥文学不同，陈白沙的诗歌创作成绩相当突出，现存诗 2577 首②。白沙生平不喜著述，唯好吟咏，其心学精义与风情志趣，均发于诗。黄淳《重刻白沙子序》说："先生之学，心学也。先生心学之所流注者，在诗文。"③ 湛甘泉也说："白沙先生无著作也，著作之意，寓于诗也。是故道德之精，必于诗焉发之。"④《白沙子古诗教解》是湛甘泉选辑陈白沙诗歌并对之进行疏解阐释的文集。湛甘泉通过对陈白沙诗歌的编选、注解，阐发了白沙"以诗为教"的内容，并显示出与一般文人不同的解诗范式。目前无论是哲学还是文学领域，对《白沙子古诗教解》关注都还不够，本文试分析《白沙子古诗教解》对白沙"诗教"的阐发以及湛甘泉的解诗范式，并以此个案探讨理学价值系统对文学的定位及其意义。

一

《白沙子古诗教解》现存四个版本，分别是嘉靖五年（1526）初刻本、隆庆元年（1567）刻本、天启元年（1621）刻本与乾隆三十六年（1771）刻本。其中，最后刊刻的乾隆本是湛甘泉的初稿，名为《白沙子古诗教解》，隆庆本与天启本均是嘉靖本的重刻本，正文内容基本无变动。这三个本子是湛甘泉的修订本，改名为《白沙先生诗教解》，全书无目录，共十五卷，前十卷为《白沙先生诗教解》，后五卷为《诗教外传》，选录白沙语录与诗歌相发明参见。在内容上最突出的变化是删去了湛甘泉初稿的第一首《和杨时〈此日不再得〉》及其注解、《答张内翰廷祥书括而成诗呈胡希仁提学》诗的最后一段注解、《制布裘成偶题寄黎雪青》诗的

---

① ［清］张廷玉等：《明史·儒林传》，中华书局，2003 年，第 7261—7262 页。
② 参见［明］陈献章著，陈永正点校：《陈献章诗编年笺校》，广东人民出版社，2018 年，第 1285 页。
③ ［明］陈献章，孙通海点校：《陈献章集》下册，中华书局，1987 年，第 903 页。
④ ［明］湛甘泉编著：《诗教解原序》，《白沙子古诗教解》，广西师范大学出版社，2014 年，第 13 页。

最后一段注解。关于初稿与修订稿的不同所反映出的湛甘泉心学思想的变化，已有学者讨论①。由于乾隆本已有《西樵历史文化文献丛书》影印本，而《四库全书存目丛书》影印的《白沙先生诗教解》底本为天启本，二者包括了湛甘泉《白沙子古诗教解》的初稿与修订稿，故本文以乾隆本和天启本为主要讨论文本。

《白沙子古诗教解》选白沙诗 167 首，内容涉及赏景、咏物、题赠、感怀等各方面。从体裁上看，五言古诗占绝大部分，此外只有 13 首四言诗、2 首杂言诗、1 首七言诗、1 首赋、1 首赞②。不选有格律要求的近体诗，是陈白沙与湛甘泉师徒二人对近体诗观念一致的结果。陈白沙认为"诗之工，诗之衰也"。如果讲究声律藻绘，则"饰巧夸富，媚人耳目，若俳优然，非诗之教也"③。诗歌应"明三纲，达五常，征存亡，辨得失"④，"而诗家者流，矜奇炫能，迷失本真，乃至旬锻月炼，以求知于世，尚可谓之诗乎？"⑤ 在白沙看来，近体诗重于形式技巧，沉迷于此有碍诗歌济世大用，导致诗歌衰亡。他甚至否定古体到近体转变具有积极意义："晋魏以降，古诗变为近体，作者莫胜于唐。然已恨其拘声律、工对偶，穷年卒岁，为江山草木、云烟鱼鸟粉饰文貌，盖亦无补于世焉。若李杜者，雄峙其间，号称大家，然语其至则未也。"⑥ 连盛唐大家李杜都有微词，可见古体诗在白沙诗歌观念中的重要地位。甘泉亦有类似认识："水也见唐宋以降人作近体律诗，

---

① 参见黎业明：《湛若水对陈白沙静坐学说的阐释》，《哲学动态》2009 年第 8 期。

② 13 首四言诗为：《示湛雨》《示黄昊》《鲁伯真墓铭》《李子高墓铭》《李元春墓铭》《处士陈隐菴墓铭》《题画松泉为张别驾言》《拨闷》《家庙钟铭》《丁氏祠堂铭》《改铸邑谯楼钟铭》《世赖堂铭》《忍字赞》。2 首杂言诗为：《可左言赠金宪王乐用归瑞昌》《题吴兆麟采芳卷》。1 首 7 言诗为：《题余别驾中流砥柱图》。1 首赋为：《止迁萧节妇墓赋》。1 首赞为：《忍字赞》。

③ ［明］陈献章著，孙通海点校：《认真子诗集序》，《陈献章集》上册，中华书局，1987 年，第 5 页。

④ ［明］陈献章著，孙通海点校：《认真子诗集序》，《陈献章集》上册，中华书局，1987 年，第 5 页。

⑤ ［明］陈献章著，孙通海点校：《习怡斋诗集后序》，《陈献章集》上册，中华书局，1987 年，第 11 页。

⑥ ［明］陈献章著，孙通海点校：《习怡斋诗集后序》，《陈献章集》上册，中华书局，1987 年，第 11 页。

非惟虚费精神，工作对偶，又去《三百篇》愈远矣。"① 白沙与甘泉师徒二人对古体诗歌均表现出高度的推崇。

白沙写诗的一个重要目的是以诗行教，其族人陈炎宗说："诗即先生之心法也，即先生之所以为教也。"② 湛甘泉编著《白沙子古诗教解》的主要动机与意图，也在于揭示白沙诗中的理学教化之旨。在谈及何以不选白沙近体诗时，甘泉说："明先生之著作以别于后之诗流尔也。窃取乎著作之义。"③ 不选近体诗，是因为近体诗是"后之诗流"，而他将白沙诗看成"著作"，设置了"著作"与"诗流"的对立。"著作"，是思想的直接流露，"诗流"过于注重形式审美，古体诗则较少形式要求，适合表达思想与教化。在甘泉的认识中，白沙的诗文无不是"著作"，无不具有载道的教化意义。他说："（白沙）先生诗文，其中古之制作乎？其诗歌如风、雅、颂，其文辞如谟、训、诰。"还提出了阅读白沙诗文的方法论："故求先生之诗文者，当求先生之道于言外之意，以合于古训，而不当求先生于言词之间，则惑也。夫然后知先生之诗文，不可以后之诗人文士之诗文观之矣。"④ "合于古训"，即是要揭示出诗中蕴含的理学思想与教化意义。甘泉还指出白沙诗的这种"古之制作"的特点，是区别于"诗人文士之诗文"的根本处。无论是"著作"与"诗流"，还是"古之制作"与"诗人文士之诗文"，甘泉都企图将白沙诗与一般诗人之诗区分开来，这说明甘泉是在理学家价值系统中，以"道—文"模式来理解与阐释白沙诗的。

---

① ［明］湛若水：《精选古体诗自序》，《湛甘泉先生文集》（三），广西师范大学出版社，2014 年，第 773 页。

② ［明］湛甘泉编著：《重刻诗教解序》，《白沙子古诗教解》，广西师范大学出版社，2014 年，第 15 页。

③ ［明］湛甘泉编著：《诗教解原序》，《白沙子古诗教解》，广西师范大学出版社，2014 年，第 13 页。

④ ［明］陈献章著，孙通海点校：《论白沙子》，《陈献章集》下册，中华书局，1987 年，第 892 页。

二

甘泉著《白沙子古诗教解》的目的是阐扬白沙诗教，而诗教的主要内容，即是白沙理学思想，其所选167首白沙诗，大部分都是为阐发白沙理学，我们将重点考察甘泉对这部分诗作的阐释。

（一）揭示诗理：道体与心体、修道功夫、严辨儒佛

《白沙子古诗教解》对白沙诗的理学阐释，主要有三方面内容，一是道体与心体；二是修道功夫；三是严辨儒佛。先看第一点。甘泉解释《偶得寄东所》中"有物万象间，不随万象凋"为："有物，谓道也；万象谓万物万事之形与道为体者，而道则无形也。有形者器，无形者道。……万象间，谓不离于形器而不滞于形器，不离于形器故即物而在；不滞于形器故不随万象凋。物有尽而道无尽。"①指出道体无形，且即物而不滞于物的特点，道体无形，因而也是"虚空"（释《制布裘成偶题寄黎雪青》"是身如虚空"）："随事顺应，不滞于物。"② 道体也可以"随时变化"③（释《客乞题随时子轩》"我是随时者"），由于道体是宇宙的本体，甘泉也用"天理"来表示道体，天理有流行生化的特点："天理生生不息。"④（释《题山泉》"山泉日日新"）虽然道体生化不穷，但相对于外在万物形迹变化，道是不变的："而以为幻者，以其无常对道之不变而有常者。"⑤（释《梦后作》其三"换迹有去来"）道体是宇宙万物之所出，却存于人心："犹人心即道之所存，何必舍此他求耶？"⑥

道体存于人心，但人心却被情欲裹挟，不得开显本然明朗的天理，这是理学家常用的"天理—人欲"的理论模式，湛甘泉在解释白沙诗有关道体的特征时也

---

① ［明］湛甘泉编著：《白沙子古诗教解》，广西师范大学出版社，2014年，第192页。
② ［明］湛甘泉编著：《白沙子古诗教解》，广西师范大学出版社，2014年，第137页。
③ ［明］湛甘泉编著：《白沙子古诗教解》，广西师范大学出版社，2014年，第214页。
④ ［明］湛甘泉编著：《白沙子古诗教解》，广西师范大学出版社，2014年，第123页。
⑤ ［明］湛甘泉编著：《白沙子古诗教解》，广西师范大学出版社，2014年，第212页。
⑥ ［明］湛甘泉编著：《白沙子古诗教解》，广西师范大学出版社，2014年，第210页。

加以采用。如白沙诗的风景描写与物象比喻。《藤蓑》（其五）中的"须臾月东上，万里天一碧"，甘泉释为："以喻人为富贵利达所蔽则不见此道之大，至于本体复明，其真境可乐如此。"① 在甘泉看来，这一碧天赏月的诗景并非单纯的自然景象，而是去除人欲遮蔽后，复明道体的真乐心境。《题心泉》中的"不将泉照面，白日多飞尘"，甘泉解为："以泉比本心，以尘比物欲"，需要"澄心返照则天理自见"②，明白阐释其中的理学意蕴。天理为人欲所蔽，不能有明朗流行之用，故需断除人欲，白沙诗《随笔》（其二）"断除嗜欲想，永撤天机障"即此意，甘泉释解释道："天理本自完全，但为嗜欲蔽障之耳，想谓一念之萌。人欲之生皆起于妄想，若断除此想，则天理流行，无所障碍。"③

断除人欲后，复见本体之明，大化流行，与道冥合无间，便回归了道体的本然存在样态，即人与道为一体，与天地万物合一。对白沙诗中与道同体，察见宇宙生化之妙的境界，甘泉多有揭示。他解《偶得寄东所》其二"异体骨肉亲，有生皆我与"："浑然与天地万物同体之意，此二句指出道之本体也。"④ 解《对竹》"究竟竹与人，元来无两个"："以我对竹，动植虽殊类，而所以为生者本乎宇宙之一气，浑然同体。"⑤ 这是从理论上阐发白沙诗关于人天（道）同体的思想，而描绘自然景象的诗句，也被他释为白沙见道并与道冥合的，即景即心、心物不分之境。需要指出的是，理学最具审美价值之处，恰恰在于这种通过修行功夫而彰显的与道同体、见万物生生流行的化境。化境中的物与我打成一片，主体心灵徜徉于天地万物间，景即心，心即景，是完全适然，无任何束缚的自在审美体验，发于歌咏即为情景交融、生机活泼之诗。不过，甘泉解诗的重心并没有放在化境的美学意涵上，而是侧重于此境的理学特征以及达到此境需要的功夫，并不关注诗歌的审美，而在揭示化境的理学特点以及如何修养才能见此化境。美学因素淡化，

---

① ［明］湛甘泉编著：《白沙子古诗教解》，广西师范大学出版社，2014年，第88页。
② ［明］湛甘泉编著：《白沙子古诗教解》，广西师范大学出版社，2014年，第123页。
③ ［明］湛甘泉编著：《白沙子古诗教解》，广西师范大学出版社，2014年，第205页。
④ ［明］湛甘泉编著：《白沙子古诗教解》，广西师范大学出版社，2014年，第193页。
⑤ ［明］湛甘泉编著：《白沙子古诗教解》，广西师范大学出版社，2014年，第202页。

理学色彩浓郁，由诗观道的意味明显。

理学家认为，道体与心体合一，理学修养的最终目标，是要重新恢复这种心体与道体的冥合。道除了是天地万物之所从出，还存于人心："人心即道之所存。"①（释《梦后作》）甘泉以"心体"释"本心"："此借以言本心也。言学当超于言语之外而致力于不睹不闻之体。"（释《示湛雨》）心的本体即本心超言绝象，不可经验。"此心人人各具"②，"本心古今圣愚所同有"③，是不分凡圣，每人都完全具备的。由于道存于心中，白沙之学的修养功夫主要是放在心上用功："圣人千言万语只要教人收拾此心。"④（释《和杨龟山此日不再得韵》）这就涉及甘泉揭示白沙诗理的第二个内容：功夫论。

功夫论是理学家思想体系中不可或缺的部分，甘泉十分注意解释白沙诗所蕴含的理学修持功夫。白沙之学深造自得，"其吃紧功夫，全在涵养"⑤，根据白沙自述，他早年依靠书册，未能打通此心此理，于是闭门静坐，涵养端倪⑥。白沙功夫的特色在于虚静，甘泉也指出其虚静的修养功夫："先生之意总见先静而后动，须以静为之主，由虚乃至实，须以虚为之本。若不见从静虚中加以存养，更何有于省察？故戒慎恐惧，虽是存养，而以此为主，以此为本，非偏于存养也。"⑦（释《答张内翰廷祥书括而成诗呈胡希仁提学》）

甘泉阐明白沙之学主虚静，由静而动，由虚而实，重点是在虚静这一头的存养功夫，如果虚静这端功夫未到，于萌动实在处的省察也无所着落。于是功夫要以虚静为主。提持虚静之学，如何区别禅宗之静而与儒家之"敬"相融，甘泉释

---

① ［明］湛甘泉编著：《白沙子古诗教解》，广西师范大学出版社，2014 年，第 210 页。
② ［明］湛甘泉编著：《白沙子古诗教解》，广西师范大学出版社，2014 年，第 37 页。
③ ［明］湛甘泉编著：《白沙子古诗教解》，广西师范大学出版社，2014 年，第 193 页。
④ ［明］湛甘泉编著：《白沙子古诗教解》，广西师范大学出版社，2014 年，第 34 页。
⑤ ［明］黄宗羲：《明儒学案》上册，中华书局，2008 年，第 79 页。
⑥ 参见《复赵提学金宪》"既无师友指引，惟日靠书册寻之。……所谓未得，谓吾此心与此理未有凑泊吻合处也。于是舍彼之繁，求吾之约，惟在静坐。久之，然后见吾此心之体隐然呈露，常若有物，日用间种种应酬，随吾所欲，如马之御衔勒也。"（［明］陈献章著，孙通海点校：《陈献章集》上册，中华书局，1987 年，第 145 页）
⑦ ［明］湛甘泉编著：《白沙子古诗教解》，广西师范大学出版社，2014 年，第 53 页。

《和杨龟山此日不再得韵》也有指出：

> 敬者圣人之心法。……心者敬之主宰，万善所由发端者也。……先生之学原于敬而得力于静，虽动静施功，此主静之全功无非心之敬处。世不察其源流以禅相诋，且以朱陆异同相聚讼，过矣。先生尝曰：伊川见人静坐便叹其善学，此静字发源濂溪，程门更相授受，晦翁恐差人入禅去，故少说静，只说敬。①

甘泉认为白沙之学与圣学并不相违，他的主静原于儒家之敬，只是实践落"敬"的方式以静为主，并且以静体敬后，也要展开为日用动静的践履，在外相上并不是枯坐之静，这些践履均是心中之敬的发用，故白沙功夫之静，与禅学不同，是跟儒家之敬"无二心，无二道"的，在儒家内部，从周敦颐以来，伊川、朱熹均肯定主静的正面作用，朱熹是担心学人混淆儒与禅二者之静的区别，才少说静，只说敬。

白沙自身有过于"书册"学道的经历，因未与本心打通而返求静坐后自得，故常提醒学人不拘泥文字，通过经典返求诸心："六经，夫子之书也；学者徒诵其言而忘味，六经一糟粕耳。犹未免于玩物丧志。……学者苟不但求之书而求诸吾心，察于动静有无之机，致养其在我者而勿以闻见乱之，去耳目支离之用，全虚圆不测之神，一开卷尽得之矣。"② 甘泉解诗亦有这方面功夫的提示：

> 有学无学二句皆谓溺于记诵，滞于见闻者，虽有学如无学，虽有觉如无觉。③（释《示湛雨》）

> 古人以经书为糟粕者，以其诵味忘言为非真传也。（释《答张内翰廷祥书括而成诗呈胡希仁提学》）④

> 世之诵言忘味，夸多斗靡者皆糟粕耳，何用哉？⑤（释《藤蓑》其四）

---

① ［明］湛甘泉编著：《白沙子古诗教解》，广西师范大学出版社，2014 年，第 35 页。
② ［明］陈献章著，孙通海点校：《陈献章集》上册，中华书局，1987 年，第 20 页。
③ ［明］湛甘泉编著：《白沙子古诗教解》，广西师范大学出版社，2014 年，第 36 页。
④ ［明］湛甘泉编著：《白沙子古诗教解》，广西师范大学出版社，2014 年，第 51 页。
⑤ ［明］湛甘泉编著：《白沙子古诗教解》，广西师范大学出版社，2014 年，第 87 页。

以喻人之求道于见闻测度之际者，皆为有限也。①（释《赠世卿》其六）

无论是语言文字，还是具体物象，均是相对而有限的，学道需要通过能经验的物象文字上达"不睹不闻"而与道冥合之境，若执着于有相之物，以致夸多斗靡，终是糟粕，于道无益。

然而，无论是静虚之功，还是由文返心，白沙之学与禅学确实有诸多相似。因此，说清白沙之学与禅的根本之别，是儒家学人不可回避的话题。实际上，白沙自己就严辨儒释："禅家语，初看甚可喜，然实是佝偂，与吾儒似同而实异，毫厘间便分霄壤。"②后世学人在谈及白沙时都不约而同地分辨其学与禅，以示二者的不同③。甘泉以诗为白沙著作，对此也多有辨明，如指出白沙功夫的静中之敬。甘泉曾说："先生诗文用佛事佛语者多矣，非借此以比况，则即此以辨别，其意深，其辞婉，苟不细求其故，并通考其上下文之辞，未易得其真解者矣。"④ 他严分白沙与禅之异，强调白沙与禅根本不同。所选白沙《随笔》："人不能外事，事不能外理，二障佛所名，吾儒宁有此。"据此表示白沙："所以深辟释氏之学。"⑤对白沙诗出现的佛事佛语，甘泉常常提醒不得错解，《金鳌霁雪》"西佛生弥勒"，他说这是白沙用弥勒佛出生之日表示与罗一峰相别的时间，并非佞佛。对《制布裘成偶题寄黎雪青》的解释则集中辨别了儒佛：

> 吾廓然大公，此身如在太虚无物之中。彼释氏之乐所谓生灭者，果如是乎？然谓之虚空则非真虚空，盖释氏以寂灭无闻为虚空，吾儒则以随事顺应，不滞于物为虚空，相似而实不同也。释氏之乐在于灭，是以灭而灭生，若夫望月饮酒放歌，乐由此生，则先生之乐在于生，是以生而灭灭。乐灭者，窃

---

① ［明］湛甘泉编著：《白沙子古诗教解》，广西师范大学出版社，2014年，第150页。

② ［明］陈献章著，孙通海点校：《陈献章集》上册，中华书局，1987年，第243页。

③ 历代序白沙先生集者大都注意分辨白沙学与禅学，如王安舜《重刻白沙先生全集序》905、黄仕俊《重刻陈白沙先生集序》906、陈世泽《重刻白沙子全集后序》、屈大均《陈文恭集序》等，见《陈献章集》第905、906、914、920页。

④ ［明］湛甘泉编著：《白沙子古诗教解》，广西师范大学出版社，2014年，第138页。

⑤ ［明］湛甘泉编著：《白沙子古诗教解》，广西师范大学出版社，2014年，第204页。

冥昏默与物扞格，何有于生？乐生者，日用动静与时偕行，何有于灭？①

甘泉主要从两方面区分儒佛：一是儒佛两家对虚空的认识不同，佛家以寂灭无闻为虚空，以至于枯寂无为；儒家则以随物而不滞于物为虚空，则见万化流行。二是儒佛两家对"乐"的理解不同，佛家以灭为乐，以至于不能与物往来；儒家则以生为乐，参赞天地生化，随物动静，体认鸢飞鱼跃之生意。很明显，甘泉继承白沙严辨儒佛的立场，诋斥禅学昏默无为，阐扬儒家与物同体，参赞万物的积极精神。同时力申白沙之学为儒家正宗，与禅学似同而实异。

甘泉阐释白沙诗中之理，主要有道体与心体、修道功夫与严辨儒佛三方面内容。甘泉在解白沙诗时并不是严格按照三块内容条分缕析地阐释，而是将诗所直接表达或比喻暗示的理学思想予以阐明。有时甘泉对某首诗进行综合性的理学阐释，既揭示道体特征，又说明修道功夫，还论述了诗中彰显的随物动静又不粘不滞的理学化境，如对《游圭峰同世卿作》的解释②。这些大多数属于理学诗，其中，一部分直接讲理学，如《和杨龟山此日不再得韵》《示湛雨》《示黄昊》《随笔》等，诗句多为理学术语，属于讲学语之有韵体；还有一类可称为理趣诗。白沙常在赏景咏物赠别等诗中，借助具体物象表达理学思想及化境，这类诗较少理学词汇，但诗意所指以及比喻有明显的理学意蕴，如《题心泉》《寒菊》《赠黎秀才》《赠邝均巢》《登飞云》等。由于这类诗不是直接言理，却蕴含理学思想，通过生动形象的诗境呈现白沙与道冥合、见大化生机之化境，有浓郁的理学趣味。但甘泉带有强烈的解诗中之理的编选目的，务求读者以诗体道，这使他较少或没有注意到这类诗的"趣"，而着重于其"理"。

（二）一般教化、白沙形象、著述动机

《白沙子古诗教解》还选了白沙理学诗以外的诗，这类诗也有教化意义，其教化内容则涉及更广泛的道德、修身等方面，如释《题画松泉为张别驾吉》："先生

---

① ［明］湛甘泉编著：《白沙子古诗教解》，广西师范大学出版社，2014年，第137页。
② ［明］湛甘泉编著：《白沙子古诗教解》，广西师范大学出版社，2014年，第162页。

言之者所以激廉立懦也。"① 释《忍字赞》："若小不忍则乱大谋，岂非人所当深戒乎！"② 白沙诗《自策示诸生》"圣贤久寂寞，六籍无光辉。元气五百年，一合一又离。男儿生其间，独往安可辞。邈哉舜与颜，梦寐获见之。其人天下法，其言万世师。顾予独何人，瞻望空尔为。年驰力不与，抚镜叹以悲。岂不在一生，一生良迟迟，今复不鞭策，虚浪死勿疑。请回白日驾，鲁阳戈正挥。"原诗本就有慨叹自己年老仍砥砺为学，也勉励学生惜时进道之意。《赠林汝和通判》有"丈夫重出处，富贵如浮烟"之句，而《益母草》则"咏益母草以喻君子盛德而有济人利物之用如此"③。这些教化诗的入选，充分体现甘泉欲阐发白沙以诗为教的意图。

湛甘泉对陈白沙极尽弟子之道，凡所讲学处必祀白沙，其解诗不忘塑造白沙崇高形象，如《和陶诗十二首》，甘泉解为："和陶十二章止，此读之可想见先生高风足以廉顽立懦为百世师矣。"④ 白沙日常生活中常注意用功进道，为学人典范。甘泉释《厓山看大忠祠竖柱阻风七日后发舟用旧韵》："先生随时随处而存警戒之心矣。"⑤《冬夜》其二，表达白沙深夜自省己过，昧慎独之功而不能寐。《感鸟》是一首叙事诗，讲述小仆残忍地袭击哺育小雏的母鸟，导致小雏失母痛哀，主人鞭打教训小仆的事件，"及物之仁溢于言表"⑥ "廉顽立懦" "随时存戒" "自省己过" "及物之仁"等，都是白沙作为理学家的高尚形象。此外，甘泉还选入白沙抒发人生理想的诗，如《漫题》："日月逝不处，奄忽几华颠。华颠亦奚为，所希在寡愆。韦编绝周易，锦囊韬虞弦。饥餐玉台霞，渴饮沧溟渊。所以慰我情，无非畹与田。提携众雏上，啼笑高台前。此事如不乐，他尚何乐焉。东园集茅本，西岭烧松烟。疾书澄心胸，散满天地间。聊以悦俄顷，焉知身后年。"甘泉释为："远超物外，弄孙娱亲，而近人伦，疾书澄心，而游艺适情，安知老之将至

---

① ［明］湛甘泉编著：《白沙子古诗教解》，广西师范大学出版社，2014年，第41页。
② ［明］湛甘泉编著：《白沙子古诗教解》，广西师范大学出版社，2014年，第49页。
③ ［明］湛甘泉编著：《白沙子古诗教解》，广西师范大学出版社，2014年，第159页。
④ ［明］湛甘泉编著：《白沙子古诗教解》，广西师范大学出版社，2014年，第118页。
⑤ ［明］湛甘泉编著：《白沙子古诗教解》，广西师范大学出版社，2014年，第60页。
⑥ ［明］湛甘泉编著：《白沙子古诗教解》，广西师范大学出版社，2014年，第128页。

乎?"① 将诗中表达的晚年闲适逍遥，安享天伦的白沙形象描绘出来。这些表现白沙生活情趣、人生理想的诗作，丰富了白沙的理学家形象，他不仅随时修道存戒，还仁及万类，孜孜教化，是一位温柔敦厚的长者。同时，白沙也没有绝弃世俗，而是淡然安适，乐享天伦，经甘泉阐释所塑造的白沙形象，显得亲切、生动和立体，富于生活情趣。

有人认为甘泉著此书的动机在于争取白沙入祀孔庙②。持这一观点的人认为白沙生前并无解释经典、阐发圣人精义的专门著作，而这是白沙入祀孔庙的最大阻碍。甘泉著《白沙子古诗教解》目的在于替老师发掘"释经"的著作，故一再强调白沙著作之意寓于诗。本文认为，甘泉确实是将白沙诗当作白沙著作来对待的。但《白沙子古诗教解》除了揭示白沙诗中的理学思想，还有涉及一般教化，还有表达白沙生活情趣及感怀的诗，如果甘泉真是要挖掘白沙"释经"之作，就不该选这些非"释经"之诗，而且甘泉解诗重点还是其理学，并非"阐发圣人精义"。即使退一步认为，甘泉解白沙理学也是羽翼经典的，还有一个诡异现象不可解释：在修订本《白沙先生诗教解》中，甘泉竟然删去了集中表现白沙理学思想的诗作《和杨龟山此日不再得韵》，如果要发掘白沙"释经"之意，不可能会放弃这首理学诗。因此，说甘泉著《白沙子古诗教解》的动机在于争取白沙入祀孔庙，是不太准确的。实际上，据天启本杨启元《重刻白沙先生全集序》，议论白沙从祀的问题时，缙绅士大夫的确不知白沙先生之学，但在有人刊印"先生遗书"后，"观者始心服，而议遂定"③。可见，从祀白沙最终成功，并不是因为甘泉的《白沙子古诗教解》，而是《白沙先生全集》。甘泉主要是为阐发白沙诗教、树立白沙形象而作的《白沙子古诗教解》。

---

① ［明］湛甘泉编著：《白沙子古诗教解》，广西师范大学出版社，2014年，第100页。
② 参见［明］湛甘泉编著：《白沙子古诗教解》，广西师范大学出版社，2014年，第8页。评介的第五部分：编撰、刊刻动机。
③ ［明］陈献章著，孙通海点校：《陈献章集》下册，中华书局，1987年，第904页。

三

甘泉对白沙诗的阐释方式，在理学价值系统中具有典范意义。长期以来，《白沙子古诗教解》并不被文学研究界重视，清代就有文人质疑批判，具体的评价意见也许见仁见智，但评价背后的立场却值得重视。甘泉作为理学家，他对诗文的理解及阐释，有着理学家一贯的传统，即"道—文（诗）"的理学模式，这是文人（包括艺术自律论者）不具备的，以"道—文"模式阐释诗歌，就是与文人很不相同的解诗范式，也产生了与文人迥异的诗歌意义生成模式。因此，要讨论甘泉的解诗范式，首先要考察理学家看待文学的"道—文"模式。

自唐宋理学家对儒学进行哲学化建构以来，文与道的问题就以"文以载道"的形式被理学家关注。不同于韩愈、柳宗元对文学较为外在的定位，程颐、朱熹等人以"文从道出"的命题，将文学与道的关联更加内在化①。程颐"作文害道"常被人们鄙夷，而他排斥文的出发点，正是基于对"文从道出"的"道—文"模式权威性的肯定②。在程颐的价值系统中，"文"只能有一种来源，即源于道，在人间最典型的"文"，即是六经，任何一种不同于此的"文"的生成方式都是不合法的，必须在理学系统中予以肃清，确保"文从道出"这一生成路径的权威性与神圣性。于是，抛弃进道修身而徒务诗文创作，在技艺文辞上用功，这就挑战了"文"唯一合法的生成方式，且功夫浪费于此，无法修道，故程颐反对离开修道而徒务作文。六经之"文"，是"圣人发胸中所蕴，自成文耳"③。符合文从道出的生成路径，程颐并没有否定，反而推崇。程颐理解的"文"与一般文人的词章之

---

① "文从道出"并非到程朱等人这里才被作为全新的道文模式提出，实际上刘勰《文心雕龙·原道》中的"道沿圣以垂文，圣因文而明道。"即有文从道出之意，但刘勰的"道"与"文"跟后世学家有所区别，具体而言，刘勰之"道"是宇宙本体，万物之所从出的本原，而理学家道文模式中的"道"，也有本体论意义，但具备明显的伦德意涵，包括君子进德修身的要求；刘勰之"文"具有泛化的宇宙论意义，山川江河、动植万类皆"文"，而理学家文道模式中的"文"，主要是文字，有时指经典，有时指诗文。

② 参见〔宋〕程颢、程颐：《二程集》，中华书局，1981年，第239页。

③ 参见〔宋〕程颢、程颐：《二程集》，中华书局，1981年，第239页。

文有很大不同，理学家的"道—文"模式不仅指出"文"的唯一合法来源，并且规定了"文"的意义生成方式。即"文"存在的所有意义，是彰显"道"，"文"越能显现"道"，价值越高，最圆满开显"道"的"文"就是六经。而词章之文只用于抒发主体喜、怒、哀、乐的各种情感，以及对"文"的形式审美。对于前者，各种感物而动的情感恰属于理学需要修养而荡涤的"情"的范畴，对于后者，沉溺于形式审美又有碍修道功夫。从这两点看，"道—文"模式下的"文"与词章之文有截然不同的价值评判标准。不过，两个系统下的"文"并非永远没有交集，当修道者表现道体鸢飞鱼跃之生机而又是借助诗意的语言形象地展现时，这种诗也就具有审美价值，但理学阐释者仍侧重于主体与道冥合的精神境界，不会完全脱离道而停留于诗歌本身的审美欣赏。理学家指定"文"的生成路径、规定"文"的意义生成，将"文"作为道在世间显现的特殊载体，似乎是一种强制阐释，但放大来看，对《诗经》等经典文本给予政治伦理化阐释这一强大而长久的古代阐释史，同样具有强制阐释的特征，且在中华文化史上产生了正面积极的作用，这对我们思考、评价理学家的"道—文"模式有很大的启发意义①。

四

以理学家"道—文"模式审视湛甘泉对白沙诗的解释，可以看到，首先，甘泉的解诗范式，符合理学系统对诗歌的定位。诗作为"文"的一种，亦只能由道而出，因此解诗的重点，不是对诗歌本身进行审美批评与同情共感，而是揭示其中的道境及理学思想。序白沙集者大都将白沙诗定位于这一模式之中。高简《刻白沙子序》："（先生）独悟道妙，……播诸诗文，徵诸出处，罔非道妙呈华。"②认为白沙诗文由道流出，焕乎成章，且与"雕镂缀奇、苦思模拟、役心垂后而故存之简册者"不同，而这正是程颐要反对的俳优之文。可见，高简自觉将白沙诗

---

① 参见刘成纪：《中国传统诗教如何达至公共阐释》，《社会科学战线》2019 年第 2 期。
② ［明］陈献章著，孙通海点校：《陈献章集》下册，中华书局，1987 年，第 893 页。

放在"道—文"模式中理解，与片面追求技艺辞藻的词章之文分别开来。何九畴更是在序中忏悔自己早年沉溺于"雕虫之学"的行为，并表示通过《白沙子集》知道了"文所从出之处"①。二人均将白沙诗文纳入"道—文"模式，区别于文士词章之文。

甘泉自己同样在"道—文"模式中理解并阐释白沙诗的。他说："白沙之诗文，其自然之发乎？……夫忠信、仁义、淳和之心，是谓自然也。夫自然者，天之理也。理出于天然，故曰自然也。……盖其自然之文言，生于自然之心胸，自然之心胸，生于自然之学术，自然之学术，在于勿忘勿助之间。"② 白沙之诗，出于自然之天理，因而解诗关注其对自然天理（道）的展现，由白沙诗而观道。特别是表达主体与道冥合无间，徜徉于鸢飞鱼跃的化境的诗，甘泉能透过诗的形象、诗境，解释出主体的理学修养，从而引导学人修道，这是甘泉解释白沙"诗教"的成功之处，其积极意义值得肯定。《赠黎秀才》："月行在青天，月影沉碧水，谁为弄影人，吾与黎生耳。"白沙与黎秀才水边赏月，并在诗意的画面中默契道妙，甘泉解为："道形于天地之间，为四时、为百物、为逝水、为鸢鱼、为风月，皆与道为体者，若能俯仰观察，则见其充塞流行，与我同体，而自强不息矣。"③ 将这一赏景诗的理学趣味用理学术语表达出来，并暗示这一诗境的获得，并非钻营辞藻技艺，而是通过修道，观照万物生机，与道冥合得来。甘泉常用"察见道体""默契道体""灼见全体"等形容白沙诗中流露的道学化境。《赠邝筠巢》"丈人不饮酒，共坐看明月"，甘泉释为："此亦察见道体之意，知此则襟期洒落而光风霁月在我矣。"④ 释《梦后作》（其二）："日月之往来，流水之潮汐，万物之生息，天地之升降，阴阳鬼神之盈虚屈伸，皆与道为体。"⑤ 类似揭示白沙诗中理学化境的解释还有很多，

① ［明］陈献章著，孙通海点校：《陈献章集》下册，中华书局，1987年，第909页。
② ［明］陈献章著，孙通海点校：《陈献章集》下册，中华书局，1987年，第896页。
③ ［明］湛甘泉编著：《白沙子古诗教解》，广西师范大学出版社，2014年，第174页。
④ ［明］湛甘泉编著：《白沙子古诗教解》，广西师范大学出版社，2014年，第214页。
⑤ ［明］湛甘泉编著：《白沙子古诗教解》，广西师范大学出版社，2014年，第211页。

此不赘①。这些解释着眼于主体的修道境界，通过"文"而观道，没有在诗歌本身的审美因素上着力，充分体现"道—文"模式下的解诗特色，具有典范意义。陈寰在《书白沙先生诗序》说："甘泉湛先生为之篇叙意释，其说一归诸理。理既备悉，故词、意、兴无不佳。"② 肯定了甘泉的这一解诗范式。

第二，明白了甘泉在"道—文"模式下的解诗范式，就能对甘泉的《白沙子古诗教解》在后世的接受情况做出较为合理的评价。王士禛批评湛甘泉将诗作为说理之著作："《诗》三百主言情，与《易》太极说理，判然有别。若说理，何不竟作理语？"③ 王士禛强调诗的抒情特征，直接以诗言理，就会取消诗的抒情性质，把诗写成"语录讲义之押韵者"④。而王士禛对"道—文"模式并无涉及。实际上，理学家的"道—文"模式与诗的抒情要求并不相违，由道生出的文，也可以抒发主体之情的诗的面目出现。陈白沙自己也说过诗要重性情⑤。理论上讲，理学家所言的"道"，是普及万物而遍在的，道既可显现为"诗"，也可显现为其他之"文"。关键是作诗者如何将创作才情统一进理学修养。从甘泉选的 167 首白沙诗来看，除少许是直接以诗言理外，大部分诗作都是在观景咏物、题赠感怀中形象地阐发"自然""自得"之学，它们并没有直接言理，因而王士禛的批评对甘泉所选的 167 首白沙诗来说并不合适，甘泉对白沙诗作的"由诗观道"的阐释，王士禛也没有言及。

对甘泉批评最激烈的，要数钱谦益了，他在《列朝诗集小传》中说："增城湛

---

① 如"南山对面喻见道，即颜子所谓有所卓立尔也。"（释《寒菊》"南山对面时，不取亦不舍"，第 185 页）"端然默坐，妙契太极之理。"（释《太极丸春》"寄语山中人，妙契在端默"，第 60 页）"盖人能胸次洒落，使廓然大公，则能与天地同体，是所谓游太空而不必拟飞矗矣。"（释《飞矗横翠》"如何千载下，空拟飞矗名"，第 66 页）

② ［明］陈献章撰，湛若水注：《白沙先生诗教解十卷诗教外传五卷》，《四库全书存目丛书》集部，第 35 册，齐鲁书社，1997 年。陈寰《书白沙先生诗序》，第 525 页。

③ ［清］王士禛著，张宗柟纂集，戴鸿森校点：《带经堂诗话》，人民文学出版社，2006 年，丛谭门一，俗贬类第八，第 757 页。

④ 李壮鹰主编，李春青副主编，刘方喜编著：《中华古文论释林》南宋金元卷，北京大学出版社，2011 年，第 126 页。刘克庄：《恕斋诗存稿跋》。

⑤ "欲学古人诗，先理会古人性情是如何。有此性情，方有此声口。"《批答张廷实诗笺》。

原明妄加笺释，取为《诗教》，所谓痴人前不可说梦也。"① 认为湛甘泉解白沙诗是"妄加笺释"，语词严苛。但从钱谦益对白沙诗的评价来看，他与湛甘泉明显处于不同的价值系统之中。钱谦益《列朝诗集》选入白沙诗，《小传》强调白沙诗不仅是道学诗人之宗，还是"诗人之诗"："余录其诗，则直以为诗人耳。"② 钱谦益于陈白沙理学家身份不顾，视白沙为一诗人，交待了选诗的标准是"诗人之诗"。可见，钱谦益是在文人价值系统中看待白沙诗的，这一系统并不重视"文"的本体论来源，只重"文"的形式审美与感物之情③。甘泉解白沙诗却遵循"道—文"模式，力图"由诗观道"。这种阐释方式重点不在诗歌本身的美学性质上，而是引导读者如何由诗语诗境体认理学，进道修身。一句话，是由读诗味诗而回归理学。钱谦益与湛甘泉所处的价值系统的差异，带来对白沙诗关注点的分歧，这才导致了钱谦益对湛甘泉猛烈的批评。

第三，甘泉解诗所处的价值系统与一般文人有别，并不表明甘泉在"道—文"模式下的解诗完美无缺。实际上，甘泉对白沙诗多有牵强附会。《大流垂玉》："大流无此奇，偶值银河倾。愿回银河流，免与丱浊并。一洗日月光，再洗天地清，何止天地清，万世无甲兵。"此诗将流泉比喻为银河倾撒，并寄予天地安泰，永无战乱的美好愿望，没有理学意旨，甘泉却解为："以比人能反天地之性使之长清则与日月合明，天地合德而万民不争矣。"④ 将原诗的银河回流解为人反天地之性，

---

① ［清］钱谦益：《列朝诗集小传》丙集，《陈简讨献章》，上海古籍出版社，1983年，第265页。

② ［清］钱谦益：《列朝诗集小传》丙集，《陈简讨献章》，上海古籍出版社，1983年，第265页。

③ 在理学价值系统中，处于"道—文"模式下的"文"也具有抒情性，但这里的"情"与文人系统中的词章之文抒发的"情"不一样，前者是经理学修养而来，是主体与天地万物冥合后的"性情之正"；后者是主体在气感宇宙论下受自然人事感荡而生发的喜怒哀乐各种情感。

④ ［明］湛甘泉编著：《白沙子古诗教解》，广西师范大学出版社，2014年，第68页。

硬性植入理学，较为牵强①。理论上讲，"道—文"模式虽然规定了"文"的本体来源，但"文"如何显现道却有着主体的自由：可以直接说理，也可形象描绘，无理学痕迹。甚至当主体修养圆熟后，触类兴咏，无不是诗，也无不是道。阐明白沙"以诗为教"的意图，且有"合于古训"②的阅读指导，致使甘泉强制将理学与某些白沙诗对应，附会上原诗没有的理学思想。白沙自己曾说读他的诗需要"讽咏千周"，达到"神明或可告兮，万变将可睹"的效果，才会有自得之处③。甘泉务尊师说，却于此缺乏会通，机械地阐释白沙诗。钱谦益的"妄作笺释"，或许是对甘泉在这个意义上的批评。如此强制阐释，未能开显白沙诗真貌，不具备积极意义。从个人气质来说，陈白沙诗人气质浓郁，有深刻的直觉能力，其自得之学也颇受惠于诗性的艺术体验，而湛甘泉心性较沉潜稳实，不愿对白沙诗的化境做过多审美阐发，只是导向对理学修养功夫的提示④。另外，在诗歌选择上，甘泉也没有关注白沙其他艺术上乘之诗，多取白沙理学教化之诗，《白沙子古诗教解》并不能反映全面的白沙诗歌成就。

"文"（诗）具有怎样的意义与功能，并不是一个自明自成的问题，而是与社会文化中的某种价值系统对"文"的定位密切相关。理学家之所以对"文"有不同于一般文人的认识，正在于他们是在理学价值系统中看待"文"的。在理学家那里，天地万物无不是道的体现，"文"亦不例外，它的意义是显现道，而非离开道的形式审美。从这点来看，不止湛甘泉对白沙诗的阐释符合这一模式，他之前的邵雍、朱熹以及稍后的王阳明等理学家的诗学实践与诗论都应放在这一模式中

---

① 类似还有释《谷城呼月》"腾腾露光景，寂寂开迥野"为"如本心之明，扩而充之，至于光被四表"（《白沙子古诗教解》，第129页），释《登飞云》"马上问罗浮，罗浮本无路"为"以罗浮喻道，无路由颜子虽欲从之，末由也"（《白沙子古诗教解》，第178页）等。甘泉往往以白沙诗中某句或某个词对应到理学框架中，赋予原诗本来没有的理学意义，使白沙诗具有理学教材的作用。甘泉解白沙的其他教化诗，也有类似问题。如对《观群儿钓》的解释。（《白沙子古诗教解》，第200页）

② ［明］陈献章著，孙通海点校：《陈献章集》下册，中华书局，1987年，第892页。

③ 陈献章著，孙通海点校：《陈献章集》下册，中华书局，1987年，第161页。《与张廷实主事》。

④ 参见张学智：《明代哲学史》，中国人民大学出版社，2012年第2版修订本，第54页。

理解。"文"自产生以来，既是经典存在于世的符号性载体保证，也跟主体性情及自然人事天然地联系着，前者是理学家赖以构建思想体系的文本资源，后者则是理学家企图区别于文人又始终与文人交叠之处①，诗作为"文"的一种，具有强烈的抒情特征，典型地体现了理学与文学的这种交叠，考察理学家作诗及解诗，有助于我们分析理学与文学冲突与合一，进而探究理学为中国美学开出的新的境界与道路。

[作者单位：海南师范大学文学院]

---

① 这里的"理学家"与"文人"不仅指古代社会中的两类群体，还指同一个人身上的"理学家"与"文人"两种身份，后者也许更符合理学家谈论"文"时面临的现实情况。

霍米·巴巴的中国接受史[①]

□辛 月

【摘要】 面对全球化的时代现状与后殖民研究的广泛蔓延，霍米·巴巴后殖民理论中的混杂性、第三空间、文化定位、身份认同、翻译、模拟等概念有助于中国以更加审慎的态度和平等的对话方式应对全球化，为中国摆脱西化与民族化二元的困境提供新的解决思路，助力中国现代文论的自身建设。梳理霍米·巴巴的理论接受史将会有助于学界理清关于巴巴的研究现状，并在中国语境的基础上更进一步深拓出其理论的阐释与运用空间。对于巴巴在中国的理论研究，以2010年为界可分为前后两期，前期的研究集中在对巴巴理论的系统引进，因此理论介绍性与专一性强，后期的研究呈现出专业化、具体化的深入与分散性的问题。中国学界出于后殖民学科体系的完善、民族传统的文化热潮，以及中国面向全球确立自身文化与身份定位的现实需要全面引入巴巴后殖民理论。但作为他国文化理论的异质性引入，加上巴巴精英阶层的身份，将其后殖民理论运用于中国的现实实践始终存在隔膜。因此，协调和转换其理论以适应中国社会实际是霍米·巴巴后殖民理论真正走进并融入中国所要走上的必经之路。

【关键词】 霍米·巴巴；中国接收史；后殖民主义；全球化

---

① 基金项目：本文为国家社科基金重大项目"改革开放40年文学理论学术史研究与文献整理"（项目编号：19ZDA262）阶段性成果，西南大学研究生科研创新项目"后殖民主义在当代中国的接受研究"（项目编号：SWUS23045 阶段性成果）。

在进入全球化时代以来，伴随着后现代主义的发展，后殖民主义理论受到了广泛的关注与热烈的讨论。爱德华·赛义德、佳亚特里·斯皮瓦克及霍米·巴巴三人异军突起，成为后殖民主义理论批评三剑客。作为后殖民主义先锋的赛义德，他的"东方主义"在中国学界引起了极大的反响，斯皮瓦克对于第三世界的女性与后殖民问题的关注也被中国学界广泛接受。唯独对于霍米·巴巴，学界原本喧闹的讨论变得沉寂。对于霍米·巴巴的文集专著目前还没有整本的翻译，不过是零星地翻译了几篇文章，对其理论的介绍和评述也相对较为零散，缺乏系统而深入的研究。面对如今已全球化的时代现状与后殖民研究的广泛蔓延，梳理霍米·巴巴的理论接受史将会为学界理清关于巴巴的研究现状并为中国提供一种独特的边缘视角，其全球化、民族化、第三空间及文化定位等理论将会使我们以更加审慎的态度面对如今的全球化时代进程，同时其翻译理论等也会帮助中国以更快的速度融入世界并确立自己的身份与定位。因此，梳理目前为止中国学界对于霍米·巴巴的理论接受史显得尤为重要。

一、霍米·巴巴其人及其理论引进

后殖民主义理论于 20 世纪 80 年代末、90 年代初被引进中国，并于 1994 年以后逐步深入对其理论的认识与评介，进入在中国的全面发展期。80 年代后期，后殖民主义理论随着后现代主义在西方学术界的失势而从边缘走向中心，并随之引入中国。1993 年赛义德继《东方主义》后出版了《文化与帝国主义》这一重要著作，同时张宽又发表了《欧美人眼中的"非我族类"》等三篇有关"东方主义""后殖民"的文章，学术界对此产生了巨大的反响。至 1994 年，《读书》《文艺争鸣》《文艺报》等杂志刊登了王一川、陈晓明、王宁、戴锦华、张法、王岳川、陶东风等大批学者有关后殖民理论的文章，形成了"赛义德热"①。王宁较早对后殖民理论进行全面而系统的介绍，1994 年发表《后殖民主义理论与思潮》一文，首

---

① 陈厚诚：《后殖民主义理论在中国的传播》，《社会科学研究》1999 年第 6 期。

次从宏观上勾勒后殖民理论的概貌。1998 年出版了《后现代主义之后》一书，以后殖民主义为主要内容，介绍分析了后殖民理论的兴起与不同概念，对其中的重要理论家赛义德、斯皮瓦克、霍米·巴巴等人的理论进行了比较和批判研究。随后，后殖民理论在中国的引进与批判质疑也逐步在纵向上继续深入，在横向上从赛义德扩大到斯皮瓦克、霍米·巴巴及其他理论家。

作为后殖民话语"圣三一"的霍米·巴巴，于 1949 年出生在印度孟买，20 世纪 90 年代声名鹊起，成为学术界后殖民主义理论代表人物，现任哈佛大学安·罗森博格英美文学及语言讲座教授。巴巴的学术著作中，主要是 1990 年由他主编的《民族与叙事》和 1994 年的个人论文集《文化的定位》奠定了其在全世界作为后殖民主义理论家的地位。21 世纪以来，巴巴更是活跃在国际文化研究领域，在美、欧、亚、澳、非各个大洲之间往来。2002 年，巴巴曾来到中国清华大学发表演讲《弱势化：一种新的全球化——霍米·巴巴清华演讲》。2010 年，再度来到中国北京大学，发表全球过渡时期的人文学科演讲，与著名学者杜维明进行对话。而霍米·巴巴的主要理论如矛盾状态、模拟、混杂性、第三空间、文化翻译、世界主义、少数族化等都得到了中国学界的广泛讨论，并且其后殖民理论为中国目前面对全球化的世界格局提供了独特的话语方式与观察视角。

二、中国学界对霍米·巴巴的学术接受史

结合目前可以看到的中国学术界有关霍米·巴巴的论文与专著发表情况，可以概览自 20 世纪 90 年代霍米·巴巴理论出世以来，中国学术界对其的接受与批判情况。

（一）学术专著

在学术著作方面，目前还没有完整的霍米·巴巴著作的译本，只是选取性地翻译了部分巴巴的重要论文。1999 年，由张京媛主编，北京大学出版社出版的《后殖民理论与文化批评》，由罗钢、刘象愚主编，中国社会科学出版社出版的《后殖民主义文化理论》，这两本书可以算是内地最早出版的西方后殖民理论译文

集，都各自收录了后殖民主义理论重要代表人物赛义德、斯皮瓦克、霍米·巴巴，以及杰姆逊、法农等后殖民理论研究者的部分论著①。而集中针对霍米·巴巴的选编译本，目前只有张颂仁、陈光兴、高士明等人主编，南方日报出版社于 2010 年出版的"从西天到中土：印度新思潮读本系列"《霍米·巴巴读本》，其于 2013 年由上海人民出版社再度印刷出版时更名为《全球化与纠结：霍米·巴巴读本》，其中翻译了霍米·巴巴《向后看，向前走：对本土世界主义的注解》《另一个国度》《关于全球化与矛盾意向的笔记》《塑造法农》等四篇文章。

此外，除了翻译领域的零星成果，有关霍米·巴巴理论评介和研究的专著也并不多，集中于霍米·巴巴理论研究的专著目前只有 2011 年由生安锋著、北京大学出版社出版的《霍米·巴巴的后殖民理论研究》，2012 年由贺玉高著、中国社会科学出版社出版的《霍米·巴巴的杂交性身份理论研究》，以及 2013 年由翟晶著、文化艺术出版社出版的《边缘世界：霍米·巴巴后殖民理论研究》。除这三部专著之外，更多的都是将霍米·巴巴作为后殖民主义理论家之一，将其放入后殖民主义理论部分进行概括性的介绍。如最早介绍到霍米·巴巴的，1997 年由三联书店出版、盛宁著的《人文困惑与反思西方后现代主义思潮批判》，介绍了霍米·巴巴的文化定位对"后殖民主义"文化批评的理解，将后殖民理论纳入了后现代主义的视角加以考察②。2003 年由张法著、四川人民出版社出版的《20 世纪西方美学史》，将"霍米·巴巴与后殖民理论的深入"作为其中后殖民主义部分的一个章节进行介绍。2008 年由陆扬主编、复旦大学出版社出版的普通高等教育"十一五"国家级规划教材《文化研究概论》，介绍了后殖民主义文化理论"斯皮瓦克与霍米·巴巴"。2009 年武汉大学出版社出版了刘军平的《西方翻译理论通识》，其中介绍了"巴巴：翻译的混杂性与民族叙述"。此后凡涉及后殖民主义内容的著作都或多或少提及霍米·巴巴及其重要理论内容。

---

① 陈厚诚：《后殖民主义理论在中国的传播》，《社会科学研究》1999 年第 6 期。
② 参见盛宁：《人文困惑与反思西方后现代主义思潮批判》，生活·读书·新知三联书店，1997 年。

（二）期刊论文

在期刊论文方面，根据目前可查阅的论文情况可见，近二十几年来，中国学界对于霍米·巴巴的研究并不算多。以 2010 年为界，对霍米·巴巴的研究可分为前后两个时期。前期的文章数量少，但理论研究呈现出整体性和深刻性；后期研究者与研究论文数量急剧增加，但理论研究呈现出细化、分散等情况。

前期：1997 年至 2010 年

1997 年至 2010 年的研究论文数量较少，不足 50 篇，主要研究者也更是寥寥几人，但研究成果却成为后面十几年来的重要资料。前期的研究侧重点集中在对霍米·巴巴理论的整体介绍以及对后殖民主义在中国的研究现状分析上，呈现出时效性、整体性、及时性、补充性的特点。根据文献互引分析，可以看到有关霍米·巴巴的理论研究，在前期形成了以王宁、生安锋等学者为代表的研究典范，2010 年以后的后期研究基本都离不开对前期研究成果的引用。

王宁在 2002 年先后发表了《叙述、文化定位和身份认同》和《霍米·巴巴和他的后殖民批评理论》，其中在《叙述、文化定位和身份认同》一文中，作者自述该文章是"国内学者第一篇全面论述当代西方后殖民主义理论思潮代表人物霍米·巴巴的论文"①。通过全面考察霍米·巴巴的学术生涯和细读他的代表性著作，王宁总结出至今为中国学界所普遍接受的霍米·巴巴理论的四大建树，认为巴巴的后殖民理论通过混杂性策略消解了西方霸权，实现了第三世界批评从边缘走向中心，真正实现了文化多样性。与赛义德、斯皮瓦克相比，霍米·巴巴的理论代表了当代西方后殖民主义发展的最新阶段——全球化时代的后殖民批评。作者极具时效性地提出，21 世纪初巴巴后殖民理论从西方世界内部转向真正的第三世界后殖民地人民的变化。王宁的这篇可谓先锋之作的文章打开了中国学界专门研究霍米·巴巴的道路，随后他的学生生安锋继续沿着导师的路径，将霍米·巴巴更加系统全面地介绍进中国学界。

---

① 王宁：《叙述、文化定位和身份认同——霍米·巴巴的后殖民批评理论》，《外国文学》2002 年第 6 期。

生安锋于 2002 年发表了《后殖民性、全球化和文学的表述——霍米·巴巴访谈录》，借助霍米·巴巴来到清华大学发表演讲的契机对其进行了深度采访，对于巴巴理论的影响来源、与马克思主义的关系、全球化的新动向、文学与民族主义的关系等问题都有了更加深入的了解，为中国学界研究霍米·巴巴补充了更具一手性的材料。同时，陈永国也将霍米·巴巴在清华的演讲内容《弱势化：一种新的全球化——霍米·巴巴清华演讲》整理发表。2004 年，生安锋先后发表了《后殖民主义的"流亡诗学"》以及博士学位论文《霍米·巴巴的后殖民理论研究》，前者将霍米·巴巴等后殖民理论家所秉持的流放的、流散的、世界主义的阐释和批评视角及其推崇的知识分子流亡身份加以分析，后者可以算是中国学界第一次集中、宏观、系统地论述了霍米·巴巴的理论，从后殖民主义的背景和发展到全面介绍巴巴的重要后殖民理论和批评实践，再系统阐述巴巴理论存在的种种问题，以及走出困境的道路和后殖民主义在中国的未来。

前期涉及霍米·巴巴的研究主要就分为顺带性介绍与专门性研究这两条路。其中一条路径，就是沿着陈厚诚、石海峻、石海军等学者的脉络，在整体介绍与评析后殖民主义理论的过程中顺带性地谈论霍米·巴巴，具体表现为概括性、介绍性强的特点。另一条路径，就是以王宁、生安锋为代表，以霍米·巴巴为核心研究对象，对巴巴进行专门而集中的全面介绍和评析，随之影响陶家俊、王波、章辉、翟晶等学者，并在后期继续深化，从整体性引进的层面转向为具体化的理论的批评与剖析，以及借助霍米·巴巴的相关理论进行文学作品与翻译的运用分析。

后期：2011 年至 2022 年

2011 年至 2022 年，随着全球化的进程深入，对中国民族叙述与文化身份的定位意识也愈发增强，霍米·巴巴得到了更为广泛的关注。有关霍米·巴巴理论研究的成果总体呈现出细分化、专业化、分散性、应用性等特点。后期理论家以翟晶、查日新、贺玉高、倪蓓峰等学者为代表，对霍米·巴巴的讨论主要是分述其具体的重要理论，采取的方式一般都是从巴巴最重要的"混杂性"（或称为杂交、杂合）理论入手，通过"第三空间"的协商与交流，从而实现对文化定位、身份认同、文化翻译等理论的深入剖析，此外就是将具体的理论内容应用到对具体文学文本的分析，以及站在全球化的视角下，探讨霍米·巴巴后殖民理论的意义并对其进行反思。

第一，以巴巴最重要的"混杂性"理论为研究中心。贺玉高在 2011 年发表《霍米·巴巴的杂交身份理论及其不满》，从巴巴对赛义德《东方学》将东西方单纯对立的本质化倾向的质疑出发，论述了巴巴的"混杂性"理论源泉与具体内容，总结了目前国内外学界对巴巴"混杂性"理论的可靠性与可实施性的批评，以及其道德性与工具性的价值。胡洁娜 2013 年发表《后殖民主义视域中的混杂性理论》，解释了后殖民主义理论揭示西方现代性文化霸权的实质，并尝试透过巴巴的混杂性理论来探索对其的抵抗策略，实现平等对话的新型民族关系的目标，为新时代下的文化发展和确立民族身份提供了有效路径。同年，苗颖撰文从法农批判种族主义混杂观到赛义德强调文化混杂性的普遍存在，再到霍米·巴巴混杂性理论体系的建构，理清了进入殖民种族话语的"混杂性"的历史脉络①。2014 年，刘媛媛发表硕士学位论文《霍米·巴巴后殖民混杂性理论评析》，针对混杂性理论的意义和缺陷进行了世界范围内学者意见的搜集，对混杂性概念的未来进行了思考。翟晶 2018 年发表《后殖民视域下的当代艺术——霍米·巴巴对艺术批评的介入》，分析出巴巴从消解二元论与本质主义的理论倾向出发，透过混杂性等概念，站在"之外"的居间空间对当代艺术进行评析。罗如春、董琳钰等学者在 2019 年发表《殖民主体的后殖民解构》，分析了霍米·巴巴如何运用混杂性与矛盾性解构殖民主体的统一身份，突破二元对立的框架。生安锋于 2022 年再度发表《后理论时代的后殖民诗学》，就流亡诗学、少数族裔理论、混杂性和世界主义等霍米·巴巴重要理论进行更进一步深拓的思考。

第二，从混杂性理论出发，讨论其开辟出的协商与交流平台的第三空间。康孝云从混杂性理论对殖民主义二元对立模式的解构角度出发，引出巴巴对受压迫

---

① 苗颖：《"混杂性"概念在后殖民文化语境中的植入及内涵衍变》，《中南大学学报（社会科学版）》2013 年第 6 期。

民族与阶级被否定的经验和历史所开辟出再现的"第三空间"①。赵俣等学者也梳理了后殖民主义中"他者"的衍变，指出巴巴超越二元对立的"自我"与"他者"，在混杂性中开辟出了第三空间，提供了全球化多元文化的交流、对话模式②。王微在 2016 年发表《霍米·巴巴阈限空间思想刍议》，讨论了作为阈限空间的第三空间所具有的临界性、阈限性及其张力和外延，分析了其所具有的削弱殖民者话语权威的功能。袁源对"第三空间"的概念进行了学术史的梳理，将"第三空间"的学术史分为三个阶段，为"第三空间"这一概念明确了清晰的学术背景与使用边界，也为跨学科理论研究贡献了思路③。代乐借用霍米·巴巴"居间"空间的理论分析中国近现代租界的双重身份，作为联结本土文化与他国文化的纽带，实现了由对西方文化被动消极接受转换为非暴力的文化抵抗与本土文化的积极输出，强调了自身的主体性，为中国文化面对世界提供了范式④。

第三，将巴巴理论应用于具体的文本分析与文化翻译。李成坚、邓红两位学者 2007 年先后发表两篇文章《杂合中建立第三空间——从霍米·巴巴的杂合理论看谢默斯·希尼的〈贝奥武甫〉译本》《建立翻译中的第三空间——论霍米·巴巴之"杂合"概念在翻译中的运用》，从霍米·巴巴的"混杂性"理论入手，从而进入到"第三空间"和翻译理论，并将其运用到对具体的文学文本的分析上。前者指出谢默斯·希尼的作品通过混杂性的多元文化构成，重新定义了爱尔兰文化的发展空间与文化方向，后者则探讨了不同语言文化间在交流与翻译过程中"混杂性"与"第三空间"的存在，并探讨其在翻译领域的适应性。从这两条线索出发，即翻译理论和应用于具体文本的分析，开启了有关霍米·巴巴的理论分述。

沿着具体文学文本分析线路走下来的，有罗璇的《混杂的意义——以霍米·

① 康孝云：《霍米·巴巴对殖民主义二元对立模式的解构及其意义》，《国外理论动态》2014 年第 10 期。

② 赵俣、张学丽、张辉：《后殖民主义文学批评中的"他者"》，《文艺评论》2014 年第 5 期。

③ 袁源：《"第三空间"学术史梳理：兼论索亚、巴巴与詹明信的理论交叉》，《中南大学学报（社会科学版）》2017 年第 4 期。

④ 代乐：《从假洋鬼子到旗袍：中国近现代租界与被殖民文化的主体性》，《西南大学学报（社会科学版）》2020 年第 1 期。

巴巴的混杂理论浅析〈英国病人〉》，法小鹰的《第三空间中少数族裔身份的建构——从后殖民主义视角解读小川乐的〈欧巴桑〉》，詹作琼的《霍米·巴巴"第三空间"视阈下〈孙行者：他的即兴曲〉的文化身份构建》，罗苡丹的《后殖民主义语境下的中国古典文学英译研究——以〈西游记〉韦利译本为例》等文章，从霍米·巴巴的相关理论入手，深入到对其他具体文学文本的剖析，这条线路也可以说是李成坚、邓红两位学者沿着巴巴对殖民地题材的作品进行文本细读的方式承袭而来，巴巴的模拟概念与文本细读启迪了第三世界批评家反对西方文化霸权，推动了文学经典的重构①。

沿着翻译理论走下来的，有 2011 年倪蓓锋发表的《论霍米·巴巴的文化翻译》，强调文化翻译通过"第三空间"的协商与交流，重新塑造民族身份认同，实现文化非殖民和解构后殖民的政治意义。同年，杨珉子发表了《从霍米·巴巴文化翻译理论看汉语典籍英译》，将文化翻译理论应用到汉语典籍的翻译上，为中国文化定位与民族身份的确立寻求可靠途径。2013 年，王宁发表了有关巴巴文化翻译的文章《翻译与文化的重新定位》，承认翻译在当今全球化时代下对不同文化进行重新定位的重要作用，并结合中国文学近一二十年的翻译实践所取得的成果，呼吁将翻译的重点转向中译外，与世界平等对话，为世界文学重新绘图。王宁对文化翻译理论的现实应用和分析，为实现中国文化自信和文化强国的目标提出了切实建议，助推中国文化加快走向世界。范先明对巴巴的文化翻译观进行了再思考，对翻译策略中的"异化"和"归化"表示警惕，指出要做到二者平衡，用归化的语言传达异化的思想内容，才能更好进行翻译实践②。刘贵珍在《自我与他者：霍米·巴巴的后殖民理论对中国当代文学"走出去"的启示》中，强调走一条超越二元对立的第三条道路，寻求西方世界文化接受与中国当代文学"走出去"的动态平衡，采取更为灵活的译介策略，加快中国当代文学走向世界的步伐。

---

① 王宁：《叙述、文化定位和身份认同——霍米·巴巴的后殖民批评理论》，《外国文学》2002 年第 6 期。

② 范先明：《异化·归化·第三空间——对霍米·巴巴文化翻译观的在思考》，《乐山师范学院学报》2013 年第 4 期。

第四，从文化定位与身份认同角度继续深入探讨的。2011 年查日新发表《空间转向、文化协商与身份重构——霍米·巴巴后殖民文化批评思想评述》，从霍米·巴巴的空间概念与文化身份重构的思想出发，探讨了霍米·巴巴后殖民文化批评所表现出来的反抗与重构。常江等学者通过对霍米·巴巴的访谈对话，深入剖析了巴巴在全球化时代下对文化错位、身份认同、归属感等问题的理解，对于巴巴后殖民主义理论所进行的话语赋权的政治实践以及理论参与社会变革的路径有了更加明晰的认识①。

第五，从全球化视角出发，探寻当今霍米·巴巴后殖民理论的意义与后殖民主义的未来。张法在 2013 年发表文章《霍米·巴巴后殖民理论的特色和意义》，通过分析巴巴后殖民理论的时间面向，确定其立足于"现在"的讨论，分析出巴巴对过去总体性与现在总体的解构，从而构建了一个全球文化互动的讨论场地。陈靓也公开发表了与巴巴的访谈对话《后殖民的理论反思和文化投射——霍米·巴巴教授访谈录》，对作为少数族裔的流亡身份、文化翻译等理论进行了更具时代性的解读和补充，充分肯定了后殖民理论所提供的具有平等交流功能的动态平台。

总体而言，后期关于霍米·巴巴的研究情况得到了理论的深化，从巴巴某一具体理论出发进行更具深刻性与时代性的讨论。这也得益于前期学者对霍米·巴巴进行理论引进时所完成的全面的介绍和总结。后期的研究才能在此基础上呈现出专业化、具体化的深度。但总体而言，随着全球化与后殖民主义的深入发展，作为后殖民主义三剑客之一的霍米·巴巴从学术边缘走向了主流，从中国学界的视野盲区走向了学术焦点地位。但由于霍米·巴巴理论本身的混杂性与学术语言的模糊性，导致迟迟未能完成对巴巴理论原著的翻译工作，这也造成了中国学界对霍米·巴巴后殖民理论一定程度的隔膜和疏离。

---

① 常江、史凯迪：《霍米·巴巴：理论建构是一种赋权的政治——文化错位、流散与身份政治》，《新闻界》2019 年第 1 期。

三、霍米·巴巴接收史分析

(一)中国学界接受霍米·巴巴的缘由

随着后结构主义、解构主义对西方中心、文化霸权的解构,20 世纪 90 年代后殖民理论异军突起,第三世界国家成为文化研究的焦点。中国学界广泛吸收了后殖民主义的相关理论,甚至在 90 年代形成了"赛义德热",并随后迅速发展到其他后殖民理论家。霍米·巴巴作为后殖民理论三剑客之一,自然成为中国学界的研究重点。总结起来,中国学界接受霍米·巴巴的原因,主要包含以下几个方面:完善后殖民学科体系,弘扬民族传统的文化热潮,以及中国面向全球确立自身文化与身份定位的现实需要。

首先,由于后殖民主义理论在中国的迅猛发展,全面引进后殖民理论家,完善学科体系是当时重要的学术任务。到 90 年代,后殖民主义已经经历了从法农 1952 年《黑皮肤、白面具》的初步建设,到 1978 年赛义德《东方主义》的狂热争执与广泛重视,再到 90 年代后殖民理论家被更加全面地引进,进入了理论建设的阶段。而作为后殖民主义三剑客之一的霍米·巴巴较之赛义德、斯皮瓦克,受到的关注与专题介绍研究都远远落后,因此在构建后殖民主义理论体系的进程中,引进与介绍霍米·巴巴,完善后殖民学科体系也成为此前的重要任务。

其次,90 年代"弘扬民族传统"的文化主潮为反对西方中心和文化霸权的后殖民理论在中国的传播提供了现实土壤。随着后殖民理论在中国的引入,90 年代以来,部分学者开始使用后殖民理论来审视和分析中国的历史与现状,进一步引发了"反本质主义"的讨论热潮。学界有的认为是西方文论强势入侵与文化霸权造成了中国文论的"失语症",进而提出了"返回自己的话语家园""立足于本土话语进行话语重建"的主张。还有的将中国现代化的历史直接视为"全盘西化"的历史,从而进一步提出中国文化从"现代性"到"中华性"的构想,来表达自己文化认同的诉求。因此,相比于 80 年代激进的"西化"倾向,90 年代兴起了"弘扬民族传统"的热潮,并对全面西化表示明确的批评与否定。从国家的文化政策上确立了"弘扬传统"的基调，文化学术领域则紧随其后，东方文化复兴论再度兴起，"国学热"的浪潮再一次复兴。东方国内的这股民族浪潮与反西方的态度，正好与西方后殖民主义所秉持的反对西方中心主义和西方文化霸权的观点相契合，这便加速了后殖民主义理论在中国的传播与发展①。而相较于赛义德《东方主义》中二元对立的东西方，与斯皮瓦克所关注的第三世界女性与压迫问题，霍米·巴巴的后殖民理论则是站在一个东西方之外的居间空间进行俯察，深入到西方文化霸权内部对其进行瓦解，为第三世界国家与民族真正提供了一个平等、交流的对话空间，因此巴巴的理论在当时进一步得到了重视。

最后，在全球化背景下，中国借霍米·巴巴后殖民理论确立自身文化和身份定位的现实需要。霍米·巴巴的身份观是站在一个"居间""之外"的临时性、协商性的立场来进行论述的②，反对带着本质性、整体性的民族、种族观念对其进行定位，强调一种动态的交流状态。在长期的历史的殖民与后殖民经历中，西方世界都以殖民者的固定身份维系其霸权地位。甚至是在当今全球化的背景下，国别与国际组织、民族与种族差异、东方与西方区别的强调，都在无形中塑造身份强弱的对立与其文化统领的合理性和合法性。这将导致经济贸易全球化的迅猛发展，而文化意识的全球化滞后，导致在国际交流中难以实现平等的对话。霍米·巴巴的文化定位与身份认同理论，从殖民者与被殖民者的身份关系中，从殖民话语的霸权内部对其进行解构，提出区别于固定属性的新的具有功能性和临时性的身份模式，在各种差异中相互妥协互渗而成，瓦解了霸权的理论基础，实现了世界范围内不同国家和民族真正的平等交流。在全球化的背景下，中国被迫卷入世界洪流，但西方霸权世界所固守的身份关系与中国自身文化身份定位的不确定性，在西方思想全面入侵与民族文化执着守卫间困顿不前，导致中国在面向世界时存在两种弱势倾向：一种是承认西方思想在中国的全面应用，而无形中接受其霸权文化的统领，产生自卑心态；一种是意识到西方思想入侵，坚决捍卫民族传

---

① 陈厚诚：《后殖民主义理论在中国的传播》，《社会科学研究》1999年第6期。
② 翟晶：《霍米·巴巴的身份观》，《世界美术》2010年第4期。

统，但是传统与现实的断代导致现实进步的缓慢与停滞，从而产生的自我怀疑心态。而霍米·巴巴的身份理论则满足此前中国现实需要，通过瓦解西方殖民身份的固定性来破解西方文化的神话，同时又提供了"居间"与"之外"的新的身份，让中国得以摆脱两难困境，更加自由平等地参与全球互动。

出于以上三方面相对客观的现实需要，巴巴的理论被整体性地介绍进中国学界，随着后续对巴巴理论的进化研究，其后殖民主义理论也切实地为中国融入世界，以平等身份进入全球化的浪潮贡献了力量。

（二）霍米·巴巴后殖民理论对中国的益处

霍米·巴巴的后殖民理论更加关注第三世界和少数族裔的现实问题，深入到西方中心和文化霸权内部对其进行瓦解。在全球化的深入发展与逆全球化萌芽的背景下，霍米·巴巴的文化定位、身份认同、翻译、模仿等后殖民理论帮助中国以更加冷静的态度和有效的方式面向世界，用更加平等的对话实现中国与世界的交互。

首先，全球化的深入发展，霍米·巴巴文化身份理论为中国摆脱西化与民族化二元的困境提供了新的解决路径。受到西学大肆入侵的影响，中国在面对西方文化时存在着持续性的精神分裂式的焦虑。一方面，担心西方文化的认同所造成的无形的文化统治，以及自身传统民族文化的被排挤；另一方面，又无法建立起传统民族文化现代性的完美桥梁，无法与现代迅猛发展的经济文化有机切合。因此，在警惕西方文化思想下，有意识发展的民族主义事业也未能取得最终的成果。究其原因，就在于这两种文化倾向都落入了西方中心主义的窠臼，未能摆脱二元对立的固定化的身份定位。霍米·巴巴的后殖民理论提供了一种新的文化定位与身份认同模式，就像王岳川所说："文化的定位（或身份的确认）既非完全是要使弱势文化被强势文化所吞没，也不是弱势要变成一个新的强势文化，而是通过互相的对话、交谈和商讨，使文化权力在双方之中达到一种均衡的发展和认同，并对双方加以制约和协调。"① 因此我们既不能按照殖民传统的文明与野蛮、进步与

---

① 王岳川：《后殖民主义与新历史主义文论》，中国社会科学出版社，1999年，第65页。

堕落的二元对立模式界定主体的身份，也不能按照当前所区分的国籍、民族、种族、宗教等本质性的概念来作为彼此的身份主体。因为这种稳定固化的身份是不存在的，它必然受到对话者双方文化的互渗和影响，不可能是完全的纯化的固定身份。霍米·巴巴站在一个"居间"与二元"之外"的角度，以一种灵活的互动的具有功能性和不确定性的"社群"来暂时替代此前种种固定化的身份。这种社群身份是特定利害关系与各种差异的再现，以特定语境与翻译的具体场所为新的背景，重新书写与确立的临时身份①。这将有利于中国摆脱以往西化与民族化所带来的困境，而以具体情景和特定问题为基点，用一种更加平等和动态的身份参与国际社会各种活动。

其次，霍米·巴巴的文化翻译理论有助于中国文化走进世界，实现与世界的平等对话。从文化翻译的双向性来看，巴巴的文化翻译理论可以从进出两面为中国提供文化间的平等交流的方式，一方面是作为转译的西方文化流入中国，另一方面是将具有中国特色的文学文化翻译出口。从文化转译进口的角度，巴巴的翻译理论强调的是在一个跨民族性的混杂空间中，将他国的语言和文化融合本土的现实，最终实现西方文化为中国现实所用，发出中国自己的声音。通过对进口的西方文化的转译工作，完成对霸权文化的解构与自身文化的进一步完善与建设。巴巴强调翻译是异质文化之间的交流对话，最根本的是要表达原语文化的差异性，促进异质文化间的互补交融。因此作为跨文化实践的翻译，表面上是要消除异质，实质上是在向异质开放②。翻译是在两种异质文化之间构建起对话协商的"第三空间"，在这里实现对文化和种族障碍的跨越，从冲突走向妥协。从文化翻译出口，即"中译外"的角度，巴巴的理论为中国文学"走出去"的文化翻译提供了一条融合中西的第三条路。在中国文学走出去的实践过程中，存在着西方国家所选择和接受的译本与中国政府"走出去"战略目标相冲突的矛盾。例如莫言在 2012 年荣获诺贝尔文学奖，多部作品如《红高粱》《丰乳肥臀》等也都受到了

---

① 翟晶：《霍米·巴巴的身份观》，《世界美术》2010 年第 4 期。

② 倪蓓锋：《论霍米·巴巴的文化翻译》，《中央民族大学学报（哲学社会科学版）》2011 年第 5 期。

西方读者的广泛欢迎。但其作品本身内容会造成西方对中国文化的误读，这种典型的东方主义的苦难叙事满足了西方人对东方的阅读期待，却与当前中国国民经济迅速发展，民族文化复兴独立的社会现状有一定出入，不属于中国政府对外译介的范围之列。这种接受与输出之间的矛盾可以通过霍米·巴巴所提倡的翻译的"第三空间"来得以缓和。在对外译介的过程中，可以将中国的译介意图与西方的阅读期待混杂于第三空间，采取抵制与接受并存的态度，在交流协商的过程中寻求二者的平衡。在全球化的深入发展下，积极主动地走向世界，将中国的文学与文化传播与传递出去是中国融入世界的必经之路，因此必须重视文化翻译工作，把握好中西之间矛盾冲突的动态平衡。

再次，霍米·巴巴的模仿理论为中国现代性文论的自身建设提供了有效途径。受到赛义德东方主义和后殖民理论的影响，中国学界在 20 世纪 90 年代初普遍认为中国文学笼罩在西方文化霸权的阴霾之下，而失去了自己的独立性。但霍米·巴巴早就看出赛义德将东西方问题简单化的局限，并提出混杂性和模仿的概念，明确了不同文化间双向交流的相互渗透和影响，瓦解了二元对立的权力关系。巴巴的模仿理论是在吸收改造拉康的基础上发展而来，认为模仿是一种复杂含混的表征形式，具体表现为"扬弃"，一方面在拒绝，一方面又在吸收其中有利于自身的因素。而这样取其精华去其糟粕的模仿其实在中国早有实践，"五四"新文化时期，面对中学与西学、新学与旧学热烈之争时，结合当时中国实际与现实需要，"德先生"和"赛先生"纷纷走进中国以对抗封建传统思想。虽然西方在当时对中国进行了半殖民地的统治，但是中国并没有全盘吸收，而是采取了模仿的策略借助西方先进的科技和思想文化逐步实现自身的现代化。而如今面对西方文化的强势入侵，中国学界开始关注中国古代文论的现代转化以及传统诗学现代化的问题，自觉陷入守卫民族文化的焦虑和危机意识之中。而这种守卫策略其实并不是拒绝西方文化，现实情况也无法拒绝，而应采取巴巴模仿的策略，进行模仿的创新。就像是原本产生于德国的马克思主义，在经历苏俄到中国的革命实践后，逐步创造性地内化为具有中国特色的社会主义，通过模仿的创新实现对民族的守卫。因此，如今再度面对如此强势的西方理论，中国的文论批评家和作家们便不必过分紧张，将其放入中国的现实语境，在深入研究其原产语境的基础上，进行创造性的模仿，使其真正为我所用，从而在结合中国传统与现实的基础上，形成具有中国特色的现代文论。

最后，如今逆全球化的问题浮现，霍米·巴巴后殖民理论为正确处理好国家民族立场与全球化的交融关系提供了方法。近年来"逆全球化"的浪潮愈演愈烈，2017年美国推出巴黎气候协定、2018年中美贸易摩擦、2019年美英法缺席达沃斯年会、2020年英国正式脱欧等，这一系列"逆全球化"的事件将国家、民族的利益与需求再度强调甚至上升到民粹主义。但不可否认的是全球化带来了资源配置的优化与世界各国政治经济的快速发展，因此中国仍在沿着"一带一路"的建设，在"逆全球化"的浪潮下推进全球化的进程。但如何把控好全球化的世界各国平等交流与自身民族国家的经济政治立场就显得尤为重要。霍米·巴巴的后殖民理论提倡的是带着自身的民族文化特色进入混杂的第三空间，在那里实现与其他民族的互商互动。因此，出于长期发展的展望，中国在"逆全球化"的浪潮下，尽管要保持住自身的国家民族立场，同时也要进入到一个"全球化"的互动空间，帮助自己与周边国家发展壮大，抵抗住强势霸权国家的压力。

但是霍米·巴巴作为他国文化理论的异质性引入，加上其自身精英阶层的身份地位，将霍米·巴巴的后殖民理论运用于中国的现实实践始终存在隔膜与必然面对的问题。因此，协调和转换其理论以适应中国社会实际是霍米·巴巴后殖民理论真正走进并融入中国所要走上的必经之路。

（三）霍米·巴巴理论在中国的问题与未来

霍米·巴巴的后殖民理论虽然提出了许多新见，但是身处文化精英阶层的巴巴仍不能完全深入到第三世界国家的现实内部，依旧是理论性的建设，缺乏了现实实践基础。并且在巴巴批评赛义德二元对立的同时，其自身也未能完全摆脱自己新建的二元对立，徘徊于逻辑的迂回怪圈之中。从理论逻辑到现实实践的各个层面，巴巴的后殖民理论仍然存在许多问题。生安锋在其博士论文中首次具体而全面地分析了霍米·巴巴后殖民理论存在的问题，总结了中西方学界对于霍米·巴巴理论的批评之声，主要从方法论批评、概念批评、话语分析与政治现实、论证逻辑、肢解法农和语言问题几个方面进行了论述①。

跳出霍米·巴巴具体概念与理论逻辑的问题，结合现实中国实际，运用霍米·巴巴后殖民理论在当前的中国环境中可能存在如下问题：首先，巴巴理论本身语言的晦涩与翻译的障碍，导致对其理论的理解难以透彻。在西方，巴巴的老师伊格尔顿批评其理论晦涩难解，西方学界评价其为年度最差写作奖第二名；而在中国，无论是从巴巴零星的文本翻译实践来看，还是学界对其研究的举步维艰上，都可以看出霍米·巴巴语言和理论的艰涩问题。这就必然导致了中国学界无法清晰透彻地领会到巴巴理论的内涵，从而更加不能将其灵活地运用于实践。其次，霍米·巴巴理论的精英立场与纯粹的理论性，导致其理论在具体实践的过程中无法符合中国及第三世界国家的现实情景，没能真正切入到少数族群体内部，解决其切实的现实问题。再次，巴巴的理论是基于文化差异而对文化多元化的提倡，但这种把边缘文化拿到舞台中心进行去蔽的方式可能会造成相反的后果。跨国资本主义正好也可以利用文化多元主义的倡导实现对边缘文化与民族的兼并吸收，实现资本市场区域化的目的，最终非但不能为少数族群体谋取独立，反倒成为了意识形态的共谋②。因此，中国在借用巴巴理论进入全球化的进程中，也要时刻警惕自身的国家民族立场，注意区分霍米·巴巴后殖民理论的运用和实施对象。尽管如此，巴巴理论的出发点和实际考量都是出于抵抗霸权文化，实现全球平等交流的目的，并且运用巴巴理论也确实为中国融入世界提供了理论路径，为重新定位全球文化做出了巨大理论贡献。

后殖民主义理论作为后现代主义、后结构主义的进一步发展，以更加审慎的态度直面不同权力地位的国家民族现实，并提出相应的对策，以期消散迷雾并建立平等的世界关系。对于后殖民自身在未来的发展，首先需要摆脱方法论上对后结构主义等理论的依赖，在消解二元对立的同时要警惕自身新的二元对立的循

---

① 生安锋：《霍米·巴巴的后殖民理论研究》，北京语言大学 2004 年博士学位论文，第 97 页。

② 章辉：《抵抗的文化政治：霍米·巴巴的后殖民理论》，《吉首大学学报（社会科学版）》2010 年第 1 期。

环。其次，语言表达上需要寻求更加明晰的传达方式，在否定语言的本质意义的同时也要努力寻求更加恰当准确的表述，否则不仅不能达到批判目的还无法传递出自身的理论思想。最后，后殖民理论的建设不能仅站在精英视角做空洞的理论批评与阐释，要深入现实，从少数族群体的现实需要出发，真正做到反殖民霸权的具有实践意义的价值理论。

　　总之，无论是后殖民主义还是作为其中重要理论家的霍米·巴巴在中国的传播与接受都加速了中国融入世界的步伐，也清醒地指明了中国作为发展中国家在走向世界时所面临的文化霸权与不平等问题，并试图提出了相应的解决策略。理清霍米·巴巴在中国的学术接收史和传播史，将会为我们理解全球化时代的流散、文化定位、身份认同等现实问题提供清晰思路，使霍米·巴巴后殖民理论在中国的发展传播具有一个清晰的脉络，同时也会促进中国以更加审慎的态度和清晰的认知面向全球，在"全球化"与"逆全球化"的时代潮流中找准自身的身份定位。

［作者单位：西南大学文学院］

"孤岛"时期莎士比亚在中国
——周庄萍译《马克白》和《哈梦雷特》①

□李伟民

【摘要】 周庄萍翻译的莎士比亚的《马克白》与《哈梦雷特》译本诞生于"孤岛"时期的上海。这两部莎剧的出版，客观上为处于日本侵略者铁蹄之下的中国读者带来了打破敌人文化封锁，了解世界优秀文学、戏剧的机会，这与启明书局致力于在青年读者中普及优秀外国文学作品有很大的关系。本文从散文体与诗体、隐喻与通感，以及汉语译文的格律、节奏等方面探讨了《马克白》《哈梦雷特》的特点。《马克白》《哈梦雷特》译自英文，同时重点参考了日文版的《莎士比亚全集》以及柴门霍夫的世界语版的莎士比亚戏剧集。周庄萍的莎剧翻译构成了中国莎学史上的重要一环。

【关键词】 周庄萍；《马克白》；《哈梦雷特》；中国

引 言

自晚清民国以来，一批知识分子热心、执着地译介莎氏作品，从文明戏到话剧，剧团不时搬演莎剧，国外的莎剧电影风靡一时，国内也把根据莎剧故事改编

---

① 基金项目：本文系国家社科基金后期资助暨优秀博士论文项目"莎士比亚在近现代中国的传播与与流变研究"（项目编号：21FWWB008）阶段性成果；2019 年度国家社会科学基金重大项目"莎士比亚戏剧本源系统整理与传承比较研究"（项目编号：19ZDA294）阶段性成果。

的电影搬上银幕。这一时期，社会动荡，人民生活极端困苦，随着日本全面侵华战争的爆发，中华民族处于生死存亡的抗战之中。文化交流尽管受到严重影响，但莎士比亚在中国大众中反而拥有了更为广泛的知名度。莎士比亚戏剧在中国影响超越了人们对其他域外戏剧的关注，于是翻译莎作、演出莎剧逐渐成为向大众普及莎氏的一种重要方式。

一、经典传播与文化自信

晚清民国以来，出于对莎士比亚作品的喜爱，不少知识分子纷纷拿起了手中的译笔，通过翻译莎氏作品，介绍莎学观点和莎学理论，改编演出莎剧，表达了对黑暗腐朽社会、民族生死危亡的批判和忧虑。莎氏作品中蕴含的主题与民国时期动荡局势、人民苦难、绝望中蕴蓄的希望与光明形成了某种契合；通过莎剧对侵略者、封建思想、独裁政权进行控诉与批判，表达了人民对自由平等的向往，并与为民族争气的爱国思想结合在一起，成为近现代中国莎学的主旋律。

当时，翻译出版莎作成为译者和出版机构热衷于从事的文化活动，出版的莎剧译本不在少数。尽管翻译、出版莎作的目的不尽相同，译作质量参差不齐，但是即便是出于经济原因，希望依靠翻译赢得"经济独立而不必依附官场为生，恰恰是中国知识分子获得独立人格的物质前提，也是中国士大夫向现代作家转型的醒目标志之一"①。出版的莎剧译本，正如朱生豪所看到的，尽管坊间各莎剧"译本，失之于粗疏草率者尚少，失之于拘泥生硬者实繁有徒。拘泥字句之结果，不仅原作神味，荡焉无存，甚且艰深晦涩，有若天书，令人不能卒读，此则译者之过，莎翁不能任其咎者也"②。译作质量虽然难以尽如人意，但在众多的传播者的意识里，翻译、演出莎剧已经成为把莎氏这一世界文豪与中华文化连接在一起，

① 邓集田：《中国现代文学的出版平台——晚清民国时期文学出版情况统计与分析（1902—1949）》，华东师范大学博士学位论文，2009年，第3页。
② 朱生豪：《译者自序》，《莎士比亚全集》（第4卷），朱生豪、陈才宇译，浙江工商大学出版社，2015年，第615页。

凝聚民族不屈精神的载体。特别是这一时期对马克思主义莎学的译介，使文艺界感受到了马克思主义对莎作的褒扬和进步文艺作品的精神力量，为学习、研究马克思主义文艺观和马克思主义莎学奠定了基础。在时代和经典的召唤下，先驱者作为莎士比亚作品的最初传播者，或者热心从事莎作翻译，或者积极从事莎作的介绍、演出和评论，通过这些"莎士比亚盗火者"的不懈努力，使国人特别是青年学生逐渐认识到莎作在世界文学、戏剧史上的经典价值与文学地位。

此时，不论是留学英美的文人、学者、普通译者、大学生、导演、演员、文学与戏剧爱好者，都以极大的热情拥抱莎士比亚。当时，尽管受到了战争和社会动荡的极大影响，但是"出版数量仅次于柯南道尔的是莎士比亚作品书籍，1903—1948年间，共有19家出版机构出版过40种莎士比亚作品书籍（含小说4种，诗歌1种，戏剧35种）"[1]，但这一统计尚不完全，主要译者中遗漏了周庄萍等人的莎剧译作。据统计晚清与民国时期翻译文学书籍出版的数量，英国为854种，仅次于俄苏1030种，占第二位[2]。这些主要以散文形式翻译的莎作译本，丰富了现代白话文，反映了白话文的影响力。因为，莎剧的汉译给我们带来"新的语感，新的诗体，新的句式，新的隐喻"[3]，为"五四"以来现代翻译文学的发展提供了借鉴，展示了文学革命的成果，同时也为人们深入了解莎作在世界文学史的不朽地位和经典价值做出了积极贡献。我们看到，从《澥外奇谭》《吟边燕语》到田汉的《哈孟雷特》出现以来，包括孤岛时期出版的周庄萍[4]译《马克白》《哈梦雷特》等一大批莎作译本在内，填补了1947年朱生豪译本问世前的一段时间，成为中国读者阅读了解莎作的渠道，包括周庄萍的莎剧译本在内，它们已经成为朱生豪、梁实秋莎剧全集出版的前奏，同时也构成了中国莎学史上的重要一

---

① 邓集田：《中国现代文学的出版平台——晚清民国时期文学出版情况统计与分析（1902—1949）》，华东师范大学博士学位论文，2009年，第205页。

② 邓集田：《中国现代文学的出版平台——晚清民国时期文学出版情况统计与分析（1902—1949）》，华东师范大学博士学位论文，2009年，第202页。

③ 朱自清：《译诗》，《朱自清全集》（第2卷），江苏教育出版社，1988年，第374页。

④ 周庄萍，又名"周平"，在他的《哈梦雷特》和《马克白》译本的封面上均署名为"周平"，而在内页中又以"周庄萍译"署名，在中国莎学研究中一度认为这是两位译者。本文从周庄萍（周平）在世界语领域署名的习惯，径称这两部莎剧的译者为"周庄萍"。

环。但是，我们却遗憾地看到，由于各种原因，周庄萍的莎剧译本除了在当时起到了普及莎氏剧作的作用外，出版八十多年以来早已湮没在历史的长河之中，至今无人研究。回顾中国莎学的发展历程，我们应该重新补上这曾经失落的一页。

二、世界语学习与研究的经历

周庄萍（1906—1991），湖南人，又名周印乔，曾在日本留学，1929 年在东京自学世界语，是一名世界语爱好者。周庄萍翻译莎剧与他学习英语、日语和世界语的特殊经历有很大的关系。周庄萍曾任上海世界书局、光明书店特约编辑。1949 年后在南京第七中学、第三中学任教师，上海世界语者协会会员，后当选为中华全国世界语协会理事。周庄萍的主要著作有：《汉译世界语小词典》《世界语国际通讯集》《世界语五十年》《世界语笑话集》，与霍应人、郑竹逸合编《现代中文世界语词典》。周庄萍的《哈梦雷特》《马克白》译文以英文为原本，同时参考日文与世界语本的莎氏剧作。

自田汉从日文翻译《哈孟雷特》《罗蜜欧与朱丽叶》以来，翻译莎剧均直接从英文译出，绝少有译者再去参考日文版的《莎士比亚全集》，仅有周庄萍的译本《马克白》和《哈梦雷特》在翻译过程中明确表示参考了日本坪内逍遥等人的莎氏剧本，同时由于周庄萍是热心研究、推广世界语的学者，在译文中还参考了当时的世界语莎氏剧本。正如周庄萍自己在《马克白》的"序"中所言："译者根据原文，参照坪内逍遥之日文译本"[1]；他在《哈梦雷特》的"序"中也说："译文除根据英文原本外，尚参考坪内逍遥之日文译本，浦口文治之日文'新译'本，及柴门霍夫之世界语译本。"[2] 周庄萍的莎剧译本既依据日文版《莎士比亚全集》提供了较为详尽的考据和注释，又将柴门霍夫的莎剧世界语译本"几乎全部为一种押韵的排偶体（Rima duversajo）文字简练，声调铿锵，使译者在修辞上获得许多

---

① 周庄萍：《序》，莎士比亚：《马克白》，周庄萍译，启明书店，1938 年，第 4—5 页。
② 周庄萍：《序》，莎士比亚：《哈梦雷特》，周庄萍译，启明书店，1938 年，第 2—3 页。

启示"① 的文字融入其译莎之中。周庄萍译莎以英文原作为底本，既参考日文莎剧全集，又参考了世界语莎剧译本，这种情况在所有的莎剧汉语译本中是绝无仅有的。

周庄萍翻译《马克白》《哈梦雷特》时，正值抗日战争时期。"启明书局开张仅仅一年，'八一三'淞沪抗战就在浦江之滨揭开了战幕，……启明地处租界，得以苟安于一时，但危巢之下，安得完卵？"② 周庄萍回忆了当时翻译莎剧期间所经受的时代风云："日本军国主义者发动的侵华罪恶战争，从东北逐步扩展到华北，我们民族处于生死存亡的紧急关头，全国各地抗日救亡运动，风起云涌，上海的情势尤为热烈。"③ 面对凶恶的日本帝国主义的非正义侵华战争以及险恶的政治环境，不能直接描写现实以推进民族解放斗争，"于是翻译、改编外国戏剧，糅进戏剧家的强烈的现实感情……这就更是孤岛以至于后来成为沦陷区的上海，戏剧翻译历久不衰的原因所在"④。周庄萍把《哈梦雷特》《马克白》这样的莎剧介绍给中国读者最重要的意义"在于指出政治制正义化与家庭之纯洁化。在我们现在这个恶魔横行，正义不彰的时代，这剧诗很有其存在价值的"⑤。尽管处于日寇占领区的上海"孤岛"，译者的措辞比较笼统、隐讳，但是我们仍能从"恶魔横行，正义不彰的时代"的激愤情绪中，领略到其中隐含的深沉愤怒，以及莎剧本身所具有的现实意义。启明书局的《哈梦雷特》《马克白》均出版于抗战全面爆发的上海租界地区，因为要应对严苛的出版检查制度，译者并不能在书中直接表达对日军侵略行为的义愤，但我们仍然能够从字里行间中感受到以"长夜待旦的心情"⑥翻译出版外国文学名著，深蕴着的译者的悲愤心情及对侵略者的谴责。

---

① 周庄萍：《序》，莎士比亚：《哈梦雷特》，周庄萍译，启明书店，1938年，第3页。
② 姜龙飞：《一本因私护照与一个时代》，《档案记忆》2018年第4期。
③ 乐美素：《世界语者乐嘉煊纪念文集》，中国文史出版社，2007年，第99页。
④ 邹振环：《20世纪上海翻译出版与文化变迁》，广西教育出版社，2000年，第220页。
⑤ 周庄萍：《序》，莎士比亚：《哈梦雷特》，周庄萍译，启明书店，1938年，第2页。
⑥ 来新夏：《中国近代图书事业史》，上海人民出版社，2000年，第363页。

三、启明书局的莎剧译本

1936 年 8 月启明书局成立于上海，创办人沈志明在 1919 年独资创立了世界书局的父亲沈知芳①的帮助下，与妻子应文婵在上海四马路共同创设了"启明书局"。周庄萍的《马克白》和《哈梦雷特》两个译本均于 1938 年 8 月在启明书局出版，《马克白》出版仅仅一年多，到 1940 年 4 月已经出版到了第三版，可见该译本颇受读者欢迎。这两个译本能在启明书局同时出版，与启明书局的出版定位和面对的读者对象有关。启明书局为了突出自己的特色，与商务印书馆、中华书局、世界书局错位竞争，主要以出版大中学生的课外读物、工具书和世界文学名著的节译本为主。"当年启明书局的用心，是让中学生作为课外读物阅读，让他们能在明白晓畅的译文中去感受世界名著的博大精深。"② 启明书局的出版物在书后往往附有该书局出版的书目广告，我们在《哈梦雷特》的书目广告中就发现在"沙翁杰作集"中有《哈梦雷特》《马克白》《暴风雨》《该撒大将》《铸情》及《莎氏乐府》。

据统计，在晚清与民国时期我国出版 50 种以上文学书籍的出版机构中，启明书局位居第 16 位，出版此类书籍 117 种③。启明书局以出版普及本的外国文学名著为主要方向。"启明书局是一个专印外国文学作品廉价本的书店，将已有译本的外国名著，删节去若干不重要的情节或描写，减去篇幅，以小五号字密排印刷。这种经删节的外国名著，读起来往往会感到情节与故事脱节"，但却适应了青年学生的要求，"这些书在当时都是畅销书……取其价廉，故销行极佳"④，这些被称

---

① 1939 年，病中的沈知方预立遗嘱，"近遭国难，不为利诱，不为威胁等具有民族气节的字句"。见朱联保：《关于世界书局的回忆》，宋原放：《中国出版史料》（第 1 卷 1919 年 5 月—1937 年 7 月，现代部分，上册），山东教育出版社/湖北教育出版社，2000 年，第 245 页。

② 毛海莹：《旅美作家应文婵文坛交往录》，《新文学史料》2012 年第 1 期。

③ 邓集田：《中国现代文学的出版平台——晚清民国时期文学出版情况统计与分析（1902—1949）》，华东师范大学博士学位论文，2009 年 4 月，第 178 页。

④ 张泽贤：《民国出版标记大观》，上海远东出版社，2008 年，第 286 页。

为"世界文学名著节本"① 的书籍，书价便宜到什么程度呢？《哈梦雷特》《马克白》《暴风雨》《该撒大将》《铸情》每册实售仅为 2 角 5 分，在《哈梦雷特》一书所载的图书宣传广告"莎翁杰作集"中标明《哈梦雷特》书价实售 2 角 5 分，但在该书版权页中又标明该书实价 5 角，特价 2 角 5 分。启明书局对每本出版的书籍进行了编号，《哈梦雷特》为 241 号，《马克白》为 242 号，两书均于 1938 年 8 月出版。《莎氏乐府》售价稍高，但售价也仅为 3 角 5 分。书籍的售价为何如此低呢？曾任世界书局英文部主任、编译所所长的詹文浒在引导青年读书的文章中说："启明书局出版的世界文学名著，每本三四十万字，仅售一二角钱……认真看完一遍，那你必会觉得你的心胸，与前大不相同。"② 除了"莎翁杰作集"的书目广告外，还有"英文自修丛书""汉英两用字典""世界文学名著""世界戏剧名著集""世界短篇名著丛刊""世界故事名著集""中国新文学丛刊"，以及"其他出版物"等广告，读者一册在手，为了解书局出版的其他书籍提供了方便，也扩大了书籍的出版销路。

周庄萍译的《哈梦雷特》《马克白》与启明书局出版的其他几本莎剧剧本类似，书前均附有录自郑振铎的《文学大纲》中的有关内容，以《关于莎士比亚》为题向一般读者简要介绍莎士比亚的生平和文学成就。在介绍中，称赞莎士比亚是伊丽莎白时代和文艺复兴时期最伟大的人文主义作家，并在简短介绍莎氏生平的基础上，指出：莎作中人物性格塑造的"栩栩欲活"，鲜明的时代特点及其描写社会生活的丰富性、真实性，即他的作品里所具有的"最飘逸的幻想，最静美的仙境，最广阔的滑稽，最深入的机警，最深挚的怜悯心，最强烈的热情，以及最真切的哲学，他的喜剧使人嬉笑，他的悲剧使人感泣……"③ 这种简略、概括、统一版式的介绍不仅能使一般读者在阅读译本时能对莎氏有一个概略的了解，同时也与启明书局的读者定位有密切关系。

---

① 朱联保：《近现代上海出版业印象记》，学林出版社，1993 年，第 257 页。
② 朱磊：《詹文浒文集》，世界知识出版社，2016 年，第 349 页。
③ 郑振铎：《关于莎士比亚》，莎士比亚：《马克白》，周庄萍译，启明书局，1938 年，第 1—2 页。

四、案头之本与台上之本

（一）对《马克白》《哈梦雷特》的认知

《马克白》《哈梦雷特》附有译者"序"，为读者了解莎剧的思想内容、艺术特点及译者的翻译方法提供了帮助。为此，我们可以从《马克白》的"序"中一窥端倪。这篇"序"虽然不长，但却对《马克白》进行了全面介绍。周庄萍考查了"马克卑斯"① 最初在舞台上演出的时间为 1610 年 4 月 2 日，证据为莎氏同时代的一位名叫"伏曼"医生在他当天的"观剧记事本"记载了在环球剧院观看"马克卑斯"一剧的情节。莎学研究者一般认为《马克白》创作于 1604—1606 年之间，依据为第二幕第三场该剧中守门人的独白所涉及的"说双关语者"的耶稣会教徒被控和丰收所酿成的惨事"农民自缢"事件，此剧出版时间则在 1623 年。剧作中的材料主要为 1577 年霍林舍等编著的《英格兰与苏格兰史记》。周庄萍对剧作的来源、创作和女巫给了了评介，他认为"莎士比亚所编的历史剧对于历史事迹的取舍，素来是毫不拘泥的，常将时代不同的事迹混合于一个时代而使剧情复杂，以便利其剧的创作目的。同时，《马克卑斯》中关于妖婆的部分有很多类似弥德尔登剧的剧作《妖婆》，两剧的创作孰先孰后意见不一，但弥德尔登 1624 年继莎士比亚之后成为皇家剧团的编剧，即使改写莎氏原作也在情理之中。例如本剧，便是以马克卑斯杀邓肯王的事迹及几代以前社纳尔多的贵族受其妻唆使而杀了达夫王的事迹中种种相似点，混合起来，而成立了这一剧的内容"②。

梳理作为译者的周庄萍对该剧的认知，可以看清当时国人对莎氏理解的程度。周庄萍在谈到《哈梦雷特》时认为："哈梦雷特在舞台上是一出很能使人感动的戏……这剧的中心意识"③，在于伸张社会正义和维护良好的家庭伦理道德；谈到《马克白》时，他认为如果强调"马克卑斯表现野蛮与文明的冲突"这一主题，

---

① 周庄萍在该剧的《序》和译文中不称"马克白"，而称"马克卑斯"。
② 周庄萍：《序》，莎士比亚：《马克白》，周庄萍译，启明书局，1938 年，第 2—4 页。
③ 周庄萍：《序》，莎士比亚：《哈梦雷特》，周庄萍译，启明书店，1938 年，第 2 页。

显然是不符合原作的内容与情节的，而应该从心理、精神的角度认识"马克卑斯"这一形象的警示意义，"即在于罪犯的心理的描写，由野心，而踌躇，而坚决，而恐惧，而猜疑，而疯狂，这一串心理的变化，在这剧中都描写得极深刻。这便是这剧的意义"①。

（二）散文体与诗体

早期的莎剧翻译对追求译本的舞台演出特性并不重视，但莎剧最终是要搬上舞台的。衡量莎剧译文的舞台性是判断译莎质量的重要标准之一，如果对莎剧的"无韵体"缺乏深入理解，也缺少"剧诗"的概念，译文仅仅满足于以散文形式的文字描述故事情节，缺少诗的内在意蕴，那么这样的莎剧译文是难以得到读者认可的。

我们看到，近现代以来不同的莎剧汉语译本，即使都采用了散文体翻译，但读者仍然能够从译文的字里行间感受到"散文体"与"诗体"之间的区别。例如，朱生豪的莎剧译文，虽然也以散文形式译出，但由于注重译文中诗意的表达，故其散文译文仍有浓厚的诗味，显示出诗剧的内在意蕴。周庄萍译文由于"人称"与"节奏"的关系，"诗味"则并不明显，如第五幕第一场马克白夫人洗手的独白："去洗手，把睡衣穿起；脸上不要现得这样苍白，……告诉你，班柯已经葬在坟墓中去了，是不会再跑出来的！"② 这时麦克白夫人的动作是人物内心的投射，麦克白夫人只是在告诫自己要镇静，不要恐惧，并非剧作家本人"描述"动作本身。两相比较，朱生豪的这段译文包含了第一人称、第二人称、第三人称，每一句中的"你—我"都聚焦于对自己恐惧内心的叩问："洗净你的手，披上你的睡衣；不要这样面无人色，我再告诉你一遍。班柯已经下葬了；他不会从坟墓里出来的。"③ 第一、第二人称实际上都体现为麦克白夫人的心理活动，是极度的内心恐惧的表现，人物语言的动作性构成了蕴含着推动心理恐惧不断发展的矛盾和冲

---

① 周庄萍：《序》，莎士比亚：《马克白》，周庄萍译，启明书局，1938 年，第 4 页。

② ［英］莎士比亚：《马克白》，周庄萍译，启明书局，1938 年，第 96 页。

③ ［英］莎士比亚：《莎士比亚全集》（第 3 卷），朱生豪、陈才宇译，浙江工商大学出版社，2015 年，第 499 页。

突的映射。不同人称在诗句中多次重复和多重并置，既凸显了人物内心的恐惧情绪，也在增加诗行停顿的基础上，渲染了人物精神的崩溃。不同人称使"我"的主体意识得到强化，对话与自我内心形成交流与思考。人称代词在独白中的凸显，明确了心理指向，定位准确、指义明晰。而周庄萍译文则由于第一人称与第二人称没有完全形成自我内心叩问的对比，节奏特征不够明显，不仅难以通过不同的角度透视人物的内心，而且更像是"描写"动作的过程。

总之，周庄萍的译文似乎减弱了语言节奏对人物自身动作和内心世界的反映。人物语言的性格化与语言的动作性之间的联系也不够紧密。朱生豪的译文虽为散文形式却有诗的意蕴，分行以后诗的特征会更加明显，也增加了莎剧的舞台效果。同时，朱生豪译本中的诗情与诗意，非一般散文译本可比，也非单纯分行分节的诗体译本可媲美①。所以朱生豪才深刻认识到莎剧"没一本是沉闷而只能在书斋里阅读"② 的剧本。

（三）隐喻与通感

在语言运用中，如果能以准确、形象的隐喻表达事物，那么就会构成对事物的真正理解。Lakoff & Johnson 认为："我们用以思考和行动的日常概念系统在本质上是隐喻的。"③ 隐喻性描述往往使译文的修辞变得更加生动、容易理解和被接受。例如：在《马克白》第二幕第二场：周庄萍译为"我觉得我听见什么地方一声喊'不要再安睡了！马克卑斯杀了睡眼'，就是那纯洁无罪的睡眠。那种慰藉着心灵的睡眠，也可以说是一天生命的寂减，苦工后的沐浴，负伤的心灵的止痛剂，大自然供给的第二道菜，生命的主要滋养物的睡眠"④；朱生豪的译文为："我仿佛听见了一个声音喊着'不要再睡了！麦克白已经杀害了睡眠。'那清白的睡眠，

---

① 李伟民：《朱生豪、陈才宇译〈莎士比亚全集〉总序》，《中国莎士比亚研究通讯》2013年第1期。

② 朱生豪、宋清如：《朱生豪情书全集·下》（手稿珍藏本），朱尚刚整理，中国青年出版社，2013年，第406页。

③ Lakoff & M. Johnson. Metaphors We Live By. Chicago：University of Chicago Press，1980：3.

④ ［英］莎士比亚：《马克白》，周庄萍译，启明书局，1938年，第31—32页。

把忧虑的乱丝编织起来的睡眠，那日常的死亡，疲劳者的沐浴，受伤的心灵的油膏，大自然的副程，生命盛筵上的主要营养——"① 我们看到朱生豪的译文中"清白的睡眠""乱丝编织起来的睡眠""疲劳者的沐浴""心灵的油膏""大自然的副程""生命盛筵的营养"对"睡眠"的一系列隐喻，不仅构成了语言的隐喻表达形式，而且成为译者诗体思维方式的体现。"睡眠"与多个概念系统相连接，"睡眠"的功能、效果被映射到极度恐惧的各个方面，对人物的心理层面投射了极大的压力，并且在多个"睡眠"的框架中，都显示出了对应的隐喻表述，构成了"因杀戮而失眠"的本体和喻体之间谐调类同的概念隐喻。这种隐喻性明显的译文成为从本体到喻体的桥梁，拓展了语言表达的意义与情感空间。

语言的首要功能是思维，交际是附带现象。"人类应该首先具有某种思维系统，再有思维的外化，即言说和表达。"② 从上面所举的例子，我们看到如果从认知的视角分析麦克白的这段内心独白，通感与隐喻也呈现出一致性特点，通感其实也构成了某种隐喻。古希腊德谟克利特说："诗人要在灵感和激情中，并用视觉、听觉、嗅觉去观察世界，这样去描绘事物，就有真实情感和有声有色之美，才称为好诗。"③ 清白的睡眠（视觉）、乱丝编织起来的睡眠（视觉）、疲劳者的沐浴（触觉）、生命盛筵的营养（味觉）等等。通感和隐喻形成了人的感官特征之间的挪移，已经成为人认知世界与表达思想、情感的手段。周庄萍的译文不仅隐喻修辞特点不明显，而且译文缺少使人的感官共同参与的审美感悟、丰富语言美感的通感手法的"节奏声调之美"④ 的运用。钱锺书在《通感》中说："视觉、听觉、触觉、嗅觉等等往往可以彼此打通或交通，眼、耳、鼻、身等各个官能的领域可以不分界线。颜色似乎有温度，声音似乎有形象，冷暖似乎有重量，气味似

---

① ［英］莎士比亚：《莎士比亚全集》（第 3 卷），朱生豪、陈才宇译，浙江工商大学出版社，2015 年，第 467 页。

② *Chomsky N. The science of Language.* Cambridge：Cambridge University Press，2011：11.

③ 北京大学哲学系：《古希腊罗马哲学》，商务印书馆，1961 年，第 124 页。

④ ［英］莎士比亚：《马克白》，周庄萍译，启明书局，1938 年，第 3 页。

乎有锋芒"①，对比周庄萍和朱生豪的译文，我们会发现，汉语莎剧译文中通感这种语言现象，不仅投射于人物形象的生理或心理层面，而且也能够增加莎剧汉语译文的生动性，使剧中的人物按照各自的性格特征，用符合自己的身份和语境特征的方式讲话，使人物在对白、独白之中表现出鲜明的性格特征。

五、汉语译文格律及其节奏韵律

剧本中台词的内在音律会影响到舞台演出中声调的时长和音高的变化，明显、明确地传达出说话人的情绪、情感，成为人物形象、内心矛盾的直接反映。莎剧也是个体自我心声的体现。修辞立其诚，诚以致魂魄。周庄萍的译文也注意到汉语译文的声调组合中的平仄律节奏以及对白的节奏旋律，注意到原文大部分为无韵诗，努力对译文中平仄律的节奏特点有所体现。朱生豪的译文虽也为散文形式，却能在参差中显得和谐整齐，更具有"新诗"这种自由体诗歌的韵味，朱生豪的译文"含有'强烈的''反半铺直叙'的意味"②，有时用"四字句""六字句""七字句"等齐一的句式形式，即使有些稍长的句式，也根据汉语词组的特点，"将语流中声音段落（包括段落内之时长或段落间之停延）作为划分节奏单位"③，通过"音节的波动性"④ 获得现代意识烛照下的，对内容与形式之间的兼顾，使角色能在抑扬顿挫中抒发情感。例如《哈梦雷特》中，王子对人高度赞美的独白，周庄萍译为："人类是一个何等巧妙的天工！理性何等高贵！智能何等广大！仪容是何等端庄可爱！行动是多么像天使！悟性是多么像神明！真个是世界之美观！万物之典型！"⑤ 周庄萍的这段译文中强调了句式的齐一与和谐，对语义

---

① 钱锺书：《七缀集》，生活·读书·新知三联书店，2004 年，第 64 页。

② 朱生豪、宋清如：《朱生豪情书全集·下》（手稿珍藏本），朱尚刚整理，中国青年出版社，2013 年，第 406 页。

③ 王泽龙、王雪松：《中国现代诗歌节奏研究的历程与困惑》，《武汉大学学报》（人文科学版）2011 年第 2 期。

④ 徐志摩：《诗刊放假》，《晨报副刊·诗镌》1926 年 6 月 10 日。

⑤ 〔英〕莎士比亚：《马克白》，周庄萍译，启明书局，1938 年，第 56—57 页。

的完整性、语流的连贯性、逻辑的合理性有所考虑，在节奏方面形成有规律的"音尺"①，与朱生豪译文相比也并不逊色；朱生豪的译文"人类是一件多么了不得的杰作！多么高贵的理性！多么广大的能力！多么优美的仪表！多么文雅的举动！在行为上多么像一个天使，在智慧上多么像一个天神！宇宙的精华！万物的灵长！"② 朱生豪的译文一连用了 7 个"多么"，最后以五言形式收束；周庄萍的译文用了 4 个"何等"，2 个"多么"。二者的译文，均鲜明体现出节奏是声音大致相等的时间段落里的起伏，这种声音的单位，无论是在句意的气势和句式的和谐整齐上，均如水银泻地，一气呵成，清晰地表现出主人公内心世界，抒发了王子对人文主义精神的呼唤。

又如，第三幕第一场哈梦雷特的独白，周庄萍译为："活着呢，还是不活着呢，——这是一个问题；怎样才算是英雄气概呢？还是忍受着强暴的命运的矢石？还是要拿起武器和这滔天的恨事抵抗到死呢？死——长眠，——如是而已"③；朱生豪的译文为："生存还是毁灭，这是一个值得考虑的问题；默然忍受命运的暴虐的毒箭，或是挺身反抗人世的无涯的苦难，在奋斗中结束了一切，这两种行为，哪一种是更勇敢的？死了，睡去了，什么都完了"④；莎士比亚在剧中所呈现出来的内心矛盾、情感变化，与人物性格的塑造关系极大，语言和体裁成为思想穿透力、情感深刻性的载体。周庄萍和朱生豪的译文均以散文体的形式和语言自然节奏的自由化，以其语言表达的明快、洒脱与舒展，显示了人物独白的艺术感染力和内心穿透力。

周庄萍曾解释《马克白》《哈梦雷特》的译文为"概译""译述"⑤。我们从周

---

① 闻一多：《诗的格律》，孙党伯、袁謇正主编：《闻一多全集》（第 2 卷），湖北人民出版社，1988 年，第 141—142 页。

② ［英］莎士比亚：《莎士比亚全集》（第 3 卷），朱生豪、陈才宇译，浙江工商大学出版社，2015 年，第 223 页。

③ ［英］莎士比亚：《马克白》，周庄萍译，启明书局，1938 年，第 71—72 页。

④ ［英］莎士比亚：《莎士比亚全集》（第 3 卷），朱生豪译，浙江工商大学出版社，2015 年，第 232 页。

⑤ 除了提到"概译"外，在《马克白》《哈梦雷特》两书的版权页处均标明"译述者：周平""译述者：周庄萍"字样。

庄萍"概译"的表述及结合译文，可以略知译者在翻译该剧时，并没有逐字逐句的翻译，而是根据中文的表达习惯概括的译出原作的意思，故有时难免对原作给予合并、省略。这两部剧的翻译为把"押韵的排偶体"译为"白话韵语"，对于"原文节奏和声调"特色，则由于"译者力有未逮，未能一一传达"①。我们从他这一简要的自述中可以概括出几个关键词："押韵排偶""白话韵语""节奏与声调"。"排偶"亦称"对偶""偶对"，又多称"对仗"，指两个句子字数相等、词性相对、结构相同或相近。"押韵排偶"是中国诗歌的特点，但全部莎剧译文无法也没有必要完全追求这一语言形式。语音由"音质"和"音律"叠加而成，现代汉语的音质层包括声母和韵母，还由音高、音长、音强、音空组成节律，具有表意、表情功能。周庄萍在翻译中没有给自己设定"剧诗"的目标，甚至原作中"诗"的部分译者有时也以散文的形式译出，例如在《哈梦雷特》第二幕第二场中，哈梦雷特与伶人之间的大段对白，均需以"唱词"（诗歌）的形式呈现，以彰显剧中人物的身份、职业以及人物所处的语境，但此处均以散文形式译出，掩盖了人物的身份特点和哈梦雷特对伶人的点拨。因此，以散文的形式译"诗"，无疑只传达出了原作的意思，使原作中"押韵的排偶"也只能以"白话散文"的形式出现，至于译者所提到的"白话韵语"这个目标也显然打了折扣。

例如《马克白》第一幕第三场中女巫诳语，由于朱生豪自身的诗人素质，以及对莎剧"诗体"形式的认知，在朱生豪译本中女巫之间的对话多以分行分节的诗歌形式译出，例如第一幕第三场"荒野"女巫甲、乙、丙等待麦克白到来时的对话："我助你一阵风，/感谢你的神通。/我也助你一阵风。/驾风直到海西东。/到处狂风吹海立，/浪打行船无休息，/终朝终夜不得安……"② 周庄萍的译文则以散文形式的对话译出："我送你一阵风吧。谢谢你。我也要送你一阵风。其余的我自己都有了；我知道风吹到的各各海口，以及水手图表上所有的地方，我要绞

---

① 周庄萍：《序》，莎士比亚：《马克白》，周庄萍译，启明书局，1938年，第4—5页。

② ［英］莎士比亚：《莎士比亚全集》（第3卷），朱生豪译，浙江工商大学出版社，2015年，第455页。

榨他的血，使他成为枯草一般，日里也好，夜里也好，睡眼永不挂在他的眼皮上来……"① 散文体译文的描述，显然无助于主人公所处环境的渲染和舞台戏剧性的呈现。

但《马克白》的译文也并非全为散文体，例如，第四幕第一场"山洞"中三女巫有分有合的对白："绕釜环行火融融，/毒肝腐脏真其中。/蛤蟆蛰眠寒石底，/三十一日夜相继……"② 这些对白揭示了麦克白的内心世界，实际上是麦克白内心世界的反映。周庄萍对于原作中"押韵的排偶体"，以分行分节的形式译出，例如："大家围着煮锅团团绕，/把毒肝毒脏向着锅里抛；/冷石底下的癞蛤蟆呦，/三十一昼夜的潜伏着……"③ 译文显示了汉语中"句群中客观存在着扬抑律节奏，所以能读得抑扬顿挫，富有韵律美。诗歌的句式比较整齐。……散文、口语句式整散不一，同样能形成扬抑律节奏"④。周庄萍与朱生豪的译文，有意识地对"押韵排偶体"的运用，相对于古典诗歌的"对仗"，译文从整齐对立，严格要求分行的对称性节奏变化，衍变为更为多元的参差均衡的"对称"结构，实现不计平仄、对仗、齐一、参差，或规范或灵动"遵其格而出其格，守其律而破其律"⑤ 的诗剧效果。

总体上，周庄萍、朱生豪的译文，不管是在同为诗体的译文中，还是同为散体的译文中，但都能"特别注意推敲译文的韵律"⑥，注重译文内在诗意及其情感的逻辑化呈现，构建了以句为核心的句群，加强了句子与人物、事理之间的整体思维关系，运用汉语节奏体现了诗体莎剧的语言规律，即使读者有意把其白话散文的译文分行分节，仍然具有较强的诗歌意味，呈现出语言的自然节奏。正如朱

---

① ［英］莎士比亚：《马克白》，周庄萍译，启明书局，1938年，第6页。
② ［英］莎士比亚：《莎士比亚全集》（第3卷），朱生豪译，浙江工商大学出版社，2015年，第485页。
③ ［英］莎士比亚：《马克白》，周庄萍译，启明书局，1938年，第66页。
④ 吴洁敏、朱宏达：《汉语韵律的多维特征及其认知功能——兼论感情语调生成的原理》，上海教育出版社，2019年，第159页。
⑤ 毛翰：《新诗格律化的三条可行之路》，《东南学术》2014年第1期。
⑥ 吴洁敏、朱宏达：《汉语韵律的多维特征及其认知功能——兼论感情语调生成的原理》，上海教育出版社，2019年，第153页。

生豪在给宋清如的信中所言："用诗体翻出的部分，不知道你能不能承认像诗。凑韵、限字数，可真是麻烦。"① 朱生豪的"'凑韵'和'像诗'是寻求声韵律、平仄律相叠的汉诗格律"②。周庄萍、朱生豪的译文不管是散体形式还是诗体形式，均在诗句格律的和谐和汉语节奏的韵律美中，在译文"音律"相对自由，长短律、音顿律的组合之中，灵活运用对称句式，形成了译文的音顿律所呈现出来的"语言的自然节奏"③。

结　语

周庄萍译莎所定的目标不算高，但是对于一般读者认识莎士比亚，了解剧情和莎氏悲剧的特色，还是较之介绍故事梗概的《莎氏乐府本事》以及专事语言学习的"英文注释本莎氏简易读物"等出版物有了不小的进步，而且其莎剧译文也有自己明显的特色，当然随着莎氏进入中国脚步的加快，中国莎学史上更加优秀的译本在其译本之后已经绽放出更加耀眼夺目的光辉，但我们却不能忘记周庄萍先生为中国莎学研究所做出的贡献。

[作者单位：四川外国语大学莎士比亚研究所/浙江越秀外国语学院]

---

① 吴洁敏、朱宏达：《朱生豪传》，上海外语教育出版社，1990 年，第 116 页。

② 吴洁敏、朱宏达：《汉语韵律的多维特征及其认知功能——兼论感情语调生成的原理》，上海教育出版社，2019 年，第 153 页。

③ 朱光潜：《谈新诗格律》，《文学评论》1959 年第 3 期。

后学衡

·语言文字·

湖北团风（上巴河）方言的亲属称谓①

□何洪峰

【摘要】 湖北省团风县方言的亲属称谓词与普通话的差异较大，绝大部分称谓词与普通话存在差异。湖北团风上巴河方言的亲属称谓，以"爹"和"父"分别作为祖父辈和父辈男性的称呼，以"大"称呼母辈女性，女性婚前使用男性称谓而婚后使用女性称谓，而且可以"伯""爷""舅""哥""兄"等男性称谓称呼女性，此外还保留着"相公""小姐""相公娘子""坐堂女婿"等老式称谓。称谓后缀"伙（儿）的"更特别，表群体或两两之间的亲属关系，相当于普通话的"们"。湖北团风方言称谓，从构词上可以分为专属的单音节至亲称谓、亲属关系＋辈分称谓、排行＋称谓、辈分＋称谓、称谓＋后缀、重叠式称谓、区分标志＋称谓等七种类型；在语用上体现叙伦理、别亲疏、论长幼、表尊敬、显亲昵等多种文化功能。

【关键词】 亲属称谓；黄孝片；湖北团风；江淮官话

---

① 此文为何洪峰教授生前调查研究的一部分，发表时由弟子陈凌、孙红举进行了整理和完善，在整理时尽量遵从原文的表述方式等。谨以此文深切缅怀先生，感恩先生的教诲。基金项目：本文为国家社科基金重点项目"赣北江淮官话深度调查研究"（项目编号：22AYY008）阶段性成果。

一、引言

湖北省黄冈市，古称黄州，地处鄂东南、大别山南麓、长江中游北岸，北与河南相连，东与安徽接壤，南与九江隔江相望，西与湖北境内的孝感、武汉交界。本文所描写的具体方言点是湖北省黄冈市团风县上巴河镇，在黄冈具有代表性，根据《中国语言地图集》（第二版）①，当地方言属江淮官话黄孝片。上巴河镇隶属团风县，作为团风县的东大门，该镇处黄上公路与柳界公路交接处，东滨巴河与浠水县竹瓦镇隔河相望，西与马曹庙、总路嘴二镇相连，南临黄州区陈策楼镇，北与但店镇毗邻。

团风县上巴河方言的亲属称谓与普通话的差异较大，与普通话亲属称谓相比，绝大部分不同，相同的只有少数几个：儿、女儿、女婿、舅、弟兄、侄儿、侄女、外孙儿、外甥、妯娌。本文描写上巴河方言的亲属称谓词及用法，释义顺序依次是：普通话义、面称或引称（两式皆可用的则不注）、称呼方式、举例（可直接称呼的不举）、特别说明。

本文的发音合作人为：包德田，男，1951 年生，上巴河镇上巴河村线子塘（亦称包家塘角，而旧称线子行）人，初中文化，农民，除了在广州待过一年，一直待在本地，只会讲上巴河话；包玉香，女，1958 年生，上巴河乡上巴河村线子塘人，高中文化，农民，一直待在本地，只会讲上巴河话。

---

① 中国社会科学院语言研究所、中国社会科学院民族学与人类学研究所、香港城市大学语言资讯科学研究中心：《中国语言地图集·汉语方言卷》（第 2 版），商务印书馆，2012 年，第 75 页。

二、上巴河话音系①

湖北黄冈语音较复杂，是赣方言向西南官话转化的过渡语。其底层是赣方言而表层是西南官话，或者说老派更接近赣方言而新派亲近西南官话。然而该方言语音演变非常缓慢，其语音面貌，数百年来几乎都如此②。

（一）声母 23 个（包括零声母）

p 布步别	pʰ 怕盘步	m 猫毛门	f 飞符费	
t 到道夺	tʰ 同塔弟	n 年泥娘		l 蓝南连
ts 糟祖增	tsʰ 曹字择		s 散师生	
tʂ 招主蒸	tʂʰ 昌虫柱		ʂ 诗虚声	ʐ 认圆缘
tɕ 精节焦	tɕʰ 秋齐穷		ɕ 修线心	
k 哥贵刚	kʰ 开客看	ŋ 岸硬袄	x 灰红话	
ø 二约围雨				

说明：

（1）泥来母读音相混，洪音前面多混读为 [l]；在细音前面则读为 [n] 和 [l] 的都有。[n] 与 [y] 相拼时，实际音值为舌尖后鼻音 [ɳ]。

（2）[ʐ] 发音时摩擦性不强，且带有圆唇色彩。

（3）[x] 在有些音节中发音时，发音部位靠后，实际音值为喉擦音 [h]。

（二）韵母 40 个

ɿ 资丝师	i 地妹急	u 武故谷	y 雨猪出
ʅ 知诗齿			

---

① 何洪峰：《上巴河方言语音调查报告》，华中师范大学学士学位论文，1982 年。孙玉文：《试释湖北黄冈话中"模母暮木"等字读 [mon] 的现象——兼谈汉语史上的阴阳对转问题》，《长江学术》2007 年第 1 期。

② 团风县政协重刊：黄冈县历代县志集（万历三十六年刻印本、乾隆五十四年刻印本、光绪八年刻印本、道光二十八年刻印本），长江出版社，2012 年。

续表

a 大爬塔	ia 假夏甲	ua 花瓜挖	ɥa 耍抓刷
e 蛇百色	ie 野叶节	ue 国或获	ɥe 靴月缺
ɚ 二耳儿			
o 哥河落	io 脚药学		
ai 街排爱		uai 歪怪块	ɥai 帅衰甩
ei 飞碑废		uei 贵灰胃	ɥei 锐水吹
əu 周数绿	iəu 酒秋有		
au 刀敲袄	iau 消鸟要		
an 干含短	ien 连烟减	uan 官弯欢	ɥan 园圈卷
ən 根增硬	in 斤心领	uən 滚文婚	ɥən 永春裙
aŋ 党桑糠	iaŋ 江香羊	uaŋ 光汪荒	ɥaŋ 装让床
oŋ 东空木	ioŋ 兄用荣		
m 姆~妈			

说明：

(1) [ɥ] 在零声母音节前面发音时往往常有带较强的摩擦。

(2) [e] 发音时，开口度稍大，实际音值接近 [ɛ]，

(3) [ɚ] 发音时，唇形稍圆，实际音值接近 [θ]。

(4) [aŋ] [iaŋ] [uaŋ] [ɥaŋ] 中的 [a] 发音时，舌位偏后，实际音值近于 [ɑ]

(5) [oŋ] [ioŋ] 中的 [o] 发音时，舌位稍高，实际音值近于 [ʊ]。

（三）**声调** 6 个

阴平 [44]	高安飞天开	阳平 [31]	人龙云穷寒
上声 [22]	古短手口有	阴去 [25]	盖爱送唱菜
阳去 [13]	岸用大树近	入声 [212]	急竹出药俗

说明：

（1）上声调调尾有轻微上扬，实际调值接近［223］。

（2）阳去调上升幅度较小，实际调值接近［23］。

（3）入声调几无升幅，实际音值为［211］，但老派发音或语流中是曲调型。

（4）文中轻声用 0 表示。

上巴河方言语音变调和语法变调比较简单①，主要有：（1）入声 212 调，作为二字组前字，多读作 21 调（或记作阳平 31），如：北京［pe²¹tɕin⁴⁴］、速度［su²¹təu¹³］、习惯［ɕi²¹kuan²⁵］；（2）阴去 25 调，一般读如阳去 13 调（亦可读 25 调），如：看他［kʰan¹³tʰa⁴⁴］、笑了［ɕiau¹³liau⁰］、到了［tau¹³liau⁰］；（3）三身人称代词单数我［ŋo²²］、你［li²²］和他［tʰa⁴⁴］，在一般情况下都分别读本调，但作领格时都读如入声 212 调（新派方言倾向读本调），根据入声连读变调原则念 21 调，如：我伯［ŋo²¹pe²¹²］、你嬷［li²¹me¹³］、他哥［tʰa²¹ko⁴⁴］。

上巴河儿缀，多数是儿尾，如枣儿［tsau²²ɚ³¹］；有的是儿化韵，如细伢儿［ɕi¹³ŋaɪ³¹/ɕi¹³ŋar³¹］；有的既可以作儿尾，也可以读作儿化韵，一般慢读为儿尾，而快读为儿化韵，如细风儿［ɕi¹³foŋ³¹ɚ³¹］］／［ɕi¹³fər³¹］。

三、上巴河话亲属称谓概况

汉语方言亲属称谓的地域性较强，往往反映着当地的地域文化；汉语亲属称谓的系统性也较强，往往体现着传统"长幼有别，内外有序"的传统宗法制观念。上巴河方言中的亲属称谓也不例外，下文将对上巴河方言的亲属称谓进行系统描写。

下文为行文方便，对可通称而表示辈分、词缀及排行的词语统一注音如下。

辈分：伯［pe²¹²］、嬷［me¹³］、大［ta¹³］、娘［nian³¹］、婶［ʂən²²］、母［moŋ²²］、爷［ie³¹］、叔［ʂəu²¹²］、爹［tie⁴⁴］、婆［pʰo³¹］、舅［tɕiəu¹³］、姑

---

① 汪化云：《团风方言三身代词的入声形式》，《黄冈师范学院学报》1999 年第 5 期。汪化云：《团风方言入声研究》，《黄冈师范学院学报》2000 年第 2 期。汪化云、余俊卿：《古入声字在团风方言中的调类演变》，《中南民族学院学报》2000 年第 4 期。

［ku⁴⁴］、姨［i³¹］、哥［ko⁴⁴］、姐［tɕie²²］、妹［mi¹³］、兄［ɕioŋ⁴⁴］、儿［ə˞³¹］、孙儿［sə˞⁴⁴］

词缀：老［lau²²］、儿［ə˞³¹］、家［ka⁴⁴/tɕia⁰］、表［piu²²］、子［tsʅ⁰］、伙的［xo⁰ti⁰］、～伙（儿）的［xor⁰ti⁰］

排行：大［ta¹³］、细［ɕi²⁵］

（一）父辈类称呼①

伯［pe²¹²］：（1）父亲；（2）伯父，可重叠成"伯伯［pe²¹pe⁰］"；（3）比父母年长的父辈男人，"姓＋家＋伯"，如"王家伯"；（4）尊称比父母年长的父辈女人，面称"姓＋伯伯"，如"张伯伯"。

老子［lau²²tsʅ⁰］：父亲，引称。

继父老子［tɕi¹³fu⁰lau²²tsʅ⁰］：继父，或称"后爹爹［xəu¹³tie⁴⁴tie⁰］"，引称。

后老子［həu¹³lau²²tsʅ⁰］：继父，引称。

爸爸［pa¹³pa⁰］：父亲，新派称呼，始于20世纪90年代。

老子儿［lau22tsʅ0ə˞31］：叔叔，或称"爷［ie³¹］"，面称时前加排行或名字，如"八老子儿""继华老子儿"，但少用。

细老子儿［ɕi¹³lau²²tsʅ⁰ə˞³¹］：最小的叔父，或称"细爷［ɕi¹³ie³¹］"。

嬢［me¹³］：（1）母亲；（2）伯母，前加排行，如"大嬢"。

晚嬢娘［uan²²mə⁰niaŋ³¹］：继母，或称"后婆婆［xəu¹³pʰo³¹pʰo⁰］"，老式称呼，引称。

后娘［xəu¹³niaŋ³¹］：继母，引称。

妈妈［ma⁴⁴ma⁰］：母亲，新派称谓，始于20世纪90年代。

娘儿伙的［niaŋ³¹ə˞⁰xo⁰ti⁰］：母子母女们。

爷［ie³¹］：（1）叔父，前加排行，如"二爷"，儿语可说成"爷爷［ie³¹ie⁰］"；（2）未婚的姑姑，前加名或排行，如"春英儿爷""三爷"，这个称呼可以延续至婚后乃至终身；（3）未婚的姨，用法同上，婚后改称为"姨儿［i³¹ə˞⁰］"；（4）父

---

① 胡士云：《说"爷"和"爹"》，《语言研究》1994年第1期。

亲，面称，少用。当有伯父之时，伯父称"伯"，父亲及以下的叔父统称"爷"；
（5）继父，生父多称"伯"，继父多改称"爷"，以示区别；（6）比父亲年小的父
辈男人，前加"姓＋（排行/家）"或"名"，如"朱三爷""黄家爷""继华爷"；
（7）父辈未婚女人，前加"名"，如"桂兰爷"。

细爷 $[\varic i^{13} ie^{31}]$：最小的"爷"，同上条"爷"（1）（2）（3）（6）（7）义。

爷儿伙的 $[ie^{31} \cdot^0 xo^0 ti^0]$：父子父女们。

叔 $[\d\d\d u^{212}]$：（1）叔父，多用于引称，少用；（2）比父亲年小的父辈男人，
用法同"爷"条第（6）义。

叔爷 $[\d\d\d u^{21} ie^{31}]$：叔叔，引称。

叔叔 $[\d\d\d u^{21} \d\d\d u^0]$：叔叔，新派。

叔儿 $[\d\d\d u^{21} \cdot^0]$：（1）叔父，引称；（2）小叔子，尤指最小的。

细叔儿 $[\varic i^{13} \d\d\d u^{21} \cdot^0]$：最小的"叔儿"。

大 $[ta^{13}]$：（1）伯母，前加排行，从第二起，如"二大""三大"；（2）叔母，
用法同"义项（1）"；（3）母亲，不太普遍。

嬷大 $[me^{13} ta^{13}]$：伯母，同"大"条第（1）义。

大嬷大 $[ta^{13} me^{13} ta^{13}]$：大伯母。

婶娘 $[\d\d\d n^{22} nian^{31}]$：婶母，引称。

舅 $[\t\varic iau^{13}]$：（1）舅父；（2）舅妈，常常是"姓＋舅"。

舅爷 $[\t\varic iau^{13} ie^{31}]$：舅父，前加排行，如"大舅（爷）""三舅（爷）"。

大舅 $[ta^{13} \t\varic iau^{13}]$：最大的舅父。

细舅/小舅 $[\varic i^{13} \t\varic iau^{13} / \varic iau^{22} \t\varic iau^{13}]$：最小的舅父，新派用"小舅"。

细舅儿 $[\varic i^{13} \t\varic iau^{13} \cdot^0]$：（1）妻子最小的弟弟，（2）最小的舅父。

舅嬷/舅嬷娘 $[\t\varic iau^{13} me^0 / \t\varic iau^{13} me^0 nian^{31}]$：舅母，前加排行，如"二舅嬷娘"。

舅大 $[\t\varic iau^{13} ta^{13}]$：母亲哥哥的妻子。

姑伯 $[ku^{44} pe^{212}]$：父亲姐姐的丈夫，也可称"姑伯伯 $[ku^{44} pe^{212} pe^0]$"或
"姑爷 $[ku^{44} ie^{31}]$"。

姑爷 $[ku^{44} ie^{31}]$：（1）姑父，前加"姓＋（家）"，如"彭姑爷""肖家姑爷"，

比"姑伯"常用;(2)女婿,引称,称本家前加"姓",如"张姑爷",称人家前加"姓+家",如"王家姑爷"。

姑大〔ku⁴⁴ta¹³〕:姑母,前加排行,如"二姑大"。

大姑大〔ta¹³ku⁴⁴ta¹³〕:最大的姑母。

细姑大/小姑〔ɕi¹³ku⁴⁴ta¹³/ta¹³ku⁴⁴〕:最小姑母,老派用"细姑大",新派用"小姑"。

姑儿〔ku⁴⁴ɚ⁰〕:小姑子。

姨伯〔ʂou²¹pe⁰〕:母亲的姐姐的丈夫,也可叫"姨伯伯〔i³¹pe²¹²pe⁰〕"或"姨爷〔i³¹ie³¹〕"。

姨爷〔i³¹ie³¹〕:姨父,可统称母亲姐妹的丈夫,比"姨伯"常用。

姨大〔i³¹ta¹³〕:姨母。

姨儿〔i³¹ɚ⁰〕:(1)母亲已婚的妹妹;(2)妻子的未婚妹妹,引称;(3)比父母亲年小的父辈的已婚女人,前加"姓+家",如"汪家姨儿""何家姨儿"。

大姨大〔ta¹³i³¹ta¹³〕:最大的姨母。

细姨儿〔ɕi¹³i³¹ɚ⁰〕:(1)最小的姨母;(2)小姨子,引称。

妻爷〔tɕ'i⁴⁴ie³¹〕:(1)岳父;(2)(男性)亲家,面称,前加"姓+(家)",如"王妻爷""曹家妻爷"。

亲娘〔tɕ'in⁴⁴nian³¹〕:(1)岳母;(2)(女性)亲家,前加"亲家夫姓+(家)",如"张亲娘""何(家)亲娘"。

亲家〔tɕ'in¹³ka⁰〕:(1)亲家,互称;(2)男人间结交的朋友。

亲家们儿〔tɕ'in¹³ka⁰mən³¹ɚ⁰〕:亲家,互称。

(二)祖辈类称呼①

爹〔tie⁴⁴〕:(1)祖父;(2)祖父的兄弟,前加排行,如"三爹"。

爹儿〔tie⁴⁴〕:乡邻中祖父辈的男人,前加"姓+排行",如"徐四爹儿""黄五爹儿"。

---

① 胡士云:《说"爷"和"爹"》,《语言研究》1994年第1期。

婆 $[p^ho^{31}]$：（1）祖母；（2）祖父的兄弟的妻子，前加排行，如"大婆""二婆"。

家爹 $[ka^{44}tie^{44}]$：外祖父。

家婆 $[ka^{44}p^ho^{31}]$：外祖母。

家家 $[ka^{44}ka^0]$：外祖母，个别人用，受武汉方言影响。

姑爹 $[ku^{44}tie^{44}]$：父亲的姑父。

姑婆 $[ku^{44}p^ho^{31}]$：父亲的姑母。

舅爹 $[t\varphi i\vartheta u^{13}tie^{44}]$：父亲的舅父。

舅婆 $[t\varphi i\vartheta u^{13}p^ho^{31}]$：父亲的舅母。

姨爹 $[i^{31}tie^{44}]$：父亲的姨父。

姨婆 $[i^{31}p^ho^{31}]$：父亲的姨母。

老爹 $[lau^{22}tie^{44}]$：曾祖父。

老婆 $[lau^{22}p^ho^{31}]$：曾祖母。

老家爹 $[lau^{22}ka^{44}tie^{44}]$：祖父的外祖父，或称"老家公 $[lau^{22}ka^{44}ko\eta^{44}]$"，少用。

老家婆 $[lau^{22}ka^{44}p^ho^{31}]$：祖父的外祖母。

老姑爹 $[lau^{22}ku^{44}tie^{44}]$：祖父的姑父。

老姑婆 $[lau^{22}ku^{44}p^ho^{31}]$：祖父的姑母。

老姨爹 $[lau^{22}i^{31}tie^{44}]$：祖父的姨父。

老姨婆 $[lau^{22}i^{31}p^ho^{31}]$：祖父的姨母。

（三）平辈类称呼

哥 $[ko^{44}]$：（1）哥哥，儿语可重叠成"哥哥"；（2）堂兄或表兄，前加"名"，如"国成儿哥"；（3）姐夫，前加"姓"，如"王哥""刘哥"；（4）乡邻中年长于自己的同辈男人，前加"名"，如"得田儿哥"。

大哥 $[ta^{13}ko^{44}]$：最大的哥哥。

细哥 $[\varphi i^{13}ko^{44}]$：最小的哥哥。

姐夫哥 $[t\varphi ie^{22}fu^0ko^{44}]$：姐夫，引称。

姐 $[t\varphi ie^{22}]$：（1）姐姐，儿语可重叠成"姐姐"；（2）堂姐或表姐，前加

"名"，如"秀兰姐"；（3）嫂嫂，称本家的前加"姓"，如"熊姐"，称人家的前加"姓＋家"，如"张家姐"；（4）妻子的哥哥的妻子；（5）年长于自己的同辈女人，前加"名"，如"桂娇姐"。

大姐 [ta¹³tɕie⁰]：最大的姐姐。

细姐 [ɕi¹³tɕie⁰]：最小的姐姐。

姊妹 [tsɻ²²mi¹³]：（1）兄弟姐妹，引称；（2）姐妹，引称，与"弟兄"相对，如"他的弟兄三个姊妹两个"。

姊妹伙的 [tsɻ²²mi¹³xo⁰ti⁰]：姊妹之间或姊妹一起。

妹儿 [mi¹³ɚ⁰]：妹妹，引称。

弟兄 [ti¹³ɕioŋ⁰]：兄弟，引称。

兄弟 [ɕioŋ⁴⁴ti⁰]：弟弟，引称，或称"弟儿 [ti¹³ɚ⁰]"。

表兄 [piu²²ɕioŋ⁴⁴]：表亲的弟兄姐妹，可单说，如"表兄来了"；或前加"姓/排行＋（家）"，如"熊家大表兄来了""王家表兄要出嫁"；需区别时，分别说成"表哥""表姐""表弟""表妹"。

郎舅 [laŋ³¹tɕiəu¹³]：妻子的哥哥，引称。

舅兄/舅兄儿 [tɕiəu¹³ɕioŋ⁰/tɕiəu¹³ɕioŋ⁴⁴ɚ⁰]：妻子的弟弟，引称。

姨娘 [i³¹niaŋ⁰]：（1）已婚的姐妹，前加排行，如"三姨娘"；（2）结拜的姐妹。

姨丈 [i³¹tʂaŋ⁰]：妻子的姐姐的丈夫，引称。

妹夫 [mi¹³fu⁰]：（1）妹妹的丈夫；（2）妻子的妹妹的丈夫。

堂客 [tʰaŋ³¹kʰe⁰]：妻子，引称，也可面称。

屋里头的 [u²¹li⁰tʔ əu³¹ti⁰]：妻子，引称。

老婆 [lau²²pʰo⁰]：妻子，引称。

媳妇儿 [ɕi²¹foɚ⁰]：（1）妻子，引称，年轻时用；（2）儿媳妇，引称。

衔夫媳妇儿 [xan³¹fu⁰ɕi²¹foɚ⁰]：童养媳，也称"童养媳 [tʰoŋ³¹iaŋ²²ɕi⁰]"。

弟媳 [ti¹³ɕi⁰]：弟弟或内弟的妻子，引称。

男人 [lan³¹z̩ən⁰]：丈夫，引称。

婆儿伙的 [pʰo³¹ɚ⁰xo⁰ti⁰]：夫妻俩。

爹爹 [tie⁴⁴ tie⁰]：（1）老年妇女称自己的丈夫；（2）公公；（3）尊称老年男子。

婆婆 [pʰo³¹ pʰo⁰]：（1）老年男子称自己的妻子；（2）婆婆；（3）尊称老年妇女，直接称呼或前加"夫姓＋（排行）"，如"李婆婆""王三婆婆"。

（四）晚辈类称呼

儿 [ɚ³¹]：儿子。

姑娘 [ku⁴⁴ niaŋ⁰]：（1）女儿，引称；（2）出了嫁的女儿；（3）丈夫的出了嫁的妹妹。

丫头 [ia⁴⁴ tʻəu⁰]：女儿。

相公 [ɕiaŋ¹³ koŋ⁰]：儿子，老式称呼。

相公娘子 [ɕiaŋ¹³ koŋ⁰ niaŋ³¹ tsɿ⁰]：儿媳，老式面称。

小姐 [ɕiau²² tɕie⁰]：女儿，老式面称。

伢儿 [ŋan³¹/ŋar³¹]：（1）孩子，小孩；（2）儿媳，老式面称，前面加姓，如"张伢儿"。

坐堂女婿 [tsʰo¹³ tʰaŋ⁰ nʮ²² ɕi⁰]：入赘的女婿，老式称呼。

孙儿 [sən⁴⁴ ɚ³¹/sɚ⁴⁴]：孙子，孙女。

孙女儿 [sən⁴⁴ nʮ²² ɚ³¹]：孙女。

侄儿 [tʂɚ²¹²]：（1）哥哥和弟弟的儿子；（2）女子的姐姐和妹妹的儿子。

侄女儿 [tʂɿ²¹ nʮ²² ɚ³¹]：（1）哥哥和弟弟的女儿；（2）女子的姐姐和妹妹的女儿。

姨侄儿 [i³¹ tʂɚ²¹²]：姨母的儿子。

姨侄女儿 [i³¹ tʂɿ²¹ nʮ²² ɚ³¹]：姨母的女儿。

外甥 [uai¹³ sən⁴⁴]：男子的姐姐和妹妹的儿子。

外甥女儿 [uai¹³ nʮ²² ɚ³¹]：男子的姐姐和妹妹的女儿。

外孙儿 [uai¹³ sən⁴⁴ ɚ³¹/uai¹³ sɚ⁴⁴]：外孙，外孙女。

四、亲属称谓的构词类型①

上巴河方言的亲属称谓很有特点，从构词上看，很多称谓很有规律。以下我们将对其主要特点进行梳理。词条在上文都已标音，下文再次出现时均不再重复标音。

1. 单音节专称，主要用于家庭至亲称谓，如：

嬢：母亲，继母引称为"晚嬢娘"。

伯：父亲，引称"老子"。

爹：祖父。

婆：祖母。

哥：哥哥。

姐：姐姐。

爷：叔父，引称"叔"。

舅：舅父。

姑：姑母。

2. 排行加称谓，如：

大：伯母，一般是排行＋"大"，只能从第二称呼起，如"二大""三大""四大"；如果称呼排行老大的伯母，要说成"大姆大"。

3. 姓或名＋称谓，多为平辈称谓，如：王哥、刘姐、张姑爷、国成儿哥、得田儿哥、桂娇姐。

非至亲亲属也可以通过在"姓"后加"家"来称呼，形成"姓＋家＋称谓"的称谓方式，如：高家姐、王家姑爷、曹家妻爷、何家亲娘。

4. 小称＋"儿"，称排行小的长辈或晚辈，且多用于引称，如：

叔儿：引称"叔父"，最小的叔父称作"细叔儿"。

---

① 柳杰：《黄州方言特点及词缀特点研究》，2018 年总第 17 期。

老子儿：叔叔，面称；最小的叔父称"细老子儿"。

姑儿：小姑子。

姨儿：妻子的未婚妹妹。

舅儿：妻子的弟弟，可以特指最小的，一般又称作"细舅儿"。

舅兄儿：妻子的弟弟，引称。

爹儿：乡邻中祖父辈的男性，如：徐四爹儿。

侄儿：哥哥和弟弟的儿子或女子的姐姐和妹妹的儿子。

侄女儿：哥哥和弟弟的女儿或女子的姐姐和妹妹的女儿。

孙儿：孙子，孙女。

外孙儿：外孙，外孙女。

里孙儿：孙子，孙女儿。

5. 老＋称谓，"老"只用于曾祖辈，相当于普通话的"曾"，如：

老爹：曾祖父。

老婆：曾祖母。

老家爹：祖父的外祖父。

老家婆：祖父的外祖母。

老姑爹：祖父的姑父。

老姑婆：祖父的姑母。

老姨爹：祖父的姨父。

老姨婆：祖父的姨母。

6. 亲属关系＋伯，多用于称呼年长于父亲或母亲的男性，如：

姑伯：父亲的姐姐的丈夫，也可叫"姑伯伯"或姑爷。

姨伯：母亲的姐姐的丈夫，也可叫"姨伯伯"或姨爷。

7. 亲属关系＋大，"大"在当地主要用于指父辈的女性，"亲属关系＋大"多用于称呼年长于父亲或母亲的女性，如：

姑大：父亲的姐姐。

姨大：母亲的姐姐。

舅大：母亲的哥哥的妻子，亦称"舅姆娘"。

嬷大：伯母。

8. 亲属关系＋爷，多用于称呼父辈男性，如：

舅爷：舅父。

姑爷：姑父、女婿。

姨爷：姨父。

叔爷：叔叔，用于引称。

妻爷：岳父。

9. 亲属关系＋爹，多用于称呼祖父辈男性，如：

家爹：外祖父。

舅爹：母亲的舅父。

姑爹：父亲的姑父。

姨爹：母亲的姨母。

10. 亲属关系＋婆，多用于表祖母辈的亲属关系，如：

家婆：外祖母。

舅婆：母亲的舅母。

姑婆：父亲的姑母。

姨婆：母亲的姨母。

11. 亲属关系＋娘，多用于称呼已婚女性，如：

婶娘：婶母。

姨娘：姨母。

亲娘：岳母。使用时直接面称或引称，不加姓氏。

姑娘：女儿，用于引称；妻子称丈夫的已婚的妹妹，一般直接面称或引称。

晚嬷娘：继母。引称。

后娘：继母。引称。

12. 重叠式称谓，如：

爹爹：老年妇女的丈夫、祖父、老年男子的尊称。

婆婆：老年男子的妻子、祖母、老年妇女的尊称。

爷爷：叔父，儿语多用重叠形式。

家家：祖母，个别人用，受武汉影响。

爸爸：父亲，新派。

妈妈：母亲，新派。

伯伯：伯父，儿语多用重叠形式。

叔叔：叔父，新派。

哥哥：儿语多用重叠形式。

姐姐：儿语多用重叠形式。

13. 亲疏标志（"内""外""堂""表"）＋称谓，多用于引称，如：

外孙儿：外孙、外孙女、外甥、外甥女。

里孙儿：孙子、孙女儿。

堂姊妹：堂哥、堂弟、堂姐、堂妹，共祖父的兄弟姐妹。

表姊妹：表哥、表弟、表姐、表妹，姑舅家或姨母家的兄弟姐妹。

14. 称谓＋伙（儿）的①，表群体或两两之间的亲属关系，如：

娘儿伙的：母子母女们。

爷儿伙的：父子父女们。

亲家伙的：亲家之间，面称或引称；男性朋友之间，引称。

姊妹伙的：姊妹之间或姊妹一起。

弟兄伙的：兄弟之间，引称。

表兄伙的：表兄弟姐妹之间，引称。

郎舅伙的：丈夫与妻子的弟兄之间，引称。

姨娘伙的：（1）已婚的姐妹之间，引称；（2）已婚的同辈女性朋友之间。

姨爹儿伙的：姐妹的丈夫之间，引称。

---

① 刘晓然：《黄冈方言的后加成分"和你"》，《中国语文》2002 年第 2 期。赵世举：《"和你"即"伙里/伙的"》，《中国语文》2004 年第 1 期。

婆儿伙的：夫妻俩。

15. 称谓＋称谓，表两两之间的亲属关系，多用于引称，如：

姊妹：兄弟姐妹，引称；姐妹，引称。

弟兄：兄弟，引称。

郎舅：丈夫与妻子的哥哥，引称。

叔爷伯：叔父伯父们，引称。

综上所述，上巴河方言亲属称谓的构成，主要可以归纳为七种类型：

1. 专属的单音节至亲称谓，如：伯、嬢、舅、叔、爷。

2. 亲属关系＋辈分称谓，如：～爷、～爹、～婆、～大、～爷。

3. 排行＋称谓，排行的系列是：大、二、三……细。

4. 辈分＋称谓，辈分只有曾祖辈的"老～"。

5. 称谓＋后缀，后缀如"～儿""～伙儿的"。

6. 重叠式称谓，多为儿语或新派称谓，如：伯伯、叔叔、爷爷、哥哥、姐姐。

7. 区分标志＋称谓，如"姓名＋称谓"，从实质看，"亲属关系＋称谓""亲疏关系＋称谓"以及"排行＋称谓"都属于这一类型。

从表意来看，上巴河方言的亲属称谓与普通话相比，具有鲜明的地域特色，在以下方面与普通话的亲属称谓有着明显不同。

1. "爷"是父辈男性的称呼，"爹"是祖父辈男性的称呼。

2. 用"伯""爷"区分比父母年长或年幼的亲属，但舅父、姨父和姑父等都不分。

3. "伯""爷""舅""哥""兄"可用于称呼女性。

4. 对长一辈的女性区分已婚和未婚，未婚的女性一律用男性称谓，婚后改用女性称谓，但姑母可以一直沿用未婚时的称呼。

5. 排行上，"大"和"细"分别用以称说最大的和最小的亲属。

五、余论

汉语方言中的称谓纷繁复杂，地域差异较大，地方性特征往往较为明显。一个地方往往有一个地方的系统，一个地方也往往会有一些较为独特的亲属称谓表达方式。在语用上，亲属称谓可以用于叙伦理、别亲疏、论长幼、表尊敬、显亲昵等，具有多种多样的文化功能。亲属称谓凸显地方文化特征，因此往往成为一个地方的方言标签，承载着并标志着一个地方的地域方言文化。湖北团风上巴河方言也是如此，总体来看，当地方言亲属称谓有些不同于其他方言的特殊之处。

1. 女性称谓不同寻常：①以"大"称呼母亲辈的女性，如：姑大、嬷大、舅大、姨大、二大、三大。②以男性称谓来称呼女性，如称家中姐姐为"哥"，称比父母年长的父辈女人为"姓＋伯伯"，称家中父辈未婚女人为"名＋爷"。③婚前婚后称谓不一，即婚前用男性称呼，而婚后用女性称呼，不过现在大多一律采用男性称呼。当地不少人认为这是男尊女卑的表现，恰恰相反，我们认为这是当地尊重女性，即把女性看得与男性一样重要的一种思想体现。

2. 保存一些古代称谓，如"伯""爷""爹""堂客""姊妹"，还有一些老式称呼。绝大多数称谓用语都沿用古代称呼，文中所描写的是普通话罕见而方言还在沿用的称呼。例如"堂客"现在很少使用，但在一些山村或者在一些长辈口语中，时而还能听得到。

3. 有些称谓很有特色：①"伙（儿）的"表群体或两两之间的亲属关系，如：兄弟伙的、弟兄伙的、姊妹伙的、爷儿伙的、婆儿伙的、夫妻伙的、妯娌伙的、表兄伙的、姨娘伙的、亲家伙的、郎舅伙的、老表伙的、婆媳伙的、同学伙的、行事伙的同事们或朋友们。②"衔夫媳妇"是童养媳，年龄一般比丈夫大得多，负责丈夫的日常生活而把丈夫照顾长大。③一些老式称呼很古雅，如称儿子为"相公"，称女儿为"小姐"，称媳妇为"相公娘子"，称上门女婿为"坐堂女婿"，称继母为"晚嬷娘"。

4. 复数语缀"伙（儿）的"，亦记作"伙（儿）哩"，相当于普通话的"们"。

"伙（儿）"就是大伙的意思，类似同位结构"称谓＋大家"中的"大家"，最后因为失去词汇意义而语法化。

5."嬷"表母亲辈的女性，应该是"母"的变音，因为"晚嬷娘"也可读作"晚母娘"。

[作者单位：华中科技大学中国语言研究所]

重庆潼南（龙形）湘语的疑问句①

□孙红举

【摘要】 重庆潼南龙形湘语是重庆目前所发现的最大也是唯一的湘语方言岛。从形成手段来看潼南龙形湘语的疑问句，当地方言中的疑问代词"哪个""哪阵/哪下儿/哪个时候""哪个地势/哪个垱/哪坨""□支＝iɛ²¹tsʅ³⁵（嘎）/药＝支＝io²¹tsʅ³⁵（嘎）""为么个 uɛi²⁴mu⁴⁵ko⁴²/为哪样""么个 mu⁴⁵ko⁴²"等分别可以用来询问人、时间、地点、方式、原因、事物等，表示谁、什么时候、哪里、怎样、为什么、什么的意思。龙形湘语的选择疑问句和反复疑问句较有特色。如果将选择问句中的前后两个选项分别记作 A、B，潼南龙形湘语选择问句的结构形式可以概括为：（是）A（嘛/噯/啊），（还是）B。潼南龙形湘语中的"VP/AP＋冇＋VP/AP"型反复问句都可以变换为重叠式反复问句，即隐去"VP/AP＋冇＋VP/AP"型反复问句中的否定词"冇"即可，二者表意完全相同。

【关键词】 潼南龙形；湘语；疑问句；反复问

---

① 基金项目：本文为 2021 年重庆市教育教学改革项目"面向中小学语文教学的高等院校师范生语言类课程教学改革与实践研究（项目编号：213080）"、2021 年重庆市社会科学规划项目"川渝地区少数民族作家地方性知识生产机制研究"（项目编号：2021BS029）、2021 年重庆市语言文字科研项目"重庆潼南龙形镇湘方言文化的调查、保存与传承研究"（项目编号：yyk21205）、中国语言资源保护工程专项任务"濒危汉语方言调查·重庆潼南龙形湘语"（项目编号：YB1617A006）以及西南大学 2018 年度中央高校基本科研业务费专项项目"汉语方言程度范畴研究"（项目编号：SWU1809108）的阶段性成果。

一、引言

受明末清初"湖广填四川"移民运动的影响，川渝地区还存在着一些湘语方言岛①。通过近些年的调查走访发现，重庆潼南区也残存着湘语方言岛②。潼南区的湘方言岛主要分布在今龙形镇。另外，与龙形镇相连的古溪镇廖家村（原属飞跃镇）、龙滩村和玉溪镇长沟村等地也有部分分布。这些乡镇会说湘语的人口大约有4万人，其中龙形镇约3万人，古溪镇和玉溪镇共约1万人。

龙形镇，当地人俗称"茶店子"，位于重庆市潼南区东北部，东与重庆市合川区龙凤镇接壤，南临潼南区上和镇，西边紧接潼南区桂林街道和群力镇，北与潼南区古溪镇相邻，该镇为潼南"东北门户"。龙形镇政府距城区8公里，距潼南火车站4公里，区域总面积80.36平方公里③。龙形湘语当地俗称"茶店话""土话"或"辰州话"。截至2020年6月，全镇辖4个社区，8个行政村，户籍人口4万余人。龙形湘语分布的中心区域主要在经堂村、池坝村、檬茨社区、水口社区、高楼村，村子或社区离镇政府越近，话语受潼南县城话的影响越大，我们的调查点经堂村和池坝村处于龙形湘语的腹地。

疑问是句子的一个功能范畴，疑问句是从句子所表达语气的角度划分出来的一种句类。疑问句的形成手段有疑问代词、疑问副词、疑问句的语序、疑问语调、疑问结构等。疑问句从结构形式及特点来看，可以分为是非问、特指问、选择问和正反问等几种形式。下文将对潼南龙形湘语中不同类别疑问句的表达形式进行系统梳理。文中汉字右上角的"="表示所标示的字为同音字，而非本字；有些较土的方言词语，使用右下标的文字进行释义说明；"/"表示几种说法可以互相

---

① 崔荣昌：《四川境内的湘方言》，台北：中央研究院历史语言研究所，1996年，第15—24页。

② 孙红举：《重庆潼南（龙形）湘语同音字汇》，《方言》2023年第2期。

③ 国家统计局农村社会经济调查司：《中国县域统计年鉴（乡镇卷）（2019）》，中国统计出版社，2020年，第445页。

替换；"（　　）"表示其中的词语可有可无。

二、是非问

是非问以整个句子表述的内容为疑问点，需要听话人对所询问的内容做出肯定或否定回答。是非问句在表达时一般采用陈述句的语序，通过在句末加上疑问语调或在句末附加表是非问的语气词来构成。

不同于卢小群①提到的湘语里没有使用疑问语调表示是非问句，而多使用单句加疑问语气词表示是非问的情况。龙形湘语中的是非问句既可以通过在陈述句的语序附加疑问语调来形成，也可以通过在句末加上表疑问的语气词来形成，只是后者使用的频率相对较低。具体情况如下：

（一）陈述句＋疑问语调

（1）你姓孙？

（2）底＝_他前天来的？

（二）陈述句＋疑问语气词

当地方言中可以用来形成是非问的语气词有"吗""唛""吧"等，疑问句如下：

（3）支书，你姓周吗？

（4）你明天还来唛？

（5）老师给嘎你一本嘿＝_很厚的书吧？

如其他方言中的一般疑问句较少使用"吗"类语气词表示是非问一样，龙形湘语也较少使用这种类型的是非问。若要表达是非问的意思，当地方言多通过正反问的形式来表达，下述正反问句的意思与普通话中的"吗"类是非问句相同：

（6）龙形湘语：你明天到潼南去？/你明天到冇到潼南去？

普通话：你明天去潼南吗？

① 卢小群：《湘语语法研究》，北京：中央民族大学出版社，2007年，第331页。

（7）龙形湘语：你去过北京有有？／你去去过北京？

普通话：你去过北京吗？

三、特指问

特指问指使用疑问代词进行提问，并需要听话者对疑问代词所表示的疑问点进行回答的句子。就询问的内容来看，可以分为以下几类：

（一）问人

龙形湘语询问人时使用的疑问代词是"哪个"，表示"谁"，疑问句如下：

（8）是哪个在敲门？

（9）箇_这条诗是哪个写的？

（10）刚下儿_{刚才}哪个在议论我老师？

（二）问时间

龙形湘语询问时间的疑问代词主要有三种：

一种是"哪"系列，疑问代词有"哪阵""哪下儿""哪个时候"等，这些疑问代词的用法相同，可以互相替换，如下：

（11）你是哪阵来的？

（12）你哪下儿回去？

（13）底⁼_他哪个时候成家的？

（14）你是哪年来重庆的？

一种用"好"构成，疑问词有"好久""好多号"。"好久"作为询问时间的疑问代词，与"哪"系列的意思和用法相同，二者可以互换，它的使用频率高于"哪"系列，如：

（15）你好久去？

（16）你打算好久架⁼势_{开始}？

需要注意的是"好久"在龙形湘语中还可以被用来问时段，表示"多长时间"，如：

（17）你勒_这次待好久？

"好多号"多用于询问具体的日期，如：

（18）今天是九月好多号？

还有一种用"几"构成，疑问词单独用"几"或"几号"等，主要用于询问具体的日期，如：

（19）今天是九月初几？

（20）今天是几号？

（三）问地点

龙形湘语中表地点的词语多用"地势""挡""坨"等，前加疑问代词"哪"后一起用于询问地方，"哪个地势""哪个挡""哪坨"的语义和用法相同，使用时可以互换。"哪里"用于询问地方在本地使用较少，应该是受潼南城里话影响而借用的，如下：

（21）在哪个地势_{地方}学的普通话？

（22）在哪个挡_{地方}学的普通话？

（23）在哪坨_{地方}学的普通话？

（24）底_他到哪里去嘎了？

（25）底_他到哪坨_{地方}去嘎了？

（26）底_他到哪个挡_{地方}去嘎了？

（四）问方式

龙形询问方式的疑问代词用"□支 $iε^{21}$ ts $\mathbf{l}^{35}$"或"□支嘎 $iε^{21}$ ts $\mathbf{l}^{35}$ ka ^{55}"，也有人读为"药支 io^{21} ts $\mathbf{l}^{35}$"和"药支嘎 io^{21} ts $\mathbf{l}^{35}$ ka ^{55}"，表示"怎样"的意思，这些词语中前字的本字不明。这几个词语可以说是当地湘语词汇里的特征词，应该来源于湘西的湘语，与潼南县城和重庆主城所使用的表示方式的疑问代词有明显不同：潼南县城用"啷们 $laŋ^{44}$ mεn ^{31}"，重庆主城使用"啷个 $laŋ^{45}$ ko ^{21}"。当地湘语中的用例如下：

（27）箇_这句话用茶店子的话□支_{怎样}讲？

（28）箇条_{这个}题□支⁼嘎_{怎样}做？

（29）□支⁼_{怎样}办啊/唻？

（五）问原因

龙形湘语中问原因的代词有两种，一种是"为么个 uɛi²⁴mu⁴⁵ko⁴²""为哪样"，两者的意义和用法相同，可以互换。潼南县城与之相应的意思用"为啥子"来表示，龙形年轻一代的人也已在使用该词语，但 70 岁以上的老年人会明确告知"为啥子"是潼南县城的说法。当地问原因的疑问句如下：

（30）你为么个_{为什么}冇来读书？

（31）你为哪样_{为什么}冇喜欢底⁼_他？

另外一种使用频率更大的问原因的疑问代词是"□支⁼iɛ²¹tsʅ³⁴"，上述例（30）和（31）的例句都可以用"□支⁼iɛ²¹tsʅ³⁵"进行替换而意思不变，且在当地使用更为普遍、更为顺口，如：

（32）□支⁼_{为什么}我喝嘎茶，嘴巴还是干唻？

（33）□支⁼_{为什么}箇支⁼_{这么}晏_晚了，还在吃夜饭_{晚饭}哦？

（34）讲好了斗⁼_就走的，□支⁼_{为什么}箇_这大半天了还冇走？

（35）我五点半斗⁼_就起来嘎了，你□支⁼_{为什么}七点半都还冇起来哟？

（36）冇得嘎了，你□支⁼_{为什么}冇早点来（嘛）！

（六）问数量

龙形湘语中问数量的疑问词主要有"好"和"几"。总体来看，使用"好"来提问的较多，如：

（37）箇条_{这个}东西有好重哦？

（38）底⁼_他今年好大岁数了？

（39）你要好多钱才够哦？

（40）你喂起几条_{几个}鸡？

（七）问事物

龙形湘语中问事情的疑问代词主要用"么个 mu⁴⁵ko⁴²"，相当于"什么"，如：

（41）底（他）在做么个（什么）？

（42）你姓么个（什么）？

（43）我支（我们）用么个（什么）车把家具从南京运到箇里（这里）？

（八）追加问

这种问句一般通过句末语气词来表达，与普通话中的"（你）呢"功能相当，如：

（44）我姓王，你嗳？

四、选择问句

选择问句是指说话人提出两种或两种以上的情况，一般要求听话人从中选择一种来进行回答的疑问句，话语表述中最常见的是提出两种选项供听话人进行选择。

如果将选择问句中的前后两个选项分别记作 A、B，潼南龙形湘语选择问句的结构形式可以概括为：（是）A（嘛/嗳/啊），（还是）B。此结构中前项前面的"是"永远是可有可无的成分，而 A 项后的语气词和 B 项前的连词"还是"则最少必须出现一种，也可以是语气词和连词同时出现。因此，在现实语言表述中，选择问句的具体表达形式多种多样。

"是"、语气词、连词同时在选择问句中出现的情况，如：

（45）你是吃烟唻/啊，还是喝茶？

（46）你是吃烟唝，还是喝茶？

只出现前项 A 后语气词的情况，如：

（47）你吃米饭嘛，吃馒头？

只出现 B 项前连词"还是"的情况，如：

（48）箇条（这件）事情底=晓得（知道）还是晓冇得①？

---

① 此句必须有"还是"，句子才合法。

（49）箇个_{这个}大还是没＝个_{那个}大？

A 项后的语气词和 B 项前的连词同时出现的情况，如：

（50）坐倒吃好嘛，还是站倒吃好？

（51）胖的好嗳，还是瘦的好嗳？

五、反复问句

反复问句，学界又称正反问句，一般是采用肯定与否定相并列的形式进行询问的一种疑问形式。普通话中正反问句谓语的结构形式主要有三种形式：（1）VP/AP＋Neg.＋VP/AP（如：去不去)①；（2）VP/AP＋Neg.（如：去不），省去后一谓词性词语；（3）先把一句话说出，再在后面加"是不是、行不行、好不好"进行求证。

龙形湘语中的反复问句也具有上述三种类型，但在每种类型的构成上又具有自己的特点。

（一）"VP/AP＋冇＋VP/AP"型反复问句和重叠式反复问句

龙形湘语中的"VP/AP＋Neg.＋VP/AP"型反复问句有两个典型特点：一是句中所能使用的否定词只能用"冇"，而不用"冇有"，表示对未然事件或状态的询问；二是这种类型的反复问句的谓语结构都可以变换为主要谓语动词进行重叠的 VVP，进而形成重叠式的反复问句。一般来说，同样的话语意思，这两种类型的反复问句都可以使用。在较为自然的语言表述活动中，特别是在口语中不自觉的情况下，重叠式反复问句的使用往往更为经常和普遍。重叠式的反复问句当是在"VP/AP＋冇＋VP/AP"型反复问句的基础上形成的，应当是句中否定词"冇"语音弱化并脱落之后形成的，成分重叠后的读音也基本按照当地方言重叠式两字组的变调规律进行变化。重叠式的反复问句在随州、浠水、泗阳、舟曲、诸暨、嵊县、绍兴、金华、武义、于都、会昌、连城、长汀、福州、横县等方言点

---

① VP 代表动词性词语，AP 代表形容词性词语，Neg. 代表否定词。

有广泛分布，方言分属于官话、吴语、闽语、客家话、平话等方言①，后来发现在湖南桂阳流峰土话中也存在②。龙形湘语中反复问句的构成情况如下。

1. 当 VP 或 AP 为光杆的单音节动词或形容词时，反复问句中谓语的结构形式为"V/A 冇 V/A"或"VV/AA"，如：

（52）a. 底＝他要冇要？

b. 底＝他要要？

（53）a. 你老家多冇多？

b. 你老家多多？

（54）a. 你闻下箇这朵花香冇香？

b. 你闻下箇这朵话香香？

2. 当 VP 或 AP 是双音节动词或形容词 XY 时，反复问句中谓语的结构形式一般为"X 冇 XY"和"XXY"，而非"XY 冇 XY"和"XYXY"，如：

（55）a. 箇这件事情底＝晓冇晓得？

b. 箇这条事情底＝晓晓得？

（56）a. 箇这条东西相冇相因便宜？

b. 箇这条东西相相因便宜？

（57）a. 箇这两种颜色差冇差得多？

b. 箇这两种颜色差差得多？

3. 当 VP 为动宾结构 VO 时，反复问句中谓语的结构形式为"V 冇 VO"或"VVO"。龙形湘语中，动宾结构形成反复问时只能将否定词置于谓语动词的后面，而不能置于动宾结构的后面，而且当第一个谓语动词是双音节词语时，只能置于双音节动词的第一个语素之后。而相应的重叠式反复问句，也是重叠双音节动词的第一个音节后再加宾语。动宾结构的动词无论是体宾动词还是谓宾动词，

---

① 邵敬敏、周娟：《汉语方言正反问的类型学比较》，《暨南学报（哲学社会科学版）》2007 年第 2 期。

② 欧阳国亮：《桂阳方言中的重叠式反复问句》，《理论语言学研究》（日本）2009 年第 1 期。

均为如此,如:

(58) a. 锅里还有饭冇有?

b. 锅里还有冇饭?

(59) a. 你会冇会讲别个垱_{地方}的话?

b. 你会会讲别个垱_{地方}的话?

(60) a. 你准冇准备去?

b. 你准准备去?

当动宾结构的动词是能愿动词或判断动词时,反复问句中谓语的结构形式也是"V冇VO"或"VVO",如:

(61) a. 我该冇该来哦?

b. 我该该来哦?

(62) a. 杯子得冇得烂?

b. 杯子得得烂?

(63) a. 哪个_谁晓得底⁼_他愿冇愿意讲?

b. 哪个_谁晓得底⁼_他愿愿意讲?

(64) a. 箇_这两种颜色是冇是一样的?

b. 箇_这两种颜色是是一样的?

(65) a. 底⁼_他到底肯冇肯讲?

b. 底⁼_他到底肯肯讲?

(66) a. 老师是冇是给嘎你一本嘿⁼_很厚的书?

b. 老师是是给嘎你一本嘿⁼_很厚的书?

4. 当VP为动补结构（VC）时,反复问句中补语的结构形式多通过补语部分肯定和否定并列的形式形成,或补语部分重叠的形式来形成。以下根据补语的语法意义类别,将其分为三种情况来看。

第一,当补语C为情态补语时,如:

(67) a. 底⁼_他讲得快冇快?

b. 底=他讲得快快？

（68）a. 底=他洗得干冇干净？

b. 底=洗得干干净？

第二，当补语 C 为可能补语时，如：

（69）a. 箇这个/条事情讲冇讲得？

b. 箇这个/条事情讲讲得？

c. 箇这个/条事情讲得讲冇得？

（70）a. 限你三天时间，看你把底=他做冇做得完。

b. 限你三天时间，看你把底=他做做得完。

从上可见，如普通话一样，可能补语和情态补语的正反问形式在龙形湘语中同样存在着差异。

第三，当补语为结果补语时，反复问句一般不采用"有冇有＋VO"的形式来形成，而多采用下述"VP/AP＋冇有"型反复问句的形式进行表达，如：

（71）听抻=抖清楚（嘎）冇有？

（二）"VP/AP＋冇有"型反复问句

普通话中反复问句的表达还有另外一种形式，即在句子末尾加上一个否定词，构成由"VP/AP＋Neg."形成的反复问句。"Neg."可以是"没有"，也可以是"不"。"没有"用于句末多表示对已然事件或情况的询问，"不"用于句末多表示对别人态度或意愿情况等的询问，多用于未然事件，如：

（71）普通话：你吃了没有？

（72）普通话：你明天去学校不？

龙形湘语中的"冇"尽管在功能和意义上多与普通话的"不"相当，但"冇"却不能用于句末表示询问，也即不存在"VP/AP＋冇"形成的反复问句，没有"你明天去学校冇？"这样的说法。在普通话中，如果想表达对已然事件或情况的询问，可以采用"有没有＋VP"或"VP＋没有"的结构形式进行询问，如：

（73）普通话：a. 你昨天有没有去开会？

普通话：b. 你昨天去开会没有？

（74）普通话：a. 他有没有看见你过来？

普通话：b. 他看见你过来没有？

在龙形湘语中，如果想要表达对已发生事件和情况的询问，一般不采用"有冇有＋VP"结构形成反复问句，而多采用"VP＋冇有"形成的反复问句，如：

（75）底_他吃嘎饭了哦，你吃嘎冇哦？

（76）老张来嘎冇有？

（77）你告声_{告诉}底_这箇件事冇有？

（78）我吃过兔儿肉，你吃过冇？

当名词性事物前加"有冇有"形成"有冇有＋O"结构表达反复时，结构中的"有"实际上是一般的实义动词，表示拥有或存在等意思，它与北京话中用于动词性成分前表示动作行为状态存在的"有（没有）"是截然不同的。如：

（79）a. 锅里还有冇有饭？

b. 锅里还有冇饭？

（80）a. 还有冇有饭吃？

b. 还有冇饭吃？

需要注意的是"有冇有"一般不用在动词性词语的前面表示反复问，却可以用于比较句或陈述句中，如：

（81）a. 箇_这个有冇有没_{那个}大？

b. 箇_这个有冇没_{那个}大？

（82）a. 底_他忙得很哦，（忙得）连吃嘎饭冇有都忘记（嘎）了。

b. 底_他忙得很哦，忙得连有冇有吃饭，都忘记（嘎）了。

（三）"求证"型的反复问句

这种类型的反复问句往往是先说出自己的意见和看法，然后在句末用"V/A＋Neg."或"V/A＋ Neg. ＋V/A"进行提问，以询问听话人对自己意见和观点的看法。卢小群①（2007：339）把这种问句叫求证问，我们借用此说法。龙形湘语中与普通话中"不"相对应的词语为"冇"，但"冇"在当地不能构成"V/A＋冇"的问话形式，而只能构成"V/A＋冇＋V/A"，如：要冇要得、好冇好、是冇是，等，这种求证问同样可以采用重叠式的形式来表达，如：

（83）a. 吃嘎饭再去，要冇要得？

b. 吃嘎饭再去，要要得？

（84）a. 好香哦，是冇是？

b. 好香哦，是是？

上述"求证"型反复问句也可以看成是前述（一）"VP/AP＋冇＋VP/AP"型反复问句和重叠式反复问句的一种特殊呈现形式。综上，我们可以对龙形湘语中反复问句的使用情况进行总结，当用于对已然事件或情况的询问时，多采用"S②＋冇有"的形式进行询问，而当用于询问听话人对待某件事情或情况的态度或意愿等情况时则多采用"V冇VP"形式的反复问句。

六、结语

龙形湘语中疑问句的类型和形式与潼南县城的疑问句基本相同，其中也包括重叠式正反问句。龙形湘语中的重叠式正反问句与潼南县城西南官话中的重叠式正反问句之间的关系是什么？二者究竟是各自独立形成的共性的方言变异现象，还是其中的一种方言在与另一种方言的长期接触中产生的？这一问题还有待于将来结合方言的历史语料做更深入的研究。

［西南大学文学院］

---

① 卢小群：《湘语语法研究》，北京：中央民族大学出版社，2007年，第339页。
② S代表句子。

《后学衡》投稿须知

1. 《后学衡》为西南大学文学院主办的集刊，每年定期出版 2 辑。

2. 本刊欢迎中国语言文学、戏剧影视文学相关的研究文章，尤其欢迎利用新材料、探索新理论、提出新观点的专题论文。

3. 本刊常设栏目：吴宓研究；学衡派研究；文学研究；语言文字研究；美学与艺术理论；电影与戏剧；文献史料等。

4. 文章必须未曾在其他正式刊物上发表，每篇字数为 7000—16000 字。重要选题和文献史料可适当放宽字数限制。

5. 本刊目前只接受邮箱投稿，投稿邮箱为：houxueheng2017@163.com。请在邮件主题中注明"《后学衡》投稿＋作者单位＋姓名＋文章名"。为保证投稿文章内容无误，投稿时请提供 Word 和 Pdf 两种格式的电子文档。来稿请在文末注明作者简介、作者单位、电子邮箱、联系电话、通信地址等信息。

6. 作者须确保投稿文章内容无任何违法、违纪内容，无知识产权争议。遵守学术规范，引文、注释应核对无误。严禁剽窃、抄袭，反对一稿多投。

7. 本刊不收取任何形式的版面费，并按一定标准向作者支付稿费。

8. 本刊已许可中国知网以数字化方式复制、汇编、发行、信息网络传播本刊全文。本刊支付的稿酬已包含中国知网著作权使用费，所有署名作者向本刊提交文章发表之行为视为同意上述声明。如有异议，请在投稿时说明，本刊将按作者说明处理。

9. 本刊实行匿名审稿制，审稿期限为 3 个月。稿件一经采用，寄送样刊两册。未用稿件，恕不退稿，三月内未收到用稿通知，可自行处理。

10. 本刊地址：重庆市北碚区天生路 2 号西南大学文学院《后学衡》编辑部，邮编：400715。

祈盼方家赐稿。

《后学衡》编辑部

图书在版编目（CIP）数据

后学衡. 第七辑 / 王本朝主编. —成都：巴蜀书
社，2023.7
ISBN 978-7-5531-2044-7

Ⅰ.①后… Ⅱ.①王… Ⅲ.①学衡派—文集 Ⅳ.
①I209.6—53

中国国家版本馆 CIP 数据核字（2023）第 127556 号

后学衡（第七辑）

王本朝　主　编

寇鹏程　张春泉　副主编

责任编辑	陈亚玲	
出　　版	巴蜀书社	
	四川省成都市锦江区三色路 238 号新华之星 A 座 36 楼　邮编 610023	
	总编室电话：(028)86361843	
网　　址	www.bsbook.com	
发　　行	巴蜀书社	
	发行科电话：(028)86361852	
经　　销	新华书店	
照　　排	四川胜翔数码印务设计有限公司	
印　　刷	成都蜀通印务有限责任公司 (028)64715762	
版　　次	2023 年 8 月第 1 版	
印　　次	2023 年 8 月第 1 次印刷	
成品尺寸	170mm×240mm	
印　　张	19	
字　　数	380 千	
书　　号	ISBN 978-7-5531-2044-7	
定　　价	68.00 元	

本书若有印装质量问题，请与工厂调换